KB123928

남장비서

A Secretary Masquerading As A Man

남장 비서 2

2019년 6월 24일 초판 1쇄 인쇄
2019년 6월 27일 초판 1쇄 발행

지은이 이서한
발행인 이종주

기획 편집 정시연 송영경 이은정
경영 지원 배진경
마케팅 김정수

발행처 (주)로크미디어
출판등록 2003년 3월 24일
주소 서울시 마포구 성암로 330 DMC첨단산업센터 318호
편집문의 (070)7863-0342 **구입문의** (02)3273-5135
홈페이지 rokmedia.blog.me
E-mail romance@rokmedia.com

ⓒ 이서한, 2019

값 10,000원

ISBN 979-11-354-3428-0 04810 (2권)
ISBN 979-11-354-3426-6 04810 (세트)

과

장

비

서

vol.2

이서한
장편소설

romance story
Renee

A Secretary Masquerading As A Man

Contents

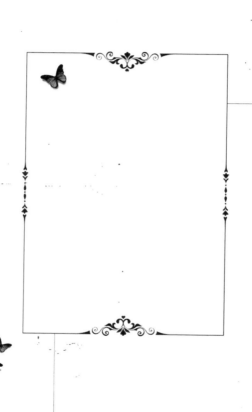

• " "는 한국어, 「 」는 영어, 『 』는 독일어입니다.

10

서원은 혼자 남은 침실 안에서 멍하니 앉아 있었다. 귀가 먹먹해질 정도로 울었지만 지금은 한결 차분해진 상태였다.

'이게 그를 속인 대가겠지.'

최악의 이미지로 강준의 기억에 남게 될 자신을 생각하니 자업자득이란 생각이 들었다.

눈물이 말라 빳빳해진 피부 위로 다시 눈물이 흘러내리자 눈 주위가 짓무른 듯 따가웠다. 손등으로 훔쳐 낸 서원이 욕실로 들어가 차가운 물에 세수를 했다.

정돈된 얼굴로 다시 나온 그녀는 옷을 갈아입고 짐을 싸기 시작했다. 이곳에서의 자신의 흔적을 지우듯 말끔하게 짐을 캐리어에 밀어 넣고 바로 1층에 내려가 ATM에서 현금을 인출했다.

테이블 위에 여기서 묵은 동안의 호텔 비용을 올려놨다. 그 옆에 그에게 받은 선물도 나란히 뒀다. 정리가 끝난 방을 한 바퀴 둘러본 서원은 강준이 나갔던 문을 바라봤다.

'다시, 사과하자.'

떠나기 전 다시 제대로 사과하는 것이 맞았다. 강준에게 용서받을 생각은 없었다. 용서받아서도 안 된다. 자신은 그를 두 번이나 기만했으니까.

서원은 밖으로 나가 강준의 객실 앞에 섰다. 긴장 어린 눈빛으로 노크하려고 손을 들어 올리다가 멈칫한다.

"······."

입술을 질끈 깨문 서원이 문 위에서 망설이던 손을 내렸다.

'그 사람 얼굴을 볼 자신이 없어. 어쩌지?'

경멸 어린 시선을 다시 마주해야 한다는 게 선뜻 용기가 나지 않았다. 어두운 얼굴로 그 자리에 서 있던 서원이 결국 문을 두드렸다.

똑똑.

조심스러운 노크 소리에 아무 반응이 없었다. 다시 두드려도 반응이 없자 서원의 얼굴에 난감함이 어렸다. 아무리 화가 났다고 해도 안에 있으면서 문을 열어 주지 않을 사람은 아니었다. 아마 자리를 비운 것 같았다.

결국 그가 돌아올 때까지 기다려 사과를 해야겠다고 생각한 서원은 트렁크를 끌고 호텔 로비로 내려왔다. 프런트를 지나 호텔 바깥으로 나와 넓은 입구의 한쪽에 짐을 내려 두고 대리석 계단에 앉았다.

그가 언제 돌아올지는 모르지만 그때까지 기다려 보기로 했다.

뭐라고 해야 할까. 강준이 오기 전까지 설명할 말을 떠올려 보려 했지만 생각이 제대로 정리되지 않았다. 지끈거리는 머리를 손가락으로 짚은 서원은 옅은 한숨을 내쉬었다.

날이 어두워져 밤이 되었는데도 강준은 돌아오지 않았다.

'혹시 돌아오지 않는 건…….'

왜 그 생각을 못 했을까? 자신에게 실망한 강준이 이곳에 다시 돌아온다는 보장은 어디에도 없는데.

그녀의 얼굴이 어두워졌다. 지금이 아니면 기회가 없을지도 모른다. 한국에 간대도 그를 찾아가 사과할 용기가 나지 않을지도 모르고, 그 역시 그제야 사과하겠다고 찾아온 자신을 만나 주지 않을 수도 있었다.

서원이 난처하게 입술을 잘근거리고 있는데 입구 쪽으로 익숙한 차량이 들어섰다.

'아, 저 차는.'

강준이 이곳에서 이용하고 있는 리무진인 것을 본 서원이 빠르게 몸을 일으켰다. 뒷문이 열리고 강준이 차 안에서 나왔다.

"강준 씨."

그를 부르는 목소리에 차를 보내고 막 입구 계단을 오르려던 강준이 멈춰 섰다. 그가 천천히 몸을 돌리자 서원이 긴장된 얼굴로 걸어갔다. 자신에게 똑바로 박히는 냉정한 시선에 무너져 내릴 것 같았지만 용기를 끌어내 강준의 앞에 멈춰 섰다.

"할 말이 있어요."

냉소 어린 시선에도 서원은 흔들림 없이 강준을 올려다봤다. 그가 받아 주지 않더라도 사과만은 꼭 하고 싶었다.

"내가 3년 전에 엘른에 입사한 건……."

서원이 말문을 열던 그때였다. 날카로운 자동차의 엔진 소리가 들렸다. 소리가 나는 쪽으로 고개를 돌린 서원은 갑자기 눈앞을 번쩍 비추는 헤드라이트 불빛에 눈을 찌푸렸다.

끼익—

그들 앞에 커다란 차가 멈춤과 동시에 차 문이 열리고 그 안에서 복면을 쓴 남자들이 쏟아져 내렸다.

'복면?'

순간적으로 위기감을 느낀 서원의 눈이 커졌다. 불길한 예감에 온몸이 굳는데 강준이 서원을 향해 빠르게 말했다.

"일단 도망가."

"아니, 저 사람들은…… 아!"

강준이 서원의 몸을 밀쳤다.

"내 말 안 들려? 도망가라고!"

그의 무섭게 굳은 얼굴에서 서원이 지금 상황의 심각함을 깨달은 순간, 복면 사내들이 강준의 몸을 포박했다. 순식간에 그를 에워싼 사내 중 하나가 둔기를 들고 강준을 내려쳤다. 무지막지한 폭력에 서원이 비명을 질렀다.

"안 돼!"

다시 한 번 머리를 세게 얻어맞아 의식을 잃은 강준을 사내들이 차로 끌고 갔다. 순식간에 벌어진 일에 정신을 차릴 새도 없이 서원이 내달렸다.

"강준 씨!"

「저 여잔 뭐야!」

「당신들 대체 뭐 하는 거야! 이거 범죄야! 범죄라고!」

서원이 끌려가는 강준에게 필사적으로 매달리며 소리쳤다.

「이년이 죽고 싶어서 환장했나, 안 놔?!」

「시간 없어. 같이 태워!」

그들이 약물이 묻은 손수건으로 그녀의 입과 코를 막았다. 곧바로 흐릿해지는 시야 사이로 강준의 경호원들이 호텔 로비에서 달려 나오는 것이 보였다. 하지만 이미 복면 사내들은 서원과 강준을 모두 차에 실은 뒤였다.

탕! 탕탕!

두 사람을 실은 검은 차량은 이미 거리를 벌려 경호원들의 총알을 여유 있게 피하며 그곳을 벗어났다.

✱

'……머리 아파.'

머리가 깨질 듯이 아픈 것을 느끼며 서원이 눈을 떴다. 어딘가 세게 부딪쳤는지 정신이 들자마자 몸 여기저기에서 통증이 느껴졌다.

'여긴 어디지?'

찌푸려진 눈으로 흐릿한 시야를 확인하는데 어둠 속에서 익숙한 목소리가 들렸다.

"지금은 약물 때문에 잘 보이지 않을 거야."

서원이 번쩍 고개를 드니 자신의 앞에 강준이 앉아 있는 것이 어슴푸레하게 보였다. 그를 보자마자 이곳에 오기 직전까지의 상황이 기억났다.

"다, 당신 괜찮아요? 아까 머리를…….'

서원이 걱정 어린 얼굴로 그에게 다가가려는데 일어설 수가 없었다. 철컹. 쇳소리에 흠칫거리며 고개를 숙이니 그제야 발목을 파고들듯 묶인 쇠사슬이 보였다. 자신의 발을 결박하고 있는 무거운 쇳덩이를 본 서원의 얼굴이 창백해졌다.

"혹시 지금 납치……된 건가요?"

"아마도."

"누구에게요?"

"그건 지금으로선 알 수 없고."

강준의 낮은 목소리에 서원은 시선을 내렸다.

'납치라니…….'

불안한 눈빛으로 묶인 발을 보다가 고개를 들자 그새 어둠에 시야가 조금 적응된 건지 그의 형체가 더 또렷하게 보였다. 서원은 주변을 조심스럽게 살폈다.

이곳은 밀폐된 공간이었다. 지하실이나 창고 같았다. 아무런 정보를 얻을 수 없는 공간을 답답하게 보던 서원이 다시 강준에게 시선을 옮겼다.

그의 발목에도 쇠사슬이 채워져 있었다. 그걸 본 서원이 숨을 삼켰다. 재벌들은 늘 납치의 위협에 시달린다는 말을 듣긴 했지만 정말 그 일이 강준에게 일어날 줄은 몰랐다. 덜컥 겁이 났지만 겉으로는 숨긴 서원이 차분한 어조로 말했다.

"그보다 머리는 정말 괜찮은 거예요? 의식을 잃을 정도였는데."

"……."

강준에게서 대답이 없자 서원이 다시 그를 불렀다.

"강준……."

그를 부르던 그녀가 순간 멈칫했다.

"강준 씨?"

그의 창백해진 얼굴에 땀이 가득했다. 거칠어지는 숨소리가 예

12

전에 엘리베이터에 갇혔을 때와 똑같다는 생각이 들었다. 서원의 눈이 커졌다.

폐소공포증?

강준에게 폐소공포증이 있다는 게 떠오르자 서원은 다급해진 얼굴로 손으로 바닥을 짚고 다리를 질질 끌며 다가갔다.

"약은 가지고 있어요?"

"호텔에, 있어."

점차 거칠어지며 급박해지는 강준의 숨결에 서원은 초조해졌다. 두려운 눈으로 주변을 빠르게 둘러봤다. 여기가 어딘지 감도 잡히지 않았지만 창문 하나 없는 완벽히 폐쇄된 공간인 걸로 보아 미국의 흔한 폐공장 중 하나일 확률이 컸다.

"……헉, 허억."

땀으로 온몸이 젖은 강준이 숨쉬기가 괴로운 듯 가슴을 움켜잡았다.

"가, 강준 씨."

그 모습을 본 서원은 지금 납치되었단 사실보다 그가 어떻게 될지도 모른다는 데에 더 큰 공포가 밀려들었다. 어떻게든 해야 한다는 생각에 가슴을 움켜쥐고 있는 그의 핏대 솟은 손을 떼어 내어 제 손으로 잡았다.

"강준 씨. 날 봐요."

어둠 속에서 강준의 눈이 자신에게 향하자 서원이 그의 손을 힘주어 잡았다.

"내 말 들려요?"

거친 숨을 몰아쉬는 강준의 눈을 똑바로 응시하며 서원이 그대로 천천히 그를 끌어안았다.

"괜찮아요. 강준 씨."

그의 머리를 제 품에 부드럽게 끌어안은 서원이 속삭이듯 말했다.

"봐요. 내 심장 소리 들리죠?"

"……."

불규칙한 숨소리만 들리자 서원이 그의 등을 천천히 쓸어내렸다.

"아무 생각도 하지 말고 내 심장 소리만 듣고 있어요. 그럼 괜찮아질 거예요."

정말 이게 그를 진정시킬 수 있을지는 알 수 없지만 이것이 자신이 할 수 있는 최선이었다. 강준이 어떻게 될까 봐 두려움에 숨이 막혀 왔지만 서원은 숨을 천천히 들이켜며 일부러 느리게 호흡했다. 그를 안심시키기 위해선 자신이 흔들려선 안 된다.

가슴에 끌어안은 그의 밭은 숨소리를 들으며 서원은 최대한 느리고 규칙적으로 심호흡하려 애썼다. 그러면서 그의 넓은 등을 쉬지 않고 천천히 쓸어내렸다.

"괜찮아요. ……괜찮을 거예요. 강준 씨."

끊임없이 작게 속삭이는 소리가 강준의 거친 숨소리와 얽혀 들었다.

얼마나 시간이 지났을까.

상당히 오랜 시간이 지난 것 같다는 생각이 들 때 즈음 불규칙적으로 흘러나오던 강준의 숨소리가 조금씩 정상으로 되돌아왔다. 서원은 간절한 마음을 담아 강준을 안고 그를 안심시키기 위해 애썼다. 자신 역시 온몸이 땀에 축축이 젖어 들도록 애쓰는 사이 그의 숨결이 완전히 규칙적으로 돌아왔다.

"후우."

깊이 숨을 내뱉은 강준의 경직됐던 몸에 힘이 풀렸다. 그가 품에서 빠져나와 고개를 들자 서원이 걱정이 가득한 눈으로 살폈다.

"괜찮아요?"

"……내가, 또 당황하게 만들었군."

꽉 잠긴 목소리였지만 서원은 왈칵 눈물이 쏟아질 만큼 안심이 됐다. 겨우 참은 그녀가 차분하게 그를 살폈다.

"난 괜찮아요. 당신은 이제 괜찮은 거예요?"

벽에 등을 기댄 강준이 고개를 젖히고 허공을 향해 길게 숨을 뱉어 냈다.

"왜, 도망가지 않았지?"

"네?"

"아까 왜 도망치지 않았냐고."

그가 이곳에 끌려오기 전의 상황을 묻고 있다는 걸 깨닫자 서원이 가만히 그의 눈을 바라봤다.

"당신에게 사과하고 싶었어요. 떠나기 전에."

"……사과."

아직 땀이 맺혀 있는 이마를 손으로 짚은 그가 미간을 일그러뜨렸다.

"고작 그걸 하겠다고 여길 따라와? 이게 영화에나 나오는 장난으로 보이나?"

"이런 상황까지 예상했던 건 아니었어요. 다만 아깐 그럴 수밖에 없었어요."

눈앞에서 괴한들에게 습격받는 강준을 본 순간 자신도 모르게 그들에게 달려들고 있었다. 이 납치극에 휘말릴지도 모른다는 생각 따위 할 겨를이 없었다.

"당신이…… 사라져 버릴 것만 같았어요. 잡지 않으면 안 될 것 같았어. 오직 그 생각뿐이었으니까."

그저 강준이 어떻게 될까 봐 두려웠다. 방금처럼. 아까의 장면을 떠올리기만 해도 심장이 움켜잡히는 것 같아 서원이 시선을 내리깔았다.

아직 핏기 없이 창백한 얼굴로 그가 말없이 서원을 응시했다.

"진짜 이름은 뭐지?"

문득 묻는 말에 서원이 그를 바라봤다.

"한도원도, 클로에도 아닐 거 아냐."

그가 예리하게 그녀를 응시하고 있었다.

"클로에는 맞아요. 여기서 사용하는 이름이니까."

"한국에선?"

"한서원……이요."

서원이 작게 대답했다.

"……이제야 진짜 이름을 알게 된 건가."

강준이 낮게 헛웃음을 흘리자 그녀가 미안한 얼굴로 다시 사과했다.

"정말 미안해요. 피치 못할 사정이 있었어요."

"그 사정이 대체 뭔데."

강준의 시선이 어둠 속에서 서원에게 직선으로 닿았다.

"뭐였는데. 그건 다."

자신에게 똑바로 닿는 시선에 서원이 지그시 입술을 사리물었다. 아까 호텔 앞에서 강준을 기다리는 내내 설명할 말을 고민했지만, 막상 그 기회가 오자 입이 쉽게 떨어지지 않았다.

'어차피 죽게 될지도 모르는 상황인데.'

그렇게 생각하니 말할 수 있겠다는 생각이 들었다. 납치당한 지금 상황이 오히려 잘된 건지도.

"3년 전에……."

서원이 설명하는 동안 강준은 움직이지 않고 그대로 앉아서 그녀의 말을 듣고 있었다. 서원은 3년 전 왜 한도원이란 이름으로 엘른에 들어오게 됐는지부터, 여기서 그를 마주친 상황까지 모든 상황을 하나하나 거짓 없이 설명했다.

"맞아요. 당신을 속였어요. 하지만 나도 남장을 한 채로 당신을……."

그에 대한 감정들까지 모조리.

"괴로웠어요. 나 때문에 힘들어하는 당신을 보는 것도, 그 꼴로 당신을 향한 마음을 추슬러야 하는 그 상황도."

서원이 털어놓는 동안 강준의 얼굴이 점차 굳어 갔다.

"우습죠? 내게서 한도원의 그림자를 봐도 상관없다고 생각했던 주제에…… 질투에 사로잡혀서 당신을 몰아붙이기까지 했네요."

"……."

서원의 말이 완전히 끝나자 그의 얼굴은 차갑게 굳어 있었다. 실망스럽겠지. 모든 걸 털어놓아 자신의 마음은 가벼워졌지만, 그가 느낄 실망을 생각하면 마음이 가라앉았다. 무겁게 내려앉은 침묵에 서원은 땀이 밴 손을 지그시 말아 쥐었다.

'무슨 말이든 해 줬으면.'

차라리 버럭 화를 냈으면 하는 마음으로 서원은 조용히 기다렸다. 한동안 말없이 굳은 얼굴로 보고 있던 그가 낮게 말했다.

"그런 감정을 갖고 있었는데도, 지금껏 말하지 않았다고?"

"모든 걸 알게 되면 당신이 느낄 배신감에 말할 수 없었어요."

서원이 고개를 젓자 강준이 헛웃음을 흘렸다.

"하, 대체 지금까지……."

그가 커다란 손으로 자신의 얼굴을 감쌌다.

서원은 그를 보고만 있었다. 자괴감 어린 강준의 표정을 보니 이렇게 배신감을 느끼게 할 바에야 진작 말을 했어야 했다는 후회가 다시 들었다.

한참 동안 말이 없던 강준이 입을 열었다.

"……너."

철컹!

그가 무슨 말을 꺼내려는데 갑자기 시끄러운 소리와 함께 두꺼운 철문이 열리며 덩치 큰 복면 사내들이 들어왔다.

서원이 긴장된 눈으로 그들을 쳐다봤다. 밖에서 새어 들어온 빛이 그들의 모습을 비춰 주었다.

「뭐야? 우리 없는 사이에 분위기 좋았던 모양이지?」

가장 몸집이 큰 복면 사내가 가슴에서 날렵한 몸체의 총을 꺼내며 비릿하게 웃었다.

'총……!'

서원의 눈이 흔들렸다.

「어이, 재벌 형씨는 이런 일이 익숙한가 보네? 놀라지도 않는 거 보니.」

이죽거리며 말한 그가 철컥, 소리가 나도록 장전하더니 그대로 강준에게 총구를 겨눴다.

"안……!"

"가만히 있어."

서원이 소리치려는 걸 강준이 제지했다. 그가 총구를 서늘하게 보고 있자 사내가 히죽 웃었다.

탕!

"악!"

귀가 먹먹해질 정도로 큰 소리와 함께 강준의 머리 바로 위에 총알이 박혔다. 비명을 내지른 서원이 핏기 가신 얼굴로 입을 막았다. 하지만 강준은 움직임이 없었다.

「호오, 제법인데?」

위협적인 총질에도 강준이 의연하자 복면 사내가 재미있다는 듯 클클거렸다.

「Q. 장난치지 마. 벌써 죽이면 곤란해.」

「뭐 어때?」

「그건 계약과 다르잖아.」

다른 복면 사내들이 반감을 표하자 Q가 어쩔 수 없다는 듯 어깨를 으쓱였다.

「하긴. 얼마가 걸린 일인데, 쉽게 쏴 버려선 안 되겠지. 안 그래? 재벌 형씨.」

건들거리는 말투 중간중간에 연신 키들거리는 웃음이 새어 나왔다.

'정상이 아니야…….'

서원은 미국에 온 지 얼마 안 됐을 때 마약 중독자를 본 적이 있었다. 그 광기 어린 눈과 비슷한 눈이 저 복면 사내에게서 보였다.

「어느 쪽이지?」

강준이 묻는 말에 돌아서려던 복면 사내가 멈춰 서서 다시 돌아봤다.

「나한테 하는 말인가?」

「어느 쪽 돈을 노리는지 묻고 있는 거야. 엘른인지, 사주한 쪽인지.」

「……헤에.」

총을 든 사내가 빙글빙글 웃으며 흥미롭다는 듯 강준에게 다가갔다.

강준 앞에 쭈그려 앉은 거대한 덩치의 복면 사내가 총으로 바닥을 툭툭 치자 서원이 긴장된 숨을 들이켰다.

「머리 쓰게 하는 질문이네? 이봐 형씨. 엘른인지 사주한 쪽인지 알면 뭐가 다른데?」

「만약 사주한 쪽이라면, 그쪽보다는 내가 많이 줄 수 있으니까.」

「네가?」

강준이 똑바로 시선을 맞춘 채 무감한 얼굴로 말하자 복면 사내가 과장된 몸짓을 보였다.

「그쪽에서 얼마를 말했든 제안받은 금액의 두 배를 주지.」

「Q! 쓸데없는 말 듣지 말고 나와!」

그저 상태만 보러 온 건지 다시 나가려고 문 쪽에 몰려가 있던 무리 중 한 명이 소리쳤다. 총을 든 Q라는 사내는 그 말엔 신경도 쓰지 않는 듯 느물거리는 웃음을 지으며 총구로 바닥을 탁탁 쳤다.

「왜, 재밌잖아.」

강준에게 향해 있는 Q의 흰자가 묘한 광택을 내며 번들거리는 것이 보이자 서원은 소름이 쭈뼛 끼쳤다.

「이 새끼 하는 말이 꽤 흥미롭지 않아?」

「미쳤어? 그 말을 믿게?」

복면 중 한 명이 짜증스럽게 소리치자 Q가 느릿하게 일어서서 몸을 돌렸다.

「엇…….」

　방금 소리쳤던 남자가 자신 쪽으로 다가오는 Q를 보고 움찔거렸다. 복면에 얼굴이 가려져 있는데도 그가 Q에게 겁을 집어먹고 있는 것이 명확히 드러났다.

「아, 아니 내 말은…….」

　당황한 남자 앞에 멈춰 선 Q가 금니를 보이며 히죽 웃었다.

「우린 어느 쪽이든 돈만 받으면 되는 거 아닌가? 이왕이면 더 많은 돈을.」

「그, 그 말을 어떻게 믿어? 그걸 빌미로 여기서 도망치려는 거면 어쩌려고.」

　남자가 한결 수그러든 목소리로 말하자 Q가 강준을 힐긋 쳐다봤다.

「빠져나가기 전에 죽이면 되지. 그 쉬운 걸 뭘 걱정해?」

　사람을 죽이는 데 아무런 죄책감이 없는 사람만이 낼 수 있는 뉘앙스에 서원이 숨을 들이켰다.

'저 남자는 너무 위험해.'

　걱정스러운 시선으로 강준을 보는데 그가 Q를 향해 말했다.

「그건 마음대로 해. 단 내 제안엔 조건이 하나 있어.」

「저것 봐! 저게 다 빠져나가려고 수 쓰는 거라니까?」

　그럴 줄 알았다는 듯 복면을 쓴 남자가 화를 내자 Q가 강준 쪽으로 몸을 돌렸다.

「조건이 뭔데?」

「이 여자를 풀어 준다면.」

"강준 씨!"

서원이 놀란 눈으로 소리쳤지만 강준은 여전히 Q에게만 시선을 두고 있었다.

「지금 당장 이 여자를 풀어 준다면 두 배가 아니라 세 배를 주지. 나쁜 조건은 아닐 텐데?」

"그만둬요, 대체 무슨……!"

"한서원. 가만히 있어."

강준이 서원의 얼굴을 바라봤다. 그의 짙은 눈동자와 마주치자 그녀의 눈에 눈물이 차올랐다. 이 남자에게 처음으로 이름을 불린 순간이 그의 마지막이 될 거라는 두려움에 숨도 쉴 수가 없었다.

「이야, 눈물 나는 순애보인데? 꼭 영화 같다, 너네.」

Q가 휘파람을 불더니 배를 잡고 키들거렸다. 강준은 그런 사내를 건조하게 응시했다.

「내 목숨보단 그게 낫지 않나? 원하는 게 정말 돈이라면.」

강준의 말에 한참을 웃던 Q가 웃음을 뚝 그쳤다. 언제 웃었냐는 듯 무표정한 얼굴로 그가 강준을 바라봤다.

「너, 누가 이 일을 사주했는지 알고 있는 모양인데?」

「지금 당장 결정해. 이 여자를 내보내고 3배를 받든가. 아니면 그쪽에서 원하는 대로 내 목숨을 가져가든가.」

정말 당장 죽인다고 해도 상관없다는 눈으로 강준이 쳐다보자 Q가 그와 마주 봤다.

웃음기 없이 보고 있던 Q가 몸을 돌려 뒤에 있는 남자들에게 말했다.

「야, 저 여자 내보내.」

「미쳤어? 나가서 신고라도 하면……!」

「지금 여길 나가서 신고할 데가 어딨어? 휴대폰은 이미 우리가 가지고 있고, 7마일은 나가야 국도가 나올 텐데.」

「그건 그렇지만…… 헉!」

철컥.

Q가 반론을 제기한 동료에게 총구를 겨누자 일순 사방이 조용해졌다. 금니를 드러내며 히죽 웃은 Q가 턱짓했다.

「내보내. 빨리.」

「아, 알았어.」

겁먹은 사내가 다가오자 서원이 강준을 보며 고개를 저었다.

"강준 씨. 나만 나갈 순 없어요. 내가 어떻게…….."

언제부턴가 서원의 뺨 위로 눈물이 흘러내리고 있었다. 지금 여기에서 보는 강준의 모습이 마지막이 될지도 모른다는 생각에 두려움으로 미칠 것만 같았다.

눈물이 흘러내리는 서원의 얼굴을 강준이 가라앉은 눈빛으로 바라봤다.

"내 말대로 해. 한서원."

"싫어! 강준…… 강준 씨!"

복면을 쓴 남자가 그녀 발에 걸린 쇠사슬을 풀고 억지로 몸을 일으켰다. 그대로 문 쪽으로 끌고 나가는데 Q가 갑자기 서원의 몸을 잡아끌었다.

"아!"

Q가 순식간에 서원의 몸을 잡고 머리에 총구를 대자 강준의 눈에 힘이 들어갔다.

「……무슨 짓이야.」

강준이 잇새로 낮은 목소리를 내뱉자 Q가 키득거렸다.

「넌 아무래도 네 목숨보다 이 여자 목숨에 연연하는 것 같단 말이지.」

훙얼거리듯 말한 Q가 표정을 바꿔 광기 어린 번들거리는 눈으로 강준을 노려봤다.

「지금 내 앞에서 네가 말한 세 배를 입금해. 그럼 이 여자는 풀어 줄 테니까.」

서원의 관자놀이 부근에 닿아 있는 총구에 강준의 시선이 박혀 있었다.

「어이, 그거 꺼내.」

Q가 뒤를 보며 말하자 복면 쓴 남자 중 한 명이 자신이 가지고 있던 강준의 휴대폰을 꺼냈다. 그걸 힐긋 본 Q가 강준에게 말했다.

「우선 잠금장치를 풀어야겠는데. 재벌 형씨, 비밀번호가 뭐지?」

"강준 씨. 말하지 말아요. 지금 돈을 주면 날 인질로 또다시 돈을 요구할 거예요."

서원이 강준을 똑바로 보면서 말했다. 죽는 건 두려웠지만 강준이 죽는 걸 보는 건 더 두려웠다.

"한서원."

강준이 이를 악물고 서원을 바라봤다.

"내 말대로 해요……. 악!"

Q가 뒤에서 서원의 팔목을 잡아 꺾을 듯 비틀자 강준의 눈에 핏발이 섰다.

「자, 어서. 너의 여자를 구하려면 비밀번호를 말하라니까?」

느물거리는 웃음을 짓고 있는 Q를 죽일 듯 노려보며 강준이 입을 열었다.

「742…….」

"말하지 말라니까요!"

「이년이 진짜……!」

「그 여자에게 손끝 하나라도 대면 가만두지 않아.」

강준의 살벌한 목소리에 Q가 쳐다보더니 어깨를 들썩이며 웃었다.

「저 재벌 새끼가 꼴에 입만 살아선. 거기 묶여서 뭘 어쩌겠단 건데?」

「경고했어.」

크들크들 웃고 있던 Q의 얼굴에서 웃음이 점차 사라졌다. 강준의 눈빛에서 무언가를 느낀 그가 순간 멈칫했다가 그 사실이 자존심이 상한 듯 사납게 이빨을 드러냈다.

그리고 Q의 총구가 강준에게 겨누어졌다.

「저 새끼부터 입을 닥치게 만들어야겠…….」

쾅! 콰앙!

「뭐, 뭐야?!」

갑자기 폭발물이 터지는 커다란 굉음에 그곳에 있던 모든 사람들이 일제히 고개를 돌렸다. 쾅쾅거리는 폭발음이 아주 가까이에서 들렸다.

「숙여!」

공간이 뒤흔들릴 듯한 굉음과 함께 시뻘건 불길이 바로 문 바깥에서 치솟았다. 다들 머리를 감싸고 몸을 숙이자 그 틈에 풀려난 서원이 Q에게서 총을 뺏으려 달려들었다.

퍽!

"악!"

하지만 눈치챈 남자가 그녀를 후려치자 몸이 바닥 위를 나뒹굴었다.

"한서원!"

눈에 핏대를 세운 Q가 방아쇠를 당기려는 순간이었다. 강준이 몸을 날려 쓰러진 서원을 감쌌다.

"강준……! 안 돼!"

탕! ……탕!

탕탕탕탕!

고막이 터질 것 같은 요란한 총성이 울렸다.

"……."

툭, Q의 손에서 떨어진 총이 바닥으로 떨어졌다. 그리고 그대로 육중한 몸이 쿵 소리를 내며 쓰러졌다.

"부사장님! 괜찮으십니까!"

입구에서 요란한 발소리와 함께 강준을 찾는 목소리가 들려왔다. 경찰과 경호원들이 들이닥친 것을 깨닫자 강준은 그제야 몸으로 감싸고 있던 서원에게서 고개를 들었다.

"늦어서 죄송합니다. 부사장님 괜찮으십니까?"

경호원들이 다가와 그의 몸을 살피는데 서원이 덜덜 떨며 강준을 바라봤다. 고막이 터질 듯한 총소리를 연달아 들었다. 그 충격으로 창백해진 얼굴로 강준을 보고 있었다.

"어디 다친 데는……."

불안으로 흔들리는 눈을 가까이에서 마주 보며 강준이 낮게 말했다.

"괜찮아."

그의 대답을 들은 서원은 그제야 안심한 표정을 지었다.

"다행……이다."

"한서원?"

그대로 서원이 정신을 잃었다. 강준은 힘이 풀린 그녀의 몸을 잡아 쓰러지지 않게 지탱했다.

"이 여자부터 구급차로 옮겨요."

"알겠습니다."

강준의 명령에 경호원 하나가 서원을 부축해서 빠져나갔다.

"이거 먼저 자르겠습니다."

다른 경호원이 강준의 발에 묶인 쇠사슬을 절단하는 사이, 강준의 시선이 의식을 잃은 채 실려 나가는 서원의 뒷모습에 닿아 있었다.

……후우, 강준은 안도의 숨을 내뱉으며 자신의 손목시계를 쳐다보았다. 그의 시계에는 위치 추적 장치가 내장되어 있었다. 혹시 모를 비상 상황에 대비해 모든 시계에 GPS를 장착한 것이다.

그게 실제로 필요한 일이 생기면 안 되지만, 국내에서도 종종 테러 위협을 받곤 했기에 그의 개인 경호팀만 알고 있는 사항이었다.

그래서 서원 먼저 탈출시키고 자신은 시간을 벌 계획이었다.

찰그랑. 쇠사슬을 잘라 낸 경호원이 곧장 말했다.

"일어서실 수 있겠습니까? 불길이 더 번지기 전에 빠져나가야 합니다."

"가죠."

몸을 일으킨 강준이 Q를 옮기려는 경찰들을 남기고 경호원과 그곳을 빠져나왔다.

✳

안 돼!

서원이 번쩍 눈을 떴다. 강준과 납치된 위급한 상황에서 그가 범인이 쏜 총에 맞는 악몽을 꾸느라 온몸이 땀에 절어 있었다.

'여긴⋯⋯.'

서원이 숨을 몰아쉬며 눈을 깜빡였다. 시야에 구급차 내부의 모습이 보이고 자기 팔에 연결된 링거 줄이 보였다.

「정신이 드십니까?」

물어 오는 말에 서원이 구급대원을 쳐다봤다. 순간 쓰러지기 전의 상황이 떠올랐다. 그와 함께 납치됐던 상황들이.

「상태가 어떻습니까? 어지럽다거나 어딘가 통증이 있습니까?」

「괜찮아요.」

서원이 대답하며 마른침을 삼켰다. 강준이 자신의 몸을 덮은 순간 그가 총에 맞을까 봐 숨이 막혔다. 그 아찔한 순간이 떠올라 얼굴을 손으로 감싸려던 서원은 문득 자신의 손을 바라봤다.

이건, 피?

제 손바닥에 묻은 핏자국을 보자 고개를 숙여 자신의 몸을 확인했다. 손바닥과 셔츠의 가슴 부분에 묻어 있는 핏자국은 자신의 것이 아니었다.

'범인이 총에 맞을 때⋯⋯? 아니, 아니야.'

혼란스러운 얼굴로 기억을 더듬던 서원의 얼굴이 창백해졌다. 어두워서 몰랐는데 강준이 공황장애를 일으켰을 때 그를 진정시키면서 묻은 피가 분명했다.

「그 사람, 저와 함께 납치됐던 사람 머리에 상처가 있어요. 둔기

28

로 맞았는데…….」

서원이 하얗게 질린 얼굴로 구급 대원에게 말했다.

「머리 상처는 확인했습니다. 자세한 검사를 해 봐야 알겠지만 아마 괜찮을 것으로 보입니다.」

「출혈이 많았는데 정말 괜찮은 건가요?」

「아마 그럴 겁니다.」

구급대원의 말에 서원은 안도의 숨을 내쉬었다.

'다행이야.'

그때 어두운 길을 달리던 구급차가 도심으로 진입한 것이 보였다.

「죄송하지만, 이것 좀 빼 주시겠어요? 전 여기에서 내려야 해서요.」

「네? 병원으로 가서 치료를 받아야…….」

구급대원이 난감한 표정을 짓자 서원이 고개를 저었다.

「전 다친 데 없어요. 혼자 갈 수 있으니 여기서 내려 주세요.」

서원의 단호한 태도에 구급대원이 할 수 없다는 듯 간호사에게 눈짓했다. 링거 바늘을 제거해 주자 서원이 감사 인사를 했다.

「혹시 몸에 이상 증상이 느껴지면 바로 병원에 가셔야 합니다. 정신적인 외상은 후에 나타날 수도 있어요.」

「네. 그럴게요.」

대답하고 내린 서원이 다시 출발하는 구급차를 뒤에서 바라봤다.

그렇게 멀어지는 구급차를 한동안 보고 있던 서원은 곧이어 오는 택시를 향해 손을 흔들었다.

✲

응급실로 호송된 강준은 머리의 상처가 생각보다 심각해 곧바로 수술에 들어갔다. 수술이 끝나고 회복실로 이동됐을 때 박 실장이 허겁지겁 들어왔다.

"아, 실장님."

회복실에서 대기 중이던 성준호 비서가 빠르게 몸을 일으켰다.

"어떻게 된 거야?"

머리에 붕대를 감고 누워 있는 강준을 심각한 얼굴로 보며 박 실장이 물었다.

"죄송합니다. 제가 더 확실히 보좌했어야 했는데……."

성 비서가 무겁게 고개를 숙였다.

"부상은 어느 정돈데."

"괴한에게 머리를 맞아 다치셨는데, 검사해 보니 괜찮다고 합니다. 찢어진 상처가 생각보다 넓어서 봉합 수술이 좀 길어졌습니다. 당분간 안정을 취하면 큰 문제는 없을 거라고 합니다."

"다른 데는 괜찮고?"

"네."

"후우…… 그래."

박 실장은 순간 긴장이 풀렸는지 벽을 짚고 긴 숨을 토해 냈다.

"죄송합니다. 실장님."

"아니야. 내가 있었대도 어떻게 됐을지 모르는 일이다. 하지만 이런 일은 언제든 일어날 수 있으니 다음부터는 만전을 기하도록."

"명심하겠습니다."

"그리고 언론에는 나가지 않게 신경 써서 처리……."

강준의 얼굴을 보며 중얼거리던 박 실장의 눈이 커졌다.

"정신이 드십니까?"

박 실장이 얼른 강준 쪽으로 다가가자 성 비서도 뒤따라 베드로 향했다. 천천히 눈을 뜬 강준의 시선이 박 실장에게 향했다.

"……박 실장님."

"네. 부사장님."

"그 여자는, 퇴원했습니까?"

"네? 그 여자……라니 누굴 말씀하시는 건지…….."

박 실장이 의아한 얼굴로 빠르게 성 비서를 바라봤다. 그러자 성 비서가 단박에 누굴 말하는지 알아듣고는 휴대폰을 꺼냈다.

"제가 알아보겠습니다."

휴대폰을 들고 급히 밖으로 나가는 성 비서와 강준을 번갈아 보던 박 실장이 조심스럽게 물었다.

"저, 부사장님. 누구를 말씀하시는 겁니까?"

"지금이 며칠 몇 시입니까?"

"이곳 시각으로 11일 밤 8시입니다."

"11일……이라고."

하루가 지나 있음을 알게 된 강준의 미간이 좁혀 들었다. 그때, 병실 문이 열렸다.

"저, 부사장님. 확인해 보니 그분은 병원으로 향하던 중간에 구급차에서 내리셨다고 합니다."

강준이 굳은 얼굴로 상체를 일으키자 박 실장이 만류했다.

"안정하셔야 합니다."

박 실장의 제지하는 손을 밀어낸 강준이 성 비서에게 시선을 박았다.

"뭐라고 했습니까."

"네, 네. 오는 도중에 구급차에서 내리셨다고…….."

강준의 서늘한 눈빛에 성 비서가 난처한 얼굴로 대답했다. 강준은 곧장 너스 콜을 누르며 박 실장에게 말했다.

"퇴원 수속 밟아요."

"안 됩니다. 지금 막 깨어나셨는데 퇴원이라니 그건……."

박 실장이 당혹스러운 얼굴로 보는데 간호사가 들어왔다.

「깨어나셨군요. 바로 의사 선생님이 올라오실 거예요.」

「지금 퇴원해야 하니 이것들 제거해 주십시오.」

「네? 지금요?」

간호사가 머뭇거리자 강준이 똑바로 보며 다시 말했다.

「모든 책임은 내가 집니다.」

「아…… 네……. 그럼 우선 이건 제거해 드릴게요.」

간호사가 결국 강준의 팔에 꽂힌 것들을 제거하자 그가 몸을 일으켰다.

"부사장님. 이건 정말 위험합니다. 누군지 알려 주시면 제가 책임지고 찾아볼 테니 부사장님은 여기서 안정을 취하십시오."

"내가 합니다."

짧게 말한 강준이 빠르게 환자복 위에 자신의 코트를 걸치고 병실을 나섰다. 더는 말릴 수 없다는 것을 안 박 실장은 당혹스러운 얼굴로 강준을 따라나섰다.

✳

달칵.

32

엘른 호텔로 온 강준은 서원이 묵었던 객실 문을 열었다. 말끔히 정리된 객실 안엔 이미 서원의 흔적은 사라지고 없었다.

'……역시 없나.'

혹시 모를 기대감으로 왔지만 그녀가 이곳에 없다는 사실에 강준의 표정이 싸늘해졌다. 그때 그의 시선이 테이블 위에 닿았다. 강준은 미간을 좁히고 테이블 쪽으로 다가갔다. 그 위에는 봉투와 보석 케이스, 그리고 메모지가 놓여 있었다.

이건 내가 이곳에 묵은 비용이니 받아 줘요. 정말 미안해요, 강준 씨.

메모지를 들어 바라보던 강준의 턱에 힘이 들어갔다. 뒤에 박실장과 함께 서 있던 호텔 직원에게 고개를 돌린 강준이 물었다.

「이 메모는 언제부터 놓여 있던 겁니까.」

「난리가 났던 그날부터입니다. 부사장님이 호텔 도착하기 전에 놓여 있었어요.」

강준이 굳은 얼굴로 다시 물었다.

「짐도 그때 빠졌습니까?」

「네. 그때 입구 앞에 그분의 짐이 놓여 있기에 저희가 보관하고 있었어요. 그리고 다음 날 새벽에 그분이 짐을 찾으러 오셨습니다.」

직원의 말에 강준의 눈썹 끝이 예리해졌다.

「그때 CCTV 화면 볼 수 있습니까.」

호텔 직원이 1층 보안실에서 녹화된 CCTV 화면을 강준에게 보여 줬다. 차가 들어오는 호텔 입구부터 보안 카메라가 설치되어 있기 때문에 서원이 택시에서 내리는 모습부터 확인할 수 있었다.

로비에서 자신의 캐리어를 찾아 다시 택시로 돌아가는 서원의 모습을 날카로운 시선으로 보던 강준이 말했다.

「다시 처음부터 보여 주세요.」

「네.」

강준은 여러 번에 걸쳐 화면 속의 서원을 확인했다. 서원이 프런트에 가서 말하자 직원이 조금 놀란 얼굴로 그녀를 보다가 책상 아래에 있던 그녀의 트렁크를 꺼내 줬다.

그걸 끌고 나가던 서원은 입구에서 한동안 허공을 쳐다보다가 바닥에 주저앉았다.

'우는 건가?'

뒤에서 보고 있던 박 실장이 화면 안 여자의 태도를 유심히 지켜봤다. 얼굴을 가리고 우는 것처럼 주저앉아 있던 여자가 비척이며 일어서서 계단을 다시 내려갔다.

'그런데 저 여자, 왠지 낯이 익은데.'

작은 화면으로는 제대로 보이지 않았지만 어딘가 익숙한 여자를 보며 박 실장이 안경을 추켜올렸다.

"부사장님, 저분 혹시 제가 아는 분입니까?"

"잘 봤습니다."

강준은 박 실장의 질문에 대답하지 않고 몸을 일으켰다. 그대로 보안실을 나서서 엘리베이터로 향하자 박 실장이 그 뒤를 따랐다.

엘리베이터가 움직이는 동안 강준은 굳은 얼굴을 한 채 아무 말도 없었다. 그 살벌한 분위기에 박 실장은 도저히 다시 병원으로 가자는 말을 꺼낼 수가 없었다.

"박 실장님."

"네. 부사장님."

강준이 입을 열자 박 실장이 곧장 대답했다.

"공항 출입국 기록 다 뒤져서 한서원이라는 여자 찾으십시오."

"방금 화면으로 봤던 분이 한서원입니까?"

"네. 만약 그런 여자가 없다면, 화면 출력해서 비슷한 여자는 전부 조사하세요."

"알겠습니다."

박 실장이 진지한 얼굴로 대답했다.

'역시 모르는 사람이었나.'

한서원이라는 이름은 처음 듣는 이름이었다. 아까부터 누군가가 떠오를 듯 말 듯 머릿속을 맴돌았지만 자신의 데이터에 들어 있지 않은 이름이라면 분명 모르는 사람일 것이다.

하지만 자신이 아는 한 이강준의 입에서 여자 이름이 먼저 나온 적은 없었다. 함께 납치됐던 데다 그런 큰일을 겪고도 정신이 들자마자 바로 찾을 정도라면 어떻게든 찾아야 한다는 감이 왔다.

"이곳으로 의료진을 부를 테니 부사장님은 쉬십시오."

엘리베이터 문이 열리자 박 실장이 말했다.

"제가 책임지고 찾겠습니다."

"부탁합니다."

강준이 당부하듯 말하자 박 실장이 고개를 깊이 숙였다. 엘리베이터 문이 닫히자 강준은 몸을 돌렸다.

강준은 서원이 머물던 객실로 돌아왔다.

"……후."

침대 위에 털썩 누운 그가 손등으로 제 눈을 덮었다. 수술 때문인지 머리가 어지럽고 속이 메슥거렸다.

'역시 움직이는 건 무리였나.'

통증으로 인상을 쓴 그가 눈을 감고 밭은 숨을 내쉬었다.

'……미안해요.'

시선을 내려뜨리고 사과하던 서원의 모습이 떠올랐다. 그리고 납치되던 순간 자신을 향해 달려오던 모습, 그리고 폐쇄된 공간 안에서 자신을 껴안고 오랜 시간 다독이던 모습이 암전된 시야에 하나하나 떠올랐다.

"한서원, 이라고."

낮게 중얼거린 그가 통증 섞인 밭은 숨을 내뱉었다.

한도원이 여자였다는 사실을 알게 됐을 때 처음 느꼈던 감정은 지독한 배신감이었다. 지금껏 자신을 속여 왔던 존재에게 두 번이나 반하고 고통받았다는 사실에 미치도록 화가 났다. 남자라고 생각하고 괴로웠던, 그럼에도 놓을 수 없던 지난날이 모조리 부정당한 기분이었다.

하지만 같이 납치된 순간 깨달은 건, 그럼에도 한도원을…… 아니 한서원을 미워할 수 없다는 사실이었다. 치가 떨리는 분노에 꼴도 보기 싫어져야 하는데 자신 때문에 그녀가 납치됐다는 사실이 훨씬 더 고통스러웠다. 그래서 어떡하든 그녀 먼저 내보내려고 했던 거였다.

그녀가 자신의 눈앞에서 어떻게 될지도 모른다는 생각이 들자 온몸의 피가 빠져나간 것처럼 한기가 돌았다. 그 순간 느꼈다.

난, 이 사람을 사랑한다고…….

그 모든 일에도 불구하고 나 자신보다 더 이 여자를 사랑하고 있다고. 그녀가 한도원이든 클로에든 한서원이든 그건 더 이상 전혀 중요하지 않았다. 그 감정이 모두 다 한 사람을 향해 있었다는 것만은 변함없는 진실이었으니까.

이제 그녀가 누구라도 상관없다. 이미 사랑하고 있었으니까. 3년 전부터.

크게 숨을 내뱉은 강준이 팔을 내리고 천천히 눈을 떴다. 그의 붉게 달아오른 눈에 한 여자에 대한 그리움이 가득 차올랐다.

"……잡히기만 해. 한서원."

이렇게 사랑하게 만들어 놓고 다시 사라져 버린 걸 후회하게 만들어 줄 테니까.

미치게 갈망하는 여자를 향한 애끓는 심정이 그의 탁하게 갈라진 목소리에 고스란히 스며들어 있었다.

❊

가까이서 들려오는 파도 소리에 서원이 눈을 떴다. 천천히 눈을 깜빡여 잠을 떨구어 내자 열린 창밖으로 탁 트인 바다가 보였다. 한낮의 햇살이 커다란 창문에 매달린 흰 커튼 사이로 들어와 온 방 안에 흩어졌다. 마치 빛의 파편처럼.

서원은 침대 위에서 모로 누운 채 그대로 환히 쏟아지는 햇빛과 에메랄드빛 바다를 가만히 응시했다.

이곳에선 모든 시간이 느리게 흐르는 것 같았다. 이 섬은 사람이 많지 않았다. 이따금 휴양을 즐기러 온 사람 몇몇 정도랄까. 그래서 그런지 다들 여유롭게 하루하루를 보내고 있었다.

서원 역시 당분간 아무 생각 없이 지내기 위해 온 곳이었다. 적어도 그 목적에는 완벽하게 부합하는 곳이었다. 방전된 시계처럼 시간이 멈춘 양 무료히 시간을 보내는 것이 최대의 과제인 것처럼 서원은 자신을 잊었다.

이곳에 온 이후로 해변엔 한 번도 나가지 않았다. 그저 이렇게 조용히 응시하며 시간을 모래시계처럼 천천히 흘려보냈다.

이곳에 오기 전, 연구실에 들러 레나를 잠시 만났다.

'벌써 휴가가 끝난 거야? 더 쉬겠다더니.'
'아직 끝난 건 아니에요. 물어볼 게 있어서.'
'나한테? 뭔데?'

호기심 어린 눈으로 묻는 레나에게 서원은 사그라질 것 같은 옅은 미소를 띠고 말했다.

'이번엔 정말 아무 생각 없이 쉴 수 있는 곳으로 가 볼까 해서요.'
'하긴 휴가를 즐기기에 워싱턴은 너무 정신없는 곳이지. 잘 생각했어.'
'전에 레나가 다녀왔다는 조용한 섬이 어디인지 알려 줄 수 있어요?'

어쩌면 다신 연구실로 돌아갈 수 없을지도 모른다는 생각을 했다. 그래서 연구실에 들른 김에 보스와 친한 동료들에게 짧게 인사한 뒤에 서원은 레나가 추천한 섬으로 향했다.

언젠가 레나가 1년쯤 살아 보고 싶다고 추천했던 그곳은 플로리다 주에 속한 조용하고 작은 섬이었다. 그럼에도 휴양지답게 호텔마다 프라이빗 비치가 있었고 스노클링 하는 여행객들이 있어

적당한 온기가 도는 곳이었다.

휴양을 하러 왔다지만 서원은 물 먹은 솜처럼 침대 위에 가라앉아 있었다.

눈을 감으면 강준이 떠올랐고 눈을 떠도 강준이 떠올랐다. 처음 엘른에서 마주한 그의 모습부터 강렬한 소유욕을 드러내던 모습, 다 잊은 듯 무심해 보이던 모습과…… 다시 만났을 때의 모습까지.

짧은 시간이었지만 얼마 전 워싱턴에서 여자로서 강준에게 사랑받은 기억들이 머릿속에 생생했다. 그 달콤함에 취해 욕심을 부렸던 대가일까.

'결국 다 들켜 버리고 말았으니.'

두 번씩이나 그를 속인 자신을, 강준은 위협 속에서도 굴하지 않고 지켜 주려 했다. 그 생각을 하면 서원은 목구멍이 꽉 막힌 듯 조여 오며 숨쉬기가 힘들어졌다.

'더 빨리 말했어야 했어.'

이렇게 죄책감에 힘들 줄 알았더라면 어떤 책임을 감수하고서라도 그에게 모든 걸 고백했어야 했다. 이렇게 뒤늦은 후회만 할 바엔.

환한 햇살이 수면 위로 반짝거리는 바다를 응시하던 서원은 천천히 숨을 들이켜고 눈을 감았다.

언젠간 이 모든 일을 받아들이게 될까? 그를, 이강준을 잊을 수 있게 될까?

염치없는 바람이라고 생각하며 서원은 무기력한 후회만이 반복되는 꿈속으로 천천히 침잠했다.

❋

　"아직도 찾지 못했습니까."

　이강준의 냉기 어린 시선에 박 실장이 고개를 숙였다.

　"죄송합니다. 비행기로 이동하지 않았다는 것과 국내로의 입국 기록이 없다는 건 확인했습니다. 현재 구체적인 이동 경로를 찾고 있는 중입니다."

　강준의 서늘한 눈에 초조함이 깃들었다. 미국 내에 있다고 해도 범위가 너무 넓었다. 게다가 주 단위로 관할이 다르기 때문에 정보를 얻어 내는 데도 시간이 걸린다. 겨우 찾아냈다 하더라도 그 시간 동안 다시 다른 곳으로 이동할 가능성도 있었다.

　"어렵군."

　강준이 신음처럼 낮게 내뱉었다.

　그는 모든 일정을 미루고 워싱턴의 엘른 호텔에 머물고 있는 중이었다. 이곳에서 한국에서 온 주치의 치료를 받는 시간 외에 모든 시간을 한서원을 찾는 데에 몰두했다.

　"최선을 다해 찾고 있으니 조금만 더 기다려 주십시오. 그리고……."

　강준이 미간을 좁힌 채 시선을 마주치자 박 실장이 조금 망설이는 말투로 말했다.

　"보고드릴 것이 있습니다."

　"뭡니까."

　"이건 한서원 씨 신상에 관한 것인데……."

　"한도원 씨와의 혈연관계를 말하는 거라면, 알고 있습니다."

　강준의 말에 박 실장이 의외라는 표정을 지었다.

"알고 계셨군요."

하긴 그렇게 똑같이 생겼으니.

누군가 닮았다고 생각했는데 그게 남자인 한도원일 줄은 몰랐다. 한서원에 대해 찾다 보니 알게 되어 그 기시감의 정체를 깨달았을 뿐이었다.

한도원은 3년 전 부사장실에 근무했으니 혹 그때부터 만나 왔나 생각해 봤지만 그건 아니었다. 만약 그랬다면 이강준의 모든 스케줄을 알고 있는 자신이 모를 리가 없었다.

'그렇다면 이곳에서 만났다는 건데.'

비서실에서 일하던 한도원의 누나를 우연히 워싱턴에서 만나, 고작 일주일 만에 이런 관계가 됐다는 것에 박 실장은 의문을 가지고 있었다.

하지만 그건 이강준의 사생활 영역이니 자신이 궁금해할 사항은 아니다.

"납치범 쪽은 어떻게 됐습니까."

강준이 시선을 맞추고 묻자 박 실장이 들고 있던 파일을 건넸다.

"납치범들에 대한 전과 기록과 신상 명세입니다. 그럼 다른 정보가 들어오면 바로 보고드리겠습니다."

고개를 숙인 박 실장이 객실을 나갔다. 강준은 파일을 몇 장 넘겨보다가 다시 덮었다.

탁.

미간을 좁힌 그가 손가락으로 수려한 이마를 짚었다.

"어디로 사라진 거야? 대체."

이런 상태에서 한서원을 찾게 된다면 자신이 무슨 짓을 저지를

41

지도 모른다는 생각이 들 만큼 초조하고 화가 났다.

3년 전, 당시 한도원이라고 알고 있던 그녀가 사라졌을 때도 괴로웠었다. 몇 번이나 사람을 시켜 찾을 생각을 했을 정도로.

그때 그 충동을 이겨 낸 건 어찌 되었든 그게 그녀의 결정이었기 때문에 받아들인 거였다. 아무리 고통스럽더라도 자신을 거절한 상대를 억지로 찾아 붙드는 일을 해선 안 됐다. 그건 그만큼 그녀를 존중했기에 내린 결정이었다.

"……하지만 지금은 아니야."

강준의 잠긴 목소리가 낮게 흘러나왔다.

만약 그녀가 거짓말을 들켰단 이유로 자신을 보는 게 고통스럽다고 하더라도, 그런 위험한 상황을 겪고 자신에게 정이 떨어져 버렸다고 해도…… 그 외의 어떤 이유래도 상관없이 그녀를 놔줄 생각이 없었다. 어떻게든 한서원을 찾아야만 했다.

"이번에 잡히면 가만두지 않아."

타오를 듯한 눈동자로 허공을 노려보는 강준의 목소리에 이루 말할 수 없는 절실함이 배어났다.

✳

레나는 클로에의 이름을 대며 자신을 찾아왔다는 동양인 남자를 만나기 위해 연구실 가운 차림으로 밖에 나왔다. 연구실이 있는 건물 앞에 서 있는 슈트 차림의 남자를 본 그녀가 안경을 추켜올렸다.

'저 사람인가?'

동양인답지 않게 우뚝 솟은 큰 키에 멀리서 봐도 좋은 신체 비율. 거기에 가까이 다가갈수록 모델처럼 잘생긴 얼굴이 눈에 들어와 레나의 발걸음이 느려졌다.

그것도 눈에 띄지만 또 하나, 마치 사랑하는 사람을 보는 듯한 시선으로 연구실 건물을 보고 있는 눈빛은 그녀의 궁금증을 더욱 증폭시켰다.

「당신이 날 찾아왔다는 사람인가요?」

레나의 말에 남자가 고개를 돌렸다.

「처음 뵙겠습니다. 전 이강준이라고 합니다.」

자신을 소개한 남자가 명함을 한 장 꺼내 내밀었다. 레나는 한 손을 가운 주머니에 넣은 채 다른 손으로 그것을 받아 들었다. 명함을 한 번 보고 그를 힐끗 쳐다본 그녀가 어깨를 으쓱였다.

「이런 대단하신 분이 저를 왜 찾아오셨을까요? 클로에와 아는 분이세요?」

레나가 눈을 가늘게 뜨고 질문하자 강준이 진지하게 그녀를 마주 봤다.

「그녀가 일주일 전 이곳을 찾아왔다고 알고 있는데, 혹시 그녀가 어디로 갔는지 아십니까?」

「저는 질문에 질문으로 대답하는 건 별로 좋아하지 않는데.」

「……실례가 됐다면 사과하겠습니다.」

레나의 뾰족한 목소리에 강준이 정중하게 고개를 숙였다.

'내가 너무 심했나.'

그의 눈에 담긴 절실함을 뻔히 알아챘으면서도 까탈스럽게 대한 거였다. 그런데 강준이 예의 바르게 응대하자 괜히 미안해졌다.

「클로에게 남자가 있다는 말은 들어 본 적이 없어서요. 무슨

43

관계인지도 모르는데 내가 이런 정보를 함부로 줄 순 없잖아요.」

레나가 한층 부드러워졌지만 여전히 선을 긋듯 설명하자 강준이 조용히 서 있었다.

「혹시 그녀와 연락이 되십니까?」

「아뇨.」

레나가 고개를 저었다. 안 그래도 자신이 소개한 섬이 마음에 드냐고 물어보려고 했는데 클로에의 휴대폰은 계속 꺼져 있었다.

'휴양을 제대로 즐기기 위해 외부 연락을 끊은 건가 했는데…… 그게 아니었나?'

강준의 가라앉은 눈을 응시하던 레나가 다시 말했다.

「당신과 클로에가 무슨 관계인지 확인하지 못한 상태에서 무작정 그녀가 있는 곳을 알려 줄 수는 없어요. 세상이 흉흉한데 당신이 애인인지 스토커인지 어떻게 알겠어요?」

「이해합니다.」

강준이 레나의 말에 수긍했다.

당장 서원의 행방을 알고 싶은 건 사실이지만 아무에게나 행방을 말해 주는 사람보다는 신뢰가 갔다.

「클로에와 연락이 되면 의사를 물어보고 여기 쓰인 연락처로 연락 줄게요. 그렇게 하면 되죠?」

레나가 강준의 명함을 들어 보이며 묻자 그가 고개를 끄덕였다.

「기다리겠습니다.」

「그럼 조심해서 들어가세요.」

강준의 다크그레이색 눈동자를 잠시 보고 있던 레나가 가운을 여미며 몸을 돌렸다.

한 발 떼어 내는데 뒤에서 강준의 말이 그녀를 잡았다.

「한 가지 묻고 싶은 게 있습니다.」

「뭔데요?」

순순히 물러난다 싶었는데 아닌가?

레나가 경계심을 품은 눈동자로 돌아보자 강준이 아까 보고 있던 연구실 건물을 가리키며 말했다.

「그녀가 근무하던 연구실이 이 건물에 있습니까?」

「네. 맞아요.」

「……그렇군요.」

남자의 시선이 아까처럼 다시 건물로 향하는 것을 보며 레나가 몸을 돌렸다.

입구를 향해 걷다가 한참 뒤에 문득 뒤를 돌아보니 그 남자는 여전히 그 자리에 선 채 하염없이 건물만 바라보고 있었다.

'저기서 밤이라도 새울 생각인가.'

레나는 그렇게 생각하며 안경을 추켜올리고 휴대폰을 꺼냈다. 다시 클로에에게 전화를 걸어 봤지만 휴대폰은 여전히 꺼진 채였다.

「뭐, 전화를 받지 않는 걸 어쩌라고요.」

어깨를 으쓱인 레나가 건물 안으로 들어갔다.

다음 날.

자판기에서 커피를 뽑아 마시고 있는 레나의 귀에 여자들의 목소리가 들렸다.

「저 동양 남자, 어제도 있었지?」

「누군데 계속 저러고 있는 거야?」

……설마?

본능적으로 여자들 틈에 끼어 창밖을 보니 어제 제게 명함을 줬던 이강준이라는 사람이 서 있었다.

「여자 기다리나?」

「그건 모르겠는데 우리 연구실에도 시끌시끌하던데? 저 잘생긴 동양 남자 누구냐고.」

「대체 어떤 여자이기에 저런 남자를 하루 종일 기다리게 하는 거야? 얼굴 좀 보고 싶네.」

그 소리에 왠지 찔린 레나는 슬쩍 커피 잔을 들고 그들 무리에서 빠져나왔다.

'왜 내가 눈치를 봐야 되는 거람?'

어깨를 으쓱이고 복도로 나온 레나는 주머니에서 다시 휴대폰을 꺼내 들었다.

「클로에, 제발 휴대폰 좀 켜. 애먼 사람 오해받게 하지 말고!」

레나가 난감한 표정으로 입술을 잘근거렸다. 그녀의 고뇌를 아는지 모르는지 여전히 전화는 꺼져 있었다.

그리고 나흘 후.

「이봐요.」

레나는 인내심이 한계에 다다른 얼굴로 같은 자리에 서 있는 강준에게 성큼성큼 걸어갔다.

✳

강준은 비행기 안에서 레나가 건네준 메모지를 조용히 응시하고 있었다.

'아마 그 호텔에 있을 거예요. 그날 클로에가 휴양이 필요하다면서 알려 달라고 한 곳이니까. 예전에 내가 갔던 곳이거든요.'

섬과 호텔의 이름이 적힌 메모지를 건넨 레나가 주변을 둘러보고는 고개를 바짝 갖다 댔다. 그러고는 소리 낮춰 말했다.

'이상한 오해 받기 싫어서 알려 주는 거니까, 만에 하나 클로에에게 무슨 일 생기면 가만 안 둬요!'

신경 쇠약에라도 걸린 듯한 얼굴로 히스테릭하게 말한 레나가 다시 주변을 획획 둘러보고는 빠르게 몸을 돌렸다.

아마 자신이 요 며칠간 클로에에게 백 번도 넘게 전화했을 거라는 말을 남기며.

그건 강준 역시 마찬가지였다. 서원이 사라진 시점부터 줄곧 통화를 시도해 봤지만 늘 전화기가 꺼져 있다는 멘트만 확인할 뿐이었다.

'클로에가 당신에게서 도망친 거라면, 그럴 만한 이유가 있지 않을까요?'

메모지를 받고 몸을 돌리던 때 레나의 목소리가 다시 들리자 강준이 돌아봤다. 레나는 가운 위로 팔짱을 끼고 걱정 어린 표정으로 그를 보고 있었다.

'이렇게 잡는 게 답이 아닐 수 있다는 말이에요.'

'뭐든 상관없습니다. 난 그저 지금 당장 그녀를 만나고 싶을 뿐.'

그 말에 레나는 별말 없이 다시 돌아서서 건물로 들어갔다.

강준은 최대한 빠른 항공편을 끊어 플로리다 주로 향했다. 그의 가라앉은 눈이 창밖을 응시하고 있었다. 요 며칠 내내 거의 자지 못했지만 피곤하진 않았다.

도망친 이유.

레나의 마지막 말이 그의 머릿속을 떠돌았다.

'그게 어떤 이유든 넌 나에게 돌아와야 해.'

강준의 짙은 눈동자가 일렁였다. 서원을 찾는 동안 그 생각만으로 버텼다.

묻고 싶은 말들과 터뜨리고 싶은 분노와 원망이 온통 뒤엉켜 스스로를 미치게 만들 것 같을 때마다, 그래서 참을 수 없이 가슴이 터질 것 같을 때마다……. 서원을 찾아 제 품에 가둬 둘 생각만으로 버텨 냈다.

그 생각 하나만이 그가 지금까지 미치지 않고 정신을 잡고 있는 유일한 버팀목이었다.

'그러니까…… 거기 있어. 한서원.'

움직이지 말고 거기 그대로.

11

이 섬에 온 지 며칠이나 지났는지 서원은 알 수 없었다. 휴대폰은 꺼 놓은 상태고, TV도 한 번 켜지 않았다. 그렇게 시간의 흐름에 감각이 무뎌질 즈음에야 그녀는 호텔 밖으로 나섰다.

그동안 창밖으로만 보던 해변의 모래는 실제로 새하얗고 부드러웠다. 샌들을 벗어 손가락에 걸어 들자, 따스하게 데워져 발바닥 아래를 간질이는 모래의 감촉이 느껴졌다.

선베드에 누워 맥주를 마시고 있는 몇 명의 휴양객들과 바다 위의 서핑족 외엔 대체적으로 해변은 한적했다.

사락, 사락.

맨발에 닿는 모래의 감촉에 집중하며 서원은 천천히 해변가를 걸었다.

'이제 한동안은 이렇게 걸어 볼까.'

내내 누워 있던 끝에 걸을 생각이 들었으니까, 한동안은 계속 이렇게 걷다 보면 돌아가고 싶은 생각이 들지도 모른다.

연구실이든, 한국이든.

'아, 맞다. 도원이…… 걱정할 텐데.'

도원에게 말도 하지 않고 이 섬에 왔는데 무작정 휴대폰을 꺼놓고 있었다는 자각이 뒤늦게 들었다. 워싱턴에서 지내는 동안에도 종종 통화를 했기 때문에 도원에게서 연락이 왔는지도 모른다.

하지만 아직 휴대폰을 켤 생각은 들지 않았다.

정수리가 금방 뜨거워질 듯 쨍한 햇빛을 받으며 서원은 자신이 휴대폰을 켜지 못하는 이유에 대해 생각했다.

'강준에게서 연락이 왔을까 봐? 아니면, 연락이 오지 않았을까 봐?'

무엇이 두려워서 휴대폰도 켜지 못하고 있는 걸까.

얼마나 걸었는지 온몸의 수분이 바짝 마른 것 같았다. 서원은 계속 맨발로 모래를 밟아 나가며 생각했다.

'결국 난 도망친 건가?'

어찌 됐든 사과도 했고 최소한의 상황은 매듭지었으니 괜찮을 거라 기대했는데 전혀 아니었다. 끊임없이 무너지는 마음 때문에 아예 생각 자체를 하지 않으려 했지만 그마저도 소용이 없었다. 그에게서 도망친 그 순간부터 지금까지 한 발짝도 나가지 못한 자신만 확인했을 뿐이었다.

'시간을 되돌릴 수 있다면 얼마나 좋을까.'

3년 전 그때, 워싱턴의 그 크루즈 위에서 강준에게 고백했더라면. 이렇게 그를 잊지 못해 계속 방황하고 괴로울 바에야 그때 털어놨어야 했다.

경멸 어린 그의 차가운 눈이 이렇게 아플 줄 알았더라면. 그럼에도 이렇게 그가 보고 싶고 그리울 줄 알았더라면…….

서원의 온몸이 쨍한 햇빛에 바싹 말라 갔다. 타오르는 태양이 전투적으로 그녀의 몸을 공격해 대고 있었지만, 서원은 걷는 것만이 유일한 살길인 것처럼 필사적으로 걷는 데만 몰두했다.

시야가 어지러울 정도로 의식이 흐려지는데 머릿속은 오로지 강준의 생각만으로 가득했다.

그에 대한 미안함으로.

"미안……해요. 강준 씨."

서원은 그 자리에 힘없이 주저앉았다. 그녀의 눈에서 뜨거운 눈물이 흘러내렸다.

"흑."

이곳에 온 뒤로 감정이 메마른 사람처럼 아무런 감정의 동요가 일지 않았다. 눈물도 흘리지 않았고, 고통도 괴로움도 점차 느껴지지 않았다.

'그렇게 천천히 마음이 단단해질 거라고 생각했는데…….'

전혀 아니었다. 감당하지 못해 잠시 그 마음을 저 깊은 곳에 밀어 넣고 닫아 놨을 뿐이었다. 다시 꺼내자마자 주체하지 못할 정도로 감정이 흘러넘치며 눈물이 쏟아졌다.

"강준…… 강준 씨."

그리움이 파도처럼 밀려들었다. 이렇게 그를 그리워할 염치가 없어야 하는데 그가 보고 싶어서 가슴이 쥐어뜯기는 것 같았다. 서원은 고통스럽게 제 가슴 위를 움켜잡았다.

"흐윽, 윽."

마른 나무토막처럼 수분이 바짝 마른 몸에서 신기할 정도로 많은 눈물이 쏟아져 나왔다. 끊임없이 흘러나오는 눈물이 그녀의 얼굴을 엉망으로 만들며 아래로 떨어져 내렸다.

투둑, 툭.

하얀 모래 위로 번지는 눈물 자국들이 강렬한 태양 아래에서 보석처럼 빛났다.

❁

……눈부셔.

서원이 눈썹을 찌푸리고 천천히 눈을 뜨자 낯선 천장이 보였다.

'여긴, 병원?'

눈앞에 보이는 의료기기의 모습들과 자신의 팔에 연결된 링거 줄에 서원이 고개를 돌렸다.

「정신이 들어요? 지금 링거 줄 제거해 주려는 참이었는데.」

흑인 간호사가 다가오며 하는 말에 서원이 혼란스러운 얼굴로 그녀를 바라봤다.

「내가…… 어떻게 된 거죠? 왜 여기…….」

「해변에서 쓰러졌었어요.」

「쓰러졌다고요?」

서원의 눈이 커졌다.

「그럴 만도 하지. 탈수 증상을 일으킬 정도의 영양실조 상태에서 한낮의 해변을 그렇게 걸어 다니면 어떡해요?」

링거를 제거하며 간호사가 타박하듯 말하자 서원은 기억을 더듬었다. 그러고 보니 해변을 무작정 걷던 기억이 났다. 제대로 먹지도 않고 내내 누워만 있다가 뭔가에 홀린 듯 그렇게 오랫동안 걸었으니…….

‘대체 무슨 짓을 한 거야. 한서원.’

서원이 착잡한 표정을 지었다.

남이 보면 정말 자해하려는 사람처럼 자신을 학대했다는 것이 지금 정신이 들고 보니 확연히 느껴졌다.

「마침 지나가던 사람이 있었기에 망정이지, 그쪽은 인적도 드문 곳이라 정말 위험할 뻔했어요. 절대 주의하세요.」

강조한 간호사가 빼낸 주사기를 들고 몸을 돌리며 말했다.

「그분은 곧 오실 거예요.」

「그분이라니, 누구요?」

서원이 의아해 묻자 간호사가 돌아봤다. 간호사는 고개를 비스듬히 기울이고는 무슨 말이냐는 듯 서원을 바라봤다.

「그분이 입원 수속이랑 다 하셨는데. 남편 아니었어요?」

「네?」

서원이 되묻는데 그때 누군가가 병실 안으로 들어섰다.

「아, 오셨네요.」

간호사가 들어서는 남자를 보며 말하자 그쪽으로 고개를 돌린 서원의 눈이 커졌다.

“!”

강준이 그녀 앞에 서 있었다.

“강준…… 씨.”

눈앞에 선 그를 보고도 서원은 믿기지가 않았다. 마치 꿈을 꾸고 있는 것 같았다. 그를 보고 싶은 마음이 만들어 낸 달콤한 꿈.

흔들리는 눈으로 보고 있는 서원을 강준이 마주 봤다.

“이번에도 도망칠 수 있을 줄 알았나?”

“어떻게…….”

목이 잠긴 서원이 침을 삼키는데 강준이 침대 쪽으로 걸어왔다. 가까이 다가온 그가 그녀를 내려다봤다.

탁.

간호사가 문을 닫고 병실 밖으로 나갔지만 두 사람의 시선은 여전히 서로에게만 향해 있었다.

바지 주머니에 손을 꽂고 내려다보는 강준의 전보다 더 날카로워진 턱선에 그녀가 시선을 두고 있는데 그가 입을 열었다.

"거짓말만 특기가 아니라 사라지는 것도 특기였군."

낮은 목소리가 조용한 병실에 내려앉았다. 그의 시선이 서늘하게 그녀에게 꽂혔다.

"이번에 알려 준 이름도 가짜라면 못 찾을 뻔했는데 다행히 그건 거짓말이 아니던데."

서원이 입술을 깨물었다. 그의 분노가 맺힌 목소리가 칼날처럼 날카롭게 심장을 찔렀다.

"겨우 찾아냈다고 생각했는데, 호텔에 없더군."

"……"

"가만히 기다리기엔 숨이 막힐 것 같아 무작정 찾아다니는데 해변에서 동양 여자가 쓰러져 있다는 소릴 들었어."

침대 위에서 주먹을 꼭 쥔 서원이 시선을 내리자 강준이 으렀다.

"고개 들어. 한서원."

아…….

다시 고개를 든 서원의 눈이 흔들렸다. 강준의 붉게 충혈된 눈에 눈물이 고여 있었다.

"얼마나 정신없이 달려갔는지 기억도 나지 않아."

낮게 잠긴 그의 목소리가 떨리고 있었다.

"사람들이 가리키는 쪽으로 달려가면서도 설마, 했어. 아니겠지. 다른 사람이겠지⋯⋯."

울컥 치밀어 오르는 것을 삼켜 내듯 그의 목울대가 크게 꿈틀거렸다.

"그런데도 미치도록 불안했어. 너일까 봐."

서원은 숨도 쉬지 못하고 강준의 충혈된 눈을 바라봤다. 이를 악문 그의 턱에 단단하게 힘이 들어가는 것이 보였다. 괴로움이 느껴지는 그 모습에 서원은 심장이 꽉 움켜잡힌 것처럼 아팠다.

깊게 숨을 몰아쉰 강준이 말을 이었다.

"⋯⋯네가 쓰러져 있는 걸 봤을 때, 내가 어떤 기분이었을 것 같아?"

툭.

강준의 눈에서 넘쳐흐른 눈물이 그녀의 야윈 뺨을 타고 흘러내렸다.

"강준⋯⋯ 씨."

눈물 흘리는 강준의 얼굴을, 서원은 마주 보면서도 믿을 수가 없었다. 이렇게까지 자신을 걱정한 강준의 심정이 절절하게 와닿았다. 콧등이 시큰해져 오자 서원의 작은 턱이 가늘게 떨렸다. 그녀의 커다란 눈에 어느새 투명한 눈물이 가득 차올랐다.

"다시 널 만났을 때."

그의 낮은 음성이 꽉 막힌 듯 답답하게 흘러나왔다.

"그저 닮은 사람일 거라고 생각했어. 여자인 네가, 내가 알던 한도원일 리가 없으니까."

내내 혼란스러웠다. 한도원을 닮은 사람에게 향한 자신의 감정과 그때와 똑같은 육체의 반응에.

"내 몸은 단 한 사람에게만 반응하는데, 공교롭게도 똑같은 얼굴에 똑같은 체향을 가진 사람에게 말이야."

강준이 팔을 내렸다.

"이 손목도."

서원의 가느다란 손목을 잡은 그가 낮게 말했다.

"끌어안았을 때의 감촉도 전부 네가 여자라는 걸 알려 주고 있었는데…… 그땐 왜 몰랐을까."

"미안해요. 내가……."

서원이 겨우 목소리를 흘려보내는데 동시에 그가 그녀의 여린 손목을 붙잡은 손에 힘을 줬다.

"어떻게 찾았냐고 물었지. 힘들게 찾았어. 네가 상상도 할 수 없을 만큼 아주 힘들게."

서원의 팔을 꽉 잡은 강준의 손등에 푸른 핏대가 곤두서 있었다. 그가 그대로 강하게 시선을 마주쳐 왔다.

"널 찾지 못할까 봐. 아니, 찾는 날까지 내가 버틸 수 없을까 봐. 하루하루가 미칠 것 같았어."

시선이 붙들린 서원이 숨을 들이켰다.

"당장 널 잡아야 했으니까."

잡아서, 옆에 둬야 했으니까. 이번엔 절대 어디도 가지 못하도록 붙잡아서 자신의 옆에.

그 말을 하지 못하고 삼킨 그의 얼굴에 뜨거운 눈물이 흘러내렸다. 흔들리는 눈빛으로 보고 있던 서원이 달싹이던 입술을 열었다.

"내가 당신 옆에 있기를 바란다는 말을…… 하는 거예요?"

"……그래."

그의 짓눌린 듯 흘러나오는 목소리에 서원이 눈을 질끈 감았다.

"난 당신을 두 번이나 속였는데 어떻게…… 어떻게 그렇게 쉽게 용서해요?"

속절없이 흘러나오는 그녀의 눈물을 그가 아프게 내려다봤다.

"쉽게 용서한 거 아니야."

"흑……."

손을 뻗은 그가 서원의 얼굴 위로 뜨겁게 흘러나오는 눈물을 닦아 냈다. 다정한 손길에 더 주체할 수 없이 눈물이 흘러나왔다.

"아주 어렵게 용서했어. 그러니까, 넌 쉽게 돌아와."

눈물로 엉망이 된 서원의 얼굴을 강준이 두 손으로 감쌌다. 서원의 시선을 자신에게 맞춘 그가 깊은 눈동자로 응시했다.

"넌 그래 주면 돼."

✻

강준이 퇴원 수속을 밟아 놨기 때문에 바로 병원에서 나온 두 사람은 서원이 묵고 있는 호텔 쪽으로 향했다. 오는 동안 서원은 내내 강준에게 잡혀 있는 자신의 손을 신기하게 바라봤다. 몇 번이나.

아까 해변에서 쓰러지기 전까지만 해도 상상도 할 수 없는 상황이었다. 자신이 그와 손을 잡고 이곳에 함께 있다니.

"우선 식사부터 해. 영양실조에 탈수라니. 대체 그동안 뭘 하고 지냈던 거야?"

쓰러질 정도로 체력이 약해져 있던 서원을 책망하듯 그가 말하자 서원이 조금 민망한 얼굴로 웃었다.

"……그러게요."

생각해 보니 이곳에서 지내는 동안 음식은 거의 먹지 않았다. 종종 룸서비스를 주문했지만 그것마저도 거의 입에 대지 않았다.

"일부러 그랬던 건 아니에요. 그냥 어쩌다 보니 그렇게 됐을 뿐이지."

강준이 화가 난 것 같아 서원이 변명하듯 덧붙였다. 링거 때문인지 이제야 자신이 무력한 나날을 보내는 동안 몸을 제대로 돌보지 못했다는 것을 깨달았다.

강준은 말없이 서원을 내려다보다가 잡은 손에 힘을 줬다.

"전화라도 받았어야지."

한숨과 함께 낮게 내뱉은 그가 안타까움이 스민 눈동자로 서원의 마른 얼굴을 내려다봤다.

"당신도 살이 빠진 것 같아요."

서원이 손을 뻗어 그의 날렵해진 턱과 야윈 뺨을 매만지자 강준이 그녀의 손 위에 자신의 손을 덮었다.

"난 한서원 찾느라 그런 건데."

그녀의 손을 감싼 채 입술 끝을 부드럽게 끌어 올린 강준이 그대로 그녀를 이끌었다.

"일단 들어가자."

이국적인 분위기의 레스토랑으로 걸어간 강준이 해변이 내려다보이는 야외 테이블에 그녀를 앉혔다.

"여기서 식사한 적 있나?"

"아뇨. 아직."

호텔과 가까운 위치라 강준이 묻는 말에 서원이 고개를 저었다.

"실은 호텔 밖에 나온 게 오늘이 처음이었어요."

작게 말하는 그녀의 얼굴을 보며 강준이 미간을 좁혔다.

"대체……."

한숨을 내쉰 그가 메뉴판을 들고 온 직원에게 곧장 가장 인기 있는 메뉴로 몇 개 주문했다. 너무 많이 주문하는 것 같아 서원이 그를 말렸다.

"그거 다 못 먹어요."

"뭐가 입맛에 맞을지 모르니까. 조금이라도 먹으려면 입맛에 맞아야지."

강준의 말에 더 할 말이 없어진 서원은 그가 주문하는 동안 노을 진 해변에 시선을 뒀다.

휴양객들을 맞이하는 이국적인 레스토랑들의 조명과 많진 않지만 저녁 식사를 하기 위해 나온 여행자들의 웃음소리가 따스한 분위기를 자아내고 있었다.

그녀가 다시 고개를 돌렸을 때 그는 긴 다리를 꼬고 의자에 느른히 앉아 그녀를 응시하고 있었다. 주름 하나 없는 깔끔한 셔츠와 걷어 올린 소매 사이로 드러난 날렵한 팔근육에 서원의 시선이 닿았다.

다시 천천히 시선을 올리자 한쪽 손으로 머리를 비스듬히 기댄 채 자신을 응시하는 강준과 시선이 마주쳤다.

"더 봐도 돼. 나도 그동안 못 봤던 한서원을 앞에 두고 질릴 때까지 볼 생각이니까."

강준의 말에 서원이 옅게 미소 지었다.

"이곳이 이런 예쁜 곳인 줄 지금까지 몰랐어요. 알았다면 객실에만 있지 말고 좀 나와 보는 건데."

시선이 닿는 곳마다 다 아름다웠다. 노란빛이 감도는 따스한 조명이 해변을 따라 길게 늘어서 있어, 노을 지는 섬 전체가 근사해 보였다.

"오늘부터 나와 매일 함께 나오면 돼."

"당신 바쁘지 않아요? 아, 그러고 보니 일은……."

강준이 얼마나 바쁜 사람인지 잘 알고 있는 서원이 눈을 깜빡이며 물어보자 그가 곧은 눈썹을 슬쩍 치켜 올렸다.

"지금까지 일도 버려두고 찾아 헤매게 만든 사람이 할 말은 아닌 것 같은데."

서원이 미안한 표정으로 긴 머리칼을 쓸어 넘겼다.

"미안해요. 나 때문에."

"여기 오기 전에."

강준이 테이블 위에서 팔짱을 끼자 슬림한 핏의 셔츠가 당겨지며 그의 단단한 근육이 드러났다. 역삼각형의 넓은 어깨와 남자다운 상체가 셔츠 위로 윤곽을 드러내자 서원은 은밀한 열기가 몸 안에 퍼지는 것이 느껴졌다.

오랜만에 느껴지는 그 야릇한 자극에 서원은 입안에 침이 고였다.

"네가 일하는 연구소에 갔었어."

발갛게 물드는 얼굴을 슬쩍 매만지던 서원이 강준의 말에 멈칫했다.

"거길 어떻게……."

그러고 보니 강준이 어떻게 여길 찾아왔는지도 모르고 있었다. 기억을 더듬어 보니 납치되었을 때 강준에게 사실을 털어놓으면서 연구실에서 일하고 있다고 말한 게 떠올랐다.

"호텔에서 짐을 찾아간 이후 한서원의 행적을 쫓았더니 마지막으로 찾은 게 거기서 레나라는 여자를 만난 거더군."

"레나를 만났어요?"

서원이 놀란 눈을 떴다. 강준이 어렵게 찾아왔다고는 했지만 어떤 식인지는 전혀 모르고 있었다.

"그 여자를 만나러 갔을 때, 그 연구실에 내가 알지 못했던 한서원의 삶이 있었다고 생각하니 기분이 조금 이상하더군. 그리고 만약 네가 계속 거기 있었다면 널 알지 못했을 거라는 생각이 들었어."

그의 짙은 눈동자가 흔들림 없이 서원을 향해 있었다.

"한도원이든, 클로에든, 한서원이든…… 너라는 사람을 모를 수도 있었다는 그 사실을 깨닫자 순간 소름 끼치게 공포스럽더군."

서원이 작게 숨을 내쉬고 고개를 돌려 해변에 시선을 뒀다.

"……난 당신을 몰랐다면 좋았을 거란 생각을 수도 없이 했어요."

그녀의 밝은 갈색의 눈동자가 노을에 물들어 아름다운 황금색으로 빛났다.

"당신을 향한 마음이 너무 커지는 게 두려워서 그랬어요."

서원의 목소리가 잦아들어 있었다.

"내가 남자라고 알고 있는데도 똑바로 부딪쳐 오는 당신이 처음엔 많이 당황스러웠다가, 그 뒤엔 점점 당신에게 흔들리는 마음을 느낄 때마다…… 도망치고 싶었어요."

이강준을 모르던 때로 돌아가고 싶었다. 그 감정이 너무 무겁고 괴로워서.

그녀는 강준을 보지 못하고 계속 해변에만 시선을 두고 있었다.

"결국 밀어내고 도망쳤는데도 3년간 방황했어요. 당신이 너무 그리워서 아무것도 손에 잡히질 않았고, 일에만 열중하려 했지만 그것조차 마음대로 되지 않았어요."

강준이 그녀에게 집중한 채 고요하게 응시하고 있었다.

테이블 위에 주문했던 요리가 하나하나 서빙 됐지만 누구 하나 접시에 시선을 주지 않았다.

"그땐 제대로 설명하지 못했지만, 당신을 잊지 못했기 때문에 다시 재회했을 때 당신을 거부할 수 없던 거였어요."

강준에게 모든 사실을 고백했을 땐 충분히 설명할 수가 없었다.

길게 말할 수 있는 상황도 아니었고 최대한 빨리 그에게 설명하고 싶었으니까.

"……미안해요. 더 빨리 얘기하지 못해서."

고집스럽게 해변에만 시선을 둔 그녀의 얼굴 위에서 어느새 투명한 눈물이 흘러내렸다. 강준이 천천히 몸을 일으켰다. 의자에 걸어 뒀던 자신의 재킷을 서원의 어깨에 걸쳐 준 그가 그녀의 얼굴을 내려다봤다.

"한서원."

그의 낮은 목소리에 서원은 고개를 들어 강준을 올려다봤다.

서원의 눈물에 젖은 옅은 갈색 눈동자를 내려다보며 그가 뺨에 흘러내린 눈물을 닦아 냈다.

"너는 내 옆에만 있어 주면 된다고 했을 텐데."

눈물에 젖은 말간 눈을 강준이 깊게 응시했다.

"자책하지 마. 후회하지도 말고. 네가 내 옆에 있다는 사실만으로 나에겐 충분해."

"그래도 난……."

"나는, 네가 그 모든 순간들에도 날 그리워했다는 것만으로도 모든 걸 용서할 수 있어."

강준의 진지한 목소리에 서원이 숨을 들이켰다. 그가 천천히 고개를 숙여 그녀의 속눈썹에 매달린 눈물을 입술로 머금었다. 그의 입술이 다시 멀어지고, 젖은 눈을 깜빡거리는 서원 바로 앞에서 그가 깊게 시선을 맞췄다.

"……강준 씨."

가슴이 터질 듯 차오르는 감정에 서원의 눈에 다시 눈물이 번졌다. 그의 눈동자가 진하게 물들었다.

"난 그때부터 널 사랑한 것 같아."

그가 그녀의 눈물 젖은 뺨을 부드럽게 매만졌다.

"나조차 인식하지 못한 그때부터, 아마도 내 꿈에 네가 나오던 그 순간부터 난 널 사랑하고 있던 것 같아."

그 꿈들이 이미 말해 주고 있었다. 자신은 그 사람을 사랑하게 될 거라고.

"사랑해. 한서원."

강준의 나지막한 목소리에 서원이 뜨거운 숨을 토해 냈다.

그의 고백이 마음을 뒤흔들었다.

두 손으로 그녀의 얼굴을 감싼 강준의 눈이 진지하게 빛났다.

"사랑하고 있어. 아주, 오랫동안."

긴 시간 동안 잊어 보려 해도 마음에서 지워지지 않는 유일한 사람. 처음으로 사랑을 느끼게 한 세상에서 단 한 사람.

그 사람이 바로 한서원이었다.

서원이 심장이 터질 것 같아 두 팔로 그를 껴안았다.

"사랑해요……."

    귓가에 속삭이는 물기 젖은 목소리에 강준이 그녀의 마른 몸을 단단하게 당겨 안았다.

    한참 뒤에야 눈물이 그친 서원을 위해 강준은 이미 식어 버린 접시들을 물리고 새로 주문했다. 따스하게 조리되어 나온 비프 요리를 그가 나이프로 잘게 썰어 서원의 입으로 가져갔다.
    "내가 먹을 수 있어요."
    익숙하지 않은 행동에 서원이 살짝 붉어진 얼굴로 말했지만, 강준은 기어이 제 손으로 직접 그녀의 입에 음식을 하나하나 넣어 줬다.
    부끄러워하던 서원은 이내 그가 내미는 걸 받아먹는 데에 익숙해졌다.
    "당분간 여기 있을 거야."
    식사를 끝내고 강준이 말하자 물을 마시던 서원이 그를 바라봤다.
    "돌아가야 하잖아요. 당신처럼 바쁜 사람이…… 여기 온다고 하던 일도 다 중단시키고 온 거 아니에요?"
    "그건 한서원 역시 마찬가지 아닌가?"
    서원이 마음에 걸리는 듯한 표정을 짓자 강준이 맥주병을 테이블 위에 내려놓으며 말했다.
    "지금은 다른 어떤 것도 하고 싶지 않아. 당분간 여기서 아무 생각도 하지 않고 너와 지낼 거야."
    "……하지만."
    이강준이 얼마나 지독한 워커홀릭인지는 차치하고서라도, 그의 위치를 생각하면 쉽사리 그의 결정을 따르기가 힘들었다.

서원이 하얀 이마를 찌푸리고 있자 강준이 고개를 비스듬히 기울였다.

"나와 휴가를 보내는 게 싫은가?"

"그런 뜻이 아니잖아요."

서원이 고개를 저었다.

"난 지금 프로젝트를 끝내고 긴 휴가를 받은 상황이지만 당신은 다르죠. 당신의 사인 하나가 엘른의 수많은 직원들의 생계를 책임지고 있다구요."

"그건 내가 알아서 해."

서원의 말을 자른 강준이 눈을 가늘게 뜨고 그녀를 응시했다.

"아직도 내 연인이 아닌 비서라고 생각하는 건가?"

"그건……."

서원이 대답하려는데 그가 상체를 일으켜 테이블을 짚고 그녀 쪽으로 몸을 기울여 키스했다.

아…….

급작스러운 키스에 서원은 순간 놀랐지만 이내 사르르 눈을 감았다.

"으음."

촉촉하게 얽힌 혀가 금세 뜨겁게 달아올랐다. 서원의 뒷머리를 잡고 고정한 강준이 진하게 빨아들이자 그녀의 입술이 더 크게 벌어졌다.

지나다니는 사람들의 시선도 의식하지 못한 채 서원은 달뜬 숨을 할딱이며 그를 움켜잡았다. 한껏 벌어진 입술 사이로 깊게 들어온 강준이 그녀의 여린 점막을 훑고 말캉한 혀를 쭙쭙 빨아들였다.

"하아!"

입술이 풀려나자 막힌 숨결이 터져 나왔다.

숨을 몰아쉬며 흐릿해진 눈으로 바라보는 서원을 그가 마치 잡아먹을 듯한 강렬한 눈으로 응시했다.

"난 한계야, 지금."

욕망 어린 낮은 목소리에 서원은 다리 사이가 아찔하게 조여들었다.

"……나도, 마찬가지예요."

"일어나."

그가 곧장 몸을 일으키자 서원의 심장이 요란하게 뛰어 댔다. 테이블에 수표를 둔 강준이 그녀의 손을 잡고 레스토랑을 빠져나왔다.

황금빛 노을은 자취를 감추고 날은 이미 저물어 있었다. 호텔로 향하는 강준을 따라 걸으며 서원은 그에게 잡힌 손을 내려다봤다. 커다란 손에 꽉 잡힌 감촉만으로 온몸에 흥분이 흘렀다.

지독한 갈증에 마른침을 삼킨 서원은 머릿속이 어지러웠다. 그때 그가 순간 발걸음을 멈췄다.

'저긴…….'

건물 사이 인적이 드문 좁은 길로 시선이 닿자 두 사람의 눈빛이 위험하게 부딪쳤다. 조명 하나 없는 골목의 틈새였다. 유심히 보지 않는다면 아무도 모를 그런.

지금 호텔까지 갈 여유 따위는 두 사람 모두에게 없었다.

좁은 길 사이로 서원을 데려간 강준이 그대로 그녀를 벽에 밀어붙였다.

"아!"

곧장 입술을 삼키는 힘에 서원이 그의 목덜미를 끌어안고 자신 쪽으로 한껏 당겼다.

"하압……."

타액에 젖은 말캉한 혀가 엉켜드는 소리가 야릇하게 공간을 울렸다. 지독한 갈증에 물을 들이켜는 사람처럼 그가 서원의 혀를 다급하게 빨았다. 벌어진 입술이 각도를 바꿔 가며 맞물리며 격렬한 키스가 오가는 동안 서원의 몸이 벽으로 밀렸다.

"강준 씨, 하읏, 어서……."

서원이 온몸을 태울 듯한 열기에 헐떡이며 재촉했다. 그가 타액으로 범벅이 된 그녀의 입술을 빨며 원피스를 잡아 뜯듯 끌어 내렸다. 출렁, 젖가슴이 거친 손길에 튕겨 나오자 그가 커다란 손으로 탄력적인 가슴을 거머쥐었다.

"핫!"

선명한 자극에 서원의 허리가 한껏 비틀렸다. 고개를 내린 그가 움켜잡은 가슴 끝의 동그란 유두를 입술로 물었다. 젖은 입술로 흥분된 살덩이를 빨아 대자 서원이 쾌감에 신음을 흘리며 그의 머리칼 안으로 손을 집어넣었다.

"가, 강준 씨. 아, 아앗."

축축한 입술이 예민한 유두를 빨아 대는 선정적인 소리가 서원을 더 미치게 만들었다.

제발, 제발 어서.

조급함으로 안달이 난 서원이 그의 얼굴을 끌어 올려 다시 입술을 삼켰다. 그를 끌어안은 채 빈틈없이 몸을 맞붙이고 야릇하게 엉덩이를 달싹거렸다.

"……한서원."

강준의 입술에서 짓이겨진 낮은 음성이 흘러나왔다. 긴 원피스를 아래에서 들추고 안으로 들어간 손이 허벅지 사이로 파고들었다.

'거긴…….'

그의 손이 야릇한 지점으로 향하자 서원이 숨을 꼴깍 삼켰다. 커다란 손이 얇은 팬티 위에서 도톰한 속살 전체를 꽉 움켜잡았다.

"아읏."

잡히자마자 한껏 조여드는 자극에 서원은 다리가 덜덜 떨렸다. 강준이 그녀의 쾌감에 벌어진 입술을 빨며 팬티 위를 문질렀다. 아까부터 흠뻑 젖어 있는 속살이 그의 손바닥에 뭉개질 때마다 질척이는 음란한 소리를 내고 있었다.

"아, 하읏. 읏."

"부드럽고 뜨거워. 네 여기."

"하아, 정말…… 숨 막혀 죽을 것 같아…….."

서원이 강준에게 삼켜진 입술을 벌려 할딱이며 말했다. 머릿속까지 뜨겁게 달아오른 열기 때문에 도저히 숨이 쉬어지질 않았다.

"내 몸에 다리를 감아."

강준이 그녀의 다리를 들어 올리며 욕망이 사납게 묻어나는 목소리로 내뱉자 서원이 날씬한 종아리로 그의 허리를 감았다. 강준의 손이 조급하게 자신의 바지 버클을 풀고 지퍼를 내렸다.

이미 터질 듯 발기한 굵은 페니스를 꺼내 꽉 움켜잡은 그가 뭉툭한 귀두로 그녀의 축축하게 젖은 팬티를 문질러 댔다.

"하, 하앗."

잔뜩 흥분된 목소리가 터져 나왔다. 그저 은밀한 부위의 살과

살이 닿았을 뿐인데 머리끝까지 쾌감이 치솟았다. 흥분된 속살을 자신의 빳빳한 근육 덩어리로 뭉개듯 강하게 문대며 강준이 낮게 헐떡였다.

"자제 못 할 거야."

"상관없어요. 어, 어서…….."

벽에 등을 기댄 그녀의 탱글한 엉덩이를 꽉 움켜잡은 강준이 팬티를 우악스럽게 당기며 그 사이로 자신의 짐승 같은 욕망을 찔러 넣었다.

"하윽!"

거세게 박혀 들어온 단단함에 서원의 고개가 뒤로 확 젖혀졌다. 그가 그녀의 입술을 거칠게 삼키며 격정적으로 허리를 밀어 올리기 시작했다.

"앗! 아앗!"

힘을 자제하지 못하는 두꺼운 페니스가 사정없이 찔러 올릴 때마다 서원의 입술이 크게 벌어졌다. 벌어진 그녀의 아랫입술을 빨며 강준이 거세게 들이쳤다.

"후우, 한서원…….."

신음처럼 내뱉은 강준이 서원의 엉덩이를 꽉 잡고 제 사나운 욕망을 거칠게 박아 넣었다. 핏대 솟은 굵은 남성이 자신의 여자임을 확인하듯 귀두부터 뿌리까지 단번에 찔러 들어갔다.

그가 여유 없는 몸짓으로 거칠게 밀어 올릴 때마다 서원의 몸이 위아래로 세차게 흔들렸다. 부서질 것처럼 흔들리는 통에 서원은 그의 셔츠를 꽉 움켜쥐고 매달렸다.

"가, 강준 씨!"

"네가 날 완전하게 삼켰어. 느껴져?"

강준이 터질 듯 팽팽해진 페니스를 한껏 찔러 넣고 느릿하게 안을 휘저었다.

"하으……."

저릿저릿할 정도로 강하게 조여드는 내부의 감각에 서원이 앓는 소리를 냈다. 그녀의 쾌감에 젖은 얼굴에 입을 맞추며 그가 사납게 장골을 밀어 올렸다.

"아, 아아! 아!"

쑤걱거리며 연한 살을 짓쳐 들어갈 때마다 탄성 섞인 신음이 터져 나왔다. 강준이 이글거리는 강렬한 시선으로 서원의 달아오른 얼굴을 응시했다.

열락에 젖어 찌푸려지는 미간과 달뜬 숨을 뱉어 내는 입술을 내려다보던 그가 참지 못하겠다는 듯 다시 진하게 입술을 빨았다.

"아음…… 음. 으음."

달콤한 타액이 서로의 혀에서 엉켜들었다. 그녀의 젖은 입술을 빨며 강준이 서원의 팬티를 더 당겼다.

"아핫. 그, 그렇게 하면."

당겨진 팬티 사이로 굵은 페니스가 드나들 때마다 자극으로 부풀어 오른 속살에 압박감이 더해졌다.

"조금 전보다 더 많이 흐르는데. 여기가 자극되니까 기분 좋아?"

"하웃! 으, 응. 좋아…… 아으웃!"

할딱이며 대답하던 서원이 자지러지듯 허리를 비틀었다. 한 손으로 그녀의 팬티를 찢을 듯 당기며 엉덩이를 잡아 고정한 강준이 다른 손으로 옴찔거리는 속살을 문질러 댔다.

"……핫! 아! 아훗! 아아!"

굵은 페니스로 찍어 올리듯 들이치며 동시에 쾌감의 중추를 엄지로 비벼 대자 미칠 것 같은 쾌감이 휘몰아쳤다.

오물거리는 연한 속살 사이로 힘껏 찔러 올렸다가 빠져나올 때마다 그녀의 애액이 흠뻑 묻어 나오는 자신의 근육 덩어리를 강준이 내려다봤다.

"내 꿈속에서, 네 몸이, 이렇게, 날 먹어 치웠었어."

그의 목소리가 거친 움직임에 뚝뚝 끊겨 나왔다.

"그, 그랬……어요? 아, 아앗."

"분명, 그땐, 남자라고 인식하고 있던 때였는데도."

"하, 앗, 아읏!"

찌걱, 찌걱. 엄지로 클리토리스를 문지르며 삽입하는 음란스러운 광경을 내려다보며 그가 낮게 신음했다.

"널 얼마나…… 이렇게 하고 싶었는지, 알아?"

혼자 그 강렬한 욕망을 참아 내려 안간힘을 썼던 때를 떠올리며 그가 야수처럼 헐떡였다. 어둡게 물든 눈동자에 억눌러 왔던 욕망이 번들거렸다.

그가 제 허리춤에서 자꾸만 미끄러지는 그녀의 두 다리를 잡아위로 올렸다.

"……아!"

강준이 서원의 가느다란 발목을 자신의 양어깨 위로 걸쳤다. 그녀의 엉덩이가 위로 들쳐 올라가자 그가 흠뻑 젖은 팬티를 찢어 냈다.

"더 깊이 들어갈 거야."

허스키한 음성으로 내뱉은 강준이 서원의 몸을 반으로 접을 듯 사납게 밀어붙였다.

"하으…… 앗! 아앗!"

강한 힘에 서원의 등이 벽으로 한껏 밀렸다. 공중에 들뜬 엉덩이를 꽉 잡은 그가 아찔한 각도에서 격렬하게 쑤셔 대고 있었다.

"가, 강준 씨. 너, 너무 깊……! 하읍! 학!"

아까와는 비교도 할 수 없을 만큼 깊게 박혀 드는 힘에 서원은 정신을 차릴 수가 없었다. 자극을 참기가 힘들어 눈을 감자 곧바로 그의 목소리가 들렸다.

"눈 감지 말고 날 봐."

그의 말에 서원이 가까스로 눈을 떴다. 강준이 무서운 힘으로 찔러 들어오며 강렬한 시선으로 자신을 보고 있었다. 이글거리는 그의 눈에 가득 차 있는 열망에 서원이 숨을 들이켰다.

"힘들더라도 그렇게 보고 있어. 네가 날 보지 않으면."

강준의 보기 좋은 이마에 땀이 송골송골 맺혀 있었다. 그가 고개를 숙여 그녀의 아랫입술을 지그시 물었다 놔줬다.

"또 그때처럼 꿈일 것 같아서 불안하니까."

"강준 씨……."

낮게 잠긴 목소리가 애절해서 서원은 심장이 움켜잡히는 듯한 통증을 느꼈다.

'이렇게 불안해했다니.'

자신이 여자임을 밝히지 못했던 그때. 남자로 알고 있음에도 다가오려 했던 그를 끊어 내던 그때 강준이 느꼈을 불안함을 지금 처음으로 알게 됐다.

서원이 손을 뻗어 강준의 뺨을 어루만졌다.

"안아 줘요. 계속 이렇게, 보고 있을 테니까."

가쁘게 차오른 숨을 겨우 참아 누르며 서원이 말하자 그가 그녀

안에 깊숙이 박아 뒀던 페니스를 다시 사납게 밀어 올리기 시작했다.

"아아, 강준 씨……!"

완전하게 결합된 몸에서 느껴지는 뜨거움이 서로를 향한 갈증을 확인시켜 줬다. 그녀를 더 확인하려는 듯 격렬해지는 움직임에도 서원은 그를 놓지 않고 버텼다.

"이, 이대로 제발, 놓지…… 놓지 마요. 제발."

서원이 정신없이 흔들리며 열에 들뜬 듯 흐릿한 눈으로 말했다. 강하게 움직이던 강준이 거친 숨을 내쉬며 더 속도를 올렸다.

점점 더 격렬해지는 움직임에 시야가 엉망으로 흔들리고 있었다.

"절대 놓지 않아. 한서원."

으르는 듯한 목소리가 거친 숨소리와 함께 뚝뚝 끊어졌다.

어지러워…….

마치 세상 전체가 뒤흔들리는 듯한 아득한 느낌에 서원이 눈을 감았다.

✺

한낮이 되어서야 서원은 눈을 떴다. 눈앞에 보이는 강준의 잠든 모습에 신기하게 눈을 깜빡이던 서원은 슬쩍 얼굴을 붉혔다.

밤새 확인하고 확인받던 뜨거운 기억들이 떠오르자 온몸에 다시 열감이 돌았다. 세어 보려고 해도 세어지지가 않을 정도로 끊임없이 이어지던 그 시간들을 생각하던 서원은 스스로가 믿기지 않았다.

73

'어제 쓰러졌던 몸이 맞긴 한 거야?'

그녀의 체력을 염려해 자중하려던 강준의 인내심을 끊어 버린 것도 자신이었다.

열기에 물든 얼굴로 작게 한숨을 흘린 서원은 침대 위에서 턱을 괴고 강준의 잠든 모습을 물끄러미 바라봤다.

'이렇게 곤히 자는 모습은 처음 보는 것 같은데.'

하긴 그렇게 체력 소모를 했으니 아무리 이강준이라고 해도 사람인 이상 잠에 곯아떨어지는 게 당연하겠지.

어제도 내내 현실감이 없었는데 오늘 역시 마찬가지였다. 이곳에서 늘 보던 창밖의 풍경도, 쏟아지는 햇살도, 푸른 바다도 그대로인데 늘 똑같던 그 풍경 속에 이강준이 들어 있다는 것이 새삼놀라웠다.

'또 그때처럼 꿈일 것 같아서 불안하니까.'

문득 어제 관계 중에 그가 했던 말이 떠올랐다. 거친 숨결에 뒤섞인 애절한 목소리가 떠오르자 다시 심장이 움켜잡힌 것처럼 아팠다. 그때 그가 얼마나 불안했는지 그 말을 듣고서야 짐작이 갔다.

난 그때 내 감정에만 빠져 아무것도 몰랐는데…….

"……왜 울어."

언제 깬 건지 그가 손을 들어 서원의 뺨을 어루만졌다.

"아, 내가."

자신이 울고 있다는 것도 서원은 인식하지 못하고 있었다. 조용히 흘러내리는 눈물을 그가 닦아 주고 나서야 알았다.

"몰랐어요."

작게 대답하는 서원을 나른한 잠이 맺힌 눈으로 응시하던 그가 자신 쪽으로 그녀를 끌어당겼다. 단단한 품에 안은 채 잠긴 목소리로 속삭인다.

"울려면 여기 안겨서 울어."

"안 울어요."

"……그래. 울지 마."

강준의 말에 서원이 옅은 웃음을 흘렸다.

"네가 우는 모습, 보기 힘들어."

진심이 담긴 낮은 목소리에 서원은 괜히 미안해졌다.

"행복해도 눈물 날 때 있는 거 알아요?"

"아니."

"내가 지금 그런데."

서원이 그의 넓은 가슴을 손바닥으로 천천히 쓸며 말했다. 강준이 깊게 숨을 들이켜고 그녀 쪽으로 몸을 돌렸다. 잠에서 깬 눈빛조차 나른하고 관능적인 그가 시선을 맞추고 말했다.

"그래도 내 품에서 울어. 앞으론 절대 혼자 울지 말고."

"……응."

서원이 하얀 미소를 지으며 강준의 품에 안겼다. 그의 남성적인 체취와 엠버 향 향수가 섞여 기분 좋은 향기가 콧속으로 스며들었다.

"좀 더 자."

서원의 이마에 입술을 맞춘 강준이 손으로 그녀의 매끄러운 등을 쓸고 내려갔다. 가만가만 쓸어내리는 느릿한 움직임에 서원은 다시 잠이 솔솔 밀려왔다.

"옆에…… 있을 거죠."

서원이 잠에 취한 목소리로 말하자 강준이 그녀의 귓가에 속삭였다.

"난 항상 네 옆에 있을 거야. 네가 그러지 말라고 해도."

그러니 걱정하지 말라는 듯 그가 이마에 입을 맞췄다.

서원은 안심하고 달콤한 잠 속으로 빠져들었다.

✳

그들은 그 섬에서 열흘 정도 머물렀다. 하루 종일 밖에 나오지 않다가 저녁이 되어서야 식사를 할 겸 밖으로 나오는 날이 많았다. 함께 있다는 그 자체가 소중했기에 호텔 안이 전혀 답답하게 느껴지지 않았다. 오히려 시간이 너무 빨리 지나 버려서 두려울 정도였다.

출국을 하루 앞둔 날. 섬에서의 마지막 날을 보내기 위해 두 사람은 이른 시간부터 밖으로 나왔다. 손을 잡고 천천히 해변가를 걷던 서원이 아쉬운 말투로 말했다.

"여기서 지낸 시간이 다 꿈처럼 느껴져요."

"꿈?"

강준이 손에 깍지를 낀 채 내려다보자 서원이 배시시 웃었다.

"그 정도로 좋았거든요. 전혀 현실 같지 않게 느껴져서요."

"나도 그래."

그가 녹아들 듯한 미소를 지으며 서원을 내려다봤다.

서원은 그 미소를 잠시 홀린 듯 바라봤다.

일부러 그러는 게 아닌데도 요즘의 강준은 종종 심장을 멎게 만들 정도로 근사한 미소를 보여 주곤 했다.

"왜 그렇게 보지?"

강준이 미소를 지은 채 묻자 서원이 고개를 비스듬히 기울였다.

"당신 짧은 시간 동안 굉장히 많이 변한 것 같아."

"내가?"

서원의 말을 잠시 생각하는 듯한 강준이 천천히 고개를 끄덕였다.

"그럴지도."

서원을 찾기 전까지 피가 마르는 나날을 보내다 이런 꿈같은 시간을 보내게 된 데에 강준 역시 느끼는 바가 많았다.

"달라진 점이 많아. 우선 잠을 잘 수 있게 됐고."

"아, 당신 불면증 심했죠?"

그건 최근 서원도 느끼고 있던 거였다. 3년 전에도 그랬고, 워싱턴의 엘른 호텔에서 지낼 때도 강준이 자는 모습은 거의 보지 못했다.

"어떤 약도 듣지 않아서 포기하고 있었어. 사실 큰 불편함도 느끼지 못했고."

오랜 시간 그런 생활을 하다 보니 몸도 익숙해진 모양인지 잠에 대한 욕구가 들지 않았다. 다만 지나친 불면 상태에선 불편함이 있었지만.

"처음 겪는 일이라 그런가. 잠이 는다는 건 신기한 느낌이야."

그가 다시 매혹적인 눈빛을 빛내며 웃는다. 이렇게 웃을 줄 아는 사람이 어쩌면 그동안 그렇게 싸늘한 표정만 짓고 살았을까 신기할 정도로.

"다시 한국에 돌아가서 일을 시작하면 또 그렇게 될까 봐 걱정이네요. 그래서 휴식이 중요한데."

서원이 진지한 얼굴로 말하는데 강준이 그녀를 내려다봤다.

"그런 일은 없을 거야. 지금 난 쉰다는 이유로 잠을 잘 수 있게 된 게 아니라."

그가 멈춰 서서 쨍한 태양 아래에서 서원과 마주 섰다. 팔을 들어 그녀의 얼굴을 부드럽게 어루만진 강준이 짙은 눈동자로 응시했다.

"한서원 때문이니까."

"나 때문이요?"

서원의 투명한 눈동자가 햇빛 아래에서 반짝였다.

"그래. 내가 깊게 잘 수 있는 건 한서원이 내 옆에 있어서야. 그러니까 그런 걱정은 안 해도 돼."

낮은 음성의 그의 말에 눈을 깜빡이던 서원이 사르르 웃었다.

"다행이다."

그녀가 햇살만큼 환한 미소를 짓더니 까치발로 서 강준의 목에 매달렸다. 그대로 그의 입술에 입을 맞추자 강준이 기꺼이 고개를 내려 줬다.

촉.

살짝 맞물렸던 입술이 떨어지고 서원이 달콤한 미소가 매달린 얼굴로 그를 바라봤다.

"그럼 내가 앞으로 항상 강준 씨 옆에 있어 줄게요."

그의 짙은 다크그레이색 눈동자가 그녀에게 머물렀다.

"내가 떠나게 놔둘 것 같아?"

강준이 그녀의 허리를 끌어당겨 다시 깊게 입을 맞췄다.

요 열흘간 셀 수 없을 정도로 많은 키스를 나눴지만 입술이 닿고 서로의 숨결이 오가는 순간은 늘 짜릿했다.

입술을 담뿍 빨아들이고 뇨준 그가 서원의 허리를 바짝 끌어당긴 채 하반신을 밀착했다. 그대로 이마를 맞대고 시선을 맞추자 서원의 시야에 오직 그로만 가득했다.

"한국에 돌아가면⋯⋯."

강준이 거칠어진 숨결을 진정시키듯 길게 숨을 내쉬고 말했다.

"내 집에 들어와. 일하는 시간 외에는 늘 같이 있고 싶으니까."

"⋯⋯그래요."

서원은 기꺼이 승낙했다. 그녀 역시 강준과 멀리 떨어져 지내고 싶지 않았다. 강준만큼이나 그녀도 그와 함께 있고 싶었다. 지금껏 오랜 시간 그리워하기만 한 만큼 더욱더.

"당신 비서 할 때가 좋았는데. 회사에서도 같이 있을 수 있어서."

서원이 눈웃음을 흘리며 말하자 강준도 마주 웃었다.

"그거 좋은데. 비서직 다시 생각해 보는 게 어때?"

그가 콧날을 맞대고 부드럽게 비비며 속삭였다.

"또 한도원으로요?"

서원이 웃음을 터뜨렸다.

"알아. 당신에겐 당신의 일이 있으니까. 터치할 생각 없어."

강준이 그녀의 타액에 젖은 입술을 진한 시선으로 내려다보며 엄지로 닦아 냈다. 보풀어 오른 입술을 살짝 누르며 지나가는 감촉에 다시 열기가 번졌다.

"연구소에 언제 복귀할 생각이지?"

"아직은 계획 없어요."

서원이 고개를 저었다. 이제 겨우 같이 있게 됐는데 지금 당장 미국과 한국을 오가며 장거리 연애를 하고 싶지 않았다.

그녀가 시선을 내려뜨렸다가 다시 올려선 새침하게 바라봤다.

"근데 그건 왜 물어요?"

같이 살자고 해 놓곤 지구 반대편에 살아도 괜찮다는 뜻인지 조금 서운해진 서원이 눈을 흘기자 강준이 의미심장한 눈빛을 빛냈다.

"한서원이 흰 가운 입고 있는 거 보고 싶어서."

"네?"

그런 이유로?

서원이 웃음을 터뜨렸다. 조금 서운하던 기분이 강준의 말에 싹 날아가 버렸다. 연애라는 걸 해 본 적이 없어서인지, 상대방 말 한마디에 이렇게 기분이 바뀌는 것이 신기했다.

"우선 돌아갈까."

두 사람은 다시 손깍지를 끼고 천천히 해변가를 걸어 왔던 길을 되돌아가기 시작했다.

"당분간은 좀 바쁠 거야."

"알아요. 안 그래도 늘 바쁜 사람이었는데 미뤄 뒀던 일까지 더해지면 보통 바쁜 게 아니겠죠."

서원이 예상했다는 듯 고개를 끄덕이자 강준이 잠시 걷다가 말했다.

"그렇기도 하지만…… 해결해야 할 일이 있어."

"무슨 일인데요?"

서원이 고양이 같은 커다란 눈으로 올려다봤다. 그가 부드럽게 미소를 지으며 그녀의 허리에 팔을 둘렀다.

"나중에."

"그래요, 그럼."

서원이 미소 지었다. 일에 관한 것이라면 자신도 대강은 아는 범위겠지만 굳이 묻진 않았다.

그가 끌어당기는 대로 그의 품에 몸을 맡긴 채 걸어가며 서원은 복잡한 일보다는 지금 이 순간을 오롯이 즐기기로 했다.

"아쉽다…… 정말."

해변이 내려다보이는 건물 옥상에 마련된 선셋 라운지에서 강준과 마주 앉은 서원은 아쉬운 한숨을 내쉬었다.

마지막 날 디너를 이곳에서 가장 명성 있고 최고의 뷰를 자랑한다는 레스토랑에서 먹는 건 좋았는데, 이 아름다운 풍경을 보니 더욱 아쉬운 마음이 커졌다.

"또 오면 돼. 원한다면 매년 와도 좋고."

짙은 멜란지그레이 컬러의 셔츠와 아무나 소화 못 한다는 화이트 팬츠를 멋스럽게 매치한 강준이 황금색 와인을 입술로 가져가며 말했다.

"그것도 좋겠네요. 매년 이맘때쯤 오는 거."

여긴 정말 매년 와도 좋을 것 같다는 생각에 서원의 얼굴에 환한 웃음꽃이 피었다. 중요한 건 강준과 함께 있는 추억 때문이지 이 장소가 특별해서가 아니다. 워싱턴도 그와 함께 했던 추억 때문에 특별했듯.

"만약 당신이 이곳으로 날 찾아오지 않았다면 나에게 이곳은 전혀 아쉬운 장소가 아니었을 거예요."

서원이 와인 잔을 들고 조용한 어조로 말했다.

"그거 다행이군. 나에게도 오고 싶지 않은 장소가 될 뻔했는데.

한서원을 잡지 못했다면 말이야."

"마찬가지네요. 우리."

가벼운 웃음과 달콤한 와인 향이 기분 좋게 오갔다.

적당히 시원한 바람이 머리칼을 살짝 흩날리자 서원이 매끄러운 머리칼을 귀 뒤로 넘겼다. 흑단처럼 검고 윤기 흐르는 머리칼이 흰 피부를 더 선명하게 보이게 했다. 과일처럼 붉고 도톰한 입술을 그가 진한 시선으로 응시했다.

"그땐 어떻게 남자로 볼 수 있었는지 신기할 정도군."

강준이 그녀에게 시선을 박고 말했다. 서원이 테이블 위에서 턱을 괴고 그를 마주 봤다.

"당연히 모를 수밖에 없죠. 내 연기가 얼마나 탁월했는데."

"목소리는 어떻게 한 거지?"

"어릴 때부터 동생이랑 서로의 흉내를 잘 냈어요. 쌍둥이다 보니 남들이 신기해하는 게 재미있어서 자주 그랬거든요."

강준이 와인 잔의 기다란 스템을 매만지며 미간을 좁혔다.

"목소리까지 똑같았다면 워싱턴에서 다시 만났을 때 단번에 확신했을 텐데. 그런 속임수가 있었을 줄이야."

"내가 좀 철저한 성격이거든요."

서원이 장난스럽게 웃었다.

"지나쳐."

그가 눈썹 끝을 세웠다.

"안 그랬으면 그때 벌써 들켰겠죠."

"……그건 그렇겠군."

수긍한 강준이 그녀의 빈 잔에 와인을 따라 줬다.

"동생과 그렇게 흉내 내기 장난을 치면 다른 사람들은 다 속았어요. 심지어 아빠까지도. 우린 헤어스타일도 같았고, 옷도 똑같은 게 많았거든요."

서원의 목소리가 조금 가라앉았다. 강준은 상체를 기울이고 그녀에게 시선을 고정했다.

"그런데 엄마만은 속지 않았어요. 목소리 흉내까지 갈 것도 없이, 동생 흉내 내면서 걸어가면 그냥 딱 바로 아셨어요. 서원이 너또 장난치는구나? 하고."

"교통사고였지."

강준의 낮은 목소리에 서원이 의아스러운 시선으로 그를 쳐다봤다.

"어떻게 알았어요? ……아아, 여기 오기 전에 알아봤다고 했지."

강준이 자신을 찾아오기 전에 한서원에 대해 알아봤다고 했다. 그게 떠오른 서원이 먼 해변으로 조용히 시선을 돌렸다.

"맞아요. 교통사고였어요."

이미 오래전의 일이지만 서원의 눈빛이 가라앉았다.

화목한 가정과 아낌없이 사랑해 주시는 부모님. 그 모든 것들이 교통사고 하나로 깨져 버렸던 그 잔인한 기억을 다시 떠올리는 것이 아직도 힘들었다.

"그래서 도원이가 나 때문에 교통사고가 났을 때 더 악몽 같았고……. 신이 교통사고로 내 식구들을 모조리 데려가려는 거라고 생각하니 너무 끔찍했어요."

"……."

서원이 흐린 표정으로 해변을 응시하고 있는 동안 강준은 조용히 그녀를 바라보고 있었다. 한참 뒤에 서원이 다시 웃는 얼굴로 말을 꺼낼 때까지.

"워낙 오래전 일이라 이젠 괜찮아요. 고등학교 들어가던 해였으니까 정말 오래되긴 했네요."

서원이 아련한 눈빛으로 미소 짓고는 와인을 한 모금 마셨다.

"한도원…… 동생은 이제 괜찮은 건가?"

아직 한도원이라는 말을 하는 것이 좀 불편한 듯 그가 동생으로 말을 바꿔 물었다.

"완쾌하고 이미 직장에 다니고 있다고 알고 있는데."

"네. 그때 다리를 크게 다쳐서 수술을 몇 번 하긴 했지만 지금은 거의 회복됐어요. 아직 비 오는 날은 많이 쑤신다고는 하지만요."

와인 잔을 든 채 가볍게 대답하는 서원의 표정을 강준이 예리하게 살폈다.

"다행이군."

도원의 이야기를 하는 서원의 표정이 밝았다.

그 교통사고로 동생을 대신해 엘른까지 들어온 거라 했다. 그 정도로 서원은 동생에게 그 사고에 대한 죄책감을 가지고 있었던 거라 판단했기에 지금의 밝은 표정에 강준은 진심으로 안도했다.

"그런데."

서원이 조심스럽게 잔을 내려놓고 테이블 위에서 팔짱을 끼고 그를 바라봤다.

"당신 부모님은요?"

그의 부모님 역시 어릴 때 사고로 돌아가셨다고 알고 있었다.

엘른 비서실에 근무하면서 알게 된 건 거기까지였지만 일부러 다른 비서들에게 그 이상의 이야기를 묻지도 않았다.

다만 재벌가의 일이라면 개개인의 가정사까지도 모조리 가십화되는 점을 생각하면 이강준도 절대 평탄한 삶을 살아오진 않았을 거라고 짐작했던 적이 있었다.

"……어떤 분들이었는지 묻는 건가."

그의 눈빛이 서늘해지는 것이 보이자 서원이 멈칫거렸다.

"말하기 힘들면 하지 않아도 돼요. 난 괜찮으니까."

서원은 속으로 자신의 질문을 후회했다. 오래전의 일이라고 해도 자신보다 더 떠올리기 싫은 기억일 수도 있는데. 비서실에서도 이강준의 가정사가 한 번도 화제로 나오지 않았던 건 그만큼 쉬쉬하고 있다는 걸 텐데 왜 생각하지 못했을까.

"미안해요. 괜한 얘길 꺼내서."

강준의 가라앉은 눈동자에 서원이 사과했다.

"정말 말 안 해도 돼요. 사실 아무 생각 없이 물을 얘긴 아닌데."

괜한 동질감에 자신이 실수한 것 같아 서원이 씁쓸한 표정을 지었다.

강준은 말없이 와인 잔을 매만졌다. 조용히 시선을 내리고 있는 그의 얼굴을 건너다보던 서원이 화제를 바꾸려 말을 꺼냈다.

"이따가 저 아래 펍에 가 볼래요? 괜찮을 것 같은데."

시야에 닿는 곳에 마침 펍이 있기에 서원이 그곳을 가리키며 말했다.

"마지막 날인데 맥주도 한 잔 마시고 들어가면 좋을……."

"내 부모님은."

강준이 무겁게 입을 열자 서원이 멈칫했다.

"대외적으로는 교통사고로 돌아가신 걸로 되어 있지만 그건 사실이 아니야."

"정말 말하지 않아도……."

"아니, 괜찮아."

그가 굳은 얼굴로 숨을 들이켰다가 내쉬었다. 좁혀 든 미간이 그가 말하려는 게 떠올리기 싫은 기억이라는 걸 보여 주는 것 같아 서원이 불안하게 그를 봤다.

"흔한 이야기야. 아버지가 젊은 가사 도우미와 불륜을 저지른 것까지는."

강준은 무거운 표정으로 담담하게 말을 이어 갔다.

"문제는, 그 여자가 아버지에게 지나치게 집착했다는 거였어. 같은 집에서 어머니에 대한 질투로 그 여자는 점점 미쳐 갔고⋯⋯ 결국 그 여자에게 두 분 다 살해당하셨지."

"살해⋯⋯요?"

서원의 눈이 흔들렸다.

고저 없이 흘러나오는 목소리와 달리 내용은 서원이 받아들이기에 너무나 충격적이었다. 영화에서나 보던 이야기를 직접 들었기 때문인지 현실감이 없었다.

서원이 작게 입술을 벌리고 쳐다보고 있자 강준이 말을 이었다.

"집에 다른 가정부가 없던 날, 그 여자가 칼을 들고 내 방에 나타났어. 그때 어머니가 내 방에 계셨고."

항상 웃는 얼굴로 돌봐 주던 여자가 전혀 다른 얼굴로 나타났을 때 눈치챘어야 했다. 하지만 그때 그는 너무 어렸고, 어머니 역시 조금의 의심도 없었다.

'왜, 왜 이래요! 아악!'
'니년! 니년만 없으면⋯⋯! 죽어! 죽어! 죽어!'

눈앞에서 일어나는 칼부림을 그는 똑똑히 보면서도 움직이지 않았다. 마치 그 순간 뇌의 회로가 정지해 버린 사람처럼.

'너, 너 무슨 짓이야!'

비명 소리를 듣고 달려온 아버지는 아들 방에서 벌어진 장면에 경악했다.
칼에 찔린 아내와 피를 뒤집어쓴 채 칼을 치켜든 불륜 상대, 그리고 그 모습을 지켜보고 있는 아들.

'미쳤어? 왜 이래!'
'아아악! 이게 다 당신 때문이야! 아아아악!'

칼을 뺏으려고 달려드는 아버지와 여자가 몸싸움을 하기 시작했다. 그는 그 모습을 마치 그로테스크한 흑백영화를 보듯 보고 있었다.

'가, 강준아.'

어머니가 다가와 어린 그의 손을 잡았다. 잡힌 손이 미끄덩한 느낌이 들어 그가 고개를 들었다. 어머니는 피투성이였다. 입에서도 피가 흐르고 있었다.

'도망……쳐야 해.'

어머니는 그의 작은 손을 잡고 방 안의 장난감을 넣어 두는 작은 창고 방으로 비틀거리며 걸어갔다.

'으억! 억! 억!'

뒤에서 아버지의 고통에 찬 소리가 들렸다. 그는 돌아보지 않았다. 돌아본 어머니의 절망에 찬 눈을 보고 알았을 뿐이다.
어머니는 그를 그 방에 밀어 넣고 자신도 들어와 문을 잠갔다.

'절대…… 절대 문을 열어 주면 안 돼. 알겠니?'

당부의 말을 한 어머니가 곰 인형과 장남감들 사이에서 괴로운 듯 눈을 감았다. 그가 어머니의 피로 물드는 자신의 장난감들을 보고 있는데 밖이 조용해졌다.
광기 어린 소리가 멈췄다는 것이 뭘 의미하는지 알 수 있었다. 그의 어머니가 울고 있었다. 그런데 밖에서도 흐느끼는 소리가 들려왔다.

'흐흑. 당신…… 이게 다 당신 때문이야……. 당신이 나만 사랑한다고만 했어도…….'

여자의 서럽게 우는 소리가 들려왔다. 그는 그 소리를 들으며 작은 장난감 방에서 죽어 가는 어머니를 보고 있었다.
쾅쾅쾅쾅! 갑자기 여자가 그들이 몸을 숨긴 작은 장난감 방의 문을 부술 듯 두드려 댔다.

'이년! 여기 숨었지? 나와! 당장 안 나와!?'

광기 어린 목소리와 함께 무서운 힘으로 문을 흔들고 있었다.
쾅쾅쾅쾅쾅!

'열어! 이거 열어!!'

덜컹거리며 당장이라도 부서질 듯 문이 흔들렸다. 그가 귀를 막았다. 귀를 막은 채 새빨간색 물감을 뒤집어쓴 것 같은 그의 어머니를 바라봤다.

잠시 후, 요란하게 들썩이던 문이 잠잠해졌다. 그가 귀에서 손을 떼자 밖에서 여자의 목소리가 들려왔다.

'당신, 왜 여기 누워 있어요……?'

중얼거리는 목소리가 방금 전까지 고함을 내지르던 목소리와는 전혀 달랐다. 평소 여자의 목소리였다. 그 목소리가 갑자기 히스테릭하게 바뀌었다.

'사랑한다고 말해! 나만 사랑한다고! 말 안 해?! 당신도 그러니까 나한테 죽은 거야! 왜 나만 사랑하지 않아! 왜!'

여자가 또 달려와 그가 있는 방문을 흔들어 댔다.
덜컹! 덜컹!

'이년! 너도 죽여 버릴 거야! 열어! 이거 안 열어?!'

쾅쾅 두드리는 소리가 한동안 이어졌다. 금방이라도 문을 부술 듯한 광기 어린 목소리를 듣는 동안 그의 작은 발이 천천히 젖어 들어갔다.

그의 어머니의 피로.

"그 여자는 밤새 그 행동을 반복했어. 잠시 조용해졌다가 또다시 문을 두드려 댔지. 다음 날 출근한 다른 가사 도우미가 신고할 때까지."

서원이 침을 삼켰다. 뭐라 표현할 수 없을 정도로 끔찍한 이야기였다.

'어떻게 그런…….'

그런 일이 강준에게 벌어졌다는 사실이 믿기지 않아 아무 말도 못 하고 있던 그녀가 겨우 물었다.

"그때…… 강준 씨 나이가 몇 살이었어요?"

"일곱 살이었어."

서원은 다시 말문이 막혔다. 차라리 더 어렸더라면 그 끔찍한 일들을 기억하지 못했을 텐데……. 일곱 살은 생각보다 많은 것을 기억하는 나이였다. 밤새 그 방에서 공포에 질려 있었을 일곱 살의 그를 생각하니 가슴이 꽉 막힌 듯 답답해졌다.

"내가 이 이야기를 하는 건, 내 트라우마들이 거기서 생겼기 때문이야."

서원이 어두운 얼굴로 고개를 끄덕였다. 무슨 말을 해야 할지 몰라 입을 다물고 있던 그녀가 겨우 말을 꺼냈다.

"그 여자는 그럼, 어떻게 됐어요?"

서원은 목소리가 갈라지는 걸 겨우 추스르고 물었다. 강준처럼 담담하게 말하려고 했지만 저도 모르게 목소리가 꽉 잠겨 나왔다.

"경찰이 들이닥쳤을 땐 이미 여자도 죽어 있었어."

서원은 눈을 꾹 감았다.

천천히, 길게 숨을 내쉰 서원이 몸을 일으켜 강준에게 다가갔다.

서원은 아무 말 없이 두 팔을 뻗어 뒤에서 그를 감싸 안았다. 어떤 말로도 위로가 되지 않을 걸 알기에, 그저 그 잔인한 경험을 다시 떠오르게 만든 미안함을 담아 그를 깊이 안았다.

강준도 말없이 자신을 안고 있는 서원의 팔 위에 자신의 손을 올렸다. 지그시 손을 잡는 온기에 서원은 조금 마음이 놓였다.

"떠올리게 해서 미안해요."

서원은 강준을 안은 채 그의 귓가에 작게 속삭였다.

그런 끔찍한 경험을 했을 강준을 생각하니 그의 폐소공포도, 여성 기피도 모두 슬프게 느껴졌다.

"그리고 말해 줘서…… 고마워요."

그가 말없이 잡은 서원의 손등을 엄지로 쓸었다.

"이제 괜찮아. 다 지난 일이고. 그저 내가 왜 그런 건지 말해야 한다고 생각했을 뿐이니 마음 쓰지 마."

힘든 기억을 떠올리고도 자신을 배려해 주는 그의 말에 서원은 가슴이 저려 왔다.

"그럴게요."

대답한 서원이 작게 한숨을 내쉬었다.

어느새 세상에서 가장 아름다운 석양이 오렌지빛으로 해변을 가득 물들이고 있었다.

서원은 그 아름다운 풍경을 조용히 바라보며 강준과 온기를 나눴다.

사락.

서원이 조심스럽게 침대에서 내려오는데 등 뒤에서 목소리가 들렸다.

"잠이 안 오는 모양이군."

"아, 미안해요. 깼어요?"

서원이 미안한 얼굴로 돌아보자 강준이 침대 위에서 상체를 일으켰다. 간접조명만 켜 있는 룸 안에 아무것도 입고 있지 않은 탄탄한 근육질의 남자의 몸이 보였다.

"잠들지 못하는 것 같아서."

자는 줄 알았는데 강준 역시 깨 있던 모양이었다.

걱정이 담긴 시선으로 그가 응시하자 서원은 가운을 걸치고 침대 위에 걸터앉았다.

"내가 괜한 말을 한 건가."

"네?"

서원이 묻자 강준이 팔을 뻗어 그녀의 머리칼을 귀 뒤로 넘겨줬다.

"네가 이렇게 신경 쓸 줄 알았다면 말하지 않는 게 나았을 것 같아서."

"그렇게 말하지 말아요. 신경이 쓰이는 건 당신 일이니까 당연한 거고, 몰랐더라면 더 후회했을 거예요."

서원이 똑바로 시선을 맞췄다. 깊은 눈동자로 응시하던 그가 그녀의 얼굴을 어루만졌다.

"그래."

희미하게 미소 짓는 얼굴이 보이자 서원이 침대를 짚고 있는 강준의 손등을 가만히 어루만졌다.

"당신 불면증도 그 일 때문인 거죠."

"아마도."

"……난 그런 것도 모르고."

서원이 작게 한숨을 내쉬자 강준이 그녀의 뺨을 어루만지던 손으로 작은 턱을 들어 올렸다.

"한서원."

시선을 맞춘 그가 말했다.

"불면증은 이제 없다니까. 폐소공포도 아마 이젠 괜찮을 거야. 네가 그렇게 끈질기게 안아서 안심시켜 줬으니까."

"……."

그 폐공장 안에서 거칠게 날뛰던 강준의 심장 소리가 서서히 안정되던 기억이 떠올랐다.

"그러니까 걱정할 거 없어."

강준의 부드러운 음성에 서원도 안심이 되어 갔다.

"알았어요. 걱정 안 할게요."

서원이 옅게 미소 지었다. 강준이 걱정하지 않길 바란다면 그렇게 하기로 했다. 그가 그걸 바란다면.

"나쁜 말인 줄은 아는데, 그래도……."

"나쁜 말?"

강준이 가까이에서 시선을 맞춰 오며 묻자 그녀가 살짝 눈을 굴렸다.

"여성 기피는, 나아지지 않아도 괜찮을 것 같아요. 당신이 다른 여자들을 계속 기피해 줬으면 좋겠으니까."

"뭐?"

강준이 잘생긴 눈썹을 찡그리자 서원이 하얀 치아를 드러내며 웃었다.

"그게 더…… 어어."

그가 그녀의 잘록한 허리를 끌어당겨 자신의 무릎 위에 앉혔다. 그 바람에 걸치고 있던 가운이 스르르 내려가 서원의 한쪽 어깨가 드러났다. 여린 어깨에 박힌 그의 눈동자가 열기로 짙어졌다.

"왜 그런 말을 하지? 난 이렇게 한서원에게만 반응하는데."

엉덩이 아래에서 느껴지는 단단한 감촉에 서원이 더운 숨을 흘렸다.

"……강준 씨."

"얼마나 더 너에게 빠져 정신을 차리지 못하게 만들려고."

검게 이글거리는 눈동자에 서원은 다리 사이가 바짝 조여들었다. 은밀하게 새어 나온 샘이 허벅지 안쪽을 적시고 있었다.

강준이 서원의 입술을 벌리고 혀를 밀어 넣었다. 한 덩어리처럼 엉켜든 혀가 서로의 타액으로 젖자 서원이 허리를 비틀었다.

"으음……."

야릇한 소리를 내며 빨아 대는 힘에 서원이 입술을 더 크게 벌렸다.

강준이 그녀의 고개를 한껏 젖히며 깊이 파고들자 서원은 그의 혀를 맛있는 사탕처럼 빨았다.

진하게 키스하는 동안 흐트러져 내려간 가운 때문에 서원의 둥근 가슴이 그의 시야에 드러났다. 눈앞에서 흔들리는 하얀 젖가슴을 한 손으로 거머쥔 그가 포도알 같은 유두를 입술로 삼켰다.

"하, 웃."

"욕심이 지나쳐."

강준이 팽창된 유두를 물고 웅얼거리듯 말하자 더운 숨이 그녀를 자극했다. 신음을 흘리는 그녀의 젖가슴을 애무하며 빨아 대자 선정적인 살결이 타액으로 번들거렸다.

"이렇게 매번 날 몰아붙이면서."

"하아, 강준…… 흐읏."

그가 침대 위에 그녀를 내리더니 두 무릎을 벌렸다. 야하게 벌어진 다리 사이에 촉촉하게 젖어 든 수풀이 보이자 강준의 목울대가 꿈틀거렸다.

새까맣게 어두워진 강준의 눈을 본 서원이 숨을 들이켰다. 그러자 그에게 빨려 툭 불거진 연한 진홍빛 젖꼭지가 숨결에 맞춰 흔들렸다.

긴장된 시선으로 보고 있는데 그가 말했다.

"네 손으로 벌려 줘."

"……내가?"

서원이 되묻자 강준이 그녀의 옴찔거리는 속살에서 시선을 떼지 않고 말했다.

"내가 잘 볼 수 있도록 손가락으로 벌려 줘."

"하, 하지만."

서원이 당황스러운 목소리를 내는데 그가 그녀의 손을 잡아 그쪽으로 가져갔다.

"어서. 서원아."

강준이 욕망이 일렁이는 눈동자로 시선을 맞췄다. 거부할 수 없는 힘을 가진 그 눈을 잠시 바라보던 서원이 떨리는 손으로 자신의 손가락을 아래로 옮겼다.

검은 수풀이 미끈한 애액에 젖어 진하게 물들어 있었다. 그 사이를 가르고 지나가자 조갯살 같은 도톰한 살이 만져졌다.

"여기……요?"

"그래. 거기야."

그의 목소리가 억눌린 듯 탁하게 잠겨 있었다. 눈도 깜빡이지 않고 자신의 손가락 쪽을 응시하고 있는 강준을 보며 서원이 조심스럽게 다물려 있는 살을 손가락으로 벌렸다.

은은한 간접 조명에 드러난 음란한 살을 보며 강준이 낮게 신음을 흘렸다.

"당장 넣고 싶어. 이 안에."

열망으로 일렁이는 목소리가 탁하게 내뱉어졌다. 남자답게 벌어진 가슴이 거친 숨에 들썩였다. 그가 흥분되어 있다는 걸 느낀 서원은 덩달아 흥분이 되는 것 같았다. 그가 보고 있는 곳에서 애액이 샘처럼 차올랐다.

'이게…… 보이겠지?'

지금 자신에게서 흘러나오는 샘물이 강준의 시야에도 똑똑히 보인다고 생각하자 서원은 발끝이 오그라들 정도로 다리 사이가 뜨거워졌다.

"후우."

신음처럼 낮게 숨을 내뱉은 강준이 마치 핥고 싶다는 듯 혀를 내밀어 관능적으로 제 입술을 훑었다. 그 모습을 서원이 홀린 듯 보고 있는데 그가 새까맣게 어두워진 눈동자를 그녀의 얼굴로 향했다.

"그 전에, 네가 그곳에 네 손가락을 넣는 걸 보고 싶어."

그의 말을 듣는 순간 뜨거운 열기가 가운데 지점으로 확 몰려들었다.

"그런…… 거 해 본 적, 없는데."

성적인 긴장으로 마른 목소리가 흘러나왔다.

"괜찮아. 지금 내 앞에서 해 봐."

집요하게 시선을 둔 그가 허스키한 목소리로 말했다.

침을 꿀꺽 삼킨 서원은 잠시 망설이다가 자신이 벌린 속살 사이로 손가락 끝을 살짝 밀어 넣었다.

"훗."

이상한 기분에 서원이 멈칫거리는데 그가 신음처럼 탁하게 말했다.

"계속해."

강준의 열기가 느껴지는 목소리에 서원은 바들거리는 손가락을 더 깊이 밀어 넣었다.

"아, 아……."

강준이 보는 앞에서 제 손가락을 질 안으로 넣는 느낌이 지나치게 선정적이었다. 그의 시선은 마치 자신이 범하는 것처럼 손가락이 들락거리는 곳으로 집중되어 있었다. 그 시선이 미치도록 야했다.

"하아, 강준, 씨, 아, 앗."

그의 시선에 홀린 듯 서원이 더 음란하게 손가락을 제 안으로 밀어 넣었다. 손가락 끝부터 깊이 잠겼다가 빠져나오는 마디가 흥건하게 젖어 있었다.

다리를 활짝 벌린 채 야릇한 움직임으로 자신의 질 안에 손가락을 넣어 대는 모습을 미동도 없이 보고 있던 강준이 급작스럽게 그녀를 덮쳤다.

"아!"

그가 그녀를 침대 위에 거칠게 눕히며 몸 위에 올라탔다. 그러고는 방금 전 그녀의 안에 들어가 있던 손가락을 제 입술로 삼켰다.

"흐읏. 자, 잠깐……!"

쯥쯥 빨리는 손가락에서 야릇한 감각이 터져 나왔다. 손가락을 음탕하게 빤 그가 상체를 숙여 서원의 다리 사이로 머리를 묻었다.

"앗, 가, 강준 씨."

"당장 삼키지 못하면 죽을 것 같아."

거친 숨결과 함께 높은 콧날이 수풀을 침범했다. 그 아래에서 옴찔거리는 속살을 강준이 빨아들이기 시작했다.

쯔읍, 쭙.

"아으, 읏, 아, 앗……!"

강준의 입술이 색정적으로 젖은 속살을 빨아 대자 서원의 허리가 들쳐 올라갔다. 그녀가 흘린 애액을 그가 모조리 빨아들이는 동안 서원의 발가락에 잔뜩 힘이 들어갔다.

남김없이 빨아 마신 강준이 상체를 세웠다.

서원이 달뜬 숨을 몰아쉬며 아래에서 올려다보자 그의 번들거리는 입술이 지독하게 관능적이었다.

"후, 미치게 달아."

감탄하듯 말한 강준이 그녀의 두 다리를 잡아 아래로 확 끌어내렸다.

"아……!"

동시에 방금 전 그가 빨던 곳으로 굵은 페니스를 푹 찔러 넣자 그녀의 몸이 위아래로 크게 출렁거렸다.

"가, 강준…… 흐읏!"

빳빳한 근육 덩어리가 안쪽 깊숙한 곳까지 단번에 박혀 들었다. 그가 거칠게 쑤셔 들자 조용한 객실에 젖은 살결을 침범하는 야한 소리가 울렸다. 한껏 달아오른 서원의 몸이 쾌감에 젖어 들었다.

'뜨거워…….'

열기에 잠식된 채 정신없이 흔들리며 아무런 생각도 나지 않았다. 땀에 젖은 몸이 부서질 듯 부딪힐 때마다 은밀한 소리를 냈다. 강준이 흥분으로 가득 찬 몸짓으로 그녀의 몸을 가득 채우고 있었다. 오로지 그 느낌에 집중한 채 서원이 어지럽게 흔들리는 시야를 응시했다.

"학, 하악."

서로의 입술에서 흘러나오는 뜨거운 숨소리가 낮은 조도의 조명이 비추는 객실 안에 가득 넘실거렸다. 쉬지 않고 몰아치는 힘에 서원의 배 속 깊숙한 곳이 뜨겁게 차올랐다. 이미 삽입 전부터 지나치게 흥분했던 그녀의 내부를 그가 빠르게 짓찧어 대자 도저히 참을 수가 없었다.

"강준 씨!"

비명 같은 목소리와 함께 서원의 몸이 한껏 젖혀졌다.

"아…… 아……!"

시트를 꽉 움켜잡은 서원의 하얀 손등에 뼈가 도드라져 있었다. 침대 위에 엎드린 채 숨을 몰아쉬는 그녀의 등에 강준이 입을 맞췄다.

"훗."

방금 절정에 다다른 서원의 몸이 흠칫거리며 예민하게 반응했다.

"힘들어?"

강준이 그녀의 몸을 단단한 팔로 끌어 올렸다. 그의 근육질 상체도 땀으로 번들거리고 있었다.

"조금……요."

서원이 더운 숨을 흘리며 말했다. 강준은 자신의 몸 위에 서원을 올리고는 얼굴에 달라붙어 있는 그녀의 머리카락을 다정하게 떼어 줬다.

서원이 탄탄한 몸 위에서 엎드려 그를 내려다보는 자세가 됐다. 열기로 발그레한 뺨을 어루만진 강준이 말했다.

"다른 사람의 체온이 불쾌하지 않은 건 네가 처음이었어."

"하아…… 언제요?"

"그땐 남자라고 알고 있었지만."

예전이 떠오른 듯 강준의 입술 끝이 휘어 올라갔다.

"핫."

여린 등을 쓸어내리는 손길조차 지금 서원에겐 너무 자극적이었다. 등에서 허리로 내려가는 손길에 헐떡이는 서원을 올려다보며 강준이 낮게 잠긴 목소리로 말했다.

"너와 키스했어."

"키스……요? 흐읏."

그의 손이 서원의 굴곡진 허리 아래 보드라운 엉덩이를 커다란 손으로 주무르자 그녀의 몸이 바르작거렸다.

"그렇게 움직이면 내가 더 자극되는데?"

"아, 하지만……."

서원이 끙끙 앓는 소릴 내며 숨을 몰아쉬었다. 맞닿은 은밀한 부위에서 여전히 빳빳하게 발기해 있는 그가 느껴졌다.

강준이 서원의 허벅지를 두 손으로 잡아 벌렸다. 엉덩이 틈새가 야릇하게 벌어지자 그의 손가락이 그 사이로 들어갔다.

"잠깐, 거긴…… 아, 앗."

그의 손가락이 뒤쪽에서부터 아래로 훑어 내려왔다. 옴찔거리는 동그란 부분을 쓸듯이 매만지는 손길에 서원이 본능적으로 다리를 오므리려고 했다.

"가만히."

"하, 하지만…… 아으, 읏."

음탕하게 젖은 주름들이 그의 손가락이 닿을 때마다 바짝 힘이 들어갔다.

"그때, 잠만 들면 늘 네가 나오는 음란한 꿈을 꾼다고 말했던 것 기억나?"

"그건 기억나……요."

그의 손가락이 자꾸만 안쪽으로 향했다. 기다란 손가락이 경계를 넘어 침범할 것만 같아 서원은 바짝 긴장했다.

"어, 언제부터 그런 꿈을 꾼, 거예요?"

"네가 입사한 지 얼마 안 됐을 무렵부터."

"그렇게나 빨리……? 훗."

그의 손가락이 닿은 곳에서 나는 질척이는 소리가 야릇하게 귀를 자극했다. 멈추지 않고 더 음란하게 움직이는 손길에 서원은 숨이 턱턱 막혔다.

"이 손 좀 그만……."

"가만히 있으랬지."

"앗!"

그가 벌을 주듯 손가락 하나를 벌름거리는 속살에 쿡 찔러 넣자 서원의 몸이 전기에 감전된 것처럼 바르르 떨렸다.

"아, 아아……."

그가 손가락을 두 마디 정도 넣었다가 천천히 빼냈다. 단단하고 긴 손가락에 힘껏 달라붙어 조이는 느낌을 즐기듯 느릿하게 반복했다. 찌걱거리는 음탕한 소리가 귀를 자극했다.

"처음엔 화가 나다가 나중엔 아예 잠을 안 자려고도 했어. 원래 불면증 때문에 잠이 많은 편도 아니었으니까."

"하, 웃, 아……."

"하지만 소용없었어. 처음엔 수동적이던 나도 점차 꿈속에서 과감해져 갔으니까. 쾌락으로 흐느끼는 널 가지고 또 가졌어. 잠이 들 때마다."

"아, 으, 하앗, 핫."

서원의 허리가 흠칫거렸다. 어느새 그의 손길에 맞춰 몸이 움직이고 있었다. 그의 손가락이 점점 더 깊이 짓쳐들어오고 있었다.

"그러다가 결국 사고를 친 거야. 첫 회식 날, 잠깐 잠든 틈에 널 봤어."

아, 그때…….

서원의 열기로 달아오른 머릿속에 첫 회식이 떠올랐다. 잘 마시지 못하던 독한 술을 주는 대로 받아먹고 결국 취해서 룸으로 돌아가 잠이 들었었다.

"아, 아무도 없다고 생각했는데……."

그때 그와 키스한 꿈을 꿨던 서원이지만 정신이 없어 기억해 내지 못했다.

"소파 위에서 잠든 널 보고 당연히 꿈이라고 생각했어. 이미 욕망은 들끓었고."

"그, 그랬…… 아웃!"

서원은 강준의 말에 집중하고 싶었는데 그가 더 그럴 수 없게 만들고 있었다. 어느새 강준은 엉덩이를 한껏 세운 서원의 안에 손가락 전체를 찔러 넣고 있었다.

"가, 강준 씨……하아, 앗! 아앗."

그의 손가락이 어느새 서원의 체액으로 흥건하게 젖어 있었다. 손가락을 빼낸 그가 서원의 벌린 다리 사이로 아래에서부터 자신의 발기한 페니스를 밀어 넣었다.

"학!"

손가락과는 비교도 되지 않는 굵은 남성이 좁은 입구를 벌리고 들어오자 서원이 그의 가슴을 손으로 짚고 고양이처럼 상체를 세웠다.

꿈틀거리며 밀고 들어온 그의 욕망이 그녀의 내부를 터뜨릴 듯 꽉 채웠다. 버거운 느낌에 서원이 상체를 세운 채 할딱거리는데 강준이 아래에서 세게 밀어 올리기 시작했다.

"꿈에서 항상 그랬던 것처럼 네 입술을 집어삼켰는데 문득 이상함을 느꼈어. ……네 향기가 맡아졌거든."

"아, 핫!"

서원의 몸이 위아래로 출렁였다.

"그게 우리 첫 키스야. 한서원."

넌 기억나지 않겠지만.

뒷말을 삼킨 강준이 서원의 골반을 잡고 거칠게 움직이기 시작했다.

"······으! 아, 아앗!"

커다란 침대가 흔들리고 서원은 더 이상 어떤 질문도 할 수가 없게 되어 버렸다.

그렇게 섬에서의 마지막 밤이 지나고 있었다.

12

한국으로 돌아온 서원은 가장 먼저 도원을 찾았다.

"자, 이제 얘기해 봐."

저녁 식사를 하러 왔지만 음식엔 관심도 없다는 듯 도원이 팔짱을 끼고 서원을 추궁했다.

"나 누나가 한 말 때문에 지금까지 얌전히 기다렸던 거야. 미국으로 찾아가려고까지 했어. 그러니까 얘기해. 빨리."

얼마 전 미국에 있는 서원에게 연락이 되지 않자 도원은 정말 많이 걱정했다. 하루 이틀이면 몰라도 일주일 이상 서원과 연락이 되지 않았던 적은 지금까지 한 번도 없었다. 겨우 다시 연락이 됐을 때 서원이 말했다.

'곧 한국 들어가니까 만나서 얘기할게. ……너한테 할 말도 있고.'

전화로 설명이 힘든 이야기이기도 했고, 강준 이야기는 직접 만나서 하는 게 맞을 것 같았다.

"도원이 네가 어떻게 받아들일지 모르겠다."

"그건 내가 정할 일이니까 일단 얘기부터 해."

도원은 화가 난 얼굴로 말했다. 서원이 자신 대신 엘른에서 남자로 일했던 일 때문에 가뜩이나 미안한 마음을 가지고 있었는데, 얼마 전 걸려온 전화를 받은 이후로 짐작 가는 게 있었다.

"혹시 이강준 부사장 때문이야?"

도원의 말에 서원의 눈이 커졌다.

"그걸 네가 어떻게……."

"역시 맞네. 후우, 아니길 바랐는데……."

도원이 고개를 천장으로 향하고 한숨을 내쉬었다. 서원과 연락이 닿지 않았을 때 이강준의 전화를 받았다.

'혹시 한서원 씨 어디 있는지 압니까?'

'엘른 부사장님이 왜 저희 누나를 찾으시는 건데요?'

'……반드시 찾아야 합니다.'

여러 뉘앙스가 담긴 그 말은 눈치가 없는 자신이라도 촉이 올 정도였다. 아무리 존경하던 인물이고 모시고 싶었던 사람이라지만, 누나와 이런 문제로 얽히면 복잡해졌다.

'저희 누나 미국에 있습니다.'

'최근 연락이 온 적은 없습니까. 며칠 내에.'

'없습니다. 더 할 말 없으시면 이만 끊겠습니다.'

'잠시만.'

엘른의 부사장답지 않은 절박함이 어린 목소리에 끊으려던 전화를 다시 고쳐 잡았다.

'만약 한서원 씨가 지금 어디 있는지 알게 된다면 저에게 알려 주실 수 있겠습니까.'
'…….'
'부탁드리겠습니다.'
'알게 된다면, 그렇게 하죠.'

거절하지 못하고 전화를 끊은 뒤에 기분이 영 이상했다.
'역시 그 이강준과 관련 있는 문제였군.'
도원이 미간을 좁히고는 말했다.
"얼마 전 누나 연락 안 될 때 나한테 전화 온 적 있었어."
"강준 씨가?"
서원의 처음 듣는 이야기에 눈을 깜빡였다.
"어. 누나 어디 있는지 아냐고."
"아아, 그랬구나."
고개를 끄덕인 서원이 자세를 고쳐 앉고 말했다.
"걱정 끼쳐서 미안해. 너무 복잡한 일들이 있어서 그랬어."
"그 복잡한 게 이강준 때문이고?"
"응."
"누나 설마 그 남자와 만나기라도 하는 거야?"
아니길 바라는 마음으로 도원이 물었지만 서원은 담담하게 고

107

개를 끄덕였다.

"맞아."

"뭐……."

설마설마했던 일이 사실이 되자 도원의 입이 벌어졌다.

"미쳤구나. 누나. 정신 차려."

"왜?"

서원이 의아하게 묻자 도원은 인상을 쓰고 제 머리를 엉망으로 흩트려 놨다.

"왜긴 왜야! 그 남자는 엘른……."

답답하다는 듯 소리치던 도원의 눈에 지금 막 식당으로 들어오는 한 남자가 보였다.

"이, 이강준?"

도원의 놀란 얼굴에 서원이 뒤를 돌아봤다.

"강준 씨?"

자신 쪽으로 걸어오는 강준을 서원도 놀란 얼굴로 바라봤다. 슈트 차림의 강준이 테이블 앞으로 다가와 놀라서 입을 다물고 있지 못하는 도원에게 말했다.

"처음 뵙겠습니다. 이강준입니다."

"아, 아니……."

당혹스러운 얼굴로 보고 있던 도원이 강준이 내민 손을 보고 덜컹거리며 의자에서 일어섰다.

"처음, 뵙겠습니다. 한도원입니다."

악수를 마친 강준이 서원의 옆에 앉았다.

"여긴 어떻게 온 거예요? 말도 없이."

"먼저 인사를 하는 게 순서인 것 같아서."

강준이 입술 끝을 휘어 올리고 말했다. 그의 서원을 향한 부드러운 미소를 도원이 신기한 듯 쳐다봤다.

　'이강준 부사장이 웃기도 하네?'

　도원이 아는 한 이강준은 늘 위압적인 분위기로 주변을 압도하는 남자였다. 이 식당에 들어올 때만 해도 그건 마찬가지였다. 평범한 식당과는 지독히도 안 어울리는 귀티 나는 남자가 자신의 맞은편에 앉아 자신의 누나를 녹을 듯한 미소로 보고 있는 것이 신기할 뿐.

　그녀 말고는 안중에도 없다는 듯 한참 서원만 보고 있던 강준이 도원에게 시선을 돌렸다.

　'엇.'

　그와 시선이 닿자 도원은 저도 모르게 침을 삼켰다.

　"얼마 전 전화로 실례를 했습니다."

　강준이 정중하게 말하자 도원은 저도 모르게 시선을 피했다.

　"아뇨, 뭐……."

　"그땐 서원 씨를 찾아야 한다는 생각밖에 없었기 때문에, 일방적으로 제 용건만 말하게 되어 미안하게 생각하고 있습니다."

　"아니 뭐 큰 피해를 입힌 것도 아니고……."

　도원은 머쓱한 얼굴로 시선을 내리깔았다. 동경하던 사람에게 사과를 받게 되어 좀 이상한 기분으로 앉아 있다가 서원이 웃음을 흘리는 걸 보고 번쩍 정신을 차렸다.

　"저희 누나와 만나고 있다는 게 사실입니까?"

　도원이 결연한 표정으로 묻자 강준이 그를 보며 대답했다.

　"아닙니다."

　"거봐, 그럴 줄 알았……!"

"만나는 게 아니라, 곧 결혼할 겁니다."

"네?"

"네?"

서원과 도원이 동시에 강준에게 되물었다.

"그건 저도 처음 듣는 소린데요?"

서원이 당황한 듯 말하자 강준이 예리한 시선으로 그녀를 응시했다.

"그럼 당신은 나와 결혼 안 할 생각이었나?"

"아니 그건…… 아니지만…… 그래도."

"왜 말을 확실하게 하지 못하지?"

"아니 결혼은 좀…….."

서원이 계속 말끝을 흐리자 강준의 얼굴이 점점 더 싸늘하게 굳었다.

"같이 사는 건 되고 결혼은 안 된다?"

……뭘 하고 있는 거야?

두 사람의 대화를 도원은 혼란스러운 얼굴로 듣고 있었다.

'보통 이런 대화는 반대로 돼야 정상 아닌가? 드라마 보면 그러던데.'

재벌가는 끼리끼리 결혼한다는 막연한 정보만 가지고 있기에 가진 편견일 수도 있겠지만, 당연히 이강준이 결혼을 피하고 서원이 원하고 있을 거라고 생각했다. 그런데 상황은 달랐다.

'누나를 가벼운 연애 상대로 보고 있다면 남자답게 한마디 해 줄 생각이었는데 그것도 아닌 것 같으니…… 어쩌지?'

점점 더 복잡해지는 도원의 기분과는 상관없이 강준은 서원을 몰아붙이는 중이었다.

"대답해 봐. 한서원."

"결혼까진 생각해 보지 못했어요."

서원이 솔직하게 말하자 강준의 얼굴이 더 싸늘해졌다.

"그럼 지금 생각해 보면 되겠네. 여기 이 자리에서."

"그건 너무 갑작스럽고 여기엔 도원이도 있는데."

"대체 결혼 외에 뭐가 있다는 거지? 그 외에 평생 함께 있을 수 있는 방법을 난 들어 본 적 없는데. 한도원 씨는 혹시 압니까?"

"네, 네?"

급작스럽게 자신 쪽으로 돌아온 화살에 도원은 움찔거렸다.

"강준 씨 화났어요?"

"전혀."

누가 봐도 무섭게 화난 얼굴로 아니라고 하는 이강준이라니. 도원은 점점 더 눈앞의 상황을 믿을 수가 없어졌다.

'설마 삐진 건가?'

그 대단한 이강준도 사랑하는 여자 앞에선 한낱 질투 많고 삐지기 잘하는 어린애 같아지다니.

'안 되겠어. 여기 더 있다간 내 멘탈이 위험해.'

도원은 정신적인 충격에 머리가 혼미해져 일단 이 자리를 벗어나야겠다고 마음먹었다.

"누나. 난 먼저 들어가 볼 테니 그 결혼 잘 생각해 보고 결정 나면 나에게도 알려 줘."

"응?"

그가 영혼이 빠져나간 얼굴로 일어서자 강준이 몸을 일으켰다.

"조만간 정식으로 식사 자리 마련하겠습니다."

"아뇨. 멘탈 좀 수습하고 그건 나중에…… 그 전까진 가급적 안

111

봤으면 하네요. 그럼 이만."

"도원아?"

도원이 도망치듯 식당을 빠져나가 버리자 테이블 위에서 보글보글 끓고 있는 부대찌개와 두 사람만 덩그러니 남았다.

"식사부터 해요. 아직 식사 안 했죠?"

회사에 간 사람이 벌써 왔다는 건 어떤 상황일지 불을 보듯 뻔한 것이었다. 분명 일도 제대로 처리하지 못하고 왔을 것이다. 밥 먹을 시간이 있을 리가 없다는 생각에 서원이 말하자 강준이 그녀 앞에 마주 앉았다.

"우선 한서원 말을 먼저 들어야겠는데. 왜 나와 결혼하지 않겠다는 건지."

강준이 가슴 위에서 팔짱을 끼고는 똑바로 응시했다.

아까 도원과 똑같은 자리에서 똑같은 자세로 추궁하는 강준을 보자 서원은 대체 이게 무슨 데자뷰인가 싶었다. 갑자기 피곤함이 몰려와 서원이 작게 한숨을 쉬고 말했다.

"우선 먹고 얘기해요. 나 배고파요. 이모, 여기 육수랑 밥 두 공기 더 추가해 주세요."

자신은 찬밥도 잘 먹었지만 이미 식어 버린 밥을 강준에게는 먹이고 싶지 않아 서원은 새것으로 다시 주문했다.

"저와 도원이 많이 닮았죠? 놀라지 않았어요? 그때 모습이랑 비슷해서."

자신의 남장 때는 물론 지금의 도원보다는 많이 말랐다. 하지만 여전히 누가 봐도 쌍둥이라고 생각할 외모였기에 서원이 물었다.

"전혀."

"안 닮았어요?"

112

서원이 의아하게 바라보자 타고난 우아함으로 정갈하게 식사를 하던 강준이 시선을 맞춰 왔다.

"눈코입이 닮았다고 사람이 닮은 건 아니야. 분위기는 내가 알던 한도원과 전혀 달라."

"아, 그래요?"

하긴 남자와 남자인 척하는 건 다를 수밖에 없을 거였다. 그래도 왠지 닮지 않았다는 강준의 말이 기분 좋아 서원은 옅은 미소를 지었다.

"오늘 바로 내 집으로 들어와. 살던 집은 천천히 정리하고."

강준이 시선을 맞춘 채 말하자 서원이 웃음을 거두고 잠시 그를 바라봤다.

"그 집은 정리하지 않을 거예요."

서원의 말에 강준의 한쪽 눈썹이 치켜 올라갔다.

"거긴 부모님과 어릴 때 같이 살던 곳이거든요."

"……"

의외라는 듯 보는 강준에게 서원이 천천히 말했다.

"그 뒤에 더 큰 집에서 살았지만 가장 추억이 많은 곳이라서요. 원래 부모님 살아 계실 때부터 세를 주던 곳이었는데 세입자 나가고 나서 꾸며서 내가 쓰고 있었어요. 한국에 들어올 때마다 지낼 곳도 필요했으니까."

"그런 거라면 그 집은 그냥 놔둬."

서원에게 소중한 장소라면 강준에게도 그랬다.

그런 그의 마음이 전해져 와 서원은 수저를 든 채 조용히 미소 지었다.

식사를 마친 뒤에 강준의 차를 타고 그의 집으로 향했다. 오랜만에 보는 한국의 밤거리를 창밖으로 응시하던 서원이 혼잣말처럼 작게 말했다.

"당신 집에 올 때마다 긴장됐는데…… 지금도 그러네."

운전하던 강준이 그녀를 쳐다봤다. 정말 긴장한 듯한 서원의 옆모습에 그가 입술 끝을 휘어 올렸다.

"나도 긴장됐었어."

"당신이? 설마."

서원이 말도 안 된다는 얼굴로 보자 강준이 시선을 전방에 두고 한 손을 뻗어 그녀의 손을 잡았다.

"정말인데. 한서원은 모를걸. 내가 그 집에서 얼마나 많은 고뇌에 시달렸는지."

……고뇌까지?

자신의 손등과 손가락을 부드럽게 매만지는 손길을 느끼며 서원이 과거를 떠올렸다. 아무리 생각해도 그때의 강준에게서 긴장이나 고뇌의 흔적은 떠오르지 않았다. 오로지 잡아먹을 듯한 강렬한 눈빛과 꼼짝도 못 하도록 몰아붙이는 위압감만 떠오를 뿐.

"난 정말 모르겠어요. 나랑 같은 기억 가지고 있는 건 맞죠?"

"너만 보면 발정 난 짐승 같은 상태가 됐으니까. 그걸 억누르는 게 나에겐 지금까지 살아오면서 가장 힘든 일이었어."

"강준 씨 정말 성적 취향이 그쪽 아니었어요? 그때 날 남자로 알고 있었잖아요."

서원이 자못 심각한 얼굴이 되자 그가 유쾌하게 웃었다.

"그래서 나도 미칠 것 같았다니까. 하지만 다행스럽게도, 여자 중에 유일하게 욕망이 일어났던 것도 너뿐이었으니까."

"그럼…….."

"말했잖아. 난 한서원에게만 반응하는 몸이라고."

"내가 남자였어도요?"

서원의 질문에 그의 눈빛이 짙게 잠겼다.

"아마도."

"아…….."

"난 네가 어떤 모습이든 사랑하게 됐을 거야. 결국은."

담담한 목소리지만 진심이 배어났다. 서원은 한도원이든 한서원이든 상관없다던 강준의 말을 떠올렸다. 정말로 그는 자신이 어떤 모습이든 상관없이 오로지 자신만을 사랑했을 거라고 생각하니 왠지 가슴께가 간질거렸다.

"기분 좋다."

서원이 사르르 녹을 듯한 눈웃음을 짓자 그가 잡고 있는 서원의 손을 끌어당겨 손등에 입을 맞췄다.

그 순간 매혹적인 그의 눈동자와 시선이 마주쳤다. 다시 전방으로 시선을 돌린 채 그녀의 손을 꼭 쥐고 운전하는 강준의 모습을 서원이 가만히 바라봤다. 작은 행동이었지만 서원은 그 행동만으로도 자신이 그에게 너무나 사랑받고 있다는 실감이 들었다.

이렇게 행복해도 되는지 모를 정도로 뜨겁게 차오르는 감정에 콧등이 시큰해지는데 어느새 그의 집 앞에 다다르고 있었다.

오랜만에 그의 집에 온다는 생각에 가슴이 두근거렸다. 그때 차고 앞에 서 있는 사람이 보였다.

"강준 씨. 저기 누가 있는 것 같은데…….."

끼익.

차를 세운 강준이 앞에 서 있는 사람을 확인하고 매끈한 미간을 좁혔다.

"여기서 잠깐 기다리고 있어. 금방 올 테니까."

벨트를 풀며 서원에게 말한 강준이 차에서 내렸다. 표정을 굳힌 그가 곧장 기다리는 이에게 다가갔다.

"오빠."

강준의 집 앞에서 기다리고 있던 세라는 잔뜩 화가 난 얼굴로 차 쪽을 쳐다봤다.

"저 여자야? 같이 입국했다는 여자가."

"너와는 관계없을 텐데."

강준의 서늘한 말에 세라가 입술을 깨물었다.

"왜 관계가 없어! 오빠랑 나랑 어떤 사인데!"

"어떤 사이지?"

고저 없이 되묻는 그의 말에 세라의 주먹 쥔 손이 파르르 떨렸다.

약혼식을 앞두고 있던 3년 전, 강준이 일방적으로 약혼식을 취소시켰다. 이 회장이 강한 의지를 가지고 추진하던 약혼이니 안심하고 있었다. 그런데 약혼식을 코앞에 두고 강준이 깨 버렸다는 사실에 세라는 당황했다.

'괜찮아. 아직 시기가 아니라면 기다릴게.'

이미 모든 언론사에 약혼을 퍼트릴 대로 퍼트린 상태라 머리끝까지 화가 났지만 그 분노를 참아 내고 강준에겐 마음이 넓은 여자인 척했다.

어차피 강준은 여성 기피 때문에 자신하고 결혼할 수밖에 없다고 믿고 있었으니까.

'금세라. 너와 결혼할 일 없으니 마음 접어.'
'그 말, 5년 뒤에도 하는지 볼게.'

강준의 차가운 말에도 세라는 여유 있게 웃어 보였다. 후계 자리를 넘겨받는 순간엔 아무리 강준이라 해도 결혼할 수밖에 없을 거였다. 독신으로 있으면 분명 어딘가 문제 있는 사람으로 보일 것이고, 후계 없는 후계자는 모든 것이 불리하게 되어 있었다.

게다가 이춘일 사장이 아니더라도 강준의 자리를 노리는 사람은 사방에 널려 있는 상태였다.

그래서 더욱 자신의 핏줄인 후계자에 집착하는 이 회장의 뜻을 강준도 결국은 꺾지 못할 거였다.

'그땐 오빠도 나에게 매달리게 될걸?'

그렇게 생각하고 여유롭게 그때를 기다리자 하면서 몰래 남자들도 만나고 다녔다. 만약 들킨다 해도 상관없었다. 강준은 자신밖에 결혼할 수 있는 사람이 없으니까. 그 정도는 자신을 기다리게 한 작은 벌칙 정도라고 생각했다.

그런데 최근 그답지 않게 미국에 출장 간 상태에서 모든 일정을 미루더니, 아예 돌아오질 않고 있다는 소식을 들었다.

지금까지의 강준에겐 한 번도 없던 일이라 이상한 낌새를 느끼고 있었는데 오늘,

117

'세라야. 나 지금 공항인데 내가 지금 뭘 봤는지 알아?'

'뭘 봤는데?'

'이강준이 여자랑 같이 비행기에서 내렸어! 둘이 손을 딱 잡고서 누가 보든 신경도 안 쓰는데?'

'설마, 다른 사람이겠지.'

'진짜라니까? 이강준이 다른 남자랑 헷갈릴 비주얼이니? 내가 사진도 찍었으니까 보내 줄게, 기다려 봐.'

그 사진에 나온 사람은 의심할 여지없이 이강준이었다.

말도 안 돼…….

그야말로 눈이 뒤집어진 세라는 그길로 강준의 회사에 찾아갔다가 그가 퇴근했다는 말을 듣고 곧장 집까지 온 거였다.

"우리가 어떤 사이냐고 물었는데."

강준이 눈을 똑바로 보며 묻자 조급함을 느낀 세라가 침을 삼키고 말했다.

"우린, 약혼할 사이잖아."

"내가 너에게 약혼하자고 한 적이 있던가?"

"하지만……!"

세라는 뒷말을 이을 수가 없었다. 어릴 때부터 강준을 알고 지냈다는 이유만으로, 그리고 그의 불행한 가정사를 기회로 자기 남자인 것처럼 굴었던 세라지만, 그 유일한 메리트가 사라져 버린 지금은 상황이 전혀 달랐다.

"저 여자는 누군데? 난 모르는 사람인데, 옛날부터 알던 여자야?"

세라가 표독스러운 시선으로 차에 시선을 두고 묻자 강준의 표정이 서늘해졌다.

"네가 상관할 일 아니야. 여기서 더 비참해지고 싶지 않으면 돌아가. 금세라."

"오빠 어떻게 나한테 이래?"

"난 너에게 조금의 관심도 없다고 누누이 말하지 않았나?"

강준의 차가운 목소리에 세라가 당황스러운 표정을 지었다. 남부럽지 않게 사랑만 받고 자라 이런 모멸감을 한 번도 느껴 본 적이 없던 그녀의 얼굴이 하얗게 질렸다.

"······오빠, 후회할 거야."

세라가 그를 휙 지나쳐 기사가 대기하고 있는 차로 빠르게 걸어갔다. 그런 세라를 무시한 강준이 서원이 기다리고 있는 자신의 차로 향했다.

"금세라 씨와 그때 약혼하는 줄 알았어요."

집에 들어올 때까지 말이 없던 서원이 꺼내는 말에 재킷을 벗던 강준이 그녀를 바라봤다. 서원은 넓은 거실 전면창 앞에 서서 어두운 정원을 내려다보고 있었다.

"원래는 내 비서 역할이 끝날 때까진 당신 옆에 있고 싶었어요. 나 혼자 좋아하더라도 당신 옆에 있을 수 있다면 그걸로 행복하겠다고 생각했으니까."

재킷을 소파 위에 던져 놓은 강준이 돌아서 있는 서원에게 걸어갔다. 서원은 창에 비친 모습으로 강준이 다가오는 걸 보면서 차분한 목소리로 말을 이었다.

"당신과 금세라 씨가 이미 집안끼리 정한 약혼자라는 걸 그때도 이미 알고 있었는데."

서원의 눈이 침잠해 있었다.

"……."

강준은 바지 주머니에 손을 찔러 넣은 채 그녀의 뒤에 서 있었다.

"막상 약혼식이 정해지고 그걸 갑작스레 알게 되니까 바보처럼 충격받고 말았어."

서원이 길게 한숨을 내쉬었다.

"난 가식이었던 거죠. 그저 짝사랑이라도 상관없다고 생각했던 건 전부 다 가식이었던 거야. 질투가 나서, 어쩔 줄을 몰랐으니까."

그때의 자신이 떠오르자 서원의 표정이 씁쓸해졌다. 강준이 그녀의 가녀린 어깨를 뒤에서 살며시 끌어안았다.

"……기분 좋은데."

그녀의 귓가에 입술을 가까이 가져가 그가 낮게 속삭였다.

"한서원이 그때 나에게 질투했다고 생각하니까."

부드럽게 속삭인 강준이 그녀의 몸을 천천히 돌려세웠다. 마주 본 자세에서 서원의 눈을 깊게 응시하며 그가 말했다.

"더 말해 봐."

강준이 다정하게 말했다. 흐린 표정으로 잠시 그를 올려다보던 서원이 말했다.

"약혼은 왜 파기한 거예요?"

서원이 그의 수려한 얼굴을 보며 물었다. 강준의 다정한 시선이 그녀에게 향해 있었다.

"금세라와 약혼하고 싶지 않았으니까. 그때 그 약혼식은 내 의사는 완전히 배제된 채 집안끼리 추진하던 거였어."

"그건 알고 있었어요. 하지만 난 당신이 결국엔 금세라 씨와 결혼해야 하는 걸 알고 있으니까 그대로 놔두는 거라고 생각했었어."

서원의 혼란스러운 눈을 내려다보며 그가 그녀의 어깨를 두 손으로 지그시 잡았다.

"그 말도 맞아. 원래는 그랬으니까. 내가 널 만나기 전까진."

맞부딪쳐 오는 다크그레이색 눈동자가 진지하게 빛났다.

"널 만나고 네게 빠져들면서부터 혼란스러워지기 시작했어. 그 전엔 내 여성 기피 때문에 금세라와 결혼해야 된다는 말을 어느 한편으로는 거부할 수 없는 수순으로 생각하고 있었는데, 너에게 끌릴수록 그 사실이 불쾌해졌어."

"하지만 그땐…… 이미 내가 퇴사한 이후였잖아요."

그 뒤에 그가 약혼을 하지 않았다는 건 이상했다. 당시 그는 자신을 남자로 알고 있었고, 자신은 그의 마음을 일방적으로 거부하고 떠난 거였으니까.

서원이 그런 생각으로 혼란스러워하는데 강준이 낮은 음성으로 말했다.

"이미 누군가를 담아 버린 마음으로 원하지 않는 결혼 할 생각, 없었어. 그래서 파기한 거야."

강준의 진지한 눈동자에 서원은 숨을 깊게 들이켰다.

"내가 결혼할까 봐 두려웠나?"

"……네."

작게 숨을 토해 내며 솔직히 대답하는 서원을 강준이 끌어당겨 자신의 품에 안았다.

"그럼 지금 모습으로 더 빨리 나타나지 그랬어. 그래도 난 너에게 단숨에 반했을 텐데."

"나도 안 된다는 걸 알면서도 당신 놓지 못했을 거고."

서원이 자그맣게 말하자 강준이 고개를 기울여 그녀의 귓가에 입술을 가까이 가져갔다.

"놓으려고 해도 내가 결국 잡았을 거야. 도망치지 못하도록."

"……."

"난 절대 널 놓지 못했을 거니까."

그의 속삭이는 목소리에 서원이 고개를 들어 올렸다.

"아니, 나도 못 놔요. 나도 너무 오랫동안 당신을 마음에 담고만 있었으니까."

물기 맺힌 서원의 눈이 촉촉하게 빛났다.

그 마음이 너무 버거워 아무것도 하지 못한 채 3년을 보냈다. 일에도 집중할 수 없고 무엇도 할 수 없던 날들을 강준도 똑같이 겪었다는 걸 확인하자 그녀의 눈에서 투명한 눈물이 흘러내렸다.

"……사랑해요."

서원이 까치발을 하고 강준의 얼굴을 두 손으로 잡아끌었다.

"사랑해, 한서원."

강준이 낮게 속삭이며 기꺼이 입술을 내어 주자 부드럽게 맞물린 입술이 벌어졌다. 말캉한 혀가 엉켜들자 순식간에 더운 숨결이 서로의 입술 안으로 흘러들었다.

촉촉한 소리를 내며 살짝 입술을 떼어 낸 그가 서원의 아랫입술을 빨며 말했다.

"아직도 결혼은 생각해 봐야 한다는 입장 그대로인가?"

"음, 아직은."

"뭐?"

서원이 장난스럽게 강준의 입술을 핥으며 대답하자 그가 미간을 찡그렸다.

"너무한데. 한서원."

"앗."

강준이 그녀의 몸을 번쩍 안아 올리자 서원이 반사적으로 그의 단단한 몸을 끌어안았다.

"뭐예요?"

서원이 놀란 눈으로 내려다보자 그의 눈이 어둡게 빛났다.

"하루 종일 참았어. 이제 한계야."

"네?"

그대로 강준이 침실로 향하자 서원이 웃음을 터뜨렸다.

"참을성이 점점 없어지는 것 같아. 한서원에게는."

강준이 서원의 입술에 키스하며 걸어가자 그녀가 웃음을 흘리며 속삭였다.

"……나도 그래요."

침실로 향하는 동안 웃음 섞인 키스가 점차 짙어졌다.

❊

"미국에서 넘어온 서류입니다."

박 실장이 내민 파일을 강준이 받아 들었다.

"증언 자료는 확보했습니까."

"그 일을 지시한 사람에 대한 녹음된 파일을 받아 뒀습니다. 이춘일 사장이라 말한 건 아니지만 그의 심복인 최일권이라는 비서실장의 이름이 나왔으니 증거가 될 겁니다."

박 실장의 말에 강준이 고개를 끄덕였다.

"수고했습니다. 확인해 보죠."

"네. 그럼."

박 실장이 집무실을 나가자 강준이 서늘한 시선으로 파일을 내려다봤다.

"……결국 선을 넘으신 겁니까. 숙조부님."

싸늘하게 내뱉은 그의 눈이 무섭게 가라앉았다.

'너, 누가 이 일을 사주했는지 알고 있는 모양인데?'

그날 Q의 말로 어느 정도 파악은 하고 있었다. 하지만 막상 자신을 납치해서 죽이려 했던 자가 숙조부인 이춘일 사장이라는 것이 밝혀지자 피가 차갑게 식었다.

툭, 툭.

손가락으로 책상 위를 두드리는 강준의 얼굴이 그 어느 때보다 서늘했다.

✽

서원은 긴장한 얼굴로 엘른 본사 건물을 바라봤다. 충분히 마음의 준비를 하고 왔는데도 막상 들어가려고 하자 발걸음이 쉬이 떨어지지 않았다.

숨을 길게 뱉어 낸 서원이 넓은 계단을 올라 회전문으로 들어섰다. 강준에게 말을 해 두었기 때문에 보안 라인은 바로 통과되어 늘 이용하던 임원층 전용 엘리베이터로 향했다.

'오랜만이네.'

3년 전엔 매일 드나들었던 곳을 오니 왠지 기분이 묘했다. 강준과 긴장 상태로 함께 타곤 했던 엘리베이터도 이젠 그리운 느낌을 주다니.

　서원이 작게 미소 짓고 있는데 엘리베이터가 멈췄다. 문이 열리자 밖으로 나온 서원의 얼굴에 다시 긴장이 맺혔다. 결 좋은 긴 머리칼을 늘어뜨리고 짙은 브라운 컬러의 블라우스와 블랙 스커트를 입은 그녀가 비서실로 들어섰다.

　"기다리고 있었습니다."

　박 실장이 곧장 서원에게 다가왔다.

　"부사장님은 아직 도착하지 않으셨는데, 안에서 잠시 기다려 주시겠습니까."

　"네."

　박 실장이 집무실 쪽으로 안내하는 것을 따라가며 서원은 놀란 얼굴로 자신을 보고 있는 심 비서와 눈이 마주쳤다. 그녀가 은은한 미소를 지으며 고개를 숙이자 어색하게 따라서 고개를 숙인 심 비서가 머리를 갸웃거렸다.

　"차는 어떤 걸로 준비해 드리면 되겠습니까."

　집무실로 안내한 박 실장이 묻자 서원이 시선을 내려뜨렸다가 그를 바라봤다.

　"에스프레소 한 잔과 홍차 한 잔 부탁드려도 될까요."

　"물론입니다."

　정중한 태도로 미소를 짓고 나가려는 박 실장을 서원이 불렀다.

　"박 실장님."

　돌아본 박 실장을 그녀가 조금 망설이는 얼굴로 보다가 말했다.

　"죄송하지만, 박 실장님께서 직접 가져다주시면 좋겠어요."

"알겠습니다."

어려운 부탁도 아니라는 듯 고개를 숙인 박 실장이 집무실을 나갔다.

문이 닫히자 서원의 긴장된 어깨에서 힘이 툭 풀렸다. 한서원으로서 비서실 사람들을 만나는 건 생각 이상으로 긴장되는 일이었다. 서원은 표정을 정돈하고 몸을 돌려 강준의 집무실을 둘러봤다.

'여기도 그리웠는데.'

공기와 습도 조절 시스템 덕분에 공기는 쾌적했고, 콧속을 시원하게 하는 청량한 향이 은은하게 감도는 익숙한 공간을 서원이 천천히 둘러봤다.

그때 노크 소리가 들렸다. 문을 열고 들어온 박 실장이 테이블 위에 찻잔을 내려 두자 서원이 다가갔다.

"감사합니다."

"네, 그럼."

"박 실장님."

차를 두고 나가려던 박 실장이 그녀를 바라봤다. 서원의 옅은 갈색 눈동자가 조용히 그에게 향했다.

"이 홍차는 박 실장님 거예요. 사실 박 실장님께 드릴 말씀이 있어서 왔어요. 잠시 시간 내주실 수 있을까요?"

"저에게…… 말입니까?"

"네."

박 실장의 눈에 의아함이 스쳐 지나갔다. 오늘 강준의 연인인 한서원이 찾아온다는 말을 듣고 당연히 강준을 만나러 온다고 생각했었다.

그의 시선이 자신이 즐겨 마시는 홍차에 잠시 닿았다가 서원에게 향했다.

"그렇게 하죠."

빙긋 웃은 박 실장이 서원의 맞은편에 앉았다.

"저에게 궁금한 게 있으십니까?"

아마 강준의 연인으로서 강준에 대한 것을 물어보려 하는 것이라고 예상한 박 실장이 정중히 물었다. 서원이 조용히 찻잔을 들어 올렸다.

말없이 커피를 마신 그녀가 말간 눈으로 박 실장을 응시했다.

"워싱턴에서 제 조사를 직접 하셨다고 알고 있어요."

"네. 맞습니다."

"제 동생 한도원에 대해 아시죠?"

익숙한 이름에 박 실장의 얼굴이 부드러워졌다.

"물론입니다. 한서원 씨의 쌍둥이 동생분이죠. 이곳에서도 3년 전 근무한 적이 있었기에 잘 압니다."

잔을 받침대에 조심스럽게 내려놓은 서원이 시선을 고아한 찻잔에 둔 채 입을 열었다.

"그때 이 비서실에서 일했던 사람은 저였어요."

서원의 말에 박 실장이 고개를 기울였다.

"그게 무슨 말씀이신지…… 이곳에서 근무했던 사람은 한도원 씨였습니다."

"대외적으로는 그게 맞지만, 실제 이곳에서 박 실장님과 심 비서님과 일을 했던 건 저였어요."

서원이 잠시 말을 끊고는 박 실장을 바라봤다.

"당시 제 동생이 이곳에 합격한 뒤에 저 때문에 큰 교통사고가 나는 바람에, 제가 동생이 퇴원할 때까지만 일할 생각으로 들어왔거든요."

차분한 서원의 목소리에 박 실장은 놀란 기미를 보이지 않고 그녀를 응시했다.

잠시 말없이 보고만 있던 그가 안경을 추켜올렸다.

"……그랬군요. 몰랐습니다."

"죄송해요. 그때 속이면서도 제 마음이 편하지 못했는데…… 지금이라도 사과드리고 싶었어요."

서원이 미안함이 담긴 눈빛으로 말했다.

"그때 정말 잘 대해 주셨는데 속여서 죄송했어요."

그녀가 깊게 고개를 숙이자 박 실장이 만류했다.

"전 괜찮으니 그렇게 사과하실 것 없습니다. 고개 드세요."

"죄송합니다."

"그때 일한 사람이 누구였든 저희 비서실에서 충분히 비서로서의 역할을 잘해 주었기 때문에 전혀 문제 될 것 없습니다."

박 실장의 말에 서원이 그제야 고개를 들고 그를 마주 봤다. 박 실장이 부드럽게 미소 짓고 있었다.

"진심입니다. 그러니 죄책감 갖지 마십시오."

"……고마워요. 실장님."

서원이 마음의 무거운 짐을 조금이나마 내려놓은 얼굴로 미소 짓자 박 실장이 푸근하게 웃었다.

"대외적으로는 앞으로도 비밀로 하겠습니다. 한서원 씨도 3년 전 이곳 비서실에 있었다는 걸 저 외에는 함구해 주셨으면 합니다."

"물론 그럴 거예요. 걱정하지 마세요."

혹시 잘못된 소문이 돌까 봐 강준을 걱정하는 마음으로 하는 조언이라는 걸 서원도 충분히 알고 있었다.

"심 비서에게도, 말하지 않는 것이 좋겠습니다. 혹여 과거의 일 때문에 앞으로의 관계가 혼란스러워질 수 있을 테니까요."

"네. 그럴게요."

서원이 천천히 고개를 끄덕였다.

심 비서에게도 사과하고 싶은 마음이 굴뚝같았지만 서원도 그런 부분을 염려해서 박 실장에게만 따로 말한 것이었다.

"과거와 상관없이, 저희 부사장님과 함께해 주셔서 감사드립니다. 두 분 무척 잘 어울리십니다."

박 실장이 싱긋 미소 짓자 서원이 살짝 민망한 얼굴로 뺨을 물들였다.

"박 실장님께서 그런 말씀을 하시니 조금 부끄럽네요. 감사합니다."

하얀 치아를 드러내며 미소 짓는 서원을 보며 박 실장도 내심 오랜 의문이 해소되는 기분이었다.

'이제 알겠군.'

오래 모셨기 때문에 이강준이 잘 벼려진 칼날같이 날카로운 사람이라는 것과 지독한 완벽주의라는 걸 알고 있었다. 하지만 그런 그가 유일하게 흔들리는 모습을 보인 것이 3년 전 한도원이 비서 실에서 근무했을 때였다.

'그리고 얼마 전 워싱턴에서였으니, 그때 재회한 거였나.'

이강준이 자신의 페이스와 전혀 다른 모습으로 흔들린 게 전부 한서원 때문이라는 것을 알고 나니 납득이 갔다.

"그럼 또 뵐게요. 실장님."

"네. 조심히 들어가십시오."

단정하게 인사한 서원이 몸을 돌려 부사장실을 나섰다. 그녀의 가녀린 뒷모습을 보던 박 실장은 새삼 의아함을 느꼈다.

'저 아름다운 여성을 어떻게 남자라고만 생각할 수 있었지?'

자신을 포함한 비서팀 전원이 서원을 잘생기긴 했어도 그저 체격이 작은 남자라고만 생각했다는 사실이 어이없을 정도로 여성스러운 모습이었다.

"실장님도 깜짝 놀라신 거 맞죠?"

심 비서의 말에 서원의 뒷모습을 보고 있던 박 실장이 고개를 돌렸다. 그의 옆으로 바짝 다가온 심 비서도 서원의 뒷모습을 신기한 듯 보고 있었다.

"한 비서와 쌍둥이라더니 닮긴 했는데 너무 신기하지 않아요? 저분은 저렇게 미인인데."

"한 비서도 미남이었잖아."

"아, 하긴. 근데 왜 부사장님 안 기다리고 그냥 가신대요? 부사장님 만나러 오신 거 아닌가?"

납득한 듯 고개를 끄덕거리던 심 비서가 묻자 박 실장은 태연히 대답했다.

"지금 아래에 와 계셔. 같이 가신다는군."

"아하."

대답하면서도 심 비서의 눈이 계속 엘리베이터를 기다리는 서원의 뒷모습에 향해 있자 박 실장이 그의 어깨를 툭 쳤다.

"쌍둥이 처음 봐? 그만 구경하고 들어가서 일해."

"아, 네……. 그냥 뭐, 저분 보니까 한 비서가 그립고 그래서 그런 거죠. 뭐. 잘 사나 모르겠네. 그 뒤로 연락도 없고……."

심 비서가 자리로 돌아가며 중얼거리는 걸 보며 박 실장은 생각에 잠긴 눈으로 서 있었다.

　한결 가벼워진 마음으로 엘리베이터를 탄 서원이 내려가는 충수를 가만히 보고 있었다.
　'이해해 주셔서 다행이야.'
　서원의 입술이 부드럽게 휘어 올라갔다. 내내 마음에 걸리던 일을 매듭지었다는 생각에 안도감이 일었다.
　며칠 전 서원이 강준에게 물었다.

　'박 실장님께라도 말씀드리려 하는데…… 괜찮을까요?'
　'나는 상관없으니 당신이 마음 편한 대로 해.'
　'충격받으시면 어떡해요?'
　'박 실장님이 그런 걸로 충격받을 사람으로 보여?'

　가벼이 웃음을 흘리는 강준을 보고 서원도 그의 말이 맞다고 생각했다. 그래서 오늘 강준이 일부러 박 실장과 대화할 수 있는 자리를 만들어 준 거였다.
　'심 비서님께도 미안하지만 그건 어쩔 수 없…….'
　그때 엘리베이터 문이 열리고 익숙한 이가 안으로 들어섰다.
　"어?"
　이동진이 서원을 보고 놀란 소리를 냈다.
　서원은 눈이 마주친 순간 저도 모르게 인사할 뻔했지만 다행히 늦지 않게 시선을 내렸다.
　잠시 놀란 눈으로 서원을 보던 동진은 그녀의 이상하다는 듯한 시선과 닿자 어정쩡하게 옆에 섰다.

"죄송합니다. 아는 사람과 닮아서요."

"괜찮아요."

빤히 쳐다봤던 시선이 머쓱했던지 사과하는 동진의 말에 서원이 짧게 대답했다. 똑같은 얼굴이니 이상하긴 할 거였다. 아무리 화장을 하고 머리를 길렀어도 그때 얼굴은 그대로 남아 있으니.

조용히 서 있던 서원은 엘리베이터가 멈추고 문이 열리자 곧장 밖으로 나갔다.

"한서원."

조금 앞에서 그녀를 기다리고 있던 강준이 부드러운 미소를 지으며 다가왔다. 바로 뒤에 이동진이 오고 있다는 사실에 서원이 난감한 표정을 지었다. 그때 강준도 뒤에서 따라 내리는 동진을 보고 멈칫거렸다.

"회사에서 못 보던 분이다 했더니 강준이 네가 아는 사람이었어?"

동진이 서원에게 시선을 뒀다가 강준을 향해 물었다.

자신과 강준을 번갈아 보는 시선에 서원이 긴장한 표정으로 서 있었다.

"날 만나러 온 거였으니까."

강준이 서원을 내려다보며 그녀의 어깨를 한 손으로 가볍게 감싸 쥐었다. 그대로 자신에게 살짝 끌어당기며 동진을 바라봤다.

"나와 결혼할 사람이야."

"그랬어?"

동진의 눈이 커졌다. 서원이 그에게 인사했다.

"처음 뵙겠습니다."

"반가워요. 난 강준이 친척인 이동진이라고 합니다."

동진이 밝게 인사하면서도 서원의 얼굴을 집요하게 살폈다.

"그렇게 보는 건 실례다. 이동진."

강준이 말하자 동진이 얼른 웃었다.

"아, 미안해요. 아까도 그래서 실례했는데, 내가 아는 사람과 너무 닮아서."

"맞을 거야. 네가 알던 사람이 이 사람 동생이니까."

"한도원 씨가?"

동진이 놀란 듯 되묻자 서원이 옅은 미소를 지으며 말했다.

"네. 제 쌍둥이 동생이에요."

"그랬구나. 어쩐지…… 얼굴도 그렇고 분위기도 너무 비슷하다고 생각했거든요."

"혈육이니까. 그럼 다음에 정식으로 인사시켜 줄 테니 그때 보자."

"아, 그래. 또 보자."

여전히 묘한 표정을 지으며 인사하는 동진에게 서원이 고개를 숙였다. 강준이 그녀를 이끌고 돌아섰다. 그의 차로 돌아오자 서원이 긴장을 풀며 말했다.

"이사님을 갑자기 만날 줄 몰랐는데. 너무 놀랐어요."

"그래도 꽤 표정 관리 잘하던데. 놀란 것치곤."

강준이 다정하게 그녀에게 벨트를 매 주며 미소 지었다.

"겉으로 괜찮아 보이려고 얼마나 노력했는데요. 좀 전에 엘리베이터에서 갑자기 마주쳤을 땐 나도 모르게 인사까지 할 뻔했어요."

다시 생각해도 아찔한 듯 서원이 고개를 저었다.

"잘 넘겼으니까 됐어. 너무 신경 쓰지 마."

그가 서원의 얼굴을 부드럽게 어루만지며 속삭였다.

"네."

그제야 서원이 미소 짓자 그녀의 얼굴을 확인한 강준이 차를 출발시켰다. 회사를 빠져나가는 동안 조용히 있던 서원이 아까의 말이 마음에 걸렸는지 입을 열었다.

"그런데 아까 이사님과 따로 자리를 마련한다고 했잖아요. 그때도 말실수를 하지 않을지 자신이 없어요."

"아마 그런 일은 생기지 않을 거야."

"네?"

서원이 의아스럽게 묻자 강준이 가라앉은 눈빛으로 전방을 바라봤다.

"왜인지는 곧 알게 될 거야."

"……."

그의 낮은 목소리에 서원은 강준에게도 따로 생각이 있을 거라고 생각하며 더 묻지 않기로 했다.

"박 실장님과 얘기는 잘 했고?"

"네. 다행히 실장님도 잘 이해해 주셔서 마음이 좀 편해졌어요."

"그거 다행이군."

강준이 입술 끝을 휘어 올렸다.

비서실 사람들을 속였다는 죄책감에 아직도 서원의 마음이 많이 무겁다는 건 강준도 알고 있었다.

"그렇게 쉽게 이해해 주실 줄은 몰랐는데. 정말 좋은 분이세요. 실장님은."

서원이 은은한 미소를 매달고 말하자 운전하던 강준이 그녀를 쳐다봤다.

"내 앞에서 다른 남자 칭찬하는 건 그만 듣고 싶은데."

"네?"

농담인가 싶어 쳐다봤지만 전혀 농담이 아닌 듯한 강준의 얼굴에 서원이 환하게 웃었다.

"박 실장님 칭찬 더 해야겠다. 강준 씨 질투하는 거 계속 보려면."

"그럴 거 없어. 질투심이라면 당신을 쳐다보는 모든 남자에게서이미 충분히 느끼고 있으니까."

강준의 낮은 목소리에 서원이 눈을 깜빡거렸다.

"정말요?"

"농담이라면 좋겠군."

전방을 응시한 채 미간을 일그러뜨린 그를 보니 서원은 슬며시웃음이 새어 나왔다. 그녀의 어여쁜 미소에 그의 눈빛이 어둡게가라앉았다.

"그 웃는 얼굴도, 내 앞에서만 했으면 좋겠어. 다른 남자는 누구도 보지 못하게."

"아."

낮게 말한 강준이 손을 뻗어 그녀의 허벅지를 잡았다. 타이트한스커트가 허벅지를 절반 정도 가리고 있었다. 그 안쪽을 야릇하게훑어 올라가자 서원의 얼굴에 당혹감이 번졌다.

"강준 씨, 운전할 땐…… 읏."

그의 손가락이 스커트 아래 깊은 곳까지 침범해 들어오자 서원이 신음을 흘리며 다리를 모았다.

"열어. 한서원."

전방에 시선을 둔 강준이 낮게 잠긴 목소리로 말하자 그녀의 다

135

리가 천천히 벌어졌다.

"앗……."

스타킹의 진한 색 부분까지 훑어 올라온 손가락이 보드라운 살에 닿자 서원의 엉덩이가 흠칫거렸다. 손가락을 갈고리처럼 만든 그가 갈라진 도톰한 속살 사이를 은밀하게 파고들었다.

"하, 웃."

스타킹과 팬티로 압박된 부분이 그의 손가락 끝에서 문질러졌다. 금방 젖어 든 음란한 살이 비벼지는 찌걱이는 소리가 조용한 차내에 울렸다.

그는 한 손으로 핸들을 잡고 다른 손으로 더 깊숙이 파고들었다.

"지금 내가 어떤 기분인지 알아?"

"모, 모르겠……."

"군침이 돌아. 여길 한입에 삼키고 빨고 싶어서."

강준의 음란한 말에 서원의 얼굴에 열이 올랐다.

"가, 강준 씨. 홋!"

점점 더 대범해지는 손길에 서원의 달아오른 얼굴이 쾌감으로 찌푸려졌다. 의지를 벗어나 온몸이 점점 더 뜨겁게 달아올랐다.

"뜨거워졌어. 델 것 같아."

손가락으로 한껏 피가 몰린 동그란 살을 뭉개듯 비비며 그가 낮게 말했다.

"앗, 잠깐…… 웃."

"참을 수 있겠어?"

노골적으로 찔걱거리는 소리를 내며 그가 낮게 말했다. 작은 구슬 같은 음핵이 흥분으로 팽팽하게 솟아 있었다. 손가락 끝으로 짓누르듯 문지르는 손길에 서원이 할딱대며 가쁜 숨결을 내쉬었다.

"하, 아웃, 아, 안 되겠어요. 못 참겠⋯⋯."

그때 강준이 거칠게 차를 세웠다.

"나도 못 참아."

무서울 정도로 가라앉은 목소리로 말한 강준이 시동을 끄고 벨트를 풀었다.

'여긴⋯⋯?'

열락으로 흐려진 시야에 산과 맞닿은 어두운 골목이 보였다. 서원이 꿀꺽 침을 삼키는데 강준이 리모컨으로 조정해 그녀의 의자를 뒤로 눕혔다.

"한서원."

고개를 숙인 그의 입김이 닿는 곳이 어딘지 알자 서원은 심장이 요동쳤다. 그가 서원의 흐트러진 스커트를 더 위로 밀어 올렸다.

"지금부터 내가 허락할 때까지 움직이면 안 돼."

낮게 명령하는 그의 목소리에 서원은 머릿속이 아득해졌다.

트드득.

스타킹의 중심부를 두 손으로 찢은 그가 곧장 축축하게 젖은 팬티를 입술로 삼켰다.

"아."

그의 손가락으로 이미 흥분된 클리토리스가 매끈한 입술 안으로 삼켜졌다. 말캉한 혀가 누르듯 쓸어 올리자 서원의 허리가 한껏 치솟았다.

"하웃⋯⋯!"

마치 더 먹어 달라는 듯 들려 올라간 그곳을 강준이 음란하게 빨기 시작했다. 질척이는 소리를 내며 젖은 팬티가 달라붙은 살결을 빨아올리던 그가 얇은 천을 손가락으로 젖혔다.

시야에 드러난, 음탕한 애액으로 번들거리는 속살을 강준이 탐욕스럽게 집어 삼켰다.

"으, 아, 아앗……."

신음이 터져 나오는 제 입술에 손등을 댄 서원의 얼굴이 쾌감으로 일그러졌다. 어찌할 바 모르고 움찔거리는 엉덩이를 꽉 잡은 그가 열락의 애액이 흐르는 입구에 혀를 세워 밀어 넣었다.

"아아!"

공중에 들쳐 올라간 그녀의 엉덩이에 단단하게 힘이 들어갔다. 파르르 떨리는 엉덩이를 꽉 잡은 강준이 혀를 깊숙이 밀어 넣었다. 높은 콧날이 음핵을 누르고 좁은 틈을 혀로 짓쳐 들어갔다.

"가, 강준, 강준 씨! 나, 나…… 흐읏!"

미칠 것 같은 쾌감에 서원의 허리가 요분질 치듯 흔들렸다. 더 이상 참을 수 없는 한계점에 임박했는데도 강준은 그녀의 엉덩이를 잡고 놔주지 않았다.

"아, 안 돼. 아, 아으, 앗, 하앗……!"

서원의 허리가 한껏 들려졌다. 동시에 울컥거리며 터져 나온 쾌감의 산물이 그의 입술 안으로 삼켜졌다. 음탕한 소리를 내며 남김없이 빨아먹은 강준이 파르르 떨리는 그녀의 엉덩이를 놔줬다.

"하아, 하아."

거친 숨을 몰아쉬는 서원의 위를 그의 커다란 몸이 올라탔다.

"서원아."

진한 욕망이 묻어나는 낮은 음성만으로도 그녀의 좁은 속살에서 허연 애액이 주르륵 흘러나왔다. 자신의 팽팽하게 솟은 페니스를 꺼낸 그가 그녀의 손을 잡아끌었다.

"네가 날 이렇게 만들었어."

"아……."

미끈한 쿠퍼액이 묻어 번들거리는 굵은 기둥을 잡게 하자 서원이 놀란 듯 신음을 흘렸다. 한 손에 잡히지 않는 거대한 남성이 그녀의 손바닥 아래에서 더 빳빳해졌다.

"느껴져? 내가 얼마나 흥분했는지."

"가, 강준 씨."

탁하게 잠긴 목소리로 말한 강준이 그녀의 손을 자신이 잡고 위아래로 움직이게 했다.

번들거리는 젖은 근육 덩어리가 손바닥에 비벼지는 적나라한 소리가 울렸다. 손안에서 터질 듯 크게 발기하자 서원이 본능적으로 맨들거리는 두꺼운 기둥을 꽉 쥐었다.

"크읏."

허스키한 신음을 흘린 강준이 서원의 손을 떼고 글러브박스에서 콘돔을 꺼냈다. 찌익, 이로 콘돔 포장을 찢은 그가 끄덕이는 제 남성에 얇은 고무를 씌웠다. 마치 고무가 찢어질 것처럼 두껍게 발기한 근육 덩어리를 본 서원이 숨을 삼켰다.

관능 어린 움직임으로 콘돔을 씌운 그가 새까맣게 어두워진 눈동자로 서원을 바라봤다. 뜯어진 스타킹 안의 젖은 팬티를 옆으로 잡아당긴 그가 그녀의 손을 다시 이끌었다.

"이거, 잡고 있어."

자신의 팬티를 자기 손으로 벌린 자세가 되자 서원의 숨결이 달아올랐다.

"이렇……게요?"

음란한 속살을 제 손으로 내보이며 서원이 침을 삼키며 물었다. 그 모습을 응시하는 강준의 눈에도 사나운 욕망이 번졌다.

"그래. 그렇게."

그가 으르렁거리듯 대답하고는 두꺼운 기둥을 잡고 그녀가 벌린 속살에 가져갔다.

"아, 앗."

둥근 귀두로 사납게 입구를 비벼 대자 서원이 흠칫거렸다.

"잘 벌리고 있어. 내가 깊게 쑤셔 들어갈 수 있게."

"흐읏, 하…… 아읏."

강준이 욕망이 묻어나는 음성으로 말하며 거칠게 문질렀다. 흥건하게 젖은 속살에 묻은 미끌거리는 애액이 굵은 페니스에 문혀지며 비벼지는 소리가 귀를 자극했다.

쾌감에 신음을 흘리는 서원의 얼굴을 보며 입구를 문지르던 그가 불시에 푹 찔러 들어갔다.

"흐앗!"

깊게 짓쳐들어오는 단단한 근육 덩어리에 서원은 하마터면 잡아당기고 있던 얇은 천을 놓칠 뻔했다. 가까스로 손가락에 힘을 꽉 주고 버티자 강준이 그녀가 벌린 틈 사이로 강하게 쑤셔 들어갔다.

"핫! 아핫!"

살이 짓뭉개질 듯 강하게 찔러 들어가는 소리가 신음에 뒤섞였다. 그녀의 열락으로 벌어진 입술을 빨며 강준이 짐승처럼 허리를 밀어 올렸다.

"하읍, 읍, 아음……!"

강준의 입술에 삼켜진 채 헐떡이며 서원이 다리를 더 넓게 벌렸다. 찢어진 스타킹 사이를 드나드는 핏대 솟은 검붉은 페니스가 점점 더 크게 팽창했다.

"앗."

바들거리는 손으로 겨우 팬티를 벌리고 있던 서원이 땀에 미끄러져 결국 놓쳤다. 그러자 젖은 천이 굵게 박힌 근육 덩어리를 때렸다.

"잘 잡고 있으라니까."

"하, 하지만…… 읏."

할딱이는 서원의 아랫입술을 벌을 주듯 살짝 깨문 강준이 그녀의 귓가에 속삭였다.

"이걸 찢고 더 깊이 넣어 주길 바라는 건가?"

"아, 아니 난……."

강준이 그녀를 돌아눕게 했다. 최대치로 젖힌 의자에 엎드리게 되자 강준이 뒤에서 그녀의 엉덩이를 바라봤다. 뜯어진 스타킹이 엉덩이의 맨살을 음탕하게 드러내고 있었다.

강준이 젖은 채 달라붙어 있는 팬티를 잡아 찢어 냈다.

트드득.

"훗."

강한 압박감과 함께 팬티가 찢어지자 서원이 신음을 흘렸다.

"이제 깊게 들어갈 수 있겠는데."

만족스러운 목소리와 함께 빳빳한 끄트머리가 좁은 틈새를 밀고 들어왔다.

"아…… 아……!"

음란하게 휘어진 굵은 성기가 질구를 최대치로 벌리며 쑤셔 들어가기 시작했다. 내부를 꽉 채우고 짓쳐들어오는 단단함에 엎드린 서원의 젖가슴이 흥분으로 팽팽해졌다.

"으읏, 가, 강준 씨! 하, 아, 아앗."

부푼 젖가슴 한가운데 툭 불거진 젖꼭지가 거친 움직임에 카시트에 짓뭉개졌다. 그 쾌감으로 엉덩이를 한껏 들어 올리자 그가 좀 더 깊숙이 속살 안으로 파고들었다.

"아아! 아! 하윽!"

쿵쿵 들이쳐 오는 압박감에 뜨거운 내부가 한껏 조여들었다.

"후우, 너무 조여."

강준이 헐떡이며 내뱉고는 뒤에서 팔을 뻗어 서원의 블라우스 안으로 손을 넣어 브래지어를 위로 밀어 올렸다. 젖힌 브래지어 아래로 보드라운 젖가슴이 밀려 나오자 그가 한 손으로 움켜잡았다.

"으핫!"

이미 흥분으로 터질 듯 부푼 젖가슴을 커다란 손이 주무르며 검지 끝으로 유두를 비벼 댔다. 짜릿한 쾌감에 서원의 상체가 들려 올라가자 강준이 가슴 모양이 엉망으로 망가질 정도로 주물렀다.

"여기가 단단해."

"……으, 읏."

피가 몰린 유두를 그가 손가락으로 꼬집듯 잡고 돌려 댔다. 서원이 쾌감에 못 이겨 허리를 한껏 쳐올리자 강준이 기다렸다는 듯 벌어진 엉덩이 사이로 제 것을 사납게 찔러 넣었다.

"아훗!"

빳빳한 페니스가 자궁벽까지 닿을 듯 깊게 박혀 들자 서원이 온몸을 가늘게 떨었다. 잔뜩 힘이 들어간 그녀의 몸 안을 그가 사정없이 짓쳐 들어갔다.

"아! ……하윽! 윽!"

서원이 손톱을 세워 카시트를 꽉 움켜잡았다. 수축하며 빨듯이 그를 조이는 뜨거운 내부를 강준이 힘껏 쑤셔 댔다. 강하게 밀어 올리는 그의 근육질 엉덩이가 탄력적으로 조여들고 있었다.

"아아아아!"

서원이 엉덩이를 쳐들고 비명 같은 신음을 터뜨렸다. 한 손으로 그녀의 골반을 잡아 고정한 그가 절정의 산물을 흘리는 그녀의 내부에 박아 넣은 자신의 페니스를 둥글게 휘저었다.

"……흐으읏."

오르가슴으로 예민해진 그녀의 몸이 자잘하게 흠칫거렸다. 그 느낌을 즐기듯 천천히 내부를 휘저으며 강준이 헐떡이는 서원의 뺨에 입을 맞췄다.

땀에 젖은 달뜬 뺨에 입을 맞춘 채 그가 낮게 속삭였다.

"조금 쉬게 해 줄게. 서원아."

"아, 앗."

배 안 깊숙이 박힌 그의 단단한 욕망이 아직 부족하다는 듯 불끈거리는 것을 느끼며 서원이 바르작거렸다.

"……한서원."

강준은 서원의 목덜미에 더운 숨결을 토해 내며 허기진 욕망을 느릿하게 움직였다.

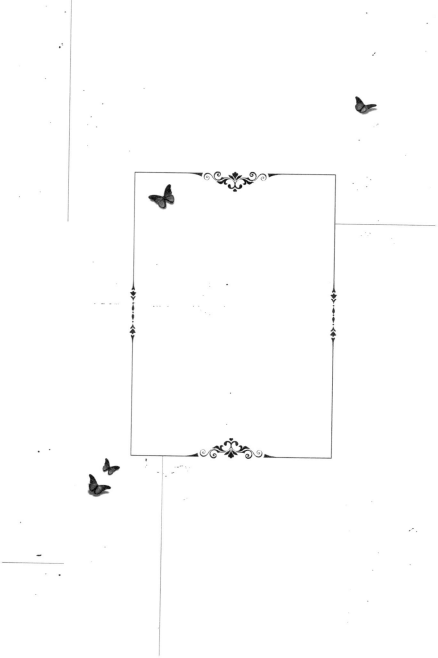

13

이동진에 대해 강준이 한 말이 무슨 뜻인지 서원이 알게 된 건 그로부터 몇 주가 지나지 않아서였다.

평소처럼 강준의 집 식탁에서 함께 아침을 먹고 있는데, 그가 켜 놓은 TV에서 익숙한 이름이 흘러나왔다.

엘른 그룹의 이춘일 사장이 백억대의 횡령 건으로 고발되어 검찰이 수사에 나섰습니다.

이춘일 사장?

서원이 시선을 돌려 뉴스 화면을 바라봤다. 화면엔 이춘일 사장의 모습이 나오고 있었다.

이춘일 사장은 자신의 이름으로 해외에 빼돌린 회사 자금을 10년에

걸쳐 조세 도피처로 빼돌린 혐의를 받고 있습니다. 이에 대해 엘른에
선……

    서원이 놀란 얼굴로 그에게 시선을 돌리자 무감하게 뉴스를 보고 있던 강준은 다시 식사를 시작했다.

"지금 저 말이 무슨 뜻이에요?"

"들은 대로야."

"강준 씨는 알고 있었어요?"

그녀의 물음에 강준이 시선을 맞춘 채 입술 끝을 휘어 올렸다.

"몰랐을 리가."

서원이 혼란스러운 표정을 지었다. 이런 사건이 터졌는데 후계자인 강준이 이렇게 여유롭게 있어도 되는 건지 의아했다.

식사를 마친 뒤 과일과 차를 마시며 서원이 다시 물었다.

"회사에 큰일인 거 아니에요?"

아무래도 걱정이 되어 묻자 강준은 과일을 입으로 가져갔다.

"괜찮아. 이제 시작이니까."

블랙티를 마시고 냅킨으로 입을 닦은 그가 방금 전과 다른 서늘한 눈빛으로 TV 화면을 바라봤다.

"아직 멀었어."

마치 미리 준비된 듯 최근의 이춘일 사장과 그의 심복인 최일권 비서실장의 영상이 자료 화면으로 나오는 것을 보며 서원은 감을 잡았다.

'이 사람이 벌인 일이구나.'

이렇게 확실하게 일 처리를 하고 그걸 방송사와 검찰에서 재빠르게 받아 줄 정도의 권력. 그건 지금의 이강준 정도 되어야 가능한 일일 거였다.

"그럼 나도 걱정하지 않을게요."

서원이 혼란이 걷힌 얼굴로 미소 지으며 커피 잔을 들어 올렸다.

당신을 믿으니까.

그녀의 신뢰 어린 눈빛에 싸늘한 표정을 짓고 있던 강준의 얼굴이 부드러워졌다.

✽

예상대로 회사는 발칵 뒤집혀져 있었다. 뉴스로 터진 회사 실세의 범죄 사실에 소란스러운 가운데 강준의 비서실만이 차분한 분위기를 유지하고 있었다.

그 적막을 깬 건 화제의 중심에 선 이춘일 사장이었다.

"이강준! 이강준 있지?!"

벌겋게 달아오른 얼굴로 고함을 치며 비서실로 들어온 춘일이 곧장 집무실로 향했다. 그의 앞을 박 실장이 빠르게 막아섰다.

"사장님, 진정하십시오. 부하 직원들도 있는데 최소한의 예의는 지켜 주시기 바랍니다."

"뭐? 이 새끼가 진짜…… 내가 지금 예의고 나발이고 그런 거 챙기게 생겼어? 당장 비켜!"

"못 비킵니다."

박 실장이 동요 없이 다시 말하자 춘일의 얼굴이 더 벌겋게 물들었다.

"니들 짓인 거 모를 줄 알아? 꺼지라고!"

"사장님!"

박 실장을 거칠게 밀치고 나간 춘일이 집무실 문을 열었다.

벌컥!

흥분한 춘일의 눈에 책상 앞에 다리를 꼬고 느른히 앉아 있는 강준이 들어왔다.

"네, 네 짓이지?"

춘일이 벌겋게 충혈된 눈으로 강준을 노려봤다. 제대로 단추도 잠그지 않은 정장 재킷과 헝클어진 머리칼이 그가 얼마나 궁지에 몰려 있는지를 보여 주고 있었다.

"오신다는 연락을 못 받았는데요. 숙조부님."

"이게 다 이강준, 네놈이 벌인 일이잖아! 날 엿 먹이려고!"

고함을 내지른 춘일이 실핏줄이 터진 벌건 눈을 하고 책상 쪽으로 다가갔다.

"난 알고 있어. 네놈이 했다는 걸…… 말해. 대체 나한테 무슨 억하심정이 있어서 이런 일을 벌인 거야?"

그에게 다가오는 춘일을 강준이 무감한 얼굴로 응시했다.

"왜 이런 미친 짓을 벌인 거냐고!"

쾅!

견고한 마호가니 책상을 춘일이 세게 내려쳤다. 어깨를 들썩이며 거친 숨을 몰아쉬는 그를 강준이 냉소적으로 응시했다.

"숙조부님께서는 대체 저에게 무슨 억하심정이 있으셔서 그런 짓을 하셨습니까."

"뭐?"

춘일이 눈썹을 팍 일그러뜨리며 되묻자 강준이 천천히 몸을 일으켰다.

그가 몸을 일으키자 춘일보다 머리 하나 이상 차이가 나는 위치에서 위압적인 시선이 그에게 내리꽂혔다.

강준이 햇빛을 등지고 있어 자신의 얼굴에 그림자가 지자 춘일이 주춤거리며 물러섰다.

"제가 눈감고 넘어가 드릴 때에 멈추셨어야 했습니다. 넘지 말아야 할 선을 넘으면 안 된다는 기본적인 개념도 모르십니까?"

"너…… 지금 날 협박하는 거야?"

춘일이 이를 빠드득 갈며 노려보자 강준이 입술 끝을 말아 올렸다.

"제가 협박 같은 걸 할 이유가 있겠습니까. 그것도 얻을 게 있는 상대에게나 하는 겁니다."

"뭐야?!"

발끈하는 춘일을 강준이 검게 가라앉은 눈동자로 응시했다.

"설마 제가 지금까지 모르고 있었다고 생각하십니까."

"대체 아까부터 무슨 소릴……!"

"제 비서실에 스파이를 심어 놓은 것으로도 모자라 미국에서 범죄자들을 매수해 경호가 느슨해진 틈을 타 납치를 하도록 사주한 것, 정말 제가 모를 거라고 생각하시냐는 말입니다."

강준의 낮은 목소리에 춘일의 눈이 흔들렸다.

"뭐, 뭣……!"

춘일의 벌건 얼굴에서 삽시간에 핏기가 가셨다. 번들거리는 눈동자가 강준에게 부릅떠진 채였다.

"허, 허……허허헛!"

순간적으로 허옇게 질렸던 그가 곧 어이없다는 듯 과장된 웃음을 터뜨렸다.

"강준이 네가 머리가 어떻게 된 모양이구나. 과대망상증에라도 걸린 거냐?"

춘일이 입술을 비틀고는 비웃듯 말했다.

"하긴 어릴 때 정신이 망가졌으니. 지금까지 멀쩡히 살아온 게 신기할 정도긴 하지. 하지만 그래도 그렇지 이건 너무 과한데."

"모든 증거는 검찰에 넘겼으니 그쪽에서 판단할 겁니다."

강준이 고저 없이 말했다.

"증거라니, 무슨 증거?"

입은 비틀린 채 웃고 있지만 눈은 불안함을 숨길 수 없는 듯 초조하게 번들거렸다. 그런 춘일을 강준이 서늘하게 내려다봤다.

"김성하를 모른다고 하실 순 없을 텐데요. 숙조부님."

"!"

춘일이 눈을 부릅떴다.

'김성하……!'

그 김성하는 절대 그럴 수가 없다. 이미 구속이 두려워 해외로 도망친 그가 무슨 수로?

"김성하라면 네 비서였던 사람인데, 그 비서를 내가 모를 리가 없지. 그런데 그게 나와 무슨 상관이라고 묻는 거냐?"

속으로 빠르게 셈을 마친 춘일이 오히려 강준을 질책하듯 말했다.

김성하가 해외로 도망치기 전까지 그의 휴대전화와 머물던 모텔 방에 감청장치를 달아 놨다. 만에 하나 그런 시도가 있었다면 자신이 모를 리가 없었다.

"역시 강준이 넌 정신과 치료를 받아 보는 게 좋겠구나. 망상이 지나치면 병이야."

강준이 표정 없이 춘일을 내려다봤다. 그가 차갑게 내려다보고
만 있자 춘일의 눈이 불안하게 흔들렸다. 자신의 말에 전혀 영향
을 받지 않는 걸 보니 뭔가 다른 것을 감추고 있는 것 같다는 느낌
이 들었다.

"끝까지 말할 생각이 없으신 거군요."

"대체 뭘 말하라는……!"

"김성하는 도망친 게 아니라 제 보호 아래 잠시 나가 있는 것뿐
입니다."

춘일의 동공이 크게 흔들렸다. 강준은 표정 변화 없이 말을 이
었다.

"물론 숙조부님께서 돈으로 매수했다는 모든 증거도 저에게 넘
긴 뒤에, 말입니다."

이리저리 흔들리는 춘일의 눈을 그가 차갑게 응시했다.

— 오빠 아직도 출장 중이야? 엄마가 오빠 걱정 많이 하는데.

전화기 너머로 들려오는 밝은 목소리에 성하는 어색한 웃음을
지었다.

"으응. 미안. 이번엔 좀 길어지네."

— 그래도 이렇게 길어진다는 말은 없었잖아.

"원래 그랬는데 일정이 바뀌어서. 마무리되는 대로 올라갈 테니
까 너무 걱정하지 마."

성하의 설명에 한풀 꺾인 목소리가 전화기를 타고 흘러나왔다.

— 알았어. 바빠도 밥 잘 챙겨 먹고 일해.

"그래. 다음에 통화하자."

전화를 끊은 성하는 차 안에서 자신의 오래된 아파트를 올려다 봤다.

그가 열 살 되던 해 장만을 해서 이사 왔던 아파트는 당시에도 낡은 건물이었다. 하지만 더 이상 이사 다니지 않아도 된다는 사실에 온 가족이 기뻐했던 기억이 아직도 선명했다.

특히 나이 차가 많이 나는 여동생은 자기 방이 생겼다며 폴짝폴 짝 뛰며 좋아했었다.

'오빠! 드디어 우리 집도 생기고 내 방도 생겼어! 와아, 너무 좋 다!'

여동생의 맑은 목소리가 떠오르자 성하는 목구멍이 꽉 조여드 는 것 같았다. 돈이 생겼을 때 요즘 유행하는 깔끔하고 세련된 외 관의 아파트를 샀더라면 얼마나 좋았을까.

이춘일 사장의 사람인 강현태 실장이라는 남자의 제안을 받은 이후, 자료를 넘길 때마다 돈을 받으면서 집을 옮겨 보려는 생각 을 하지 않았던 건 아니었다.

하지만 집이나 차 같은 것들을 갑자기 바꾸면 누구한테든 의심 을 받을 거란 생각에 선뜻 바꾸지 못했다.

그러다가 친구들과 술을 마시고 취한 김에 내심 꿈꿨던 강남 룸 살롱에 처음 가 보게 됐다. 그냥 가 보고 싶던 곳이니 한 번이면 족할 거라는 생각은 그 세계를 전혀 모르는 어리석은 생각이라는 걸 그땐 알지 못했다.

TV에서나 보던 연예인같이 생긴 예쁜 여자들의 눈웃음과 자신을 왕처럼 떠받들어 주는 것에 정신없이 빠져들었다. 그렇게 나중에는 단 며칠만의 유흥비로 그 아파트값이 나가고 있다는 것도 인지하지 못했다.

'어머 오빠, 너무 최고다. 이거 나 주는 거야?'
'세상에…… 이게 다 오빠 돈이야? 그럼 나 이거 사 줄 수 있어?'

돈만 들고 가면 자신을 떠받들어 주는 데에 중독돼 흥청망청 여자들에게 돈을 뿌리다시피 하며 지내다 보니 돈이 더 필요해졌다.
가장 잘나간다는 여자들과 2차를 나갈 때마다 내가 연예인보다 예쁜 여자와 사귀고 있다는 착각에 황홀한 때도 많았다.
그 마약 같은 황홀함에 빠져 점점 빼돌리는 것들도 많아졌다.

'아주 사소한 것.'

처음 그쪽에서 요구한 건 정말 사소한 것들이었다. 부사장실 비서실에서 다뤄지는 사소한 정보, 문서나 파일.
하지만 건네준 정보의 질에 따라 손에 쥐이는 액수가 다르다는 걸 깨닫고 나선 뭘 빼돌려야 더 많이 받을 수 있는지 계산하느라 눈이 벌게질 정도였다.
당시엔 몰랐다.
계속 끝없이 들어올 것 같던 돈이 끊기고, 회사에선 스파이가 되어 잘리고, 자신과 하룻밤 자기 위해 온갖 유혹을 해 대던 여자들에게 무시당하고…… 자신에게 남은 건 강도 높은 수사가 될 줄은.

결국 자신에게 돌아오는 건 범죄자라는 낙인밖에 없다는 걸, 그 땐 정말 몰랐다.

'계속 그렇게 말씀하시면 할 수 없습니다. 회사 차원에서 해 줄 수 있는 건 없으니 나머지는 서에서 조사받으셔야 할 겁니다.'
'서라니…… 설마 경찰서를 말하는 겁니까? 제가 구속될 수도 있다는 말을 하는 겁니까? 지금?'
'그럼 이런 큰일을 저질러 놓고 덮고 넘어가 줄 줄 알았습니까?'

그 말을 할 때의 보안 과장의 경멸 어린 눈빛이 떠오르자 성하의 쑥 들어간 눈두덩이 때문에 튀어나와 보이는 안구가 파르르 떨렸다. 조직을 배신한 스파이. 그 말이 그 눈빛에 적나라하게 떠 있었다.

'걱정하지 마십시오. 설사 들키더라도 돈이 필요해서 그랬다, 다른 회사에 빼돌리려고 한 일이다, 하면 그만입니다. 아직 넘겼다는 증거가 없으니 보안팀에서도 어떻게 하지 못합니다. 저희 쪽에서도 적당한 선에서 끝내게끔 손쓸 테니 문제 될 건 없습니다.'

그 은색 안경테를 쓴 강현태 실장의 말을 믿은 자신이 얼마나 멍청했는지 그제야 깨달았다.
'이런 식으로 인생이 망가지게 될 줄은…….'
억울한 기분에 지금이라도 사주한 쪽을 다 불어 버리고 싶었지만 그건 명백한 계약 위반이었다. 그렇게 되면 지금까지 받은 돈을 전부 돌려줘야 하는데 자신에게는 남은 돈이 거의 없었다.

자신의 식구들 장기를 파는 걸로도 모자랄 거라는 이춘일의 말이 농담이 아님을 누구보다 잘 알고 있기에 다른 방도가 없었다. 자신이 범죄자가 되는 수밖에.

　"일이 이렇게 되고서야 저 집을 못 바꿔 준 게 후회가 되네…….
한심하긴."

　스스로에게 조소를 흘린 성하는 따스한 불빛이 새어 나오는 자신의 집 창문을 물끄러미 바라보다가 고개를 숙였다.

　"욕망에 굴복한 인간의 최후가 이런 거겠지."

　쓴웃음을 흘린 성하가 시동을 걸어 조용히 집을 빠져나갔다.

　성하의 차가 지금 자신이 머무는 허름한 모텔로 들어서는데 주차장에 익숙한 사람이 서 있는 것이 보였다.

　'저, 저 사람은…….'

　자신을 기다리고 있는 사람이 누구인지 확인한 성하의 얼굴이 창백해졌다.

　모텔 주차장 안, 강준의 차 조수석에 앉은 성하는 말이 없었다. 한동안 침묵만 지키고 있던 그가 한참 뒤에야 무겁게 입을 열었다.

　"정말 죄송합니다."

　강준이 여기까지 알아내서 자신을 찾아온 이유는 한 가지밖에 없었다. 성하는 타는 듯한 갈증을 느꼈다.

　"다른 할 말은 없나?"

　전방을 주시한 채 낮게 흘러나오는 목소리에 성하는 고개를 푹 숙였다.

　"……죄송합니다."

자신을 믿어 준 상사를 속이고 배신한 사람은 입이 열 개라도 할 말이 없었다. 절대 들켜선 안 되는 비밀을 가지고 있는 사람은 더욱.

강준이 천천히 고개를 돌려 성하를 바라봤다. 시선이 마주치자 성하의 눈이 초조하게 흔들렸다.

'난 대체, 무슨 일을 저지른 거지?'

이강준이 어떤 사람인지 누구보다 잘 아는 자신이 그런 일을 저질렀다는 게 스스로도 믿기지 않았다.

"돈이란 건 사람을 미치게 만들 때가 있지."

강준이 낮고 느릿하게 말했다.

"절대 그러지 않을 것 같던 사람도 정신 차리고 보면 어느새 돈의 노예가 되어 있으니까."

강준이 자신의 속내에 있는 것을 정확히 짚어 얘기하자 성하는 흠칫했다. 그가 서늘한 눈빛으로 성하를 보며 말을 이었다.

"그 뒤에 자신에게 무슨 일이 일어날지 전혀 생각할 여유도 없을 만큼 사람을 미치게 만들어. 그게 돈이 가진 위력이고."

성하가 자신에게 와 박히는 시선을 참지 못하고 눈을 내리깔았다.

"그래서, 그 돈을 움켜쥐고 고작 한 일이 룸살롱 가는 일밖에 없었나?"

성하가 깜짝 놀란 얼굴로 고개를 치켜들었다.

"그, 그걸 어떻게⋯⋯."

강준의 냉정한 시선이 그에게 박혀 들었다.

"그렇게 식구들한테 미안한 생각이 들 줄 알았으면 조금이라도 보람 있는 곳에 쓰지 그랬어. 김성하."

"······!"

마치 자신의 속에 들어갔다 나온 사람처럼 속내를 정확히 꿰뚫어 보는 소리에 성하의 이마에서 식은땀이 흘렀다. 불안한 눈을 이리저리 굴리는 커다란 짐승 같은 성하를 강준이 서늘하게 응시했다.

"널 용서할 생각은 없어."

"용서받을 생각은······."

"다만, 모든 것의 증거를 넘긴다면 구속까진 가지 않게 해 주지."

"안 됩니다! 그렇게 되면 저희 식구들은······!"

저도 모르게 날카롭게 내지르던 성하가 황급히 입을 닫았다.

성하가 어금니를 악물었다. 이런 말을 했다간 자신이, 아니 자신의 식구들이 정말 무슨 일을 당할지도 모른다.

"뭘 잡혀 있는지 대강 상상은 가는군."

성하는 아무 말도 하지 못했다. 손이 부들부들 떨려 왔다.

"그런데 지금 네가 말을 하지 않는다고 해도, 자신에게 불리한 증거를 가지고 있는 널 이춘일 사장이 그냥 둘 것 같나?"

"네······?"

절박한 표정의 성하의 얼굴이 허옇게 질렸다. 자신이 구속되면 그걸로 끝날 거라고 생각했던 것도 순진한 착각이었다는 걸 깨닫자 소름이 끼쳤다.

"그, 그럼······ 그럼 대체······."

이를 딱딱 부딪치며 덜덜 떨고 있는 성하를 강준이 서늘하게 응시했다.

"모든 증거 나에게 넘기고 난 뒤 식구들 설득해서 해외로 당분간 나가 있어. 거기 살 만한 곳을 마련해 둘 테니.”

패닉에 빠졌던 성하가 눈을 크게 뜨고 강준을 쳐다봤다.

“그쪽에서 절대 찾지 못하게 할 거니까 나가 있으라고.”

“왜 부사장님이 저에게…….”

성하는 진심으로 혼란스러운 표정이었다. 배신자인 자신을 협박하면 쉽게 증거를 받을 수 있을 거였다. 그 간단한 일을 이렇게까지 복잡하게 하는 건 자신을 위해서라는 것밖에 되지 않는다.

자신이 아는 이강준은 겉으로 보이는 이미지만큼 비서들에게 나쁘게 대하진 않지만 철저하게 계산적인 사람이었다. 인간적인 감정에 휘둘릴 사람이 아니었다.

그런데 왜 이강준이 배신자인 자신을 위해 이런 희생을 감수한다는 거지?

“알아들었으면 준비되는 대로 박 실장에게 연락해. 이곳 말고 다른 곳에서 다른 사람 휴대폰 이용하고.”

할 말을 마친 강준이 시동을 걸었다. 그대로 그에게 시선을 돌리자 당혹스러운 얼굴로 보고 있던 성하는 뒤늦게 차 문을 열었다.

“조, 조심히…….”

성하는 고개를 숙이면서도 차마 인사를 다 하지 못했다.

성하가 내리자마자 강준은 그대로 차를 출발시켜 모텔 주차장을 빠져나갔다. 멀어지는 강준의 차를 보고 있던 성하는 주먹을 꽉 움켜쥐고 고개를 떨궜다.

“김성하는 숙조부님이 돈으로 매수한 모든 정황을 저에게 넘긴 뒤에 해외로 갔습니다."

"……."

"물론, 구속이 두려워 떠난다는 약간의 연기를 해야 했지만."

강준이 서늘하게 말하는 동안 춘일은 아무 말이 없었다.

"그리고 이번의 납치범 조직 역시, 아직 모르시겠지만 잡힌 범인 중 한 명이 모든 사실을 자백했습니다. 그 녹음 파일 역시 검찰에 넘겼으니 곧 조사받으시게 될 겁니다."

강준의 말이 끝나자 춘일이 그 자리에 가만히 서 있었다.

"하……하하."

한동안 아무 말도 없이 서 있던 춘일이 어이없다는 듯 웃음을 흘렸다. 어깨를 들썩이며 웃고 있는 춘일을 강준이 표정 없이 내려다봤다.

"……헛소리하지 마라. 강준아."

"검찰청에서 보시죠."

"하하. 하하하…… 헛소리하지 말라니까?"

끅끅거리며 웃고 있던 춘일의 관자놀이에 불끈 핏대가 섰다.

"헛소리하지 말라고!"

비명 같은 고함을 내지른 춘일이 실핏줄이 터진 눈으로 강준을 노려봤다. 그의 벌겋게 달아오른 얼굴 전체에 괴기스럽게 핏대가 불거져 있었다.

마치 터질 듯 시뻘게진 그 얼굴을 강준이 냉소적인 시선으로 바라봤다. 그때 다른 이의 목소리가 들렸다.

"지금 그 말, 사실입니까?"

집무실 문 앞에서 들리는 소리에 강준이 그쪽으로 시선을 돌렸다. 그곳엔 동진이 절망 어린 얼굴로 서 있었다.

"아버지. 지금 강준이가 한 말이 사실이냐고요."

춘일이 부사장실에서 난동을 부린다는 소리를 듣고 달려온 동진이 춘일의 뒷모습을 보고 있었다.

"……아버지."

마호가니 책상 위를 짚고 있는 춘일의 주먹이 부들거리고 있었다. 춘일에게서 대답이 없자 동진이 강준에게 시선을 돌렸다.

"강준아. 네가 말한 게 사실이냐?"

말없이 보고 있는 강준의 시선에서 답을 찾은 동진이 그 자리에 망연자실 서 있었다.

"……그래. 네가 거짓말할 사람은 아니지. 증거도 없이 이런 일을 벌일 사람도 아니고."

횡령만으로도 큰 충격을 받고 달려왔는데 여기서 믿기지 않은 이야기를 들은 동진이 허탈하게 웃었다.

"대체…… 무슨 짓을 하신 겁니까. 아버지."

동진이 한 손으로 눈을 가리고 괴롭게 내뱉었다. 그때 부들거리며 떨고 있던 춘일이 책상을 세게 내려쳤다.

쾅!

"이게 다, 다 너 때문이야!"

춘일이 몸을 홱 돌려 광기 어린 눈을 번들거리며 동진에게 삿대질을 해 댔다.

"네놈이 더럽게 능력이 없어서 이강준을 누르지 못하니까 이 아비가 이런 짓까지 한 거 아니냐!"

"그게, 저 때문이라고요?"

동진의 허옇게 질린 얼굴과 시뻘겋게 달아오른 춘일의 얼굴이 환한 집무실 안에서 기이하게 대조됐다.

160

"그래! 네가 저 자식보다 잘났어 봐! 저 정신병 있는 새끼 하나 누르지 못해서 쩔쩔매니까 내가 그런 짓까지 하게 됐잖아! 능력이라곤 쥐뿔도 없는 새끼!"

이미 춘일이 화를 낼 때마다 귀에 못이 박히게 들었던 말이지만 동진은 이 순간은 정말 참을 수가 없었다.

"아버지! 미쳤어요? 그런다고 어떻게 사람을 죽일 생각을 해요!"

동진은 거의 울고 있었지만 춘일의 이성을 상실한 눈엔 아들의 절망에 찬 얼굴은 들어오지 않았다.

"미쳤다니! 네까짓 놈이 감히……!"

"그만하시죠."

강준의 낮은 목소리에 일순 괴성이 끊겼다.

"이제 들어오셔도 될 것 같습니다."

열린 문 앞에 서 있던 남자들이 성큼거리며 집무실 안으로 들어왔다.

"경찰입니다. 이춘일 씨 맞습니까."

"경찰…… 경찰이라고?"

춘일이 황망히 흔들리는 눈으로 그를 둘러싼 남자들을 쳐다봤다.

체포 영장을 보여 준 경찰이 춘일에게 빠르게 말했다.

"방금 두 분의 대화는 사실 적시를 위해 그 내용은 녹음되었음을 알려 드리며, 지금부터 이춘일 씨는 묵비권을 행사할 권리가 있고, 변호사를 선임할 수 있습니다."

팔에 수갑이 채워진 춘일이 믿기지 않는 눈으로 자신의 손을 바라봤다.

"이건, 이건 음모야. 전부 다 음모라고. 강준이 저 새끼, 저 새끼가 판…… 이 자식 내가 널 가만둘 줄 알아! 죽여 버릴 거야! 죽일 거라고!"

끌려 나가면서도 저주를 퍼붓는 춘일을 동진은 보지 않았다.

"미안하다. 강준아."

꽉 잠긴 목소리로 말한 동진이 그대로 집무실을 빠져나갔다.

다들 나가자 박 실장이 집무실로 들어왔다.

"괜찮으십니까."

"……괜찮습니다."

짧게 대답한 강준이 의자에 앉았다. 숨길 수 없는 피로가 강준의 얼굴에 묻어났다.

"수사 진행 과정에 따라 참고인 조사를 받아야 할 겁니다."

"알고 있습니다."

박 실장이 굳은 얼굴의 강준을 걱정스러운 눈빛으로 바라봤다. 이미 모든 걸 다 알고 준비했다 하더라도 자신의 혈육에게 살해당할 뻔한 강준의 심정을 그로서는 알 수가 없었다.

"언론사 대응은 제게 맡겨 주시고. 당분간은 출근하시지 않는 편이 낫지 않겠습니까."

"아닙니다."

강준이 그대로 몸을 일으켰다.

"먼저 퇴근할 테니 보고 사항 있으면 전화하세요."

"네. 들어가십시오."

인사하는 박 실장을 지나친 강준이 밖으로 빠져나왔다.

"왔어요?"

이른 퇴근이었지만 서원은 평소처럼 미소로 그를 반겼다.

"……한서원."

조금 지친 기색으로 들어온 강준이 현관에서 서원을 두 팔로 감싸 안았다. 서원은 조용히 그의 품 안에 있었다.

한동안 그 상태로 서 있던 강준이 숨을 길게 내쉬며 그녀를 품에서 떼어 냈다. 얼굴을 내려다보자 옅은 미소를 띤 서원이 그를 바라보고 있었다.

"궁금한 게 없나? 뉴스 봤을 텐데."

"없어요. 필요한 말은 당신이 해 줄 테고. 그보다, 식사 아직 못했죠? 우리 밥부터 먹어요."

서원이 미소로 그를 잡아 이끌었다. 강준은 그녀가 이끄는 대로 천천히 걸어갔다.

함께 식사를 한 후, 테라스 테이블 위에 커피 잔을 두고 마주 앉았다. 별말이 없던 강준은 커피를 다 마셔 갈 때쯤 입을 열었다.

"솔직히 말해, 마음이 무거울 줄은 몰랐어."

"그랬어요?"

"당연한 거라고 생각했으니까."

커피 잔에 시선을 둔 강준의 말에 서원은 턱을 괴고 조용히 그를 바라봤다.

"그런데 마음이 가볍지가 않아. 후련해야 하는데, 이동진의 그 눈이 밟혀."

강준이 미간을 좁혔다.

"강준 씨도 어쩔 수 없었잖아요."

식사하면서 강준에게 대강의 상황을 전해 들었다. 워싱턴에서 자신들이 납치당한 이유가 이춘일 사장 때문이라는 걸 알고 그녀는 적잖이 놀랐다.

'그런 일까지 벌이다니…….'

돈 때문에 친인척을 청부 살해 한다는 건 뉴스에서나 보던 일이었다. 그런 일이 강준에게 일어났다는 데에 이루 말할 수 없는 착잡함을 느꼈다.

그리고 그 일이 있기 전까지 강준이 이춘일 사장의 모든 횡령과 부정들을 알고도 모른 척해 왔다는 데도 놀랐다. 최후의 선을 넘지만 않았더라면 이렇게까지 몰락하진 않았으리라.

"강준 씨는 보기보다 무른 면이 있는 것 같아요."

"무슨 소리지?"

그가 한쪽 눈썹을 세우고 서원을 바라봤다.

"그렇잖아요. 이춘일 사장에게도 이런 일까지 벌이기 전까진 기회를 줬던 거고. 강준 씨를 배신한 김성하에게도 기회를 줬고."

그저 증거만 필요하다면 김성하를 도피시킬 게 아니라 협박만 했어도 충분히 가능했을 일이었다. 그 방법을 강준이 모를 리 없는데도 그는 그렇게 하지 않았다.

서원이 테이블 위에서 강준의 손을 부드럽게 잡았다.

"처음엔 당신 정말 피도 눈물도 없는 사람인 줄 알았는데 지금 보니까 아닌 것 같아."

"……한서원 때문에 변한 거겠지."

강준이 서원의 손등을 매만지며 그녀와 시선을 맞췄다.

"내가 변했다면 그건 모두 한서원 때문이야. 나에게 영향을 준 사람은 오직 당신밖에 없으니까."

그의 말에 서원의 얼굴에 미소가 피어났다.

"그럼 강준 씨는 나에게 감사해야겠네요. 찔러도 피 한 방울 안 나올 것 같은 강철 덩어리 같은 남자를 사람으로 만들어 줬으니까."

서원이 곱게 눈웃음을 지으며 말하자 그도 표정을 풀고 부드럽게 미소 지었다.

"그래. 고마워."

"장난친 건데 이렇게 곧이곧대로 받아들이면 좀……."

서원이 민망한 듯 슬쩍 눈을 굴리자 강준이 그녀의 손등을 들어 올려 입을 맞췄다.

"진심이야."

강준이 진지하게 시선을 맞춰 오자 서원도 가만히 그를 마주 봤다.

"나도 많이 변한 거 알아요?"

서원이 잦아든 목소리로 말했다.

"당신을 알기 전엔 타인에 대한 그리움 같은 거, 사랑이란 감정이나 애틋함 같은 거. 다 나와 상관없는 감정인 줄 알았어요. 한 번도 그래 본 적이 없으니까."

강준을 알고 나서야 그 모든 감정들을 알게 됐다.

"왜 눈물 날 만큼 보고 싶은 건지, 왜 하루라도 그 사람 없이는 안 될 것 같은 건지…… 그 모든 것들을 이해할 수 없었어."

과거를 떠올리던 서원이 자조적인 미소를 흘렸다.

"그래서 일에만 더 열중했는지도 몰라요."

가만히 들어 주는 그를 서원이 바라봤다.

"당신 만난 뒤에 외롭고, 보고 싶고, 그 모든 감정들이 처음엔 당황스럽고 힘이 들었는데."

마치 처음 사춘기를 겪는 사람처럼 갈팡질팡하던 시간들과 처음 겪는 열기와 어지러운 감정들이 하나하나 떠올랐다.

"그 감정들이 전부 당신을 사랑하기 때문이라는 걸 깨달은 순간 다 이해하게 됐어요. 그 전엔 이해되지 않았던 그런 감정들까지 모두 다."

어쩌면 자신은 강준 만만치 않게 재미없는 인생을 살고 있었는지도 모른다. 일 외에는 취미도 즐거움도 없는 무료한 나날들이 떠오르자 그녀의 눈이 깊이 침잠했다. 무언가에 한 번도 깊게 빠져 본 적도 없고 부모님이 돌아가신 뒤엔 사람에게 깊이 정을 주는 일도 거의 없었다.

"그런 삶 속에 처음으로 사랑이라는 감정을 느끼게 해 준 사람을 만나게 된 건…… 무척, 행운이었어요. 나에게."

서원이 입술 끝을 둥글게 휘어 올리며 어여쁘게 웃었다.

"고마워요. 나에게 와 줘서."

서원의 얼굴을 가만히 응시하던 강준이 몸을 일으켰다. 그녀 쪽으로 다가간 그가 뒤에서 작은 어깨를 감싸 안았다. 귓가에서 그가 깊이 숨을 들이켜는 것이 느껴졌다.

"……강준 씨."

"내가 더 고마워. 당신이 내 옆에 있어 주는 것이."

강준이 그녀의 귓가에 낮게 속삭였다. 그녀의 존재로 인해 하루하루 느끼는 그 기적 같은 감정을 어떻게 표현할 수 있을까.

"앞으로 당신이 어떤 식으로 변하든. 난 당신을 사랑할 거야. 한서원이 어떤 모습이든 난 사랑하게 될 테니까."

진심이 담긴 목소리에 서원이 조용히 숨을 내쉬었다.

"나도…… 마찬가지예요."

서원이 작게 대답하자 강준이 그녀의 얼굴을 자신 쪽으로 돌렸다.

일렁이는 매혹적인 눈빛과 마주친 순간 그가 입술을 포갰다. 촉촉한 혀와 입술을 부드럽게 빨아들인 뒤 놔준 강준이 그녀의 젖은 입술을 매만졌다.

"사랑해."

짙은 눈빛으로 응시하며 다시 겹쳐 오는 입술에 서원이 눈을 감았다. 숨결까지 감미롭게 엉켜드는 기분 좋은 감각이 머릿속을 아득하게 만들었다.

❋

강준이 본가를 찾았다.

"오셨어요, 도련님."

파주댁이 언제나처럼 밝게 그를 맞아 줬다. 강준이 정중히 인사하는데 최 여사가 다가왔다.

"강준이 왔니?"

부드러운 미소를 지으며 최 여사가 반기자 그가 인사했다.

"네. 별일 없으셨습니까."

"무슨 별일이 있다고. 회장님이 심심해하셔서 상대해 드리는 게 요즘 일이지 뭐. 기다리고 계시니 어서 들어가 봐."

묵례한 강준이 이 회장의 서재로 향했다.

"저 왔습니다."

노크한 뒤 그가 들어서자 이 회장이 보던 책을 내려놨다.

"앉아라."

이 회장의 권유로 강준이 가죽 소파에 마주 앉았다.

"아주 시끌시끌하게 터트렸더구나."

끼고 있던 돋보기안경을 내려놓은 이 회장이 한쪽 눈썹을 치켜세운 채 맞은편에 앉은 강준을 쳐다봤다.

강준은 이춘일을 검찰에 고발하기에 앞서 먼저 이 회장을 찾아왔다.

'당분간은 저에게 회사를 맡겨 주시고 쉬시는 게 좋을 것 같습니다.'

'무슨 일을 벌일 생각인 게냐?'

강준이 생각 없이 그런 말을 할 성격이 아니라는 걸 잘 알고 있는 이 회장은 내심 짐작 가는 데가 있었다.

'네 숙조부의 횡령 때문이라면, 나도 알고 있다. 그런데 그걸로 어설프게 나섰다간 오히려 네가 당할 수도 있다. 그의 파벌이 널 가만히 둘 것 같으냐?'

'제가 그 정도로 허술해 보이십니까.'

호오, 이놈.

강준의 눈빛을 본 이 회장은 떠보는 걸 그만뒀다. 지금까지의 강준과는 다른 확고한 의지가 그의 눈빛에서 보였다.

'그래. 너에게 생각이 있겠지. 더 묻지 않으마.'

'앞으로 어떤 일이 있더라도 큰 충격은 받지 않으셨으면 합니다.'

‘너야말로 내가 그 정도로 허술해 보이는 거냐.’

 강준이 한 말을 농담하듯 그대로 던졌지만 이번에 강준이 벌인 일은 이 회장의 상상 이상이었다.

 강준이 미국에서 납치됐던 일이 경호실을 통해 보고되었을 때 이 회장은 설마 했다. 아무리 그래도 살인 청부까지 한 건 아닐 거라고.

 ‘그런데 결국…….’

 이 회장의 표정이 굳었다. 탐욕이 지나치면 결과가 좋을 리가 없다. 제 하나밖에 없는 핏줄에게까지 손을 댄 이상 춘일은 돌아올 수 없는 다리를 건넌 거였다.

 ‘적당히 제 배만 불리면 될 것을 그런 짓까지 해.’

 춘일의 행각에 잠시 노기를 띠었던 이 회장의 눈빛이 다시 가라앉았다.

 “이런 거대 스캔들을 터뜨린 뒤의 뒷감당은 어찌할 생각이냐. 벌써 주가가 떨어지고 있는데.”

 “일시적인 현상입니다. 스스로 리스크를 노출시키고 제대로 법의 판결을 받으면 주가는 다시 오를 겁니다.”

 일말의 불안도 없는 어조에 이 회장은 눈을 가늘게 뜨고 강준을 응시했다.

 “한동안은 계속 이 일로 시끄러울 겁니다. 그동안은 지금처럼 기자들을 피해 계시는 것이 좋을 것 같습니다.”

 “퇴임도 안 했는데 벌써 뒷방 늙은이 취급 하는 거냐?”

 “그런 의도는 아니었지만 불쾌하셨다면 죄송합니다.”

 이 회장이 마뜩잖은 표정을 짓자 강준이 정중히 사과했다.

"그건 내가 알아서 하니까 쓸데없는 걱정 말고 잘 처리할 생각이나 해."

"알겠습니다."

이 회장은 괘씸하다는 표정을 지으면서도 강준의 얼굴을 예리하게 살폈다.

'흐음…….'

말투는 전과 별다른 것이 없었지만 표정은 분명 많이 달라져 있었다. 늘 냉기가 감돌던 분위기가 한결 부드러워진 것이 얼굴에 뚜렷이 드러나 있었다. 강준을 보고 있던 이 회장이 미간을 좁혔다.

"그래서, 그 여자는 언제 소개해 줄 거야."

강준이 춘일의 일을 말하러 왔을 때 또 하나 말해 둔 것이 있었다.

'결혼을 생각하는 사람이 있습니다.'

그 말을 들은 뒤 이 회장은 당장 보여 달라는 말을 꾹 눌러 참고 지금껏 기다리고 있는 중이었다. 거기에 자신의 남은 평생치 인내를 모조리 다 써 버릴 지경이라는 걸 손자에게 들키지 않기 위해 필사적이었다.

"곧 자리 마련할 계획입니다."

"그러니까 그 곧이 언제냐고."

"이번 일이 정리되는 대로 자리 마련할 테니 조금만 기다려 주십시오."

이 회장이 당장 사탕 달라고 조르는 어린애처럼 조급증을 보여도 강준은 여유롭게 받아넘겼다.

그 변화를 기민하게 눈치챈 이 회장은 인상을 썼다.

"에잇! 이 할애비가 속 타 죽어도 눈 하나 깜짝 안 할 놈. 그만 가 봐. 다음에도 둘이 아니라 혼자 오면 대문도 열어 주지 않을 줄 알아!"

"가 보겠습니다."

입술 끝을 휘어 올린 강준이 일어서서 정중하게 고개를 숙이고 돌아섰다. 강준이 서재를 나가는 뒷모습을 이 회장이 노회한 눈으로 지그시 응시했다.

강준이 나선 지 얼마 지나지 않아 다시 노크 소리가 들렸다.

"회장님. 현 실장님 오셨습니다."

"들여보내."

이 회장의 대답에 곧 문이 열렸다.

"들어오다가 부사장님을 만났습니다. 말씀 잘 나누셨습니까?"

현 실장이 들어오며 묻자 이 회장이 흡족한 미소를 지었다.

"뭐, 어련히 잘 알아서 하겠지."

이 회장의 표정을 보고 상황을 파악한 현 실장도 웃으며 고개를 끄덕였다.

"자네는 알아본 거 어찌 됐나?"

"검찰에 부사장님이 제시한 증거가 이미 확실해서 아마 이춘일 사장 쪽에서 무슨 수를 써도 소용없을 것 같다고 합니다."

현 실장의 말에 이 회장의 얼굴에 웃음이 짙어졌다.

"저놈이 어떤 놈인데 여지를 남겨 뒀겠나. 단 1%라도 변수 가능성이 있다면 더 확실한 걸 물 때까지 발톱을 숨기고 기다릴 놈인데."

그런 부분은 날 똑 닮아선.

이 회장의 세월을 담은 눈매가 부드럽게 휘어졌다. 강준의 속을 이렇듯 훤히 알 수 있는 것도 자신과 똑같은 성향을 가졌기 때문이었다. 오히려 일에 대한 완벽주의에 있어선 강준이 자신을 능가했다.

"저놈은 나 이상으로 할 놈이니 걱정할 거 없어."

"물론입니다. 부사장님께서 지금까지 이뤄 놓으신 것만 해도 이 사회에서 반론 한 번 할 수 없는 수준이시니까요."

"그럼."

현 실장의 말에 이 회장은 흡족한 얼굴로 천천히 고개를 끄덕였다.

"이제 결혼해서 아이 낳고 사는 모습만 보면 소원이 없겠군."

"허튼 말씀 하시는 분은 아니시니 곧 이루실 수 있으실 겁니다."

"암, 그래야지."

평소의 노련한 재벌 총수의 모습은 온데간데없이 흐뭇한 얼굴로 고개를 연신 끄덕이는 이 회장을 보며 현 실장은 3년 전을 떠올렸다.

당시 금세라와 약혼식을 앞두고 있던 이강준이 모든 것을 급작스럽게 파기하자 이 회장은 노발대발했었다.

'다 정해진 일을 이리 멋대로 파기하고 통보하는 법이 어디 있어!'

'일방적인 파혼보다 일방적인 결혼이 쉽다는 말씀이십니까.'

'뭐야?!'

'저는 이 결혼에 대해 한 번도 찬성한 적이 없습니다. 그걸 아시면서도 억지로 밀어붙이신 건 회장님이십니다.'

'뭐……뭣이 어째?'

'제 생각은 바뀌지 않으니 더는 무의미한 진행은 하시지 말라는 뜻입니다.'

평생 반항한 적이 없던 강준이 처음으로 이 회장의 말을 전면적으로 거부하고 나가 버리자 현 실장도 내심 크게 당황했었다.

자신도 이렇게 당혹스러운데 이 회장이 받을 충격이 걱정되어 현 실장이 얼른 그를 위로하고 나섰다.

'회장님. 너무 상심 마십시오. 부사장님도 아마 다른 생각이…….'

'하……하하하핫!'

이 회장을 진정시키려 진땀을 흘리던 현 실장은 갑작스러운 웃음에 더 당혹스러운 표정을 지었다.

'상심 같은 걸 내가 할 리가 있나. 난 저 녀석이 이렇게라도 감정을 표출했다는 데에 무척 기뻐하고 있는 중인데 말이네.'

'아…… 그러셨습니까?'

현 실장은 안도하면서도 속으로 놀랐다. 벌써 15년 넘게 모셨지만 이일도 회장은 속을 도통 알 수 없는 사람이었다.

심중을 감추는 데 능하고 그 속엔 몇 수 앞을 내다보는 계산속이 들어 있어 예측하기도 쉽지 않았다. 그게 맨손으로 국내 굴지의 기업을 키운 이 회장의 능력이었다.

'아주 감정이란 게 없는 나무토막 같은 놈 같았는데 말이야. 그게 아니라니 얼마나 다행인가?'

'회장님 말씀이 맞습니다.'

'그런데, 이유를 모르겠군. 저 녀석이 최근 보이는 행동을 보면 분명 뭔가 있는데……. 아무 이유 없이 사람이 바뀔 리는 없지 않나.'

'혹 짐작 가시는 데라도 있으십니까?'

'내 생각엔 결혼 문제에 유독 예민한 걸 보면 여자 문제가 아닌가 하는데. 자네 생각은 어떤가?'

'제가 한번 알아보겠습니다.'

'그래. 부탁하네.'

당시 이 회장의 말대로 파 봤지만 이강준에게 여자의 흔적은 찾을 수 없었다. 그 사실에 이 회장은 크게 상심했지만 금세라와의 결혼을 더는 강준에게 요구하지 않았다.

오랜 친분이 있는 금병준 회장에게도 자신이 무리하게 일을 진행시켰다며 사과하고 깔끔하게 약혼을 물렸다. 금병준 회장은 이강준을 아쉬워했지만 이 회장의 의견을 존중해서 혼사에 대한 이야기는 거기서 끝났다.

그런데 그때 아무래도 자신이 놓친 부분이 있던 모양이다.

'지금 부사장님이 만나는 여자는 그때 비서실에서 근무했던 남자의 쌍둥이 누나였으니.'

이 회장은 한서원의 개인정보를 다 확보했으면서도 그녀가 조실부모한 것이나 권력자 집안의 여식이 아닌 데에 전혀 개의치 않아 했다. 그런 부분에서도 이 회장의 품성을 느낄 수가 있었다.

"이렇게 닦달을 해 뒀으니 곧 만나게 해 주지 않겠나. 이 할애비가 불쌍해서라도."

웃음 섞인 느긋한 목소리로 말한 이 회장은 습관처럼 스마트폰을 켰다. 사진첩에 있는 강준과 서원의 사진을 흐뭇한 얼굴로 보며 이 회장이 현 실장에게 화면을 내밀었다.

"참 잘 어울리는 선남선녀야. 안 그런가? 2세 인물 걱정은 안 해도 되겠어."

"네. 정말 미인이십니다. 부사장님이 정말 보는 눈이 탁월하신 것 같습니다."

"그렇지?"

이미 수십 번 들은 말인데도 이 회장은 마치 처음 들은 사람처럼 입을 벌리고 환히 웃었다.

거대 그룹의 회장이 저리 순수한 얼굴로 웃고 있는 걸 보면 실제 손주라도 생겼을 땐 정말 볼만하겠다고 현 실장은 속으로 생각했다.

✸

이춘일의 일을 수습하느라 강준은 늘 퇴근이 늦었지만 안 들어오는 날 없이 꼬박꼬박 집에 들어왔다.

그가 들어오면 서원은 함께 식탁에 마주 앉아 늦은 식사를 하고, 테라스로 나가 맥주나 와인을 한 잔씩 마셨다. 일상 속의 소소한 이야기를 함께 나누는 그 시간은 서원이 하루 중에 가장 행복감을 느끼는 시간이었다.

"하루 종일 책만 읽는 건 지겹지 않아?"

서원이 한창 그날 읽은 책에 대해 얘기하던 중에 강준이 물었다.

"전혀요. 책 읽는 것만큼 재밌는 게 어딨어요?"

서원이 연한 청포도색 샤블리 와인이 담긴 잔을 들고 눈을 깜빡거렸다.

"내가 없는 집에서 당신이 혹시 심심할까 봐 묻는 거야."

강준이 테이블 위에서 그녀의 손을 끌어와 매만지자 서원이 작게 웃었다.

"난 심심하다는 게 뭔지 몰라요. 계속 너무 바쁘게 살았거든요. 물론 당신에 비할 바는 아니지만."

"내가 그런가."

그가 고개를 기울였다.

"당신은 일 외엔 취미가 없는 사람이잖아요."

"난 한서원이 취미인데."

강준이 부드럽게 손등을 어루만지며 매혹적인 웃음을 지었다.

"거봐요. 당신도 날 만나기 전까진 일밖엔 취미가 없었죠? 그런 걸 보고 바로 워커홀릭이라고 하는 거예요."

"흐음."

"나도 그랬어요. 매일매일 성과를 보여야 하는 직종이기도 했고…… 보통 노력이 필요한 게 아니라서. 대학 때도, 연구실에서도 내내 일에만 파묻혀 지내다 보니 정말 책도 다 전공서적만 보게 되더라구요."

어쩌면 부모님이 돌아가신 뒤에 더 집착했는지도 모른다. 강준과의 일 이후로 도망치듯 일에 몰두했듯이 그때도 공부에, 연구에 몰두하며 슬픔을 잊으려 했었는지도.

"그래서 그런지 지금은 하루 종일 책만 읽어도 재밌어요. 왜 이런 재미난 걸 모르고 살았지 하는 생각도 들고. 논문이나 전공서

적 읽을 땐 항상 미간에 주름이 가 있었는데, 그냥 편하게 읽을 수 있거든요."

서원이 눈을 빛내며 말하자 강준이 다른 팔을 뻗어 그녀의 얼굴을 어루만졌다.

"고생했네. 한서원."

강준이 짙은 눈동자로 응시하며 다정하게 말하자 서원은 가만히 그를 바라봤다.

"……신기해라."

"뭐가?"

그가 의아한 눈빛으로 바라봤다.

"강준 씨가 그렇게 말해 주니까 진짜 내 지난날이 위안받는 거 같아요. 그때의 나에게 고생했다고 말해 주는 거 같고."

서원이 말간 웃음을 지으며 강준의 뺨을 그처럼 어루만졌다.

"강준 씨도 고생 많았어요."

"이런 기분인 거였군. 나쁘지 않은데."

그가 낮게 웃음을 흘리자 서원도 마주 웃었다.

챙.

와인 잔이 부딪치고 여유로운 미소가 담긴 시선이 사랑스럽게 얽혀 들었다. 여전히 잡고 있는 손을 서로의 엄지가 부드럽게 쓸었다. 적당히 시원한 밤바람과 기분 좋게 올라오는 약간의 취기에 서원이 나른한 한숨을 내쉬었다.

서원이 한쪽 손으로 턱을 괴고 그를 바라봤다.

사랑하는 사람과 보내는 느긋한 시간이 주는 행복이 그녀의 아름다운 눈동자를 더 빛나게 했다.

"왜 지금껏 이런 생활을 모르고 지내 왔을까. 한편으론 억울한 거 있죠."

"그럼 더 빨리 나타났어야지."

그가 미소 지으며 말하자 서원이 입술 끝을 둥글게 휘어 올렸다.

"그러게요. 그랬으면 좋았을 텐데. 앞으로도 계속 이렇게 당신과 매일매일 여유롭게 지내면 참 좋겠다는 생각이 들어요."

"나도 그래."

강준이 기다란 손가락을 벌려 부드럽게 손깍지를 꼈다.

그가 손가락을 깍지 낀 채 그녀의 손을 쓰다듬자 서원은 맞닿은 손가락 사이사이에서 은밀한 열기가 피어오르는 것을 느꼈다.

그녀가 살짝 미간을 좁히고 말했다.

"그거 알아요? 당신은 손가락도 야한 것 같아."

"손가락이 야하다니, 처음 듣는군."

강준이 낮게 웃음을 흘리자 서원이 깍지 낀 손을 펼쳤다 접었다 했다.

"봐요. 야하잖아."

"어디가 야한데."

"이 손가락 사이가…… 앗."

강준이 서원의 손을 깍지 낀 채 자신 쪽으로 끌어당겨 그대로 검지를 입술로 가져갔다. 그가 시선을 똑바로 맞춘 채 그녀의 손가락을 제 입술로 삼켰다. 그걸 본 서원의 얼굴이 달아올랐다.

"지금 한서원 얼굴이 더 야한 거 알아?"

그의 목소리가 손가락을 문 채 야릇하게 흘러나왔다.

"당신이 그러니까…… 하아."

강준이 말을 할 때마다 혀가 손가락을 건들며 더운 숨결이 느껴

178

졌다. 그의 타액에 젖어 번들거리는 제 손가락이 보이자 아랫배 깊숙한 곳이 조여들었다.

서원의 손가락을 길게 핥은 그가 이번엔 제 손가락을 그녀에게 가져갔다.

그가 어둡게 물든 검은 눈동자로 응시하자 서원은 숨을 삼켰다.

'빨라고……?'

손가락이지만 왠지 야한 기분에 서원의 심장이 두근거렸다.

그녀가 달아오른 얼굴로 입술을 벌려 그의 손가락을 머금었다. 그대로 입안에 담은 손가락을 천천히 빨기 시작했다. 도톰한 입술 사이로 들락날락거리는 손가락을 그가 응시했다.

그저 손가락을 빠는 것뿐인데 강준의 눈이 탁하게 물들었다. 그 눈과 시선을 맞추고 손가락을 빨자 마치 성행위를 하고 있는 것처럼 숨이 차올랐다.

"이는 사용하지 말고."

"하아…… 숨차서……."

그가 손가락을 빼내자 서원의 입술과 그의 손가락 사이에 거미줄처럼 투명하고 기다란 실이 이어졌다.

그것을 자신의 입으로 빤 강준이 어둡게 타오르는 눈동자로 서원을 응시했다.

덜컹.

"아."

서원의 몸을 잡아 세운 강준이 테이블을 잡고 엎드리게 했다. 그의 손이 그녀의 스커트를 거칠게 걷어 올렸다.

"강준 씨. 여기선……."

탁 트인 테라스에서 맨살이 드러나자 서원은 어떤 금기를 저지르는 것 같은 자극에 오소소 소름이 돋아났다.

"누가 볼까 봐?"

"그건 아니지만…… 으읏."

그의 손가락이 보얀 엉덩이에 걸쳐진 팬티의 아슬아슬한 끈을 당겼다. 위로 끈이 당겨지자 얇은 천이 들쳐 올라가며 도톰한 속살을 꽉 조이듯 압박했다.

"하아, 아……."

서원이 숨을 몰아쉬며 흐릿한 시야로 정면을 바라봤다. 어둠에 싸인 정원에 운치 있는 조명만 줄지어 켜져 있었다.

'괜찮을까? 하지만…….'

서원이 침을 꿀꺽 삼켰다.

옆은 숲이고, 반대편은 넓은 정원이 이어져 있다. 재벌들이 사는 이 부유하고 은밀한 땅은 거대하게 넓지만, 오픈된 장소라는 것은 숨을 턱턱 막히게 했다.

"여, 역시 안으로 들어가서…… 앗."

뒤에서 무릎을 굽혀 앉은 강준이 말했다.

"다리 더 벌려 봐."

그의 입김이 은밀한 곳에 닿았다. 자신의 엉덩이 바로 뒤에 그의 머리가 있다는 것을 깨닫자 테이블을 짚은 서원의 손에 힘이 들어갔다.

숨을 몰아쉰 서원이 가늘게 떨리는 다리를 조심스럽게 벌렸다. 그러자 기다렸다는 듯 그가 팬티의 끈을 풀어냈다.

아슬아슬하게 가려져 있던 천 조각이 다리를 타고 떨어지는 것이 느껴졌다. 동시에 강준이 두 손으로 엉덩이를 벌렸다.

"핫……!"

높은 콧날이 보드라운 살을 누르듯 찔러 들더니 곧장 야하게 드러난 속살이 그의 입술에 삼켜졌다.

"으, 아, 아웃……!"

강준이 축축하게 젖은 꽃잎을 한 장 한 장 머금듯이 진홍색 속살을 빨았다. 갈라진 속살을 혀로 훑고 올라갔다가 뾰족하게 세워 음핵을 건들자 서원의 몸이 흠칫거렸다.

"하웃, 가, 강준 씨."

발가락 끝으로 지탱한 서원의 다리가 덜덜 떨렸다. 테이블 위에서 한껏 허리를 세운 채 다급하게 고개를 저어 댔다.

"그만, 그, 그만요."

"못 참겠어?"

한껏 달아오른 속살을 문 채 웅얼거리듯 말하자 더운 입김이 훅 끼쳤다.

"아웃."

그 자극에 그의 입술에 삼켜져 있는 은밀한 속살에서 쾌감의 샘물이 주르륵 흘러나왔다. 그걸 강준이 기다렸다는 듯 제 입술 안으로 삼켰다.

"아…… 아…….”

헐떡이는 서원의 눈이 쾌감으로 흐릿하게 번졌다. 남김없이 그녀의 체액을 삼킨 강준이 몸을 일으켰다.

"많이 흘러서 내 입술에도 묻었어."

맛을 음미하듯 제 입술을 혀로 핥아 낸 그가 만족스럽게 서원의 엉덩이를 주물렀다.

"하, 아."

그 자극에도 서원의 몸이 전기에 감전된 듯 흠칫거렸다.

"아주 야해졌는데. 한서원의 몸."

그가 만족스럽게 으르렁거리며 서원의 엉덩이를 큼지막하게 주물렀다. 보얗고 탱탱한 엉덩이 살이 그의 손가락 모양에 따라 깊게 들어갔다가 탄력적으로 튕겨 나왔다.

그 모습을 내려다보며 그가 자신의 바지 버클을 풀었다.

"괜찮아. 내 앞에선 얼마든지 음란해져도 상관없으니까."

욕망으로 물든 목소리로 말한 강준이 팽창하듯 발기해 있는 굵은 페니스를 꺼냈다. 한 손으로 두꺼운 기둥을 잡아 아래로 내린 그가 다른 손으로 그녀의 엉덩이를 잡아 위쪽으로 당겼다. 엉덩이 살이 들려 올라가며 음탕하게 번들거리는 속살이 드러났다.

방금 흘러나온 멀건 애액이 요거트처럼 묻어 있는 곳에 강준이 둥근 귀두를 꽂아 넣었다.

"아핫!"

강하게 찔러 들어오는 힘에 서원의 몸이 앞뒤로 크게 출렁거렸다. 정수리까지 단숨에 뻗쳐 드는 강렬한 자극에 입술이 한껏 벌어졌다.

"안이 뜨거워. 데일 것 같아."

강준이 허스키하게 잠긴 목소리로 내뱉으며 단단한 근육 덩어리 전체를 안으로 찔러 넣었다. 푹, 푹 박혀 드는 묵직함에 서원은 머릿속이 아찔해졌다.

"가, 강준 씨, 핫, 하웃."

좁은 내부를 빡빡하게 벌리고 들어온 꿈틀거리는 페니스가 안쪽 깊은 내벽을 찔러 댔다. 여러 번 반복해서 찔러 대다 긁어내리듯 각도를 바꾸자 머리칼이 쭈뼛 곤두설 정도의 강렬한 쾌감이 번졌다.

"학……!"

서원의 입술이 크게 벌어졌다.

그걸 신호로 강준이 거칠게 움직이기 시작했다.

덜컹, 덜컹.

"으! 핫! 아핫!"

테이블이 세게 덜컹거릴 만큼 격렬하게 들이치자 서원도 팔에 한껏 힘을 주고 버텼다. 어느새 이곳이 야외라는 것도 잊은 채 서원의 눈은 완벽하게 쾌감에 젖어 있었다.

"듣기 좋아. 지금 목소리."

야하게 출렁이는 그녀의 몸을 내려다보며 강준이 헐떡이며 말했다.

"아윽, 가, 강준 씨. 조, 조금 천천히, 아, 하웃!"

급박하게 터져 나오는 목소리에도 강준은 자신의 사나운 욕망을 쉴 새 없이 찔러 넣었다. 잡은 엉덩이를 더 꽉 쥐자 핏대 솟은 검붉은 페니스가 깊이 박혀 있는 모습이 잘 보였다.

"너에게도 보여 주고 싶은데. 네가 날 얼마나 맛있게 먹고 있는지."

거친 움직임에 그의 목소리가 뚝뚝 끊겨 나왔다. 쾌감에 사로잡힌 지독히도 관능 어린 목소리로 내뱉은 그가 더 격렬하게 들이치기 시작했다.

덜컹, 덜컹덜컹!

"……앗! 아앗!"

움직임이 사납게 빨라지자 서원의 날씬한 종아리에 바짝 힘이 들어갔다. 앞뒤로 정신없이 흔들리는 통에 그녀의 머리칼이 이리저리 출렁였다.

그때 덜컹거리는 테이블 위에서 위태롭게 흔들리는 와인 잔이 바닥으로 떨어졌다.

챙!

"아, 잔이……."

서원이 흠칫거리자 강준이 허연 애액이 잔뜩 묻어 있는 페니스의 뿌리까지 강하게 박아 넣었다.

"하윽!"

고개를 확 젖힌 서원의 얼굴이 쾌락으로 찌푸려졌다.

"나에게만 집중해."

"아, 앗! 아앗……!"

잠시라도 다른 곳에 신경을 뺏기는 것을 용납 못 한다는 듯 그가 거칠게 움직이기 시작했다.

"놔두지 그랬어요. 내가 치울 텐데……."

서원이 러그 위에 누운 채 숨을 고르고 있었다. 그사이 깨진 잔을 말끔히 정리한 강준이 그녀 옆으로 다가왔다.

"내가 깨트린 거니까."

그가 미소 지으며 그녀의 땀에 젖은 뺨에 입을 맞췄다. 아직 얼굴에 열감이 남아 있었다.

"무슨 잔에까지 질투를 하고……."

서원이 살짝 이마를 찡그리며 말하자 그가 이번엔 그녀의 이마에 입을 맞췄다.

"난 질투가 많다니까."

"그 정도일 줄은 몰랐죠."

"난 당신 몸이 닿은 이 러그도 맘에 안 드는데."

그녀의 머리칼을 쓰다듬으며 강준이 말하자 서원이 그를 가만히 바라봤다. 이런 말을 들으면 민망해야 되는데 오히려 몸이 뜨거워지는 것이 신기했다. 마주치는 그의 눈빛이 깊어졌다.

"당신이 흘린 게 이곳에 닿는 게 싫어. 내가 다 삼키고 싶어."

아……

소유욕 어린 말에 서원이 본능적으로 다리를 오므리자 그의 손이 그 사이로 들어갔다.

"앗."

손가락으로 다리를 벌린 그의 머리가 숙여지자 서원은 숨을 들이켰다.

남김없이 흔적을 삼킨 강준이 다시 고개를 들자 그의 입술이 그녀의 체액으로 번들거렸다. 그것을 본 서원의 얼굴이 붉어졌다.

"이리 와."

그녀의 옆에 누운 강준이 서원의 하얀 몸을 자신의 품에 안았다. 더운 숨을 몰아쉬고 있는 그녀의 벗은 등을 그가 천천히 쓸어내렸다.

하아, 서원이 길게 숨을 내쉬었다.

거실 러그에 자신만 벗은 몸으로 강준에게 안겨 있으려니 기분이 조금 이상했다.

"당신 말대로, 계속 이렇게 여유롭게 있으면 좋겠어."

강준이 그녀의 잘록한 허리를 손바닥으로 느릿하게 훑어 내리며 말했다.

"내 시야엔 항상 당신이 있고…… 이렇게 안을 수 있고. 그렇게."

그것만으로도 가슴께가 뻐근해질 정도로 벅차올랐다. 깊게 숨을 들이켜는 그를 서원이 마주 안았다.

"그래요…… 그렇게 살아요. 우리."

졸린지 서원의 목소리가 잠에 담뿍 잠겨 들었다. 그가 이렇게 등을 쓸어 주면 아이처럼 잠이 오는 게 신기했다.

강준은 그녀의 숨소리가 새근새근해진 다음에도 부드럽게 등을 쓸어내렸다. 그녀가 꿈속에서도 자신의 손길을 느끼며 행복한 꿈을 꿀 수 있도록.

가만가만 쓸어 주던 강준이 고개를 들어 잠이 든 그녀를 내려다봤다. 그의 다크그레이색 눈동자가 일렁였다.

"……사랑해. 내 서원."

낮게 속삭인 그가 잠든 서원의 이마에 살짝 입을 맞췄다.

에필로그 1

이춘일 사장에 대한 수사가 마무리될 즈음, 하락하던 엘른의 주가가 강준의 말대로 다시 큰 폭으로 상승하기 시작했다.

회사를 크게 확장시킨 엘른의 후계자가 비리를 저지르는 친인척 간부를 제 손으로 고발했다는 소문이 빠르게 돌면서 기업의 투명성을 높인 결과였다.

"걱정했는데 다행이에요."

함께 걷던 서원이 안심한 투로 말하자 강준이 입술 끝을 말아 올렸다.

"쓸데없는 걱정을 했군."

"당신 그럴 땐 좀 얄미운 거 알아요?"

강준이 낮게 웃음을 흘리며 그녀의 가느다란 허리를 끌어당겼다.

"다음부터는 걱정하지 말란 뜻이야. 당신이 걱정할 만한 일은 안 해. 날 믿어."

걸어가며 몸이 더 밀착되어 그녀의 귓가에 그의 음성이 가까이 닿았다.

"물론 당신을 믿어요."

서원이 입술 끝을 둥글게 휘어 올렸다. 코트 차림으로 야트막한 오르막길을 오르자 잘 가꿔진 정원과 정사각형 건물이 나타났다.

익숙하게 그 건물 안으로 들어선 두 사람은 안쪽에 진열된 유리 케이스 중 예쁜 생화가 놓인 곳 앞에 섰다.

"또 왔어. 엄마. 아빠도 잘 계셨죠?"

사진 안에 환한 미소를 짓고 있는 부모님을 보며 서원이 작게 말했다.

행복했던 시절의, 너무나 활짝 웃고 계신 부모님의 사진을 마주할 때마다 예전엔 많이 힘이 들었다. 아직 성인이 되지 않은 나이에 갑작스런 사고로 두 분을 보내는 것은 그야말로 하늘이 무너지는 충격이었다.

시간이 흘러가면서 조금씩 무뎌지긴 했지만 저 환한 미소를 볼 때면 여전히 가슴이 아릿했다.

"이 사람이 눈도장 찍고 싶대서 그러는 거니까, 너무 자주 온다고 뭐라고 하진 마세요."

서원이 자신의 옆에 서 있는 강준을 가리키며 말하자 그가 정중히 고개를 숙였다.

"……."

올 때마다 강준은 아무 말 없이 사진과 유골함을 가만히 보기만 했다. 오랜 시간 말없이 서 있는 그가 무슨 생각을 하는 건지 궁금했지만 서원은 한 번도 묻지 않았다. 한동안 그러고 서 있던 강준이 그녀에게 고개를 돌렸다.

"이제 갈까."

"응. 그래요."

강준이 한 걸음 물러서자 서원이 들고 온 생화를 유리문에 붙이고 원래 있던 꽃을 떼어 냈다.

'부모님 뵈러 가자.'

'우리 부모님이요?'

'그래. 한서원 낳아 주신 분들.'

그날 이곳에 그와 함께 온 뒤부터 강준은 한 번도 꽃이 시든 다음에 온 적이 없었다. 가끔 그가 혼자 왔다 갔다는 걸 바뀐 꽃을 보고 알게 되는 경우도 있었다.

"너무 자주 올 거 없어요. 나도 가끔 오는데."

정원을 지나 차로 돌아오는 길에 서원이 코트 깃을 여미며 말했다.

"허락하실 때까진 와야지."

"허락하신지는 어떻게 아는데요?"

서원이 의아한 표정을 짓자 잠시 멈춰 선 강준이 그녀의 짙은 보랏빛의 캐시미어 코트 깃을 세워 가장 위부터 단추를 채워 줬다. 마주친 눈동자가 짙게 가라앉아 있어 서원은 그가 단추를 채워 주는 동안 조용히 시선을 맞추고 있었다.

"내 마음이 편해지면, 허락하셨다고 생각할 거야."

"……."

강준이 다정하게 미소 지으며 그녀의 추위로 붉어진 콧등에 입을 맞췄다.

"날이 춥다. 빨리 내려가자."

서원의 가죽 장갑 낀 손을 잡은 강준이 걸음을 빨리했다.

집으로 돌아가는 길에 한식당에 들렀다. 납골당에 올 때마다 종종 들르는 곳이었다.

"강준 씨는 어릴 때 어떤 아이였어요?"

식사를 마치고 따스한 차를 마시던 서원이 질문했다.

"그건 왜?"

"그냥, 좀 상상이 안 돼서요. 강준 씨는 태어날 때부터 지금까지 똑같을 거 같아서요. 철없는 시절은 아예 없지 않았을까?"

"내가 그런 이미지인가."

슬며시 매끈한 이마를 찌푸린 강준이 물 잔을 들었다. 도자기로 된 검은색 물 잔을 입술로 가져간 그는 차를 음미하듯 천천히 마시고는 내려놨다. 그걸 보고 있던 서원이 궁금하다는 듯 눈을 빛냈다.

"그렇게 단정하게 식사하고 차 마시는 것도 다 어릴 때 배운 거예요? 재벌가는 아주 어릴 때부터 모든 교육에 철저하다고 들었는데 강준 씨를 보면 정말 맞는 것 같아서요."

"교육은 철저한 편이었어."

"그럼 강준 씨도 젓가락질 잘 못해서 혼나고, 칠칠치 못하게 행동해서 잔소리 듣고 그런 시절이 있었어요?"

서원이 호기심 어린 눈으로 바라보자 강준이 테이블 위에서 느긋하게 팔짱을 끼고 서원을 마주 봤다.

"한서원은 어땠는데?"

"나요? 난 그냥 평범했어요."

서원이 어깨를 으쓱이며 대답했다.

"나도 마찬가지야. 다른 사람들이 어떻게 사는지는 모르니까 내가 겪은 게 평범하게 느껴지지. 별다를 건 없어."

"아, 그렇겠네요."

서원이 고개를 끄덕였다. 다른 사람은 특별하게 보는 삶에도 정작 그 삶을 살아온 당사자는 그렇게 느낄 리가 없다. 누구나 겪는 인생은 하나니까.

"그리고, 난 거의 기억이 없어."

"네?"

강준의 말에 서원이 멈칫거렸다.

"그 일 이후로 기억이 거의 없어. 몇 년간은 계속 해외를 오가며 약물 치료와 상담 치료를 병행했다고 들었지만 내 기억은 열한 살 이후부터니까."

어린 나이에 그런 큰 충격을 받았으면 그렇게 될 수도 있겠다는 생각이 들자, 서원은 자신이 괜한 걸 물은 것 같아 후회했다.

그저 어린 시절의 이강준의 모습이 궁금했을 뿐이지만 그것만으로도 그는 아픈 기억과 마주해야 한다.

서원은 강준에게 싫은 기억을 억지로 떠오르게 만든 것이 미안해 얼른 화제를 바꿨다.

"전에 오다 보니까 이 앞에 예쁜 팬케이크 파는 데가 있던데, 거기 가 볼래요?"

"그래."

강준은 순순히 서원의 말에 따라 자리에서 일어섰다.

거리가 얼마 되지 않는 곳에 위치한 유럽풍 건물의 카페엔 핫케이크의 달콤한 향이 가득했다. 두 사람은 커피와 핫케이크를 주문하고 햇살이 좋은 창가 자리에 앉았다.

"한서원은 단 걸 좋아하지 않는 걸로 아는데."

포슬포슬하고 둥근 핫케이크를 맛있게 먹고 있는 서원을 그가 의아하게 바라봤다.

"단 걸 그리 좋아하진 않지만 가끔 갑자기 먹고 싶다는 생각이 들 때가 있어요."

그의 말대로 커피도 시럽이 들어가지 않은 에스프레소 계열을 선호하고 평소에 달콤한 음식은 거의 찾지 않았다. 하지만 가끔씩 문득문득 무척 먹고 싶어지는 날이 있었다. 주로 무척 피곤한 날에.

"사람 몸엔 역시 당분이 필요하긴 한가 봐요."

서원이 포크를 치아로 살짝 물고 웃었다. 꽤 커다란 사이즈의 팬케이크를 혼자 거의 다 먹은 자신이 신기했다.

"단 음식이라도 이렇게 많이 먹을 때는 많지 않은데."

아메리카노 한 잔만 앞에 둔 강준은 테이블 위에서 한 팔로 턱을 괸 채 그녀를 바라봤다.

"내가 요즘 체력을 많이 소모시키니까 그런 걸 거야. 많이 먹어 둬."

"아······."

그의 야릇한 말에 서원은 얼굴이 확 붉어졌다.

"이런 데서 무슨 말을 하는 거예요?"

낮 시간인데도 테이블이 거의 차 있었기 때문에 서원이 소리 죽여 타박했다.

"안 되는 건가?"

강준이 입술 끝을 휘어 올렸다.

"당연하죠. 당신 알아보는 사람이라도 있으면 어쩌려고……."

"다른 사람은 신경 쓰지 마. 나도 한서원 외에는 신경 쓰이지 않으니까."

그의 진한 시선을 마주 보며 서원이 말없이 천천히 눈을 깜빡였다.

"왜 그렇게 봐?"

강준이 고개를 비스듬히 기울이며 상체를 앞으로 숙여 서원의 표정을 살폈다. 한동안 멍한 얼굴로 그를 보던 서원이 입술을 벌리며 어여쁘게 웃었다.

"그냥, 새삼 놀라워서요. 당신에게 그런 말을 듣는 게."

"뭐가 놀라운데."

강준이 낮게 웃음을 흘렸다.

"그냥…… 다요. 아직도 난 이 모든 게 다 꿈같을 때가 있거든요."

서원이 속삭이듯 말하고는 긴 속눈썹을 내려뜨렸다. 촉촉하게 젖어 든 서원의 속눈썹을 보자 강준의 눈이 진지해졌다.

"……한서원."

"이렇게 당신과 밥을 먹고, 먹고 싶던 팬케이크를 같이 마주 앉아서 먹을 수 있다는 게 신기해. 예전엔 꿈같은 일이었으니까."

상상하기에도 버거워서 차마 바라지도 못한.

그때 생각을 하자 울컥해진 기분에 저도 모르게 눈물이 차오르자 서원이 조금 민망한 표정으로 얼른 닦아 냈다.

"처음 사랑이라고 느꼈던 그 감정은, 분명 슬프게 끝날 거라고 생각했거든요."

그녀가 붉어진 눈으로 강준을 바라봤다. 그에 대한 마음을 억누르려고 하면 할수록 힘이 들었다. 도망치고 싶던 그 기억들이 떠오를 때마다 어찌할 수 없이 마음에 격랑이 일었다.

이젠 아닌데. 이렇게 마음껏 사랑할 수 있는 그가 눈앞에 있는데.

강준이 조용히 손을 뻗어 그녀가 미처 닦아 내지 못한 눈물을 닦아 냈다. 그 손길에 서원이 미소 지었다.

"이렇게 행복할 수 있다는 게 너무 신기해서 그래요."

그녀의 작은 손을 테이블 위에서 끌어당긴 강준이 자신의 두 손으로 감쌌다. 그대로 시선을 맞추자 서원이 투명하게 물든 눈으로 마주 봤다.

"누가 더 행복한지 꺼내 보일 수만 있다면, 더 행복한 사람은 분명 나일 거야."

강준의 짙은 눈동자가 곧게 서원을 향했다.

"난 한서원이 날 보지 않을 때도 오로지 한서원만 보고 있었으니까."

그 멀미 같은 감정을 처음 겪었을 무렵의 당혹감과, 그럼에도 억누를 수 없는 욕망과 소유욕들이 모두 결국은 한서원에게만 향한 자신의 감정이었다.

갖고 싶어서 어찌할 바 모르던 그 모든 시간들이 결국 이 자리까지 오게 만들었다.

"매일 매 순간마다 생각해. 내가 한서원 때문에 얼마나 행복한지, 이렇게까지 사람이 행복해질 수가 있는 건지."

"강준 씨……."

서원이 크게 숨을 들이켜고 눈물 젖은 눈으로 그를 바라봤다. 강준의 일렁이는 눈동자가 흔들림 없이 서원만을 응시했다.

"계속 이렇게 내 옆에 있어."

그녀의 손을 지그시 잡은 강준이 그대로 입술로 가져가 손키스를 했다.

"내가 행복에 익숙해지는 날이 올지 나도 궁금하니까."

이렇게 사소한 일상에서 얻어지는 행복을 지금까진 몰랐다. 서원과 함께 장을 보고, 밥을 먹고, 차를 마시고…… 함께 한 침대에서 서로를 확인하며 잠이 드는 일.

이 모든 순간들을 행복하다고 느끼는 날이 올 줄은 정말 몰랐다.

"내 모든 기적은 오로지 당신을 만남으로써 생긴 거야. 슬픔도, 고통도, 죽을 것 같은 그 그리움들까지 전부 다."

그리고 이 분에 넘치는 행복까지.

그 모든 걸 전부 한 사람이 알게 해 줬다.

마치 자신의 마음속을 들여다본 듯한 신기한 기분을 느끼며 두 사람은 손을 맞잡은 채 오랫동안 서로의 눈을 바라봤다.

마치 시간이 멈춘 것처럼.

✼

강준이 출근한 뒤의 한가로운 오전. 서원은 그가 즐겨 마시는 블랙티를 마시며 테라스 밖 정원을 내다봤다. 한겨울의 정원은 눈이 녹지 않아 차가운 분위기를 내고 있었지만 그걸 바라보는 서원의 눈빛은 따스했다.

"사모님. 식사 미리 준비해 놨으니 점심때 데워만 드시면 돼요."

"수고하셨어요."

별채에서 따로 지내는 가사 도우미들은 평소에 특별히 부르는 일이 없으면 강준이 출근한 이후에만 넘어와서 청소를 했다. 전에 이 집에 왔을 땐 본 적이 없어서 존재를 몰랐는데 여기 살게 된 이후에 알게 된 사실이었다.

서원은 자신 혼자 있는 시간엔 그런 신경은 쓰지 않아도 된다고 말해 뒀기 때문에 마주칠 일이 많았다. 그때마다 사모님이라는 호칭으로 불렸다.

'사모님이라니.'

불릴 때마다 어색한 그 호칭 때문에 지금도 슬쩍 민망한 표정을 지은 서원은 다시 창밖으로 시선을 뒀다.

그때 인터폰이 울렸다.

'이 시간에 누구지?'

의아한 표정을 지은 서원이 인터폰 쪽으로 다가갔다.

"누구세……."

화면 안을 보던 서원이 순간 멈칫했다.

— 할 얘기 있어서 왔어요.

뾰족한 말투의 금세라가 화면 밖에서 이쪽을 쳐다보고 있었다.

"잠시 기다려요. 나갈 테니."

서원은 도톰한 카디건을 걸쳐 입고 현관으로 걸어갔다. 서원이 여기 살고 있다는 걸 다 알고 있다는 듯 세라는 강준이 없는 시간에 당당히 찾아왔다. 나와 보니 세라는 이 추운 날에도 얇은 하프 코트만 입고 다리를 드러낸 채 서 있었다.

"한서원 씨죠?"

서원이 대답 없이 앞서 걸어갔다.

"어디 가는 거예요?"

"할 얘기 있다면서요. 추운데 여기서 대화할 순 없잖아요."

서원이 돌아보지 않고 걸어가자 세라가 눈썹을 찌푸리고 따라갔다.

근처의 카페까지 걸어간 서원은 먼저 들어가 테이블 앞에 앉았다. 맞은편에 앉은 세라가 서원을 정면으로 쳐다봤다.

'어디서 본 거 같은데?'

세라의 미간이 모아졌다.

눈앞의 여자는 흰 피부에 가녀린 체구를 가진 지적인 분위기의 미인이었다. 크고 또렷한 눈매와 아무것도 바르지 않은 맨얼굴 같은데도 윤기 나는 피부, 선명한 붉은색이 도는 입술을 보고 있자니 분명 어디선가 본 사람 같다는 생각이 들었다.

'뭐, 연예인 누굴 닮은 거겠지.'

서원을 주시하던 세라가 허리를 꼿꼿이 세우고 턱을 치켜들었다.

"무슨 마법을 부려 강준 오빠를 꼬셨는지는 모르겠지만 강준 오빠를 정말 사랑한다면 놔줘요."

"내가 왜 그래야 하죠."

서원이 담담히 물었다. 그 얼굴을 보니 세라가 기가 차다는 듯 헛웃음을 흘렸다.

"내가 한서원 씨보다 오빠에게 훨씬 많은 걸 줄 수 있다는 걸 모르진 않을 텐데요?"

차분히 마주 보는 서원에 세라는 속으로 약이 오르는 기분이었다.

'굴러온 돌이 박힌 돌 빼내는 것도 유분수지.'

기억도 나지 않을 까마득한 어린 날부터 이강준을 기다려 왔던 자신이 이 여자에게 한순간에 밀려났다는 사실에 화병이 날 지경이었다. 이 여자만 아니었어도 강준은 저와 결혼했을 거였다.

금 회장은 포기하라고 했지만 세라는 쉽사리 포기가 되지 않았다.

"그 사람은 남이 주지 않아도 원하는 게 있다면 자신이 충분히 얻어 낼 능력이 있는 사람이라고 생각하는데, 금세라 씨는 그렇게 생각하지 않나 봐요."

"당신이 뭔데 오빠에 대해 나보다 더 아는 척을 해요? 난 태어날 때부터 오빠와 알고 지낸 사인데."

세라가 기가 찬다는 듯 입술 끝을 비틀었다.

"알아 온 시간과 감정이 비례한다면 모든 관계가 쉽겠죠."

"뭐예요?!"

"금세라 씨."

흥분하는 세라를 서원이 불렀다. 차분하지만 단호한 목소리에 세라가 멈칫거렸다.

"강준 씨는 포기해요."

"내가 왜요?"

"그 사람, 쉽게 마음 바꿀 사람 아니에요."

그건 세라도 알고 있을 거였다. 그래서 강준이 아닌 자신을 찾아와서 이런 되지 않을 억지를 부리고 있는 것이다.

"하! 지금 나한테 협박하는 거예요?"

"협박이 아니라 조언하는 거예요. 당신도 당신을 온전히 사랑해 줄 수 있는 사람을 만나는 게 돌아오지 않을 사람 기다리는 것보다 나을 테니까.”

“기가 막혀서⋯⋯.”

“난 더 할 말은 없으니 그만 일어날게요.”

주문한 커피엔 입도 대지 않은 서원이 일어나 카운터에서 계산을 하고 나갔다.

“하, 진짜.”

혼자 남은 세라의 얼굴이 발갛게 물들었다. 분한 표정으로 씩씩거리던 세라가 입술을 깨물었다.

잔뜩 쏘아 줄 생각으로 나왔는데 상대가 만만찮았다. 어디 한 군데 찔러도 동요 없이 제 할 말만 할 것 같은 여자 앞에서 흥분하는 건 자신이었다.

“저 여자 뭐야? 짜증 나, 진짜!”

그 사실이 화가 나서 참을 수가 없다는 듯 세라가 짜증스럽게 얼굴을 구겼다.

카페에서 나온 서원은 카디건을 여미며 집으로 향했다. 이젠 자신의 집이 된 익숙한 강준의 집으로 걸어가는데 문 앞에서 클랙슨 소리가 울렸다. 돌아보니 길게 이어진 담 옆에 세워진 차에서 이동진이 나왔다.

‘이사님?’

자신에게 다가오는 동진을 보며 서원은 난처한 표정을 지었다.

“안녕하세요.”

“네, 안녕하세요. 강준 씨는 회사에 있는데.”

서원이 고개를 살짝 숙이며 인사하고는 말하자 동진이 그녀 앞에 멈춰 섰다.

"강준이는 이미 만나고 왔어요. 여긴 한서원 씨 만나러 온 겁니다."

"저를요?"

서원이 의아하게 되물었다.

"네. 시간 오래 뺏진 않을 테니 차 한 잔 같이 해도 될까요?"

"그건 괜찮지만……."

근처의 카페에 아직 세라가 있을지도 모른다는 생각에 서원이 난감해하는데 동진이 자신의 차 쪽을 가리켰다.

"타세요. 오면서 적당한 카페를 봤는데 거기로 가요."

"네."

차로 가는 거리면 적어도 그 카페는 아닐 거라고 안도하며 서원이 대답했다.

동진이 데려간 곳은 멀지 않은 거리에 있는 큰 규모의 프랜차이즈 카페였다. 안으로 들어선 서원은 아까는 입도 못 대고 나온 커피를 다시 주문했다.

'오늘 무슨 날인가.'

연달아 급작스러운 방문을 받다니.

금세라에 이어 자신을 찾아온 이동진과 마주 앉으니 괜한 긴장감에 카페인이 몹시 당겼다. 서원이 커피를 마시는 동안 동진도 별말 없이 조용히 커피를 마시고 있었다.

"무슨 일로 오신 거예요?"

커피 잔을 만지작거리고 있던 서원이 조심스럽게 말을 꺼냈다. 그의 아버지를 벼랑으로 내몬 사람이 강준이라 조금 난처한 얼굴로 바라보자 동진이 싱긋 웃었다.

"아버지 때문에 겁먹은 거라면 그럴 거 없어요. 나 해코지하러 온 거 아니니까."

서원의 심리를 파악한 듯 가볍게 말하는 동진은 살이 좀 빠진 것 같았다.

"저희 아버지지만 선을 넘었다는 건 저도 인정하는 부분이니까요. 아무리 회사가 탐이 나도 사람이라면 해야 할 행동과 아닌 것은 구분할 줄 알아야죠."

동진이 그답지 않은 차가운 얼굴로 잔을 내려다봤다. 방금 전의 웃는 얼굴과는 정반대의 분위기를 풍기는 냉정한 표정을 보니 강준과 닮아 보였다.

"좀 전에 강준이 만나서 직접 사과도 했어요."

"아, 그렇군요."

동진이 씁쓸한 얼굴로 그녀를 바라봤다.

"제가 벌인 일은 아니지만 나라도 사과하지 않으면 내 정신이 온전하지 못할 것 같아서요."

동진에게서 무거운 죄책감이 느껴져 서원이 시선을 내려뜨리고 따스한 잔을 매만졌다. 그가 사과할 일은 아니라고 생각하지만 그렇게 해서 마음이 편하다면 그렇게 하도록 두는 게 좋을 것이다.

"한서원 씨."

동진이 다시 표정을 바꿔 미소를 지으며 그녀를 불렀다.

"그때 엘른 부사장실에서 비서로 일하던 한도원 씨가 한서원 씨죠?"

"네?"

급작스러운 말에 서원의 눈이 커졌다.

누군가 알아챌 거라 생각한 적은 있었지만 지금은 완전 무방비한 상태였던 터라 서원은 표정 관리가 전혀 되지 않았다.

"그건……."

어떤 반응을 보여야 할지 몰라 서원의 얼굴이 굳는데 동진이 부드럽게 웃었다.

"숨기지 않아도 돼요. 그때부터 알고 있었으니까."

긴장을 풀어 주려는 동진의 말에 서원이 숨을 깊게 들이마셨다.

"어떻게, 알았어요?"

서원이 혼란스러운 눈빛으로 보자 동진이 자신의 턱을 매만지며 눈을 굴렸다.

"아무리 감춰도 여자는 좀 티가 나거든요. 당시에 부사장 비서팀이라는 고립된 상황이 아니었다면 아마 나 아니더라도 눈치챈 사람이 생겼을 거예요. 특히 여자들은 그런 데 더 예민하잖아요. 여자가 있는 부서였으면 오래 못 버텼을걸요."

동진의 말을 듣고 보니 그 말이 맞는 것 같았다. 두세 명 정도는 속일 수 있으나 2, 30명을 속이는 건 어렵다. 당연히 들킬 확률도 높아지게 되어 있고.

"전혀 몰랐어요."

서원이 작게 한숨을 쉬며 고개를 저었다. 동진이 미소를 지으며 그녀를 바라봤다.

"내가 알릴 생각이 없었으니까요. 서원 씨가 갑자기 회사를 그만둔 것도 있고."

만약 더 친해지고 서원이 오래 회사를 다녔다면 어쩌면 말을 하고 그녀를 돕기도 했을 테지만 그럴 기회는 오지 않았다.

"그때 강준이가 처음부터 서원 씨에게 묘한 집착을 보였어요."

서원이 커피 잔을 입으로 가져가다가 멈칫거렸다. 강준이 처음부터 자신에게 끌렸다는 말은 그에게 들은 적이 있지만 다른 사람에게 들으니 이상한 기분이었다.

"그래서 강준이도 서원 씨가 여자인 걸 알고 있는 줄 알았거든요. 사실 그때 회사에 강준이가 동성애자라는 소문이 돌았던 때라."

"동성애자요?"

그때 처음 직원 식당에서 동진을 만났던 때 비서팀 직원들과 나누던 대화가 떠올랐다.

'부사장님 사생활이 깔끔한 게 그 소문 때문이라고 말씀하셨잖습니까.'

그게 강준이 동성애자라는 소문이었다니.

서원이 처음 안 사실에 눈을 깜빡이며 보고 있는데 동진이 입술 끝을 휘어 올렸다.

"사실 나도 그때 긴가민가했어요. 강준이의 여성 기피는 알고 있었는데 아무리 그래도 그건 헛소문이지 생각했거든요. 근데 서원 씨에게 자꾸 집착하는 게 이상해 보여서 잠시 의심한 적이 있었어요."

"저는 그런 소문은 전혀 몰랐어요."

"어차피 소문이니까. 강준이 정도의 재벌이 워낙 여자 관련 가십이 없으니까 그런 소문까지 돈 거죠. 어쨌든 그때 강준이를 떠본 적이 있었는데 서원 씨가 여자인 건 전혀 모르더라고."

"맞아요. 그땐 강준 씨는 몰랐어요."

서원이 대답하자 동진이 창밖에 시선을 뒀다. 그의 표정이 무거워졌다.

"난 절대 아닌 줄 알았는데, 어릴 때부터 사사건건 강준이와 비교하는 아버지 밑에서 자라다 보니 아무래도 콤플렉스가 있던 모양이에요. 서원 씨와 같이 있기만 해도 강준이가 무섭게 질투하는 게 보여서 아주 통쾌했거든요."

처음 강준이 자신의 아버지 때문에 자신을 예민하게 받아들이는 건가 했는데 아무리 봐도 그건 아니었다. 강준은 도원과 자신이 같이 있다는 사실을 유독 거슬려 하고 있었다.

"마치 자기 것을 빼앗으려는 사람 대하듯이 굴더라고. 강준이가 사람에게 그런 집착 드러내는 건 정말 처음 봤어요."

서원 역시 강준에게 의심받기 때문이라고 생각하던 시절이었다. 그게 자신을 향한 소유욕이라고 생각하니 지금 생각해도 기분이 묘했다.

동진이 창에서 고개를 돌려 서원에게 시선을 뒀다.

"당신이 난감해하고 있다는 걸 알면서도 강준이가 질투하는 게 재미있어서 일부러 더 그랬어요."

부드럽게 미소 지으며 동진이 말을 이었다.

"그때 나 때문에 많이 곤란했죠? 사과할게요. 서원 씨."

"이 말 하려고 오신 거예요?"

"네. 아무래도 마음에 걸려서."

싱긋 웃은 동진이 커피 잔을 입으로 가져갔다.

"아까 강준이를 만난 건 이번 일로 강준이가 유일하게 마음에 걸려 하는 게 나라는 걸 알고 있어서예요."

겉으론 차가워 보여도 속은 그렇지만은 않다는 걸 동진은 알고 있었다. 강준은 다른 사람들에겐 위압적인 상대였지만 그의 비서실 사람들이나 자기 사람에겐 전혀 다르니까. 끊임없이 저를 위협하는 이춘일의 아들임에도 자신을 끊어 내지 못한 건 어릴 때부터 같이 자라 온 기억 때문이라는 것도 안다.

"하지만 난 차라리 잘됐다고 생각해요. 아버지 욕심 때문에 이 사라는 안 맞는 옷 억지로 입고 있었는데, 이 기회에 다 벗어 버리고 독일로 떠날 생각이거든요."

"독일에요?"

"네. 이제 안 돌아올 겁니다."

동진이 처음으로 보는 밝은 미소를 지어 보였다.

서원은 그 웃음을 잠시 말없이 건너봤다.

그러고 보니 그는 늘 웃고 다녔는데도 그 얼굴에선 진심이 느껴지지 않았다. 항상 아버지의 욕망 때문에 가면을 쓰고 살아왔기에 그런 거짓 웃음밖에 짓지 못했다는 것이 서원은 지금에야 납득이 갔다.

"정말 지긋지긋했거든요."

동진이 정말 후련한 듯 웃었다.

"그래요. 잘 생각하셨어요. 이사님."

서원은 오랜만에 그 호칭으로 그를 불렀다. 부르고 보니 왠지 그리운 느낌이었다. 다신 돌아갈 수 없는 엘른에서의 그 기억들이 잔잔하게 머릿속을 스쳐 지나갔다.

"그리고 아버지가 벌인 일이지만 워싱턴에서의 일은 정말, 서원 씨에게도 미안해요."

동진이 고개를 숙여 보이자 서원이 손을 저었다.

"이사님이 사과하실 일이 아니에요. 그리고 그때 저도 이사님 오랫동안 오해하고 있었던 거, 죄송했어요."

동진이 천천히 고개를 들어 올렸다.

"일부러 강준이 화나게 하려고 오버한 내 잘못이라니까요."

"그래도……."

"하지만 이건 비밀로 해 주깁니다? 그때 내가 서원 씨 비밀 지켰듯이 강준이한테도 이 비밀 지켜 줘요. 내 마지막 자존심 같은 거니까."

"걱정 마세요."

서원이 옅은 미소를 지었다. 그 얼굴에 동진도 싱긋 마주 웃었다.

"이제 서원 씨에게도 사과했으니 여기서 마음에 걸리는 일은 어느 정도 마무리됐네요. 마음은 한결 편합니다."

동진이 천천히 몸을 일으키며 말했다.

"앞으로는 아마 볼 일이 없겠네요. 강준이와 오래오래 행복해요. 서원 씨."

"네. 이사님, 아니 동진 씨도 행복하세요."

이사라는 맞지 않는 옷을 벗어던진 그를 위해 호칭을 바꾼 서원의 말에 동진은 다시 한 번 환하게 웃었다.

동진과 헤어진 서원은 집까지 태워 준다는 걸 사양하고 천천히 걸었다.

동진이 자신이 여자인 것을 알고 있을 줄은 정말 몰랐다. 뒤늦게 알게 된 사실은 서원을 여러 가지 생각에 잠기게 했다.

'알면서도 모른 척해 준 게 고맙네. 정말.'

만약 동진이 다른 누군가 한 명에게라도 말했으면 지금까지 이 비밀이 지켜졌을 리가 없다. 당시의 기억들에 잠긴 채 천천히 걸어가는 그녀의 귀에 익숙한 목소리가 들렸다.

"한서원."

서원이 고개를 들었다.

"휴대폰도 없이 어딜 갔다 온 거야?"

날렵한 슈트 차림의 강준이 문 앞에 서서 미간을 좁히고 그녀를 향해 걸어오고 있었다.

"벌써 퇴근했어요?"

그가 바로 앞까지 걸어와 다정하게 손을 잡았다.

"누가 찾아왔다던데."

부드럽게 잡힌 손을 내려다본 서원이 눈을 곱게 접었다.

"그건 맞는데, 누구 먼저 말해 줘요?"

심장을 사르르 녹이는 달콤한 눈웃음에 걱정스러운 눈빛으로 보고 있던 강준은 자신도 모르게 입가에 미소를 지었다.

"누군데 이렇게 사람을 힘들게 할까?"

그가 낮게 말하며 서원의 턱을 들어 올려 입술을 살짝 빨았다.

"환한 대낮인데."

서원이 부끄러운 듯 웃으며 살짝 밀어냈지만 강준은 그녀의 몸을 오히려 더 끌어당겼다.

"한서원이 키스하지 않고는 배기지 못하게 만드니까. 말해 봐. 누군데."

은근하게 허리를 끌어당기며 하체를 바짝 밀착시키자 서원은 주변을 둘러보면서 못 말리겠다는 듯 웃었다.

"일단 들어가요. 들어가서 말해 줄게요."

서원이 강준의 팔짱을 끼고 문으로 이끌었다.

잇따른 방문에 점심때가 훌쩍 넘기도록 빈속으로 있었다는 것을 집에 들어와서야 알았다.

"전화를 하지 그랬어."

가사 도우미가 만들어 놓은 찌개를 데우던 서원이 그를 보며 웃었다.

"뭘 전화까지 해요. 나한테 해코지할 것도 아닌데."

"앞으론 문 열어 주지 마. 내가 있을 때만 열어 줘."

강준이 아일랜드식 식탁에 기대선 채 똑바로 바라보자 서원이 그에게 다가갔다.

"당신, 날 자꾸 그 정도 대응도 못 하는 사람 만들 거예요?"

걱정으로 굳은 강준의 얼굴을 손으로 어루만지며 서원이 말했다.

그가 여전히 표정을 풀지 않자 서원이 눈을 가늘게 뜨고는 강준의 타이를 잡아당겼다. 강준의 눈에 순간 의아함이 스쳤다. 서원은 그대로 앞으로 기울어지는 강준의 얼굴을 잡고 입술에 키스했다.

촉.

보드랍게 포개진 입술이 젖은 소리를 내며 떨어지자 서원이 예쁜 눈웃음을 지었다.

"걱정하는 건 알지만 나도 내 일은 충분히 알아서 할 수 있는 사람이거든요. 너무 어린애처럼 대하지 말아요."

서원이 그의 타이를 잡은 채로 속삭이듯 말했다.

짙은 눈동자로 서원을 내려다보고 있던 강준의 입술이 매혹적으로 말려 올라갔다.

"난 어린애에게 이런 짓을 하지 않아."

"아······."

낮게 속삭인 강준이 곧장 서원의 얼굴을 두 손으로 잡고 고개를 기울여 진하게 입술을 삼켰다.

"합····· 음····· 하음."

숨이 차오르도록 혀를 깊이 휘어 감아 진하게 빨아들이자 서원의 허리가 뒤로 꺾였다.

"하아, 하아."

벌어진 입술에서 더운 숨결이 터져 나왔다. 순식간에 열망으로 흐릿해진 그녀의 눈을 내려다보며 강준이 서로의 타액으로 번들거리는 입술을 가볍게 빨았다.

"이동진은 왜 온 건데."

"이사····· 아니····· 동진 씨가 사과하고 싶다고."

입술을 잘게 깨무는 감각이 자극적이어서 서원의 숨결이 더 달아올랐다.

"동진 씨라고 부르지 마."

"아야."

강준이 살짝 힘주어 입술을 깨물자 서원이 눈을 찡그렸다.

"그럼 뭐라고 불러요?"

"이사님이라고."

"하지만 이제 이사는 그만둔다고····· 하웃."

자극이 가해져 보풀어 오른 아랫입술을 강준이 물컹한 혀로 핥는 감촉에 서원이 신음을 흘렸다.

그가 어느새 식탁에 그녀를 밀어붙이더니 엉덩이를 들어 올려 앉혔다. 식탁에 앉은 서원과 강준의 두 눈이 마주 보게 됐다.

"그래도 이사님이라고 불러. 다른 건 안 돼."

강준이 웃음기 없이 어둡게 잠긴 눈동자로 응시하며 자신의 타이를 잡아 흔들었다. 그의 남성적인 행위에 서원은 식탁에 닿아 있는 아래의 야릇한 부위가 젖어 드는 것을 느꼈다.

"나 외의 다른 남자 이름은 부르지 마."

"그건 말도 안……."

말도 안 되는 소리라고 말하려던 서원은 어느새 자신의 바지를 벗기는 그를 보며 침을 삼켰다.

"말이 되게 해 줄까?"

"훗."

찌지직. 레이스 자락에 걸린 그의 긴 손가락이 그것을 움켜잡아 찢어 내는 소리가 청각을 선명하게 자극했다. 강준이 침범하기도 전에 완벽하게 젖어 든 음란한 곳에 그의 검게 물든 눈동자가 고정됐다.

"핫, 잠깐……!"

두 손으로 무릎을 잡아 벌린 그의 입술이 향하는 곳을 본 서원이 소리쳤다.

"애원해도 멈추지 않을 거야. 난 질투가 아주 많은 남자라는 걸 네가 잊지 말아야 하니까."

낮게 내뱉는 소유욕에 물든 목소리와 함께 단단한 식탁 위를 두 손으로 짚은 서원이 고개를 한껏 젖혔다.

"아아……!"

냄비에서 찌개가 넘칠 듯 끓어오르는 시끄러운 소리가 났지만 그보다 더한 열기에 서원의 머릿속은 아득해졌다.

모든 것이 끓어넘친 뒤의 주방은 엉망진창이었지만 서원은 손가락 하나 까딱할 수가 없었다.

"딱딱해서 아팠겠는데."

강준이 식탁 위에 늘어져 있는 서원을 안아 올려 거실 소파 위에 눕혔다.

'……정말 멈추지 않다니.'

애원해도 멈추지 않을 거라는 말이 사실이었다는 데에 서원이 숨을 몰아쉬며 땀에 젖은 얼굴을 찌푸렸다.

"한서원."

강준이 그녀의 손을 잡아끌었다.

"놔요. 나 손가락 하나 까딱할 힘도 없단……."

서원이 토라진 목소리를 내다가 멈칫거렸다. 그녀의 손가락에 반짝이는 반지가 끼워져 있었다.

"내 소유욕의 증표."

강준이 반지를 끼운 손에 입을 맞추며 관능적인 미소를 지었다.

"강준 씨……."

놀란 눈으로 반지를 보고 있던 서원이 그에게로 시선을 옮겼다.

"그리고, 내 인생에서 첫 번째 반지고."

강준이 서원의 손에 깍지를 끼며 부드럽게 미소 지었다.

"프러포즈하기 전까지만 끼고 있어."

"……난 이거면 충분해요."

서원이 세밀하게 세공된 다이아를 바라보며 말하자 그가 느른하게 웃었다.

"이걸 프러포즈로 하라고? 이렇게 얼렁뚱땅 넘어가고 싶지 않은데."

강준이 미소를 지으며 말하자 서원이 환하게 웃으며 그의 목을 끌어안았다.

"난 정말 이거면 충분해요…… 고마워요. 강준 씨."

서원의 물기 어린 목소리에 강준이 다정한 손길로 그녀의 뒷머리를 쓸어내렸다.

"한서원은 날 항상 감동시키는군. 지나칠 정도로."

"지금 나만큼은 아닐걸요?"

눈물에 젖은 코맹맹이 소리에 강준이 진하게 웃으며 단단한 팔로 그녀를 끌어안았다.

"내기해도 좋아."

"나도 안 질 자신 있어요."

"정말?"

"정말요."

누가 더 사랑하는지 우기는 것만큼 유치한 건 없다고 생각하면서도 행복이 가득한 웃음소리가 터져 나왔다.

"사랑해. 한서원."

그녀의 체취를 깊게 들이마시며 강준이 귓가에 속삭였다.

"응. 사랑해요."

코가 빨갛게 된 서원이 잠긴 목소리로 말하고는 작게 웃었다.

"……울다가 웃으면 안 되는데."

"괜찮아. 뭘 하든."

강준의 다정한 목소리에 서원은 그의 목덜미에 코를 비비며 후후 웃었다.

그녀에게서 몸을 떼어 낸 그가 옷을 입혀 주며 물었다.

"그래서, 그 둘과 무슨 얘길 한 거지?"

"아, 맞다."

강준이 입혀 주는 셔츠 위로 고개를 쏙 내민 서원이 눈을 둥글게 떴다. 그 이야기를 하러 들어와서는 한참을 까맣게 잊고 있었다.

"금세라 씨는 강준 씨를 포기하라더군요."

"그래서?"

"포기하지 않겠다고 했죠."

서원이 당연하다는 듯 대답하자 그가 입술 끝을 휘어 올리며 허벅지까지 청바지를 끌어 올려 주다 말고 맨살에 입을 맞췄다.

"잘했어."

"그게 칭찬받을 일인가. 그냥 그런 말을 하다가 먼저 나왔고 이 동…… 아니, 이사님은."

허벅지에 닿은 입술의 감촉에 은밀한 자극을 느끼며 서원이 말을 이었다.

"납치 일로 사과하러 온 거래요. 그런 일 당하게 해서 미안하다고."

"그래."

예상했던 말인 듯 강준이 그녀의 바지를 마저 끌어 올려 주자 서원이 그 움직임에 맞춰 엉덩이를 살짝 들어 줬다.

"오늘 당신 만나고 오는 길이라던데 당신도 이사님 독일로 떠난다는 말 들었어요?"

바지를 다 입혀 준 그가 미소 지으며 청바지 위로 엉덩이를 꽉 잡았다가 놔줬다.

"……훗."

"들었어."

커다란 손으로 움켜잡았다가 놔주는 손길에 서원의 다리 사이

213

에 힘이 들어갔다.

서원이 잠시 난감한 표정으로 강준을 보자 그의 눈이 진하게 물들었다. 옷을 다 입은 상태라 들킬 리는 없다고 생각하면서도 서원은 뺨에 열이 오르는 게 느껴졌다.

"그래서 이사님이 사과할 필요 없다고 했어요. 그건 이사님 잘못이 아니잖아요."

서원이 시선을 내려뜨리고 말하자 강준이 어둡게 가라앉은 눈으로 그녀의 표정을 응시했다.

"왜 시선을 피하지?"

"내가 언제 피했…… 앗, 강준 씨?"

그가 서원의 허벅지 사이로 손을 집어넣어 꽉 거머쥐자 서원의 허리가 흠칫거렸다.

"하웃."

"여기에 내 것이 흘러나와 있을 것 같은데."

"아, 읏……."

그가 은밀한 부위를 바지 위로 문지르기 시작했다. 서원이 허리를 젖히며 헐떡였다.

"난 한서원 얼굴만 봐도 어떻게 느끼는지, 그리고 어떤 식으로 반응하는지 다 알고 있어."

이미 절정에 오른 몸이 그의 손길에 맞춰 허리를 흔들고 있었다. 색색 더운 숨을 내쉬는 사이 강준이 자신이 입혀 준 바지의 버클을 다시 풀었다.

"전부 먹어 줄게."

"앗……!"

어느새 다시 소파 위에 눕게 된 서원의 몸이 흠칫거렸다. 강준이 고개를 숙였다.

환하게 비춰 들어오는 햇빛 아래서 서원의 허리가 한껏 들려 올라갔다. 강준의 머리칼을 파고드는 그녀의 손가락에 끼워진 반지가 빛났다.

저녁이 되었을 때 서원은 여느 때처럼 테라스에서 강준에게 기대 앉아 있었다. 그들의 앞에는 따스한 온기를 주는 펫릿 난로가 있었고 테이블 위에는 스파클링 샴페인 병과 잔 두 개, 그리고 핑거 푸드가 놓여 있었다.

어깨에 담요를 걸치고 가만히 제 손 위의 반지를 보고 있던 서원이 마찬가지로 말없이 그녀의 머리칼을 매만지고 있는 강준을 문득 올려다봤다.

"강준 씨."

그녀가 부르는 소리에 강준이 마시던 샴페인 잔을 내려놓고 그녀의 어깨를 다정하게 쓸었다.

"말해."

"그때…… 워싱턴에서 내가 놓고 간 거요."

서원이 조금 망설이는 기색으로 말하자 그가 입술 끝을 휘어 올렸다.

"정확하게 계산해 두고 간 돈을 말하는 건가?"

"그거 말고요."

장난하는 투로 하는 말에 서원이 살풋 눈썹을 찌푸렸다.

"알아."

강준이 미소 띤 얼굴로 그녀를 내려다봤다. 서원은 시선을 내리고 강준의 손을 잡았다.

"……미안해요. 처음 준 선물이었는데."

강준에게 모든 것을 들킨 날 그에게 받았던 목걸이와 귀걸이를 그대로 하고 있을 염치가 없어 그날 호텔 객실에 메모지와 함께 두고 나왔다.

돌려받은 선물을 그가 어떻게 생각할지 잊고 있었는데, 반지를 받고서야 생각이 났다.

"괜찮아. 마음 쓸 거 없어."

미안한 얼굴로 제 손을 잡고 있는 서원의 손을 끌어다 강준이 입을 맞췄다.

"그때 사실 무척 기뻤어요. 당신을 속이는 입장에서 그렇게 기뻐하면 안 되는 건데도……."

"그날."

그녀의 반지 낀 손에 입술을 댄 채 강준이 말했다.

"그 선물을 사면서 마음의 방향을 정했던 것 같아. 아니, 인정했다는 표현이 맞을지도."

강준의 짙은 색 눈이 잔잔하게 빛났다.

"그때까진 당신에게 끌리는 마음을 한도원과 닮았기 때문이라고 생각했는데, 그걸 보는 순간 당신에게 주고 싶었어."

서원이 조용히 그를 마주 봤다.

"한도원이든 클로에든 상관없어진 게 아마 그 순간일 거야."

그래서 서원이 한도원이라는 걸 알았을 때 배신감이 더 컸던 거였다. 진심이 되어 버린 자신의 마음이 또 한 번 부정당한 기분에.

그럼에도, 결국 다시 잡을 수밖에 없을 만큼 한서원을 사랑했다.

"당신을 사랑하는 마음을 이길 수가 없었어."

"······나도 그랬어요."

서원이 속삭이며 그의 얼굴을 매만졌다.

강준이 수려한 얼굴에 미소를 담고 그녀의 입술에 입을 맞췄다. 샴페인 맛이 나는 달콤한 키스에 취해 서원은 천천히 눈을 감았다.

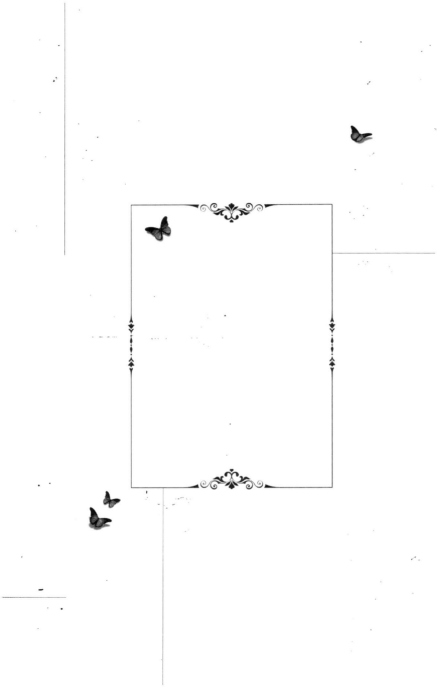

에필로그 2

"뭐? 이강…… 엘른의 그 이강준?!"

카페 안에서 마주 앉은 진주가 놀라 눈을 커다랗게 떴다.

"응. 그 사람 맞아."

찻잔을 든 서원은 예상한 반응이라는 듯 담담하게 대답했다.

"너 비서실에서 일했을 때, 그 이강준?"

"응."

서원이 자신이 그의 집에서 살고 있는 걸 진주에게 솔직하게 말한 건 이젠 숨길 이유가 없어졌기 때문이다.

"우와…… 한서원 사람 놀래키네."

진주가 고개를 절레절레 젓고는 마음을 진정시키려는 듯 연달아 커피를 들이켰다.

"아!"

진주가 갑자기 생각났다는 듯 고개를 번쩍 들었다.

"너 그럼 그때, 그 비서실에서 일할 때 힘들어 보였던 것도 이강준 때문이었어?"

"응. 늦게 말해서 미안해."

"그 남자 때문이었구나……."

진주가 혼잣말처럼 중얼거렸다.

그때 말라 가던 서원을 보며 무언가 힘든 일이 있구나 생각은 했었다. 당시엔 그게 엘른 부사장과 연관이 있을 줄은 꿈에도 생각하지 못했지만.

"잠깐, 근데 그때 이강준은 널 남자로 알고 있던 거 아니었어?"

"그랬지."

"그건 이상한데? 남자가 남자를…… 혹시 그 사람 양성애자야?"

진주가 진지하게 묻는 말에 서원이 웃음을 터뜨렸다.

"그런 거 아니야. 그냥 그땐 남자인 줄 알면서도 마음이 갔다고 하더라고."

"이야, 성별을 뛰어넘은 사랑이라니. 그 사랑 정말 대단하다. 난 재벌들은 그냥 그쪽 사람들끼리만 결혼하고 그런 줄 알았는데."

작게 미소 짓는 서원의 모습을 보며 진주가 입술 끝을 끌어 올렸다.

"정말 사랑받는 모양이네. 그때 미국으로 가기 전까지만 해도 너무 말라서 걱정했는데 지금은 얼굴에서 빛이 난다, 야."

"응. 행복해. 무척."

서원이 부끄러워하지도 않고 웃으며 대답하고는 말을 덧붙였다.

"……이렇게 행복해도 되나 싶을 만큼."

은은하게 미소 짓는 그녀를 진주가 신기하게 바라봤다.

'사랑을 하면 사람이 이렇게 바뀌는구나.'

일 외엔 어느 곳에도 흥미를 느끼지 못하던 서원의 분위기가 사랑의 힘인지 완전히 바뀌어 있었다. 놀라울 정도로.

반짝반짝 빛이 나는 서원의 얼굴을 보며 진주가 입술 끝을 휘어올렸다.

"그래. 솔직히 재벌가라는 게 조금 걱정되긴 하지만, 지금 네 얼굴 보니까 내 걱정이 오지랖이지 싶다. 그럼 이강준과 결혼하는 거야?"

"아마 곧 하게 될 것 같아."

"하긴 이미 같이 살고 있으니까."

고개를 끄떡이던 진주가 물었다.

"그럼 연구소는 정리하고 국내에서 일하겠네?"

"아니. 당분간은 어렵겠지만 결혼식 이후에 다시 복귀할 거야."

"정말?"

진주가 의아한 표정을 지었다.

"이강준 씨가 허락해 줄까? 거기 미국이잖아."

"나도 그래서 고민했는데 그렇게 하기로 했어. 그 사람도 내 일을 우선적으로 생각해 주기로 했고."

안 그래도 걱정이 되는 부분이었다. 늘 바쁜 강준 옆에 자신이 있어 줘야 하는 게 아닌가 싶어 얼마 전 조심스럽게 말을 꺼낸 적이 있었다.

'나 때문에 당신이 그런 결정을 할 필요는 없어. 당신이 지금까지 노력해서 하게 된 일이잖아.'

'그래도 괜찮겠어요?'

'괜찮아. 언제든 만나러 가면 되니까.'

미국이 언제든 만나러 갈 수 있는 거리는 아니다. 하지만 강준이 마치 가까운 거리인 양 말해 줘서 서원은 고마웠다.

"이해심도 좋네. 그 남자."

"응."

서원이 강준을 떠올리며 잔잔한 미소를 짓자 진주가 픽 웃었다.

"그 예쁜 얼굴로 왜 연애 한 번을 안 하나 했더니만 이강준 같은 남자를 만나려고 그랬구나? 부럽다, 한서원."

진주가 안심한 얼굴로 웃었다.

친구들 중에서 서원은 유독 신경이 쓰이는 친구였다. 보통 다른 나라 연구소에서 일하게 되면 저절로 멀어지게 마련인데 서원과는 계속 연락을 했던 것도 그런 이유 때문이었다.

학생 때도 서원은 사람들과 일부러 거리를 두는 것처럼 대해서 주변에 사람이 많지 않았다. 예쁘장한 외모에 성적도 남들보다 월등히 뛰어난 것도 눈에 띄는데, 성격까지 그러다 보니 주변 여자들은 서원을 싫어했다.

그런데 몇 번 겪어 보니 그게 아니었다. 서원은 진심으로 사람을 대할 줄 아는 사람이었다. 다만 불필요한 관계들에 집착하지 않을 뿐.

그런 면이 오히려 쿨해 보여서 진주 마음에는 들었다. 먼저 다가가 친해진 것도 그런 이유에서였다.

친해지고 나니 그제야 서원의 외로움이 보였다. 서원 본인은 외로워하지 않았지만 옆에서 보기엔 부모님의 죽음 이후 쉽사리 남

222

에게 마음을 열지 못하는 성격으로 변한 것 같아 안타까움도 있었다.

그런 서원이 이제야 진정으로 외로워 보이지 않아 진주는 마음이 놓였다.

"너 정말 행복해 보여. 다행이야."

"응."

서원이 찻잔을 입으로 가져가며 작게 웃었다.

그 얼굴에 보고 있는 진주도 덩달아 행복해지는 기분이었다.

저녁 식사까지 마친 뒤에 건물 밖으로 나온 진주와 서원이 마주 섰다.

"그럼 잘 들어가."

"응. 또 연락할게."

서원이 핸드백을 고쳐 잡으며 인사하자 진주도 당부의 말을 보탰다.

"청첩장 나오면 나부터 줘야 한다?"

"그래."

웃으며 돌아선 서원이 긴 머리칼을 쓸어 넘기며 걸어갔다. 그 뒷모습을 진주가 가만히 바라봤다.

"정말 여러 번 사람을 놀라게 하네. 한서원."

동생 대신 남장을 하고 엘른에 들어갔을 때도 놀라게 하더니, 사람 놀라게 하는 데에는 일가견이 있었다.

남장 비서 생활을 하던 그 엘른에서 후계자인 이강준과 만나게 될 줄은 정말 몰랐지만.

"그래도 정말 부럽다."

서원의 행복한 미소는 그녀가 얼마나 사랑받는지 보여 주는 증표 같았다. 나도 저런 표정을 짓게 하는 남자를 만나야지, 하고 자기도 모르게 생각할 만큼.

"그래. 지금까지 고생 많이 했으니까 신이 저런 보상도 해 주는 거겠지."

혼잣말처럼 중얼거리며 돌아서려던 진주의 눈에 서원의 앞에 차가 멈춰 서는 게 보였다.

'가만, 저 차는…….'

딱 봐도 쉽게 볼 수 없는 슈퍼카인 걸 보니 감이 왔다. 진주가 관찰하는 기분으로 예리하게 살폈다.

서원 앞에 멈춰 선 차를 보고 그녀가 반가운 얼굴로 환하게 웃었다.

"같이 살면 매일 볼 텐데 뭐가 저리 반갑다고."

서원이 올라타고 차가 곧장 출발했다. 그대로 멀어지는 차를 보고 있던 진주의 얼굴에 흐뭇한 미소가 떠올랐다.

"아, 나도 연애나 해야지."

죽어 가던 연애 세포를 깨워 준 염장 커플에게 소소한 감사를 보내며 진주도 지하철역을 향해 걸어갔다.

"그냥 버스 타고 간다니까 왜 왔어요. 바쁠 텐데."

서원이 자신을 데리러 온 강준의 차에 타서 말하자 그가 부드럽게 그녀의 손을 잡았다.

"잠깐 바래다줄 시간은 있어."

"다시 회사 돌아가야 되는 거예요? 피곤하겠다."

서원이 걱정 어린 눈빛으로 강준을 바라봤다. 아직 이춘일 사장의 횡령 비리 파동이 완전히 잡히지 않아 강준은 바쁜 나날을 보내고 있었다.

검찰 조사에도 협력해야 하고 이번 일을 계기로 본격 후계 절차에 들어가게 됐기에 더 바빴다.

제대로 잘 시간도 없이 바빴지만 강준은 여전히 늦더라도 꼬박꼬박 집에 들어왔다. 1시간도 못 자고 다시 나가더라도 하루를 서원과 함께 시작하고자 함께 아침 식사를 하고 출근하고는 했다.

그런 그를 알기 때문에 자신을 데리러 오는 시간을 뺀 것이 못내 걱정스러웠다.

"나 데리러 오는 시간에 조금이라도 더 자지 그랬어요."

"괜찮아."

강준이 운전할 때마다 습관처럼 잡고 있는 서원의 손등을 가만히 어루만졌다.

"한서원을 보는 게 나에겐 더 피로 회복에 도움이 되니까."

강준이 미소 지으며 하는 말에 걱정스러운 표정을 짓고 있던 서원도 결국 작게 웃었다.

"못 이기겠어."

웃음이 묻어나는 목소리로 속삭인 서원이 강준의 커다란 손에 잡혀 있는 자신의 손을 내려다봤다.

"오늘 만난 친구가 진주라고 했나?"

"응. 맞아요."

"그, 진주군."

"네?"

낮게 웃으며 강준이 하는 말에 서원이 그를 의아하게 바라봤다. 강준이 전방에서 시선을 돌려 서원과 짧게 시선을 맞췄다.

"기억 안 나나? 그때, 쓰러진 당신을 내 집에 데려왔던 날. 진주라는 여자에게서 전화가 왔었어."

"……아! 그때."

그제야 기억난 서원이 눈을 크게 떴다. 비서실에 있을 때 무리하다가 몸이 안 좋아져서 택시에서 쓰러졌던 날, 눈을 떠 보니 강준의 집에 있었다. 그때 그의 욕실에서 샤워를 하고 나왔을 때 무서운 얼굴로 휴대폰을 들고 들어왔던 강준이 떠올랐다.

"그때 진주가 누구냐고 물었죠. 막 무섭게 화를 내면서."

"당신이 만나는 여자인 줄 알았으니까."

그때 생각에 강준의 눈동자가 깊어졌다.

"당신이 다른 사람에게 시선 주는 것도 거슬렸어. 오직 나만 보게 하고 싶었어."

그래서 모르는 여자에게 전화가 온 것에도 참을 수 없을 만큼 화가 났다.

"……그건 지금도 마찬가지지만."

강준이 느른한 미소를 지으며 서원을 바라봤다.

"지금도 당신 시선에 닿는 사람이 오직 나 하나였으면 좋겠다는 생각을 해."

"강준 씨는 정말……."

"알아. 욕심인 거."

그가 가벼이 웃으며 잡고 있던 손을 풀어 그녀의 입술을 매만졌다.

"그러니까 이렇게 잠깐이라도 한서원을 봐야 나도 회사에서 견딜 수 있다는 소리야."

그의 손가락에 닿은 입술이 예쁘게 휘어졌다. 미소로 번진 입술을 따라 훑어 가는 손가락에 쪽 입을 맞춘 서원이 강준의 손을 내려 자신의 손과 깍지 끼었다.

"그래도 다음에 이런 일 있으면 백 기사님이랑 같이 와요. 그래야 오고 가는 동안 잠깐이라도 잘 수 있잖아요."

"그건 고려해 보지."

강준이 깍지 낀 손을 펼쳐 다시 단단하게 잡았다. 서원은 그의 손의 온기를 느끼며 작게 말했다.

"진주가요. 내가 행복해 보인대요."

"그래?"

"응. 아주 많이, 행복해 보인대요. 그래서 행복하다고 했어요. 정말 행복하다고……."

서원의 잔잔한 목소리에 귀 기울이며 강준이 조심히 운전했다. 자신과 함께 움직일 땐 늘 신경 써서 부드럽게 운전한다는 걸 서원도 알고 있었다.

"다음엔 같이 봐."

"네?"

"결혼식 전에 만나서 인사해야지. 편한 시간으로 잡아 봐."

"괜찮아요. 당신 바쁘잖아요."

"아무리 바빠도 당신에게 소중한 사람에게 인사할 시간은 있어."

확고하게 하는 말에 서원은 그를 가만히 바라봤다.

"그럴게요."

서원이 하얀 웃음을 지었다.

실은 아까 진주가 식전에 시간 되면 소개해 달라고 했지만 너무 바쁜 사람이라 불확실한 대답을 해 준 터였다. 그런데 강준이 먼저 말을 꺼내 주니 미안하면서도 고마웠다.

서원을 향해 부드럽게 웃어 준 강준이 깍지 낀 그녀의 손을 확인하듯 꽉 잡았다. 서원이 미소를 머금고 창밖을 바라봤다.

"날씨가 많이 따뜻해졌어요."

서원이 창문을 열어 달라진 밤공기를 확인하듯 들이마시자 그녀의 머리칼이 기분 좋은 바람에 흩날렸다.

"춥지 않아?"

강준의 걱정스러운 목소리에 서원이 괜찮다며 웃었다.

"곧 봄이 올 건가 봐요."

흩날리는 머리칼을 쓸어 귀 뒤로 넘기며 시선을 마주치자 운전하던 강준이 다정한 웃음을 지었다. 서원의 미소가 깊어졌다. 추위가 사그라진 바깥공기처럼 마음 안에도 따스한 훈기가 감돌았다.

※

꽃망울이 터지기 시작하는 화사한 봄날에 서원은 강준과 함께 그의 본가를 찾았다.

"어서 와요."

최 여사가 웃음기 가득한 얼굴로 맞아 주자 서원이 고개를 숙였다.

"처음 뵙겠습니다. 한서원이라고 합니다."

"나는 강준이 할머니예요. 어려워할 거 없어요. 어서 들어와요."

"건강하셨습니까."

"물론이죠. 우리 손주."

강준의 인사에 최 여사가 밝게 웃으며 안쪽으로 앞서 걸어갔다. 뒤에 서 있던 강준이 그녀의 어깨를 부드럽게 감싸 쥐었다.

"많이 긴장한 것 같은데, 괜찮아?"

"네. 괜찮아요."

미소 지으며 대답했지만 여전히 긴장으로 창백해진 서원의 얼굴이 신경 쓰여 강준이 그녀의 손을 잡았다. 그가 잡아 준 손의 온기에 조금 안심한 얼굴로 서원이 강준과 거대한 거실로 향했다.

긴장하지 않으려 해도 강준의 조부인 이일도 회장은 엘른에서 근무했던 서원에겐 어려운 상대였다. 가끔씩 마주할 때마다 강준과 비슷한 위압적인 분위기를 지니고 있던 분으로 기억돼 서원은 오늘 처음으로 소개받는 이 자리가 솔직히 걱정이 됐다.

고풍스러운 인테리어의 거실 소파에 앉아 있던 이 회장이 두 사람을 보고 몸을 일으켰다.

"강준이 왔구나."

서원이 강준의 옆에 서서 그와 함께 고개를 숙였다.

"처음 뵙겠습니다."

"그래, 앉아요."

서원이 강준과 함께 이 회장 내외의 맞은편에 앉았다.

이 회장은 회사에서 볼 때와 달리 편한 차림이었다. 그 옷차림 때문인지 분위기도 그때처럼 날카롭게 느껴지지 않았다.

"강준이와 결혼한다고 들었는데."

"네. 저와 결혼할 사람입니다."

서원 대신 강준이 대답하자 이 회장이 맘에 안 든다는 듯 인상을 썼다.

"내가 너한테 물어봤어?"

까칠한 목소리와 함께 날카로운 시선이 서원에게 닿자 그녀가 침착하게 대답했다.

"네. 맞습니다. 회장님."

"그래……."

사람의 속내를 꿰뚫어 보듯 서늘하게 응시하는 눈에 서원은 긴장을 숨기고 마주 봤다. 잠시 말없이 그녀의 얼굴을 보고 있던 이 회장이 고개를 끄덕였다.

"사진보다 실물이 낫군."

"네?"

흡족한 얼굴로 중얼거리듯 하는 말을 제대로 알아듣지 못한 서원이 되물었다.

"아니네. 그럼 얼굴 봤으니 식사하지."

뭔가 질문이 많을 거라고 예상한 서원은 몸을 일으키는 이 회장을 보고 눈을 깜빡였다. 혹시 식사를 하면서 물어보시려나 생각했는데 식사 시간 내내 이 회장은 강준에게 실질적인 결혼식에 대한 것만 물어 왔다.

"거긴 안 돼. 너무 작아."

강준이 결혼식장으로 예정하고 있는 곳을 들은 이 회장은 대번 이마를 찌푸렸다.

"저희 결혼식입니다. 지나치게 화려한 건 저희 둘 다 원하지 않습니다."

"아무리 그래도 엘른의 총수가 될 사람이 그런 작은 데서 식을 올릴 생각을 해?"

강준은 엘른 호텔의 으리으리하고 큰 웨딩홀 말고 작은 홀을 하

230

나 빌려 결혼식을 할 계획이었다.

"하객 많이 부를 생각 없습니다."

"강준이 네 하객만 있는 줄 알아? 내 손님들은 밖에 서 있으란 말이냐?"

강준과 이 회장 사이에서 오고 가는 말들을 서원은 혼란스러운 기분으로 듣고 있었다.

재벌 총수와 그 손자가 나누는 대화라고 하기엔 너무나 이상한 분위기였다. 그녀는 알고 있던 이 회장과는 전혀 다른 분위기에 조금 당황한 채 식사만 하고 있었다. 그때 그녀 앞으로 접시가 밀어져 왔다.

서원이 고개를 들자 맞은편에 앉아 있는 최 여사가 은은한 미소를 짓고 있었다.

"오랜만에 솜씨 발휘를 해서 입에 맞을진 모르겠지만 많이 들어요."

서원의 젓가락이 허공에서 잠시 멈췄다.

"직접 요리하신 거예요?"

"안 한 지 워낙 오래돼서 부끄럽네."

살짝 민망한 얼굴로 우아하게 미소 짓는 최 여사를 서원이 바라봤다. 아까 들어올 때 일하는 분이 계시기에 당연히 요리도 그분들이 했을 거라고 생각했다.

"감사합니다. 잘 먹을게요."

"내가 괜히 말했나 싶네. 부담 갖지 말고 편히 들어요. 자리도 불편할 텐데 억지로 다 먹을 건 없어요."

"네. 그럴게요."

하얀 얼굴에 웃음을 지어 보인 서원이 자신 앞으로 최 여사가 밀어 준 갈비찜을 들어 올렸다.

'……10년 만인가.'

부모님이 돌아가신 후 누군가가 자신을 위해 해 준 음식을 먹는 건 처음이어서 기분이 묘해졌다.

조용히 식사를 하는 서원의 모습에 최 여사의 인자한 시선이 가만히 닿았다.

식사 내내 결혼식에 대한 이 회장과 강준의 의견 차가 좁혀지지 않았다. 그 상태로 두 사람이 서재로 들어갔다.

"저기서 무슨 결정이든 내고 나왔으면 좋겠네. 저 둘 정말 고집이 상당하죠?"

최 여사가 직접 차를 우려 정원으로 나와 테이블 위에 올렸다.

"향이 좋은 차예요. 마셔 봐요."

최 여사가 부드럽게 웃으며 서원에게 권하자 그녀가 예의 있게 고개를 숙였다.

"감사합니다. 잘 마실게요."

"나도 늘 혼자 마시는데 오늘은 상대가 있어서 좋네."

최 여사가 우아하게 찻잔을 들어 올렸다.

저물어 가는 오후, 대저택의 정원에 따스한 봄 햇살이 내려앉고 있었다. 멋지게 가꿔진 정원의 조경을 보며 서원은 강준의 집의 조경이 훌륭한 이유가 이런 모습을 늘 보고 자랐기 때문일 거라 생각했다.

"어때요? 향이 좋죠?"

"네. 무척 좋네요."

서원의 대답에 최 여사는 소녀처럼 웃었다.

“다행이네. 나는 좋아하지만 젊은 사람들 취향은 아닐까 봐 나름 고민했거든요.”

　“아뇨. 정말 좋아요.”

　빈말이 아니라는 듯 서원이 다시 강조했다. 입가에 미소를 매단 최 여사가 꽃망울이 맺힌 정원을 응시했다.

　“우린 강준이에게 미안한 점이 많아요.”

　과거를 떠올리듯 최 여사의 눈빛이 잦아들었다.

　“강준이 부모 얘긴 들었죠?”

　“네, 압니다.”

　“그래…….”

　고개를 천천히 끄덕인 최 여사가 찻잔을 매만지며 시선을 내렸다.

　“하나밖에 없는 유일한 자식이었어요. 다른 재벌가 남자들, 여기저기 밝히지 않은 자식들 많이 만들어 두고 살지만 우리 회장님은 안 그러셨어요. 그런 데에 결벽이 있다고 할까.”

　그런 이 회장의 아들이기에 그런 일을 벌일 줄은 상상도 하지 못했다. 게다가 자신의 아내가 함께 살고 있는 집에서 일하는 여성과.

　“그때 그렇게 아들 보내고 나서 나는 세상을 다 잃은 것 같았어요. 강준이가 눈에 들어오진 않았어. 손자보단 내 아들이 더 소중했거든.”

　그 정신없는 시간 속에 가장 충격을 받았을 강준을 신경 써 주지 못했다. 오히려 자신이 인식하지 못한 사이 강준에게 잔인한 상처를 줬을 수도 있었다.

　“강준이가 기억을 잃어버려서 차라리 다행이다 했어요. ……이

기적이게도 제정신이 돌아오고 나니까, 내 실수를 그 아이가 기억하고 있을까 봐 겁이 나더라고."

아주 오래전 일인데도 아직도 그때 일을 생각하면 가슴이 메는지 최 여사의 눈가가 붉어졌다.

서원은 아무 말 없이 자신의 손수건을 최 여사에게 건넸다.

"나도 참 주책이네. 고마워요."

멋쩍게 웃으며 받아 든 최 여사가 그걸로 주름진 눈가를 닦았다. 길게 한숨을 내쉬고 마음을 진정시킨 뒤에 최 여사가 다시 말을 이었다.

"이런 말을 언젠가 해 줄 상대가 나타날 거라 생각했어요. 내 부채감을 덜어 줄, 강준이를 진심으로 사랑해 줄 사람을."

세라는 아니었다. 이 회장의 생각과 달리 최 여사에게 세라는 자신의 손자를 감당하기엔 마냥 어려 보이기만 했다. 그런 세라에게 강준이 마음을 열지 못한 건 어찌 보면 당연한 일일지도 모른다.

"이제야, 내 마음의 부채감을 덜게 됐어요. 고마워요. 서원 양."

"아닙니다. 제가 감사하죠."

서원이 대답했다. 진심으로 대해 주는 최 여사에게 고마운 건 오히려 자신이었다.

진정된 듯 말간 눈빛으로 차를 마시며 최 여사가 말했다.

"우린 강준이가 누굴 선택하든 처음부터 관여하지 않기로 했어요. 그전에는 그 아이가 특별히 마음에 두는 사람이 없어서 그런 거였지만, 강준이가 사랑하는 사람이 있다면 그것만큼 좋은 일은 없죠."

어린 날의 강준에게 상처를 줬다는 죄책감에 점점 더 차가워지기만 하는 손자를 보면서도 해 줄 수 있는 일이 없었다. 강준을 그렇게 만든 게 자신인 것만 같아서.

"그러니까 우리가 강준이와 서원 양에게 바라는 건 아무것도 없을 거예요. 우린 신경 쓰지 말고 강준이와 함께 알콩달콩 살아가 주면 고맙겠어요."

최 여사가 잔잔한 미소를 짓자 서원도 마주 웃었다.

"그럴게요."

"아, 결혼식에는 우리 회장님이 참견을 좀 하실 것 같지만요."

아직도 서재에서 나오지 않는 이 회장과 강준이 결혼식 문제에서 아직 타협점을 찾지 못한 모양이라 최 여사는 후후 웃었다.

"저 정도는 이해해 줘요. 손자 결혼식을 평생 바라 오던 양반이라."

"네. 전 괜찮습니다."

"근데 저 두 사람, 정말 닮지 않았어요? 어쩌면 저렇게 조금도 물러섬이 없는지."

보통 고집이 아니라며 고개를 젓는 최 여사의 얼굴엔 미소가 떠올라 있었다. 최 여사는 정말 마음의 짐을 조금 내려놓은 듯한 표정이라 서원은 조용히 정원을 바라봤다.

기대 외의 평화로운 오후였다.

생각과 달리 이 회장이나 최 여사나 편하게 대해 줘서 서원은 안심하고 돌아올 수 있었다.

"어떻게 하기로 했어요?"

집으로 오는 차 안에서 서원이 물었다. 저녁이 되도록 서재에 박혀 안 나오던 강준과 이 회장은 둘 다 썩 좋지 못한 표정으로 나왔기 때문에 누구의 승리로 돌아갔는지 알 수 없었다.

"대부분은 회장님 뜻에 따르기로 했고, 조금만 절충하는 정도로 마무리했어."

"그랬어요?"

그러기엔 이 회장의 표정이 좋지 못했기에 서원이 의아한 얼굴로 고개를 기울였다.

"그 절충조차 절대 안 된다고 하셔서 상당히 힘들었어."

강준이 정말 지친 얼굴로 말하자 서원이 작은 입술을 벌리며 웃었다.

"그냥 져 드리지 그랬어요. 그렇게 원하시는 결혼식인데."

"아무리 그래도 결혼식을 3개국에서 할 수는 없잖아."

"네?"

강준의 바짝 좁혀 든 미간을 보며 서원이 되물었다.

"미국과 스위스, 한국. 세 번에 나눠서 하자고 하는 것만 거절한 거야. 나도 양보할 만큼 했어."

"그건 너무 거창하긴 하네요."

강준이 왜 그 오랜 시간 동안 서재에서 안 나오고 있나 했더니 그런 이유가 있던 모양이다.

최대한 간소한 결혼식을 바랐던 강준이지만 이 회장의 뜻이 그렇게 강하다면 어쩔 수 없이 그 뜻에 맞춰 줄 거라 생각했는데, 이 회장의 스케일은 너무나 컸다.

"그래서 한국에서만 하기로 한 거예요?"

"결혼식은 한국에서만 하는 대신, 피로연 파티는 미국에서도 따로 하는 걸로 합의 봤어. 거긴 당신 연구소 사람들도 있으니까."

강준이 피곤한 표정을 지었다. 이 회장이 3개국에서 결혼식을 올리지 못하는 울분을 그 결혼식 한 번에 모두 해소하려 들 테니 벌써부터 머리가 아파 왔다.

"미안해. 최대한 간소하게 하려고 했는데."

"아니에요. 어차피 한 번 올리는 결혼식인데 상관없어요."

서원이 대수롭지 않게 대답했다. 운전하며 그녀의 얼굴을 힐긋 본 강준의 눈에 의아함이 스쳐 지나갔다.

"정말 괜찮은 거야? 결혼에 부담감을 느끼기에 결혼식에도 부담을 주지 않으려 했던 거였는데."

"그거야 마음을 정하기 전까지의 일이었죠. 괜찮아요."

고민한 시간은 있었지만 강준이 프러포즈해 오기 전까지 마음의 준비는 충분히 끝냈다. 사실 마음의 준비랄 것도 없었다. 어차피 강준과 함께 있으려면 결혼이라는 방식 외에 가장 확실한 방법은 없었으니까. 그가 말했듯이.

"사실 최근까지도 당신은 내가 사는 세상과 다른 세상에 사는 사람이라고 생각했거든요."

강준의 비서로 들어갈 때까진 재벌가 후계자와 연애를 한다거나 결혼을 한다거나 하는 생각은 아예 하질 못했다.

"똑같은 사람이야. 다르지 않아."

"그러니까요. 당신과 함께 살면서 그런 생각이 많이 달라졌어요."

함께 일어나서 같이 밥을 먹고 생활하고, 그 평범한 일상을 보내는 동안 강준과 자신이 다를 것이 없다는 걸 알았다.

"그냥 선입견 같은 거였을 거예요."

"그런 선입견 때문에 날 그렇게 초조하게 만들었던 건가?"

강준의 미간이 다시 좁혀 들자 서원이 웃었다.

"이젠 그러지 않을 거예요."

신호에 걸려 차를 세운 강준이 두 팔을 느른히 핸들 위에 올린 채 서원을 바라봤다.

"……앞으론 정말 초조하게 만들지 마. 지금까지 불안했던 걸로 충분하니까."

그가 팔을 뻗어 서원의 머리칼을 매만졌다. 짙은 눈동자로 응시하는 그를 향해 서원이 곱게 눈을 접어 미소 지었다.

"안 그래요. 절대."

그 말에 안심한 듯 강준의 표정도 부드럽게 풀어졌다.

"확인시켜 줄까요?"

서원이 강준 쪽으로 몸을 기울여 한 손을 핸들에 올리고 있는 그의 얼굴을 잡고 입을 맞췄다.

신호가 끝나기 전 두 사람의 입술이 짧지만 달콤하게 서로를 확인했다.

※

이 회장의 뜻대로 한국에서 가장 화려하고 성대하게 치러질 결혼식장에 도착하자 서원은 놀랐다.

"강준 씨. 사람들이 벌써……."

예상은 했다지만 야외 결혼식이 진행될 드넓은 정원은 아직 시간이 한참 남았는데도 벌써 도착해 있는 기자들과 하객들로 시끌시끌했다. 차 안에서 그 광경을 본 서원은 초연함을 유지하기가 힘이 들었다.

"저분들 다 회장님이 초청하신 분들이에요?"

"대부분은."

강준이 미간을 좁히고 창밖을 바라봤다.

온전히 결혼식에만 집중하길 바라는 마음에서 온 김에 느긋하게 관광이나 하고 가라며 숙박시설과 비행기 표까지 모든 비용을 이 회장이 지불했다는 말은 서원에게 하지 않았다.

'바다가 보이는 완벽한 야외 결혼식장을 만들기 위해 있는 건물을 헐어 버리고 새로 건물을 세울 거다. 모든 창으로 바다가 보일 수 있는 단층짜리 건물로 지을 거고 잔디도 새로 깔고, 그리고……'

줄줄이 나열하는 이 회장의 말은 그 외에도 많았지만 강준은 거기서 끊고 알아서 하시란 말만 남기고 나왔다.

'그 결과가 이런 거였나.'

강준은 잠시 자신의 행동을 후회했지만 어차피 이 회장이 자신의 의견을 수렴할 리는 없었을 거였다.

"걱정하지 마. 내가 계속 옆에 있을 거니까."

강준이 서원의 어깨를 감싸며 말하자 그녀가 의외로 차분한 표정으로 그를 바라봤다.

"난 괜찮아요."

생긋 웃어 준 서원이 강준의 어깨에 기댄 채 창밖의 사람들을 바라봤다.

처음 규모를 보고 놀랐지만 금세 적응이 됐다. 어지간한 규모는 넘어설 것이라고 예상하긴 했으니.

마치 큰 지역 축제가 벌어진 것처럼 슈트와 드레스 차림의 사람들이 벌룬과 플라워로 장식된 거대한 정원에서 웃고 있었다.

뷔페식으로 진열된 음식들과 예쁜 핑거 푸드들, 그리고 샴페인부터 위스키까지 다양하게 준비된 음료와 술들까지. 이 회장이 얼마나 아낌없이 이 결혼식에 돈을 쏟아부었는지 알 수 있었다.

거대한 부지에서 곧장 건물 내부로 이어지는 통로가 있는 곳에 차를 세우고 강준과 서원이 내렸다.

"기다렸습니다."

정중하게 인사한 직원이 두 사람을 유럽식으로 건축한 건물 안으로 이끌었다.

"이곳이 신부 대기실입니다. 안에서 잠시 기다리시면 저희 직원들이 모든 걸 진행해 드릴 테니 편하게 앉아 계시면 됩니다."

"네. 부탁드릴게요."

직원에게 인사한 서원이 소파 위에 앉았다.

"부사장님은 옆의 대기실에서 준비 도와 드리겠습니다."

"잠시 혼자 있을 수 있어?"

"당연하죠."

서원이 긴장하지 않은 얼굴로 웃어 보이자 그녀의 표정을 확인한 강준이 뺨을 한 번 어루만지고는 미소 지었다.

"잠깐만 있어. 곧 올 테니."

강준과 직원이 대기실을 나가자 얼마 지나지 않아 웨딩드레스가 걸린 행거를 밀고 여러 명의 여자들이 들어왔다.

"지금부터 저희가 최고의 신부로 만들어 드리겠습니다."

그들은 유명 메이크업 아티스트들답게 조금의 실수도 없이 장담한 대로 서원을 최고의 신부로 만들어 주고 있었다. 모든 작업이 끝나자 거울 앞에 서원을 세웠다.

"피부가 워낙 좋으셔서 저희가 손댈 곳이 거의 없었어요. 그리고 드레스는 한서원 씨를 위해 특별히 제작된 가브리엘 디자이너 작품인데 마음에 드세요?"

"네. 마음에 들…….."

거울 속의 자신을 보며 서원이 대답하려는데 문이 열렸다.

"강준 씨."

마침 들어온 강준이 서원을 보고 멈칫했다.

여린 어깨와 기다란 목선을 드러낸 화사한 순백의 드레스가 몸의 라인을 따라 유려한 곡선으로 흐르고 있었다. 아래에서 넓게 펼쳐진 드레스 자락에 눈이 부실 정도로 반짝이는 작은 보석들이 촘촘하게 달려 있었다.

턱시도 차림의 강준이 멈춰 선 채 그녀를 바라보고 있었다.

"이상해요? 난 괜찮은 것 같은데."

강준이 말없이 쳐다보고만 있자 서원이 자신의 드레스를 살폈다. 숨을 멈춘 듯 보고만 있던 강준이 숨 쉬어야 한다는 걸 그제야 깨달았다는 듯 길게 숨을 내쉬었다.

"정말 사람 놀라게 하는군."

미간을 좁힌 그가 서원에게 다가왔다.

"큰일인데. 이렇게 아름다운 신부를 겁나서 누구에게 보이라고."

강준의 농담 같지 않은 표정을 본 서원이 눈을 곱게 접으며 웃었다.

"그런 거였어요? 난 또, 마음에 안 드는 줄 알고."

"설마."

강준이 느른한 미소를 짓고는 서원에게서 시선을 떼지 못했다. 물론 잘 어울릴 거라 생각했지만 막상 눈앞에서 보니 아찔할 정도로 아름다운 모습에 숨쉬기가 괴로울 정도였다.

강준이 팔을 뻗어 그녀의 얼굴을 어루만졌다.

"……최고로 예뻐. 한서원."

"당신도 최고로 멋져요."

서원이 곱게 화장한 얼굴로 미소 지었다.

강준의 반응에 뒤에 서 있던 아티스트들도 그제야 안심한 얼굴로 걸음을 옮겼다.

시간이 지나자 식장에 사람들은 더 많이 모였다. 그 안에서 하객들에게 인사를 하고 있는 강준을 서원의 시선이 좇았다.

"이제 슬슬 도착할 땐데."

서원이 벽시계를 잠시 바라보고는 테이블 위에 놔둔 휴대폰을 응시했다.

휴대폰을 들어 올리는 순간 노크 소리가 들렸다. 문이 열리자 직원의 안내를 받은 도원과 진주가 서 있었다.

"누나."

"서원아!"

반갑게 부르며 들어오는 진주와 도원을 서원이 환히 웃으며 반겼다.

"와 줘서 고마워."

"고맙긴. 청첩장 가장 먼저 받았는데 당연히 와야지."

"도원이도. 밤에 자기에 불편하지 않았어?"

"엘른 호텔인데 불편할 리가."

도원이 어깨를 으쓱였다.

결혼식 당일에 편히 올 수 있도록 하객 중 가까운 친지나 지인들은 엘른 호텔에 머물게 했다. 유일한 가족과 친구라고 가장 좋은 룸으로 배정한 건 자신이 아니라 강준의 뜻이었다.

"근데 누나 진짜……."

서원의 드레스 입은 모습을 위아래로 훑어보던 도원이 괜히 콧등을 매만졌다.

"……예쁘긴 하네."

도원이 울컥한 무언가를 참아 내는 듯 고개를 돌리자 진주가 장난스럽게 도원을 따라갔다.

"너 설마 우니? 얘가 참 마음이 약해서 큰일이네. 우리 도원이 울어? 우쭈쭈 해 줄까?"

"최진주!"

얼굴을 붉히는 도원의 얼굴을 진주가 재미있다는 듯 뺨을 잡고 죽 늘렸다.

"좋은 날엔 웃는 거야. 도원아. 자, 뚝!"

"자꾸 까분다, 너."

진주의 손을 털어 내고 다시 서원 쪽으로 몸을 돌린 도원이 환하게 웃었다.

"정말 축하해. 누나."

도원의 붉어진 눈에 서원의 눈도 붉어졌다. 그걸 본 진주가 도원의 팔을 꼬집었다.

"아야."

"너 진짜 서원이 울려서 저 예쁜 화장 지워지기만 해."

"괜찮아. 고쳐 주시는 분 계시니까."

서원이 괜찮다고 말했지만 진주는 비장한 표정으로 도원을 쿡쿡 찔렀다.

"그래도 수정 화장은 지금처럼 완벽하지 않을 수도 있잖아. 조심하라고. 한도원."

"알았어. 안 그럴게."

진주가 찔러 대자 도원이 불퉁하게 대답했다. 오랫동안 알고 지낸 사이라 마치 자신보다 더 친남매처럼 보이는 두 사람을 서원이 살짝 젖은 눈으로 바라봤다.

그때 다시 문이 열렸다.

"아, 강준 씨."

강준이 들어오자 얼마 전 다 같이 만났던 진주와 도원이 돌아봤다.

"와 주셔서 감사합니다."

강준이 정중하게 인사하자 진주도 마주 인사했다.

"결혼 축하드려요."

"축하드립니다."

"감사합니다."

근사하게 미소 짓는 턱시도 차림의 강준을 보며 진주가 서원에게 중얼거리듯 말했다.

"……한서원 넌 정말 전생에 나라를 구한 게 틀림없어."

소개받을 때 강준의 실물을 보고 진주가 했던 말을 다시 하자 서원이 웃었다.

"나라를 구한 건 저겠죠."

강준이 서원의 어깨를 다정하게 감싸며 내려다봤다. 꿀이 떨어질 것 같은 달콤한 시선에 진주가 미간을 찌푸렸다.

"여기서 염장을 지르시는 건 좀 자제해 주시죠. 저 외로워지거든요."

"너도 이따가 부케 받으면 결혼할 상대 생길 수도 있잖아."

서원의 부케를 받기로 예정되어 있는 진주에게 도원이 말하자 그녀가 휙 돌아봤다.

"3년 안에 안 생기면 시집 못 가는데?"

"좀 모험이긴 하네. 그 성질을 받아 줄 남자가 기적같이 3년 안에 나타나지 않는 이상…… 아야!"

진지한 얼굴로 중얼거리는 도원의 등을 진주가 찰싹 때렸다.

"모험은 무슨 모험? 3년 안에 내가 결혼 못 하면 너를 끌고서라도 식장에 들어갈 거니까 그런 줄 알아."

"내가 왜 너랑?"

티격태격하는 두 사람을 강준과 서원이 보고 있었다. 문득 도원과 시선이 마주치자 강준이 말했다.

"덕분에 서원이 만나게 된 거 늘 고맙게 생각하고 있습니다. 다시 한 번 감사드립니다."

얼마 전 만났을 때도 감사를 표했던 강준이었다. 그가 다시 말하자 도원이 서원을 쳐다봤다. 복잡한 심경으로 서원을 잠시 보고 있던 도원이 말했다.

"전 누나가 저 대신 들어간 줄은 정말 모르고 있었어요. 솔직히 미리 알았다면 어떻게든 뜯어말렸을걸요."

"그랬더라도 어떻게든 서원이를 찾았을 겁니다."

미소 지으며 말했지만 강준의 눈동자가 진지하게 빛나고 있었다. 그 눈이 얼마나 자신의 누나를 사랑하는지 보여 주는 걸 알기에 도원도 결국 고개를 끄덕였다.

"알아요. 결국 인연은 어떻게든 이어지게 되어 있죠. 두 사람은 제가 매개체가 된 것뿐이고요."

강준이 싱긋 웃으며 도원의 어깨를 두드렸다.

"그 매개체가 되어 준 것 평생 후회하지 않도록 할 겁니다. 믿어도 됩니다."

"이미 충분해요."

도원은 벌써 강준에게 이런저런 도움을 받고 있었다. 자신이 거부한다고 해도 서원을 통해 어떻게든 자신에게 돌아올 거라는 걸 몇 번의 경험으로 알았기에 거부도 무의미했다.

일단 받고는 있지만 점점 도를 넘어서려 하는 강준 때문에 슬슬 걱정이 되고 있었다.

"아, 곧 시작하겠다. 그럼 저희 먼저 나가 있을게요. 서원아. 긴장하지 말고, 파이팅!"

"응. 그래."

진주가 서원을 향해 주먹을 꽉 쥐어 보이자 도원도 옆에서 응원하듯 같이 주먹을 쥐고 흔들었다.

"누나. 긴장하지 말고."

"걱정 마."

그녀의 미소에 도원도 같이 미소를 지었다. 진주가 도원을 데리고 밖으로 나갔다.

그들이 나가는 것과 동시에 박 실장이 들어왔다.

"부사장님. 준비 다 되셨습니까."

서원의 시선이 그에게 향했다.

"실장님."

서원이 환하게 웃었다. 그녀의 모습을 본 박 실장도 웃으며 다가왔다.

"결혼 축하드립니다. 제가 본 신부 중에 가장 아름다우십니다."

"……고마워요."

박 실장의 축하에 서원은 코끝이 찡해졌다. 방금 전 겨우 참고 넘긴 눈물이 다시 맺히자 강준이 박 실장에게 말했다.

"곧 나갈 테니까 먼저 나가 있어요."

"네."

박 실장이 밖으로 나가자 강준이 자신의 행커치프를 꺼내 서원의 눈물을 닦아 냈다.

"다른 남자를 보기만 해도 질투하는 날 앞에 두고, 다른 남자 때문에 울고 싶나?"

"좀 전에…… 도원이 보았을 때도 겨우 참았거든요. 근데 박 실장님 보니까 왠지 울컥했어요."

서원이 물기 젖은 눈을 달콤하게 접자 강준이 진지한 시선으로 내려다봤다.

"그 울컥도 나에게만 해."

"알았어요. 강준 씨."

눈물이 맺힌 눈으로 환하게 웃는 그녀의 턱을 살짝 들어 올린 그가 고개를 기울였다. 서원의 입술에 살짝 키스한 그가 고개를 들어 시선을 맞췄다.

"나와 결혼해 줘서 고마워."

"나도…… 고마워요."

서원의 눈에 다시 반짝이며 번지는 눈물에 그가 입술로 그녀의 눈에 도장을 찍듯 지그시 눌렀다.

"사랑해."

강준이 두 팔로 그녀를 품에 안으며 낮게 속삭였다. 귓가에 닿는 목소리에 서원이 눈물이 맺힌 속눈썹을 천천히 내리깔았다.

"사랑해요."

서원의 속삭임과 함께 창밖에서 웨딩 송이 흘러 들어오기 시작했다.

The End

외전 1

「클로에!」

레나가 공항에서 반갑게 두 팔을 펼쳐 서원을 안았다.

「잘 지냈어요?」

서원도 환하게 웃으며 레나를 마주 안았다.

「클로에만 하겠어? 아, 이제 클로에라고 부르면 안 되지?」

미국에선 결혼한 뒤에 호칭이 달라지는 것을 염두에 둔 레나가 눈을 깜빡였다.

「그냥 클로에라고 불러요. 한국에선 결혼 후에 호칭이 바뀌지 않거든요.」

서원이 결 좋은 머리칼을 쓸어 넘기며 대답했다.

「아, 그래? 그럼 난 편하네. 일단 짐부터 실을까?」

「네.」

레나가 앞서 걷자 서원이 캐리어를 실은 카트를 밀며 따라갔다.

공항 주차장에 세워 둔 레나의 차에 짐을 실은 뒤 조수석에 올랐다.

「용케 네 남편이 허락했네?」

레나의 말에 벨트를 매던 서원이 고개를 돌렸다. 쨍한 햇빛 때문에 선글라스를 낀 레나가 싱글거리고 있었다.

「난 그때 네 남편 보고, 솔직히 다시 연구실 복귀하긴 힘들겠다 싶었거든.」

「아아.」

미국에서 했던 피로연에 앞서 강준은 레나를 따로 만났다.

'그때 이 사람이 있는 곳 알려 주셔서 감사했습니다. 레나가 아니었다면, 이렇게 둘이 함께 있을 순 없었을 겁니다.'

그렇게 말하는 강준의 눈에서 엿본 진실함에 레나도 내심 안도를 했었다.

「그때 내가 그 호텔 주소 알려 주고도 걱정 많이 했어. 다행히 너랑 곧 연락이 되긴 했지만…….」

혹여 자신이 괜한 짓을 한 것일지도 모른다는 생각과, 만에 하나 그녀에게 무슨 일이 생기면 어쩌나 하는 걱정에 레나는 연락이 닿기 전까지 편히 잠을 이룰 수가 없었다.

「알아요. 고마워요. 레나.」

서원이 옅은 미소를 지으며 말하자 운전하던 레나도 싱긋 웃었다.

「뭐. 결과적으로 내가 사랑의 큐피드가 된 거니까 만족해. 너를 보는 그 남자 눈에서 어찌나 꿀이 떨어지는지 한국에서 절대 널 못 놔주겠다 싶었거든.」

그때 서원이 대강 설명했기에 강준과 얼마나 애틋하게 이어진 관계인지 레나도 알 수 있었다. 그래서 서원이 다시 연구소로 복귀한다는 말을 했을 때 놀랐다.

「내 일에 대해 이해해 주는 남자예요.」

「그건 다행이긴 한데…… 넌 힘들지 않겠어? 아직 신혼이잖아.」

결혼한 지 1년도 되지 않았으니 한창 깨가 쏟아질 때였다. 그런데 지구 반대편에서 지내겠다니.

「이번 프로젝트가 끝나려면 2년 정도는 못 돌아갈 텐데. 그건 알지? 정말 괜찮겠어?」

「…….」

레나의 질문에 서원은 그저 작게 미소만 짓고 있었다. 그 표정을 힐긋거리던 레나는 대강 대답을 알 것 같아서 고개를 끄덕였다.

「다 이해해 준다는 거구나. 그래. 사랑으로 이어진 연대와 공감, 그런 거 좋지.」

혼잣말처럼 중얼거린 레나가 인상을 썼다.

「난 전혀 이해 못 하겠지만 세상엔 실제로 그런 게 있긴 할 테니까.」

강준을 처음 봤을 때 애틋한 눈빛으로 연구소 건물을 바라보고 있던 그 모습을 레나는 아직도 기억하고 있었다. 그 모습을 보고 잠시 누군가를 사랑해 보고 싶다는 생각을 하기도 했더랬다. 잠깐이었지만.

「그 사람, 생각보다 이해심 많아요.」

「응. 그래. 오죽하겠니.」

서원의 말을 흘려 넘긴 레나가 운전하며 차창을 열었다.

「날 좋다.」

「네. 좋아요.」

차창 밖으로 한 손을 뻗어 낸 레나의 말처럼 쭉 뻗은 2차선 도로에 구름 한 점 없는 파란 하늘이 끝도 없이 이어져 있었다. 오랜만에 보는 캘리포니아다운 풍경에 서원의 얼굴에 옅은 미소가 떠올랐다.

✼

연구실의 숙소로 들어온 서원이 휴대폰을 귀에 가져갔다.

— 잘 도착했어?

귓가를 간질이는 목소리에 서원이 입술 끝을 둥글게 말아 올리며 침대 위에 걸터앉았다.

"네. 지금 숙소 들어왔어요."

— 피곤하겠군.

"괜찮아요. 아직 안 잤어요?"

한국은 자정에 가까운 시간이었다. 시계를 힐긋 확인한 서원이 묻자 그의 느른한 웃음소리가 들려왔다.

— 잘 도착했는지 확인하기 전엔 잠이 올 것 같지 않아서.

걱정이 어린 목소리에 먼 거리를 비행하느라 지친 서원의 마음이 따스해졌다.

"고마워요. 내 부탁 들어줘서."

연구소로 복귀하는 건 그도 찬성한 일이었지만 다른 쪽으로 문제가 있었다.

기사가 딸린 차와 연구소에서 가까운 저택, 거기서 일해 줄 사람들과 경호원들까지 대동하는 게 강준이 요구하는 최소한의 조건이었다.

'일할 땐 예전에 연구소에서 하던 대로 생활하고 싶어요.'

'그럼 최소한 기사와 차까지는 양보해. 미국에서 차 없이 지내기는 힘들어.'

'알아요. 하지만 당신 만나기 전까진 그렇게 생활했고……. 그러니까 괜찮아요. 걱정해 주는 건 알지만, 정말 괜찮아요. 강준 씨.'

서원이 왜 그리 고집을 부리는지 강준은 이해하지 못하는 얼굴이었지만 결국 그녀의 뜻에 따르기로 했다

'대신 연락은 자주 해야 해. 내가 그 선택을 후회하지 않게 하려면 그건 지켜 줘. 부탁이야.'

걱정이 가득 담긴 눈동자로 응시하며 강준이 그렇게 말했다. 그가 그렇게 자신의 뜻을 굽히고 양보해 준 것에 서원은 고마움을 느끼고 있었다.

— ……알아. 피곤할 텐데 쉬어.

"응. 당신도 쉬어요."

다정한 목소리에 서원이 안심한 얼굴로 전화를 끊었다.

서원이 휴대폰을 잠시 내려다봤다. 사실 너무 고집을 부린 게 아닌가 후회감도 들었다. 원거리 생활만으로도 이미 많은 이해를 바라는 일인데 거기에 더해 그의 걱정을 줄여 줄 방법들을 택하지

않았으니까.

하지만 적어도 일을 할 때엔 초심의 자세를 지키며 하고 싶었다. 그가 주는 안락함에 기대어 조금이라도 일에 해이해질까 봐 두려웠다. 그 부분을 말로 하진 않았지만 아마 강준도 알아챘기에 이해해 준 것이리라.

"그러니까 열심히 해야지."

혼잣말처럼 중얼거린 서원이 침대에서 몸을 일으켰다.

"내가 선택한 거니까."

서원이 표정을 바꿔 문 앞에 세워 뒀던 캐리어를 열고 짐을 정리하기 시작했다.

✳

강준은 서재에 앉아 있었다. 한 손에 위스키 잔을 든 그가 천천히 입술 안으로 흘려보냈다.

그의 시선은 책상 위에 놓인 휴대폰에 닿아 있었다.

공항에서 배웅해 줄 때만 해도 웃는 얼굴을 유지할 수 있었다. 방금 전 통화 때도 그랬다.

"속은 전혀 아닌데."

낮게 중얼거린 그의 눈빛이 깊이 가라앉아 있었다.

결혼하기 전부터 자신의 일로 복귀하려는 서원의 의사를 존중해 주기로 했다. 그녀의 뜻에 따라 주는 것이 당연하고, 자신의 일이 자신에게 중요한 만큼, 그녀의 일도 그녀에게 중요할 테니까.

하지만 그녀의 부재에서 오는 고요는 예상보다 훨씬 컸다.

'보고 싶어도 세 달 동안은 만나러 오지 말아 줘요. 당신 보면 내가 마음을 못 잡을 것 같아서 그래.'

서원은 군대 훈련소 들어갔다고 생각하고 그 시간을 참아 달라며 웃는 얼굴로 말했지만, 눈빛은 안타까울 정도로 슬퍼 보였다. 그래서 차마 자신의 서운함을 말할 수는 없었다. 그게 그녀를 위하는 일이어서.

"……버틸 수 있을까. 내가."

고작 하루 지났을 뿐인데 벌써 참을 수 없도록 그리운 이 마음을 숨기고 계속 좋은 남편 역할을 할 수 있을까.

보고 싶은 마음을 참는 건 과거에 충분히 한 줄 알았는데 다시 그 마음을 참아 내야 하는 상황이 되다니.

강준이 어두워진 얼굴로 잔을 입으로 가져갔다. 시선은 여전히 휴대폰에 향해 있었다. 마치 서원인 것처럼 휴대폰을 응시하는 그의 표정에서 애절함이 묻어났다.

「클로에.」

계단을 내려오던 서원이 고개를 돌렸다. 화장기 없는 얼굴로 까만 머리칼을 하나로 그러모아 단정히 묶은 서원은 흰 가운 주머니에 한 손을 찔러 넣고 있었다.

레나가 계단을 내려와 서원의 어깨에 손을 올렸다.

「밥 먹으러 가는 거야?」

「좀 자려구요.」

피곤이 완연한 서원의 얼굴을 마찬가지로 다크서클이 짙게 내려온 얼굴을 한 레나가 마주 봤다.

「난 잠도 급하지만 일단 위장에 뭘 좀 넣어야 될 거 같아서. 공복에 위액 역류하면 골치 아프니까. 클로에도 하루 종일 안 먹지 않았어?」

「아…….」

그러고 보니 며칠째 연구실에 박혀 있는 통에 마지막 끼니가 언제인지 기억도 가물가물했다. 서원의 표정을 보고 알아챈 레나가 그녀를 잡아끌었다.

「일단 같이 위장에 뭐든 밀어 넣자.」

벌써 28시간째 잠들지 못하고 있었다. 입맛이 있을 리가 없지만 서원은 레나의 말에 거부하지 못하고 함께 식당으로 향했다. 아는 얼굴들에 눈으로 인사하고 식판을 들고 창가 자리에 앉았다.

억지로 잠을 떨쳐 내며 포크질을 하는 서원에게 레나가 말했다.

「오랜만에 이런 생활 하려니까 적응하기 힘들지?」

「괜찮아요.」

서원이 피곤함을 누르며 미소를 지어 보였다. 힘들고 말고 할 것도 없었다. 잠잘 시간도 없이 연구에 몰두하는 것도 익숙한 일이었고.

「하긴 이렇게 바빠서야 다른 생각할 틈도 없겠네. 남편이 서운해하겠다.」

「그 사람도 그럴 틈 없을 거예요.」

「그래?」

「네. 저보다 더 바쁠걸요.」

실질적인 직함은 아직 사장이었지만 이미 모든 후계 작업이 끝난 상태였다. 엘른 총수로서 챙길 일이 부사장 시절과는 비교가 안 될 거였다. 게다가 일에 있어서 얼마나 완벽주의인지 잘 알고 있으니까.

「서로 자기 일에 열심인 모습은 보기 좋네. 아직은 애가 없어서 그럴 수도 있겠지만. 어쨌든 클로에가 계속 팀에 있어 주는 게 나에게도 좋으니까.」

레나가 커피를 물처럼 들이켜며 어깨를 으쓱였다.

그렇게 커피를 마시면 애써 위장을 보호하려고 음식을 넣은 일이 무의미하지 않을까 걱정됐지만 어차피 카페인에 있어선 서원의 말을 들을 레나가 아니었다.

「그럼 잠깐 눈 좀 붙이고 올라갈게요. 레나는 바로 올라갈 거예요?」

「응. 난 카페인발로 좀 더 버텨 보려고. 먼저 올라갈게.」

퀭한 얼굴로 손을 휘젓는 레나와 헤어진 서원이 숙소로 넘어왔다. 연구소 건물과 멀지 않은 곳에 있는 숙소로 이동하는 그사이, 깜빡 졸 만큼 피로가 밀려들고 있었다.

탁.

문을 닫자마자 눈앞이 어질어질했다. 가운만 벗어 의자 위에 걸어 두고 그대로 소파 위에 쓰러지듯 누웠다.

"하아……."

손을 눈두덩 위에 올린 서원의 입술에서 미약한 한숨이 새어 나왔다.

레나에게 말했듯이 일이 힘들진 않았다. 중요한 연구가 이어지며 잠시도 방심할 수 없을 만큼 정신없이 몰두해야 하는 나날에도 크게 힘든 건 없었다. 다만.

"······강준 씨."

저절로 입 밖에 나온 이름에 콧등이 찡해졌다.

'약해지면 안 돼.'

주문처럼 외워 보지만 한번 불러낸 이름은 가슴을 온통 그로 가득 차게 만들었다. 다른 건 다 참을 수 있었지만 이 그리움만은 도저히 조절이 되지 않았다.

익숙해져야 하는 걸 알면서도 쉽지 않았다. 통화를 하면 더 보고 싶은 마음에 힘이 들어 통화조차 자주 할 수가 없었다.

목소리를 들으면 보고 싶고, 보고 싶은 마음이 주체가 되지 않을 정도로 커져 버리면 애써 다잡은 마음이 금방 다시 무너질까 봐 두려웠으니까.

결혼 후 연구소에 복귀했다가, 가정을 지키기 위해 결국 연구소를 그만둔 팀원이 몇몇 있었다. 그때는 그 심리를 이해하지 못했다. 결혼은 결혼이고 일은 일이라고 생각했으니까.

하지만 막상 자신이 그런 입장이 되고 보니 그 팀원의 결정이 진심으로 이해가 됐다.

'내 결정이 정말 옳았을까?'

어느 순간부터 자신도 모르게 그런 고민을 하고 있었다. 고작 한 달도 참지 못하고 이렇게 보고 싶어서 힘이 들 줄 알았더라면, 좀 더 고민해 보는 게 낫지 않았을까? 하고.

'이럴 줄 알았으면 세 달 동안 오지 말라는 말, 하지 말걸.'

하루에도 무수히 그런 후회를 했다. 하지만 이런 생각을 한다는 것 자체가 그 말은 반드시 해야 했던 말이었다는 반증이었다.

지금 이 상태에서 그를 본다면 분명 무너지고 말 테니까.

'꿈에서라도 봤으면.'

서원이 깊이 숨을 들이켰다. 차오른 눈물이 흐르지 않도록 두 눈을 꼭 감았다.

「좀 더 자지 왜 벌써 나왔어.」

서원이 자고 온다고 한 지 3시간도 안 되어 다시 돌아오자 레나가 타박하듯 말했다.

「잠깐 자서 그래도 좀 충전이 됐어요.」

서원이 웃으며 자리에 앉았다. 핏기 없는 그녀의 얼굴을 유심히 보던 레나가 미간을 슬며시 좁혔다.

「울었어? 눈이 빨간데.」

「아닌데……. 자다 일어나서 좀 충혈됐나 봐요.」

서원이 멋쩍은 미소를 지으며 두 손으로 머리칼을 다시 정리해서 묶었다.

그녀의 옆자리인 레나는 뭔가 말하려다가 입을 다물고 보고 있던 자료로 시선을 옮겼다.

'모르는 척해 주는 게 낫겠지.'

한창 좋을 때 이렇게 멀리 떨어져 지내는데, 남편이 보고 싶지 않을 리가 없었다. 게다가 서원이 평생을 얼마나 외롭게 살아왔는지 잘 알고 있는 레나였기에 충분히 그 마음을 이해했다.

그럼에도 애써 웃는 얼굴만 보여 주려 하는 서원을 배려해 레나는 늘 보고도 그냥 넘어가곤 했다. 오늘처럼.

「그럼 보스 오기 전에 이것만 마무리하고 들어가자. 우리도 사람인데 좀 쉬어야지.」

「그래요.」

학회에 일차적으로 보고할 논문에 필요한 임상실험 결과를 분

류하는 중이었다. 사례대로 정리한 뒤 나머지 팀원들에게 넘기고 퇴근할 생각이었다.

조금만 더 버티면 된다는 생각에 다시 카페인으로 손을 뻗던 레나가 문득 창밖을 바라봤다.

「어…….」

움직임을 멈춘 레나가 혼잣말처럼 흘린 말에 서원이 고개를 돌렸다.

「왜 그래요?」

「아니, 아무것도 아니야.」

어깨를 으쓱인 레나가 그대로 다 식은 커피를 꿀꺽꿀꺽 마셨다.

대수롭지 않게 생각한 서원이 책상 위로 시선을 옮기자 레나가 흘긋 보고는 다시 창밖을 바라봤다.

……꿀꺽.

커피를 크게 삼킨 레나가 슬그머니 책상 위에 커피 잔을 내려놨다.

'또 난감하게 만드네. 저 남자가.'

자료에 시선을 박은 레나가 미간을 좁혔다.

분명 몇 년 전, 저 자리에 서 있던 남자가 같은 자리에 그때처럼 서 있었다. 남자는 눈이 마주치자마자 싱긋 웃으며 제 입술 앞에 손가락을 세워 가져갔다.

'클로에에게 말하지 말라는 거지?'

그 의미를 알아챈 레나는 그의 뜻에 따를 수밖에 없었다.

'깜짝 이벤트를 내가 망칠 순 없으니……. 근데 이 부부는 왜 매번 날 사이에 두고 이러는 거야?'

인상을 쓴 레나가 곁눈질로 서원을 바라봤다. 아무것도 모르고 일에 열중한 그녀의 혈색 없는 얼굴을 보니 입이 근질거렸지만 꾹 참았다.

　퇴근 뒤의 그녀의 감동을 위하여.

　'좋겠네. 클로에.'

　레나는 서원의 행복한 저녁을 상상하며 혼자 조용히 웃음을 흘렸다.

　다음 날 출근한 서원에게 레나는 얼른 다가갔다.

「즐거운 시간 보냈어?」

「네? 뭘요?」

　서원이 의아한 표정으로 눈을 깜빡거렸다. 잠시 당황한 레나가 빠르게 태세 전환을 했다.

「오랜만에 잠 좀 푹 잤냐는 거지. 한동안 제대로 못 잤잖아.」

「네. 잘 잤어요. 레나도 좀 쉬었어요?」

「어. 나도 뭐…….」

　레나가 안경을 추켜올리며 그녀의 표정을 살폈다.

　'거짓말하는 것 같진 않은데.'

　행복을 감추는 얼굴 같지도 않고.

　자리로 걸어가는 그녀의 뒷모습을 보던 레나가 고개를 갸웃거렸다. 오랜만의 만남 뒤에 당연히 뜨거운 밤이 있었을 것이고, 혈색 없던 얼굴에 윤기가 반지르르 흐를 것이라는 예상과 다르게 서원의 얼굴은 여전히 초췌해 보였다.

　'이상하네. 대놓고 물어볼 수도 없는 노릇이고.'

　물어봤다가 어제 왜 말을 안 해 줬냐고 하면 곤란하고, 만약 그 남자가 아직도 서프라이즈를 준비 중이라면 애써 준비한 이벤트가 엉망이 될 것이다.

'혹시 내가 헛것을 봤나?'

인상을 쓰고 창밖으로 시선을 돌린 레나가 멈칫했다.

'있잖아?'

어제 그 자리에 그 남자가 서 있었다. 이쪽 창문을 올려다보고 있던 그와 시선이 마주치자 레나가 눈을 커다랗게 떴다. 그는 여전히 옅은 미소를 지으며 자신의 입술에 손가락을 세웠다.

'아직 말하지 말라고?'

그 손가락의 의미는 그렇게밖에 생각할 수 없었다. 레나는 미간을 찌푸리고 코트 차림의 남자를 잠시 내려다봤다.

'도통 이해가 안 되네.'

왜 여기까지 와선, 하루하루가 소중할 텐데 만나지 않고 저러고 있는 거야?

「클로에.」

「네?」

서원이 자신 쪽으로 고개를 돌리자 레나가 눈을 가늘게 뜨고 물었다.

「남편 잘 있지?」

「네. 그야……. 그런데 그건 왜 물어보세요?」

「그냥 갑자기 궁금해져서. 혹시 어젯밤에도 통화했어?」

「아뇨. 어젯밤엔 통화 못 했어요.」

「그럼 혹시 한국에서 무슨 연락은 안 왔지?」

「무슨 연락이요?」

「……아니야. 아무것도.」

레나가 고개를 절레절레 저었다. 혹 자신이 어제부터 보고 있는 건 이 세상 존재가 아닌 것이 아닌가 하는 말도 안 되는 생각이 잠시 들었지만, 그랬다면 분명 아내인 그녀가 연락을 받았을 거니까.

'내가 왜 이런 생각까지 해야 되냐고.'

복잡한 생각에 미간에 주름을 세운 레나가 창밖을 힐끔거렸다.

왜 자길 매번 이렇게 힘들게 하냐고 불만스러운 마음을 담아 쳐다보고 있는데 그 남자의 표정이 마치 그때 같다는 생각이 들었다. 우뚝 서서 애틋한 눈빛으로 창문을 보고 있는 남자의 모습에 레나는 뾰족한 마음이 사그라들었다.

'뭔가 이유가 있겠지.'

만나지 못하고 저러고만 있는 이유가.

창에서 시선을 돌린 레나는 짧게 한숨을 내쉬고 연구 모드로 들어갔다.

✳

몇 년 전 서 있던 동양인 조각상이 또 같은 자리에 서 있다는 소문이 심심찮게 들려왔지만, 서원은 모르는 듯했다. 아예 그 남자가 여기 있다는 사실조차 모르는 듯한 모습이었다.

서원은 여전히 혈색이 안 좋았고, 바쁜 와중에도 종종 어두운 얼굴로 한숨을 내쉬었다. 그 모습을 볼 때마다 레나는 네 남편 여기 있어, 라는 말이 목구멍까지 치밀어 오르곤 했다.

「근데 클로에 남편은 왜 아직 소식이 없어? 한 번 올 때도 되지 않아? 그렇게 바쁜가?」

지나가듯 묻는 말에 그녀는 시선을 내려뜨리고 흐리게 웃었다.

「제가 당분간은 오지 말아 달라고 했어요.」

「클로에가? 왜?」

「약해질까 봐요.」

그녀의 말이 무슨 의미인지 아는 레나는 입을 다물었다.

'그랬구나…….'

레나는 이제야 의문이 풀린 기분이었다. 서원은 이곳에서의 생활에 적응하기 위해 찾아오지 말아 달라고 했고, 그래서 그녀의 남편은 그 말을 지키기 위해 멀찍이서 보고 있는 거였다.

그렇게 말한 서원의 심정을 너무 잘 알겠기에 레나는 더 묻지 않았다. 만날 땐 반갑고 좋겠지만 다시 한국으로 남편이 떠나고 난 후의 고독은 그 전보다 더 심해질 거였다.

'겨우 적응해 나가던 것도 처음부터 다시 시작일 거고.'

분명 그 남자도 서원의 그런 마음을 배려해서 여기까지 왔으면서도 그녀 앞에 나타나지 않는 거겠지.

'남의 연애인데 왜 이렇게 애틋하냐. 보는 사람 마음 아프게.'

안경을 고쳐 쓴 레나가 한숨을 포옥 내쉬었다. 창밖에 조각상처럼 서 있는 남자가 그 전과는 달리 안쓰러워 보였다.

늦은 시간에 숙소로 돌아가는 서원의 걸음은 지쳐 있었다. 천천히 걸어가는 그녀의 뒤에 강준의 시선이 따라붙었다.

그녀의 하얀 가운 위로 달빛이 쏟아져 내렸다. 하나로 올려 묶은 머리칼 아래로 기다란 목선이 보였다. 피로에 물든 그녀의 모습을 멀리서 보는 강준의 눈빛이 깊어졌다.

그저 잘 지내는 모습만 보면 될 줄 알았는데. 멀리서라도 볼 수만 있다면 그걸로 족할 줄 알았는데…….

보고 싶은 마음을 이기지 못해 여기까지 찾아왔지만 그건 생각보다 어려운 일이었다.

지쳐 보이는 하얀 얼굴을 볼 때마다 금방이라도 쓰러질 것 같은 작은 몸을 끌어당겨 자신에게 기대게 하고 싶은 욕심을 꾹 눌러 참아야만 했다.

무엇보다 그토록 보고 싶던 얼굴을 가까이에서 마주 보고 싶은 충동을 참아 내기란 그에겐 너무나 어려운 일이었다.

하지만 그 무엇보다 서원과의 약속을 중요하게 생각하고 있는 그였다. 강준은 시야에서 그녀가 완전히 사라질 때까지 그 자리에서 움직이지 않았다.

"후."

서원이 숙소 건물로 들어간 후에야 긴 숨을 토해 냈다.

그녀를 볼 수 있는 하루의 아주 짧은 순간. 이 순간을 위해 일정을 미루고 온 것을 후회하지 않았다. 다만 조금 더 길게 보고 싶은 마음을 참아 내기가 버거울 뿐.

그래도 이렇게 볼 수만 있다면 견뎌 낼 거였다.

말없이 선 강준이 서원이 사라진 건물을 한참 동안 바라봤다.

가운도 벗지 않고 그대로 침대 위에 걸터앉은 서원은 휴대폰을 가만히 응시하고 있었다. 강준의 번호 위에서 닿지 못한 채 멈춰 있는 손가락이 이내 휴대폰을 침대 위로 내려놨다.

"……안 돼. 이럴 때 전화하면."

잘 돌아왔다고 문자만 보내 놓은 이유를 그도 분명 알고 있을 거였다. 자신이 요즘 전화를 하지 않는 이유를.

"마음이 약해져 있으니까."

슬며시 이마를 찌푸린 서원이 스스로를 감시하듯 휴대폰을 멀찍이 떨어뜨려 놨다.

이럴 때 통화하면 당장 만나러 와 달라고 할지도 모른다. 너무 보고 싶다고, 보고 싶어 죽겠다고 엉엉 울지도 모른다. 그럼 그는 분명 모든 일을 제쳐 놓고 와 줄 테고.

그러길 바라지는 않았다.

"언제쯤, 나아질까."

몸은 피곤하고 바쁜데도 이렇게 사람을 힘들게 하는 그리움에 언제쯤 익숙해질까.

어쩌면 이곳에 있는 내내 그런 시간을 보내야 할지도 모른다는 생각에 서원은 속이 답답해졌다. 상황은 다르지만, 3년 전 강준과 헤어져 있던 몇 년간을 늘 이런 그리움에 사로잡혀 있었다.

지금 이 상황은 그때의 기분을 다시 떠오르게 만들었다. 그때와 전혀 다른 상황인데도.

"그게 이렇게 어려운 일인 줄은 몰랐는데."

일과 사랑, 그 두 가지를 양립시키지 못해 결국 연구소를 떠났던 팀원들과 자신은 다르다고 확신했던 그 생각이 한심하게 느껴졌다.

보고 싶은 마음에 또 눈물이 그렁그렁 맺혀 눈을 꾹 감았다. 착잡한 얼굴을 한 채 손바닥으로 얼굴을 쓰는데 휴대폰이 반짝거렸다.

띠링.

문자 알림음에 강준일 거라고 생각하고 서원은 휴대폰으로 팔을 뻗었다.

〔창밖을 봐. 3시 방향. -큐피트〕

……큐피트?

레나가 써 놓은 암호 같은 말에 미간을 좁힌 서원이 침대에서 몸을 일으켰다. 커튼을 살짝 들춰 침실 창문 바깥을 쳐다봤다.

"아……."

건물과 조금 떨어진 나무 아래 서 있는 남자를 본 서원의 눈이 커졌다. 도저히 착각할 수 없는, 잘못 봤을 리 없는 남자가 거기 서 있었다.

서원은 그대로 몸을 돌려 문 쪽으로 내달렸다.

그 시간, 커다란 나무 뒤에서 빼꼼 고개를 내민 레나가 강준을 쳐다봤다.

「결국 또 내가 나서게 만드네.」

휴대폰을 매만지며 레나가 투덜거렸다. 둘의 마음을 알기 때문에 웬만하면 참견하지 않으려고 했지만, 숙소로 돌아오다가 본 그 남자의 뒷모습이 너무나 쓸쓸해 보였다.

어딘가에 있을 서원을 찾듯 창문 하나하나에 시선을 두는 애절한 눈빛에 결국 휴대폰을 꺼내 들고 만 거였다.

「왜 저 남자는 매번 저런 눈으로 사람 마음을 약하게 만드는 건지.」

잘생겼지만 엄청 위압적인 느낌인데, 눈빛은 왜 멜로의 극치를 달리냐고.

고개를 절레절레 저은 레나는 서원의 방 창문을 힐긋 쳐다봤다.

「미안해. 클로에. 내가 미남에게 마음이 약해서.」

267

그래도 네 남편이 저리 애처롭게 구는데 별수 없잖니.

　심란한 표정으로 중얼거린 레나는 서원이 나오기 전에 몸을 피하기 위해 슬쩍 다른 곳으로 걸어갔다.

　숨이 턱까지 차오르도록 내달린 서원이 숙소 입구를 빠져나왔다. 창을 통해 본 곳으로 달려가자, 여전히 그 자리에 서 있던 남자가 멈칫거렸다.

　"한서원?"

　놀란 듯한 목소리로 묻는 강준에게 서원이 달려갔다. 단숨에 그가 있는 곳까지 달려간 서원이 강준에게 와락 안겼다. 강준은 놀란 표정을 지으면서도 자신에게 안긴 그녀를 놓칠세라 두 팔로 단단히 끌어안았다.

　아무 말 없이 두 사람은 서로를 안았다. 그가 자신의 품에 안겨 있는 서원을 확인하듯 힘주어 꽉 안았다.

　"어떻게 안 거야."

　"당신은 어떻게……."

　대답하는 서원의 얼굴을 그가 두 손으로 감쌌다.

　"얼굴 좀 보자. 내 아내."

　강준이 서원의 얼굴을 자신 쪽으로 고정하며 낮게 속삭였다. 제 얼굴을 천천히 살피는 시선에 눈물에 젖은 서원의 눈이 곱게 휘어졌다.

　"올 거면 미리 말 좀 해 주고 오지 그랬어요. 나 지금 제대로 씻지도 못하고 꾸미지도 못했는데."

　"그런 모습이 더 예쁜 거 모르나?"

　"그래도 오랜만에 보는데……."

강준이 그녀의 입술을 부드럽게 빨아들였다. 그 움직임에 서원이 뒷말을 삼켰다.

"아주 예뻐."

입술을 물고 낮게 속삭인 그가 그녀의 고개를 젖히며 진하게 키스했다. 서원이 매달리듯 그의 목에 팔을 둘렀다.

❋

서원은 강준의 차를 타고 그가 머물고 있는 호텔로 왔다. 스위트룸 안으로 들어서자마자 누가 먼저랄 것도 없이 서로의 입술을 빨아들였다.

"으음."

강준이 그녀의 입술을 삼킨 채 가운을 벗겨 냈다. 한 손으로 잘 벗겨지지 않아 잡아 뜯듯 벗겨 내자 서원이 그를 벽으로 밀쳤다.

쿵.

입구 옆 벽에 등이 닿은 강준이 까맣게 물든 눈동자로 서원을 내려다봤다.

하아, 하아. 뜨거운 숨결이 어지럽게 흘러나오는 그녀의 부풀어 오른 붉은 입술을 그가 집어삼킬 듯 응시했다. 그 시선을 서원이 똑바로 마주 봤다.

"그대로 있어요."

서원이 시선을 맞춘 채 말하고는 손을 뻗어 그의 재킷 안으로 밀어 넣었다. 그녀의 손길이 닿자 그의 가슴이 크게 들썩거렸다. 거친 숨결에 들썩이는 탄탄한 가슴을 두 손바닥으로 뭉개듯 쓸자 그의 입술에서 헐떡이는 신음이 낮게 흘러나왔다.

"……한서원."

경고처럼 흘러나오는 목소리를 무시한 서원이 그의 재킷을 벗겨 냈다.

툭, 바닥으로 재킷이 떨어져 내렸지만 둘의 시선은 서로에게만 강렬하게 향해 있었다. 서원이 그의 셔츠 제일 윗단추를 풀었다.

"그 눈빛에 목이 말랐어."

서원이 속삭이며 단추를 풀었다.

툭, 툭.

단추를 하나하나 풀어 나갈수록 그의 숨소리가 거칠어졌다. 자신에게 내려 박히는 강렬한 시선을 느끼며 서원은 그의 단추를 온전히 다 풀었다.

"이 단단한 감촉도."

벌어진 셔츠 사이로 손을 집어넣은 서원이 거친 숨결로 들썩이는 탄탄한 가슴을 어루만졌다. 근육질 가슴을 지나 천천히 아래로 내려가자 입체적인 복근의 감촉이 손바닥에 느껴졌다.

그의 바지 앞섶이 불룩하게 솟아 있었다. 그걸 본 서원이 숨을 삼켰다.

벨트를 푸는 금속성 울림이 아슬아슬하게 달아오른 조용한 공간을 울렸다. 하얀 손가락이 바지 버클을 풀자 그의 목울대가 크게 꿈틀거렸다.

지나치게 커다랗게 솟아 있는 드로어즈 때문에 지퍼도 내리기 힘이 들었다. 긴장된 서원의 손이 어렵게 지퍼를 내렸다. 그녀의 손이 닿은 곳마다 힘이 들어가는 것을 느끼며 서원이 시선을 들어 눈을 마주쳤다.

"그, 눈동자 색깔도."

욕망으로 새까맣게 물든 눈을 보자 서원은 견딜 수 없을 정도로 온몸이 뜨겁게 달아올랐다. 그의 몸 역시 같은 상태인 건 손바닥에 닿는 감촉으로 확연히 느껴졌다.

"……그럼 이건."

강준의 위험할 정도로 낮아진 목소리가 잇새로 새어 나왔다.

"앗."

그녀의 손을 잡은 그가 몸을 끌어당겨 자신과 위치를 바꿨다. 순식간에 입장이 바뀌어 자신이 벽에 밀쳐지자 그를 바라보는 서원의 눈동자에 긴장이 어렸다.

"이건 생각나지 않았나?"

강준은 잡고 있는 서원의 손을 자신의 하체로 가져갔다. 드로어즈 안에서 팽팽하게 휘어 있는 굵은 근육 덩어리가 손바닥에 느껴지자 서원이 신음을 흘렸다.

"여기까지 오는 동안 어떻게 참았는데, 이렇게 만들면 어쩌자는 거야."

"흐읏. 당신……이."

야릇한 목소리와 그보다 더 야한 움직임에 서원은 숨이 차올랐다. 강준이 그녀의 손을 잡고 자신의 터질 듯 발기한 남성을 느릿하게 매만지게 했다. 음란하게 젖어 있는 단단한 감촉에 서원의 시선이 그곳으로 향했다.

그녀의 시선을 따라간 강준이 하얀 손에 감싸진 자신의 욕망을 내려다봤다.

"꺼내 줘. 네 손으로."

서원이 팽팽해진 드로어즈에서 검붉은 굵은 페니스를 꺼냈다. 마치 살아 있는 듯 저절로 끄덕이는 기둥을 두 손으로 잡자 그에게서 사나운 짐승 같은 목울음 소리가 들렸다.

"후우. 서원아."

갈증 어린 목소리로 내뱉은 강준이 거칠게 그녀의 바지를 벗겼다.

"앗."

순식간에 바지를 벗겨 낸 강준이 팬티를 내렸다. 가느다란 발목에 팬티가 걸쳐진 채 그의 손아귀에 하얀 다리가 들려 올라갔다.

한쪽 다리로 지탱하게 되자 서원의 등이 벽에 완전히 닿았다. 뒤에 닿는 서늘한 감각에 서원은 입안이 바짝 말랐다. 흥분된 숨결이 누구의 입술에서인지 모르게 흘러나오고 있었다.

그가 타오를 듯한 눈동자로 시선을 박았다.

"더 이상의 인내는 없어. 방금 모조리 다 써 버렸거든."

강준이 뒷주머니에서 콘돔을 꺼내려고 하자 서원이 헐떡이며 말했다.

"그냥, 해요. 오늘은 안전한 날이니까."

움직임을 멈춘 그가 새까맣게 일렁이는 눈으로 잠시 그녀를 응시했다.

"그대로…… 느끼고 싶으니까."

서원의 말에 강준은 그녀가 꺼낸 자신의 끄덕이는 페니스의 아랫부분을 움켜잡았다.

"벌써 쌀 것 같잖아."

그가 둥근 귀두에 맺힌 음탕한 액을 흥분된 살결에 비비며 낮게 말했다.

"하, 웃."

한껏 흥분한 예민한 속살에 단단한 촉감이 뭉개지자 서원이 그의 셔츠 자락을 움켜잡았다. 맨살에 비벼지는 두꺼운 페니스가 흥분을 참지 못하고 터질 듯 꿈틀거렸다.

"……미치겠군."

미간을 좁힌 강준이 으르듯 내뱉고, 움켜잡은 빳빳한 페니스를 도톰한 속살 안으로 푹 찔러 들어갔다.

"아아!"

단번에 깊숙이 짓쳐들어오는 강한 힘에 서원의 입술이 크게 벌어졌다. 쾌감에 일그러지는 서원의 얼굴을 노려보며 강준이 세차게 허리를 밀어 올렸다.

"아, 앗, 아앗……!"

쑤걱쑤걱 박혀 들어오는 빳빳한 페니스를 서원의 뜨거운 속살이 한껏 죄어 댔다. 오랜만이어서 그런 건지, 아니면 콘돔을 끼지 않아서인지 그녀의 내부를 찔러 대는 움직임이 평소보다 더 선명했다.

"후우, 미치게 조여."

"훗."

그녀의 다리를 더 넓게 벌린 강준이 여린 목덜미를 빨며 탁한 목소리를 뱉어 냈다. 그의 온몸에 힘이 들어가 모든 근육이 팽팽해져 있는 것이 느껴졌다. 돌덩이처럼 단단해진 근육질 몸이 짐승처럼 사납게 움직이자 서원이 그의 조여든 복근을 매만졌다.

손바닥에 느껴지는 복근의 움직임이 선정적이었다. 자신의 여자를 갖는 수컷의 음란한 움직임이 고스란히 느껴지자 서원은 숨이 턱턱 막혔다.

"하웃, 웃, 가, 강준 씨!"

강준은 그녀의 목덜미에 이를 박고 헐떡이며 허벅지를 한껏 잡

273

아 올렸다.

　가느다란 다리를 잡아 벌리며 굵은 페니스를 강하게 밀어 넣자 그녀의 발목에 걸쳐진 팬티가 정신없이 흔들렸다.

　서원의 체취를 들이마시듯 맥이 뛰는 가느다란 목덜미에 얼굴을 묻은 채 강준은 다른 손으로 지탱하고 있는 그녀의 다른 쪽 다리를 잡아 올렸다.

　"핫!"

　두 다리가 완전히 공중으로 뜬 채 그의 허리 사이에 걸쳐졌다. 그대로 서원의 다리를 활짝 벌린 강준이 벽에 그녀를 밀어붙이듯 격렬하게 찔러 들어갔다.

　"으, 아……아웃! 앗!"

　쿵, 쿵, 쿵!

　서원의 등이 벽에 요란하게 부딪혔다. 그를 가득 머금고 있는 조갯살 같은 속살이 옴찔거리며 음탕한 애액을 흘려 대고 있었다. 강준이 그 모습을 내려다보며 헐떡이듯 말했다.

　"내 것이 네가 흘린 걸로 범벅이 됐어."

　"하! 아웃!"

　"봐봐. 한서원, 얼마나 네가 날 맛있게 먹고 있는지."

　그가 그녀의 귓가에 속삭이자 서원이 쾌감으로 흐릿해진 눈을 아래로 향했다. 벌어진 다리 사이로 음탕하게 들락거리는 검붉은 페니스가 적나라하게 보였다.

　그녀의 시선이 닿자 그의 발기한 페니스가 더 **빳빳하게 꿈틀거**렸다.

　"하악, 학. 너, 너무 야해."

　서원이 거친 움직임에 숨을 내뱉으며 고개를 저었다.

"그래도 계속 보고 있잖아. 너."

"아⋯⋯."

강준이 입술 끝을 늘리고 서원의 벌어진 입술에 키스했다.

"으음. 하⋯⋯읍."

그녀의 입술을 더 크게 벌리고 들어가 혀를 밀어 넣으며 강준이 그녀의 엉덩이를 꽉 잡고 벌렸다.

"⋯⋯읍! 음! 으음!"

최대치로 벌어진 살점 사이를 꿰뚫고 들어간 강준이 뜨겁게 조여드는 내부를 강하게 쳐올리기 시작했다. 쿵쿵거리며 쳐올릴수록 서원은 아찔한 쾌감에 그의 목덜미를 껴안았다.

"위아래가 다 섞여 들고 있어. 느껴져?"

난잡하게 혀를 뒤섞으며 강준이 탁한 목소리로 말했다. 그의 음란한 말에 서원이 아래를 더 꽉 조이자 강준이 신음을 흘렸다.

"아아, 돌겠군."

그르렁거리듯 헐떡인 그가 서원의 하얀 두 다리를 잡아 허리 위로 단단히 걸쳤다. 그러고는 한 손으로 허벅지를 잡고 다른 한 손으로 그녀의 흐트러진 셔츠 단추를 풀었다. 거친 손길로 단추를 풀던 그가 조급함을 느꼈는지 그대로 잡아 뜯었다.

투두둑!

"아앗."

우악스럽게 단추가 뜯겨 나가자 브래지어에 감싸인 가슴이 출렁 드러났다. 그가 고개를 내려 이로 브래지어를 아래로 내렸다. 가슴 바로 아래쪽에서 브래지어가 고정되자 탱글한 젖가슴이 압박되며 위로 솟아올랐다.

유혹적으로 드러난 가슴을 강준이 그대로 입술을 벌려 삼켰다.

"흐앗……!"

예민한 젖가슴이 그의 축축한 입술 안으로 빨려 들어가자 서원의 허리가 곧추세워졌다. 강준이 한껏 피가 몰린 선홍색 젖꼭지를 혀로 휘감아 빨며 남성적인 장골을 음란하게 밀어 올렸다.

"아! 핫! 하웃!"

쾌감의 지점이 빨리며 뜨겁게 조여드는 속살 사이를 쿵쿵 찔러 들자 서원은 미칠 것만 같았다. 흥분으로 터질 것 같은 음핵에 한껏 피가 몰려 아플 정도로 땡땡해졌다.

"아까보다 더 조여. 여기도 흥분했는데?"

"아앗! 거긴……!"

젖가슴을 문 채 웅얼거리듯 말한 강준이 동그랗게 솟은 음핵을 손가락으로 문질러 댔다. 모든 성감대를 동시에 자극당하자 서원이 견딜 수 없다는 듯 강준의 몸을 세게 껴안았다.

"가, 강준 씨, 하, 웃, 앗! 아앗!"

타액으로 물든 젖꼭지를 아플 정도로 빨아 대며 강준이 꿈틀거리는 페니스를 사납게 쑤셔 넣었다. 한껏 힘이 들어갔다 풀렸다를 빠르게 반복하는 서원의 내부가 강한 힘으로 그를 조여 댔다.

"아, 안 돼, 더, 더는……!"

서원의 손목에 퍼런 힘줄이 돋아날 정도로 그의 머리칼을 거머쥔 순간 강준이 그녀 안으로 최대치까지 깊숙이 찔러 들어갔다.

"흐아앗!"

고개를 확 젖힌 서원의 입술이 크게 벌어졌다.

"아……흐웃…….'

절정의 쾌감에 휩싸인 그녀의 한껏 수축하는 내부가 가늘게 떨리고 있었다. 그 느낌을 즐기듯 깊이 몸을 묻고 있던 강준이 땀에 젖은 그녀의 목덜미에 입술을 묻었다.

빠르게 맥이 뛰는 지점에 입을 맞춘 그가 그대로 그녀의 엉덩이를 두 손으로 잡았다.

"꽉 잡아."

"아, 잠깐만…… 아, 아웃."

강준이 그녀를 안고 걷기 시작하자 내부에 박힌 그가 절정에 치달은 예민한 벽을 찔러 댔다. 얼굴을 찌푸리고 쾌감의 신음을 흘리는 그녀를 안은 채 강준이 소파에 앉았다.

"하으……."

마주 본 자세로 그의 몸 위로 앉는 순간 아직도 굵게 발기한 페니스가 더 깊게 박혀 들었다.

고개를 젖히고 가늘게 몸을 떠는 서원의 출렁이는 젖가슴을 강준이 거머쥐고 빨았다.

"응……으응, 훗……."

이미 절정을 맛본 몸은 아주 예민하게 달아올라 있었다. 강준이 자신의 허벅지 위에 올린 헐벗은 엉덩이를 주무르며 딴딴하게 부푼 동그란 젖꼭지를 야릇하게 빨았다.

"네 여기가 오물거려."

뜨겁게 수축한 채 그를 조여 대는 내부를 느릿하게 휘젓자 서원의 허리가 흠칫거렸다.

"아, 아아."

온몸을 집어삼킨 열기에 서원이 발갛게 달아오른 얼굴로 쾌락의 신음을 흘렸다. 흐릿하게 젖어 든 눈동자와 촉촉하게 젖은 채 벌어진 입술을 응시하던 그가 팔을 뻗어 그녀의 묶은 머리끈을 풀었다.

출렁.

긴 머리칼이 흐트러진 상체로 쏟아져 내렸다.

"네가 얼마나 보고 싶었는지 모르지."

윤기 나는 머리칼을 거머쥐고 입을 맞춘 강준이 그대로 시선만 올려 그녀를 응시했다.

"하아, 하아."

가쁜 숨을 몰아쉬는 서원의 열락에 젖은 시야에 소유욕 넘치는 그의 검은 눈동자가 들어왔다.

"이 머리카락부터 발가락 끝까지 전부 다."

"강준…… 씨. 흐읏."

그가 야릇하게 흔들리는 젖가슴을 두 손으로 거머쥐고 주물렀다. 커다란 손안에서 엉망으로 모양이 망가지고 단단한 손바닥에 유두가 짓뭉개지자 서원이 허리를 젖혔다.

본능적으로 가슴을 한껏 내민 채 고개를 뒤로 젖힌 서원의 관능 어린 모습을 강준이 감상하듯 바라봤다. 뜯어진 셔츠가 넝마처럼 늘어져 있고 그에게 빨려 퉁퉁 부어오른 유두가 그의 손바닥 안에서 바르르 떨고 있었다. 짙은 수풀 아래는 여전히 그와 결합된 채였다.

어둡게 타오르는 눈동자로 그녀의 모습을 하나하나 응시하던 강준이 팔을 내려 엉덩이를 움켜잡았다.

"앗."

"네 모든 게 그리워서 참기가 어려웠어."

탱탱한 엉덩이 모양이 엉망으로 일그러질 정도로 세게 움켜잡은 강준이 위아래로 강하게 내려치기 시작했다. 동시에 허리를 튕겨 굵은 근육 덩어리로 예민한 내부를 푹푹 쑤셔 들어갔다.

"아, 아, 아앗!"

서원의 몸이 위아래로 정신없이 흔들렸다.

강준의 어깨를 꽉 잡은 채 내려다보자 자신의 엉덩이를 거머쥐고 음란하게 흔들고 있는 그의 힘줄 솟은 팔이 보였다.

"하읏! 아! 아아! 강준 씨……!"

고개를 젖힌 서원이 손톱을 세워 그의 어깨를 꽉 잡았다. 도톰한 속살이 쓸릴 정도로 빠듯하게 찔러 들어오는 단단함에 입구에서 미끈한 애액이 흘러내렸다.

검은 음모와 굵은 기둥을 음탕하게 적신 멀건 애액은 주름진 음낭까지 적실 정도였다.

"후우, 한서원……."

탁한 음성을 내뱉은 강준의 팔뚝에 잔뜩 힘이 들어갔다. 근육질 엉덩이에 힘을 주고 느릿하게 밀어 올리던 강준이 이를 악물고 사납게 움직이기 시작했다.

"으, 아, 앗, 아앗! 아!"

빠르게 위아래로 쳐대는 힘에 땀에 젖은 서원의 엉덩이가 탄탄한 허벅지에 부딪쳐 고무공처럼 탄력적으로 튕겨 올랐다. 말을 타듯 출렁이는 그녀의 몸 위에서 머리칼이 채찍처럼 휘둘러졌다.

찰싹, 찰싹!

긴 머리채가 공중에 쳐올려졌다가 철썩이며 허리를 때려 댔다. 자궁 내벽까지 닿을 듯 아래에서 위로 빠르게 박혀 드는 힘에 서원은 더 참을 수가 없었다.

"하악, 학. 강준, 강준 씨, 나, 나 더 이상은……."

서원이 헐떡이며 고개를 흔들자 강준이 그녀의 골반을 움켜잡았다. 도망칠 수 없도록 꽉 잡은 그가 짐승 같은 힘으로 아래에서 위로 쑤셔 넣었다.

"아, 훗……! 아으읏!"

자지러질 듯한 교성과 함께 그의 어깨에 서원의 손톱이 박혀 들었다. 그 순간에도 그녀를 놓지 않고 강하게 잡은 그가 터질 것 같이 꿈틀거리는 페니스를 몇 번 더 안으로 삽입했다.

"크읏……."

강준이 그녀를 강하게 껴안으며 뜨거운 내부에 모든 욕망을 터뜨렸다.

"아아……아……."

자신의 안에서 왈칵 터져 나오는 느낌에 서원이 잘게 몸을 떨었다.

땀에 젖은 두 사람의 몸이 커다란 소파 위에서 틈새 없이 밀착되어 있었다. 숨을 몰아쉬는 서원의 등을 그의 커다란 손이 쓸어내렸다.

"……숨 막혀 죽는 줄 알았어."

"나도."

낮게 대답한 그가 그녀의 벗은 몸을 꽉 힘주어 안았다.

"그런데도 계속 확인하고 싶어."

"나도 그래요."

이번엔 서원이 대답하고 그의 몸을 마주 안았다. 서로 숨도 쉴 수 없을 정도로 단단하게 당겨 안았다가 툭 힘을 풀자 하아, 달콤한 숨결이 흘러나왔다.

강준이 자신의 가슴에 뺨을 대고 안겨 있는 서원의 머리칼에 높은 콧날을 가볍게 비볐다.

"미안해. 약속을 지키지 못해서."

"아니에요. 오히려 내가 고마운데. 괜히 그런 약속 했다고 얼마나 후회하고 있었는데요."

"그랬어?"

"응. 오늘도…… 계속, 그랬어."

서원이 잠에 취한 목소리로 속삭이듯 말했다. 피로와 안도가 섞여 뒤죽박죽인 상태에서 오랜만에 격렬한 관계까지 갖게 되자 잠이 쏟아지고 있었다.

"미안해요. 더 대화하고 싶은데……."

"괜찮아. 어서 자."

그가 낮게 속삭이며 그녀의 이마에 입을 맞췄다. 서원은 깊게 숨을 내쉬고는 이내 무겁게 들어 올리던 눈꺼풀을 내렸다.

좋다…….

오랜만에 안긴 넓은 품이 주는 안도감이 꿀처럼 달콤한 잠으로 그녀를 이끌었다.

강준은 고른 숨소리를 내고 있는 서원의 등을 익숙한 손길로 천천히 쓸어 줬다. 따스한 체온과 그녀만의 체향이 그의 가슴을 벅차오르게 했다.

그동안 얼마나 보고 싶었는지 그녀는 모를 것이다. 얼마나 이렇게 품에 안고 싶었는지.

점점 그리움으로 힘들어지는 시간 동안 서원에 대한 서운함도 있었다. 자신은 그녀가 없는 시간을 도저히 참을 수 없을 것 같았으니까. 이해해 줘야 한다고 생각하는 이성과 당장 만나지 못해 힘들고 괴로운 감정이 교차되며 매일 그를 괴롭혔다.

결국 멀리서 보는 것으로 그리움을 달래려 했다. 그저 볼 수만 있다면, 하는 마음으로 모든 일정을 미루고 지구 반대편으로 날아왔다. 그래서 이렇게 제 품에 안긴 서원이 이루 말할 수 없이 소중했다.

"미안해. 기다리지 못하고 욕심을 부려서."

이렇게 안고 있음에 행복을 느껴서.

낮게 속삭인 강준이 품 안의 서원을 확인하듯 다시 살짝 힘주어 안았다. 그녀의 잠이 깨지 않을 정도로만 단단하게 안은 그가 깊이 숨을 들이켰다. 그렇게나 그립던 그녀의 향이 그를 안심시켰다.

오랜만의 다디단 잠에서 깨어난 서원은 익숙한 체취에 입술 끝을 둥글게 휘어 올렸다.

눈을 뜨지 않아도 알 수 있는 그의 체향.

팔베개를 해 주고 있던 강준은 제 가슴에 콧등을 비비는 서원의 움직임에 본능적으로 그녀의 어깨를 감싸 끌어당겼다.

"……당신 체향 맡으며 잠 깨는 거, 오랜만이야."

서원이 작게 속삭이자 그가 진한 미소를 지으며 그녀의 턱을 들어 올렸다. 촉, 서원의 입술에 살짝 입을 맞춘 강준이 잠에서 덜 깬 나른한 눈으로 내려다봤다.

"나도 일어나자마자 입 맞출 상대가 없어서 허전했어."

콧등으로 코를 부드럽게 비빈 그가 말간 웃음을 터뜨리는 서원의 입술을 빨았다.

"그런데 어떻게 안 거야?"

"당신 와 있는 거?"

"어."

서원과 마주 보고 옆으로 누운 강준이 팔로 머리를 받치고 시선을 맞췄다. 서원이 후후 웃음을 흘리고는 말했다.

"레나가 알려 줬어요. 창밖을 보라고."

"아, 그랬나."

"당신을 본 모양이에요."

이왕이면 스스로 발견했더라면 더 좋았을 텐데. 그런 아쉬움이 남았지만 그래도 말해 준 레나가 고마웠다.

"내가 발견하지 못하고, 끝까지 누군가 말해 주지 않았더라면 그냥 보기만 할 생각이었어요?"

두 사람이 눕기에 충분하진 않지만 오히려 가까이 있을 수 있는 소파 위에서 서원이 강준을 바라봤다.

그가 말없이 서원을 응시했다. 스위트룸 안의 아늑한 조명이 그의 다크그레이색 눈동자를 더 깊어 보이게 했다.

"그랬을 거야. 내 욕심에 왔지만, 당신을 방해하고 싶진 않았으니까."

강준다운 거짓 없는 설명에 서원이 나지막하게 숨을 내쉬었다.

"나도 그게 맞다고 생각했어요. 약해지고 싶지 않았으니까."

하지만 오히려 만날 수 없는 그리움으로 더 힘이 들었다. 그 그리움이 자신을 망가뜨리고 있다는 걸 제대로 느끼게 될 즈음 기적처럼 강준이 찾아왔다.

서원이 팔을 뻗어 그의 얼굴을 가만가만 매만졌다.

"이곳에 온 뒤로 계속 힘이 들었어요. 이렇게 당신을 그리워할 줄 알았다면…… 그런 말은 정말 하지 않았을 텐데."

날렵한 턱과 섬세한 입술을 매만지며 서원이 조용한 음성으로 말했다. 말없이 내려다보는 진한 눈동자에 시선을 맞추고 그녀가 부드럽게 미소 지었다.

"고마워요. 이렇게 와 줘서 너무 기뻐."

서원이 어여쁜 눈웃음을 지으며 사르르 웃자 그의 얼굴에도 매혹적인 미소가 걸렸다.

"이 웃는 얼굴을 멀리서라도 보고 싶었는데…… 이렇게 가까이서 보게 되는군."

강준이 커다란 손으로 서원의 뺨을 매만졌다.

"내가 더 고마워."

얼마나 그리웠는지, 만날 수 없는 시간이 얼마나 힘들었는지를 그 말에 녹여 낸 강준이 사랑이 가득 묻어나는 눈으로 그녀를 바라봤다.

서원이 환한 미소를 지으며 그에게 안겼다.

✽

마침 학회에 필요한 준비는 끝내 놓은 터라 서원은 일주일 정도의 휴가를 받을 수 있었다. 남편이 찾아왔다는 말을 들은 보스가 당연하다는 듯 휴가를 허락해 줘 서원은 한결 마음이 편했다.

"가고 싶은 곳이 있어?"

외출 준비를 하던 강준의 질문에 서원은 잠시 생각에 잠겼다.

"골든게이트 브릿지요."

그녀의 대답에 재킷을 입던 그가 멈칫했다.

"여기서 일하면서 아직 안 가 본 거야?"

"네. 연구소 밖으로는 거의 나간 적이 없어요."

운전을 못하는 서원은 가끔 다른 사람들의 차로 외출을 하는 것

외에는 어딘가에 간 적이 없었다. 연구소와 숙소를 오가는 생활만으로도 정신없이 바쁜 나날이었으니까.

"여기 사람들이 거기서 보는 야경이 그렇게 예쁘다고 했는데 지금까진 가 보고 싶단 생각을 한 적이 없었거든요."

샌프란시스코 내의 유명한 관광지에도 흥미가 생기지 않았다. 돌이켜 보면 일 외에 다른 어떤 것에도 관심을 두지 않았던 것 같다.

"그런데 지금은, 당신과 함께 보고 싶어졌어요."

서원이 하얗게 웃었다.

강준과 함께 처음으로 가 보고 싶다는 생각이 들었다. 누군가와 무언가를 함께 보고 싶다는 기분이 무척 신기하게 느껴졌다.

"……."

강준이 생각에 잠긴 얼굴로 서원을 조용히 응시했다. 잠시 보고 있던 그가 그녀를 조심스럽게 안았다.

"그래. 가 보자."

다정하게 말한 그가 서원의 손을 잡고 스위트룸을 나섰다.

사람들에게 들어 왔던 것처럼 골든게이트 브릿지는 안개에 휘감겨 있었다.

"이쪽의 기후 때문에 대부분 안개가 껴 있다고 들었어요."

짙은 적색 다리가 회색빛으로 물들어 묘한 분위기를 내고 있었다. 관광객들로 붐빌 줄 알았는데 날씨 때문인지 생각보다 한적했다.

"추울 것 같은데."

브릿지 위로 올라서자 롱코트 차림의 강준이 서원의 얇은 코트가 신경 쓰이는지 걸음을 멈추고 옷깃을 여며 줬다.

"괜찮아요."

익숙한 그의 행동에 서원이 잔잔하게 미소 지었다. 그래도 걱정
스러운 그가 자신의 코트 안으로 그녀를 끌어당겼다.

"괜찮지 않아."

미간을 슬며시 좁힌 그가 그대로 서원의 어깨를 끌어안고 걷기
시작했다. 그의 품에 반쯤 안겨 걷게 되자 서원이 작게 웃었다.

"날이 맑았으면 좋았을 텐데. 아쉽지 않아?"

회색빛 다리 위를 천천히 걸어가며 강준이 물었다.

"오히려 이런 날이 더 분위기 있는 것 같지 않아요?"

서원이 멀리 다운타운을 내려다봤다. 안개에 휩싸인 강과 도시
가 운치 있었다.

"사실은 당신과 함께 보는 풍경은 어떤 모습도 다 좋은 것 같아
요."

그의 품으로 파고들며 서원이 말했다. 진심 어린 목소리가 강준
의 귓가에 닿자 그의 입술 끝이 휘어 올라갔다.

"나 역시 그래."

강준이 고개를 숙여 서원의 귓가에 낮게 속삭였다. 쌀쌀한 날씨
에 다리 위라 더 추웠지만 귓가에 닿는 은근한 숨결에 서원은 몸
이 더워지는 것 같았다.

종종 자전거를 탄 사람도 스쳐 지나갔다.

"조심."

그때마다 어깨를 잡아 자신 쪽으로 더 끌어당기는 커다란 손의
온기에 서원이 행복한 미소를 흘렸다.

다리를 지나오자 안개가 어느 정도 걷혀 있었다. 높은 빌딩의 스카이라운지 레스토랑 창밖으로 골든게이트 브릿지가 보였다. 다리의 예쁜 불빛들과 도심의 야경이 마치 화보처럼 펼쳐져 있었다.

하지만 서원과 강준의 시선은 서로에게만 향해 있었다. 마치 막 사랑에 빠진 연인들처럼 서로를 향한 눈빛에 열감이 감돌았다.

"여기에 막 왔을 때요."

테이블 위에 놓인 샴페인 잔을 들어 올리며 서원이 말했다.

"이번에?"

"네."

대답한 서원이 황금색 샴페인을 한 모금 마셨다. 강준은 한 손으로 비스듬히 머리를 기대고 그녀를 응시했다.

"모든 환경은 그때와 달라지지 않았는데, 내가 너무 달라졌다는 생각이 들었어요."

"많은 일들이 있었으니까."

"그걸 너무 가볍게 생각했나 봐요."

서원이 잔을 응시한 채 살짝 미간을 찌푸리며 웃었다. 오랜 시간 열망에 빠지게 한 남자와 겨우 함께할 수 있게 된 상황을 쉽게 생각했었다.

"일과 사랑을 병행할 수 있을 거라고 생각한 게 내 욕심이었던 것 같아요. 사실 난 그렇게 강한 사람이 아닌데."

그전의 강준을 몰랐던 자신을 기준으로 생각했던 실수가 그가 없는 생활을 이리도 힘들게 만들었던 거였다. 서원이 그의 얼굴을 가만히 바라봤다.

"이렇게 멀리 떨어져 지내면 강준 씨도 힘들잖아요."

"난 당신의 일을 존중해. 지금의 자리로 오르기 위한 노력을 헛되게 만들길 바라지 않아."

"물론 나도 그렇게 생각해요. 하지만."

서원이 답답한 표정으로 입을 다물었다.

"함께 있지 못하는 시간이 너무…… 힘들어요."

살짝 입술을 깨문 서원이 작게 한숨을 흘렸다.

그가 말없이 그녀를 응시했다. 한동안 침묵이 흐르자 샴페인 잔을 만지작거리던 서원이 어깨를 으쓱였다.

"취했나 봐요. 나 지금 투정 부리는 것 같아. 내가 만든 상황인데."

"괜찮아. 투정 부려도."

강준이 입술 끝을 부드럽게 말아 올리며 한 손을 뻗었다. 테이블 위로 그녀의 붉은 입술을 매만지는 그의 눈빛이 매혹적으로 빛났다.

"뭐든지 다 당신 뜻대로 해. 힘들면 언제든 그만둬도 되고, 이렇게 투정 부리고 싶을 땐 언제든 전화해. 그럼 당장 날아와서 들어 줄 테니까."

강준의 진지한 목소리에 서원이 조용히 그를 마주 봤다. 그의 손가락이 그녀의 입술 선을 따라 섬세하게 움직였다.

부드러운 손길에 서원의 입술이 당겨지며 휘어 올라갔다.

"그럼 내 마음대로 해도 되겠다."

환하게 웃는 서원의 얼굴을 그가 마주 웃으며 바라봤다.

"그래. 모든 건 한서원 뜻대로 해."

그저 위로를 해 주기 위한 말일 수도 있지만 지금 그의 말이 서원에겐 큰 힘이 됐다.

그가 보고 싶으면 보고 싶다고, 돌아가고 싶으면 돌아가고 싶다고, 그렇게 마음이 가는 대로 말할 수 있다는 것에 안심이 됐다.

그 모든 것을 강준이 만들어 줬다.

서원의 얼굴에서 우울함이 한 꺼풀 걷혀 있었다.

식사가 끝난 후에 샌프란시스코 도심 내의 엘른 호텔로 이동했다. 워싱턴에 있는 미국 엘른 체인 본사와 비슷한 규모에 전경이 한눈에 내려다보이는 탁월한 입지였다.

미국 전역에 엘른 호텔이 있다는 건 알고 있었지만 본사 외엔 서원도 처음 와 보는 거였다.

최상층의 스위트룸으로 올라오자 복도에서부터 엘른 호텔만의 은은한 디퓨저 향이 감돌았다.

"이 향기, 오랜만이네요."

룸에 들어온 후에 서원이 미소 지었다.

지금 강준이 머물고 있는 곳은 엘른 호텔이 아닌 연구소와 가장 가까운 곳에 위치한 호텔이었다.

강준이 서원의 허리를 잡아당기며 시선을 맞춰 왔다. 샴페인을 마셔서인지 달달한 향이 그의 체취에 섞여 있었다.

"그때 당신이 물었잖아요."

"뭘?"

진한 시선이 얽혀들며 입술이 살짝 닿았다 떨어졌다. 간질거리는 감각에 가벼운 웃음을 흘린 서원이 말을 이었다.

"처음 비서실 입사했을 무렵에 엘른 호텔에서 나와 닮은 여자 본 적 있다고."

"아아."

강준이 금세 떠올렸다.

"그거 나 맞아요."

"……그랬을 거라고 생각했어. 지나치게 닮았으니까."

"당신이 물어봤을 때 그날이 떠올랐는데 그땐 말할 수 없었어요."

오랜만에 엘른 호텔에 와서 그런지 그 말이 생각이 났다. 그 질문을 받았을 때의 난감했던 기분도 함께.

"하필 엘른 호텔에서 교수님 출판 기념회가 있었어요. 빠질 수도 없는 자리라 고민이 됐어요. 혹시 아는 사람이라도 만날까 봐."

"그걸 내가 본 거군."

그가 입술 끝을 휘어 올리며 서원의 아랫입술을 잘근거렸다.

"난 당신이 그때 날 본 줄은 정말 몰랐어요."

"누가 봤더라도 그저 닮은 사람이라고 생각했겠지. 나도 본래의 당신 모습을 보기 전까진 그렇게 생각했으니까."

"그래도 신기해."

서원이 강준의 뺨을 매만지며 속삭였다. 입술 사이를 오고 가는 숨결이 점차 뜨거워지고 있었다. 그녀의 입술을 빠는 강준의 눈빛이 검게 어두워졌다.

"그 모습으로 네가 꿈에 나타나서 날 얼마나 애타게 만들었는지 알아?"

"그랬어요……? 웃."

그의 커다란 손이 그녀의 엉덩이를 거머쥐었다.

"이 작은 엉덩이를 꿈속에서 아무리 움켜쥐어도, 현실에선 죽을 것 같은 갈증만 남았어."

채워지지 않은 그때의 욕망이 떠오르자 강준의 목소리가 낮게 가라앉았다.

"어쩌면 그 꿈속에서 이미 남자든 여자든 상관없었을지도."

"강준 씨……."

서원의 스커트 자락을 들쳐 올린 손이 안을 파고들었다. 그가 그녀의 엉덩이를 잡고 안아 올리자 서원이 본능적으로 그의 허리에 다리를 감았다.

새까맣게 이글거리는 시선으로 서원을 응시하며 강준이 침실로 향했다.

서원이 눈을 떴을 때 침실은 장식용 조명의 은은한 빛에 잠겨 있었다. 이 침실에 들어왔을 때 조명이고 인테리어고 아무것도 눈에 들어오지 않을 만큼 정신이 없었다.

오직 시야에 강준만이 있었다.

제대로 보니 예쁜 방이었다. 이제야 시야에 보이는 침실 안의 인테리어를 하나하나 살피려는데 뒤에서 끌어안고 있던 강준의 팔에 힘이 들어갔다.

"당신, 안 잤어요?"

그가 서원을 자신 쪽으로 돌아눕혔다. 잠의 기운이 물씬 풍기는 느른하고 관능 어린 눈동자가 그녀를 향하고 있었다.

"……깼으면 날 봐야지 뭘 보고 있는 거야."

서원의 작은 턱을 매만지며 하는 말에 그녀의 눈꼬리가 부드럽게 휘었다.

"인테리어가 워싱턴이랑 다른 것 같아서요. 여긴 좀 더 여성적인 분위기 같아요. 조명도 예쁘고."

"그런 건 관심 없어. 한서원이 나 아닌 것을 보고 있다는 데에 관심이 있을 뿐."

"호텔 체인 대표가 할 소린가?"

서원이 포스스 웃자 그의 입술 끝이 말려 올라갔다. 강준의 벗은 상체 위를 서원이 손가락 끝으로 부드럽게 쓸었다.

"잠은 잘 자고 있는 거예요?"

"당신은?"

"솔직히 잘 자진 못했어요. 너무 바빠서 금방 쓰러져서 잠들겠다 싶어도 잠이 오지 않았거든요. 어느새 혼자 자는 게 낯설어졌나 봐요."

서원의 가느다란 손가락이 탄력적인 단단한 가슴 위를 훑었다.

"나도 그래."

그가 잔잔한 목소리로 대답했다. 그 목소리에 그와 자신의 마음이 다르지 않음이 느껴졌다. 넓은 가슴을 쓸던 서원이 시선을 들어 눈을 맞췄다.

"그래도 당신이 와 줘서 한동안 버틸 힘이 생겼어. 고마워요."

빛나는 눈동자로 응시하자 강준의 입술이 절로 그녀에게 향했다. 달콤하게 입술을 머금고 놔준 그가 제 가슴 위에 있던 손을 잡았다.

"난 아직 충전이 덜 됐어. 일주일 동안 밤낮으로 충전해도 모자랄 것 같아."

서원의 손가락을 하나하나 입술로 가져가며 그가 낮게 속삭였다. 그 눈빛에 일렁이는 관능에, 그녀의 옅은 갈색 눈동자에도 열기가 돌았다.

서원이 두 팔을 뻗어 강준의 목에 감았다. 동시에 고개가 기울어지며 두 사람의 입술이 겹쳐졌다.

"아……."

벗은 등을 훑고 내려간 커다란 손이 말캉한 살을 꽉 움켜쥐었다. 그대로 손을 더 아래로 가져가 허벅지 안쪽을 잡아 위로 들어 올렸다. 벌어진 다리 사이로 손가락이 파고들자 서원의 허리가 흠칫거렸다.

"거긴……."

금세 달아오른 숨을 몰아쉬며 서원이 고개를 저었다.

"쉬이."

그가 그녀의 귓바퀴를 혀로 훑으며 속삭였다. 흠칫거리는 예민한 살을 매만지며 그가 낮게 말했다.

"매일 밤 이곳을 생각해."

더운 숨결이 귓속으로 밀려들자 서원의 몸에 짜릿한 전류가 흘렀다.

"가, 강준 씨."

그의 손가락이 거칠게 움직일수록 서원의 목소리가 다급해졌다. 귓속으로 밀려드는 야릇한 목소리와 몸을 뜨겁게 달구는 손길에 서원은 정신이 하나도 없었다.

"나에게 이렇게 완벽하게 반응하는 널 생각하면 참기 힘들어져."

"아……!"

단단한 페니스가 촉촉하게 젖은 속살 사이를 단번에 가르고 들어갔다. 벌어진 그녀의 입술을 빨며 강준이 강하게 움직이기 시작했다.

거칠어지는 숨결에 섞여 나오는 그의 관능 어린 낮은 신음이 서원의 머릿속을 어지럽게 울렸다. 열기로 달아오른 머릿속은 더 이

293

상 어떤 생각도 하기 힘들었다. 그저 그가 이끄는 대로 한도 끝도 없이 뜨거워지며 서원은 연신 신음을 흘렸다.

땀에 젖은 그의 등에 한계까지 내몰린 그녀의 손톱이 박혀 들었다.

"어쩌죠? 등에 상처 났어요."

근육질 등에 명백한 손톱자국이 난 것이 환한 아침 햇살에 보이자 서원이 난감한 표정을 지었다.

"아팠겠다."

"괜찮아."

강준이 미소 지으며 그녀의 벗은 몸을 안고 욕실로 걸어갔다.

"그래도……."

서원의 발갛게 물든 얼굴에 어린 난처함에 그가 입술을 늘렸다.

"괜찮다니까. 내가 그렇게 만든 거니까."

강준은 자신이 받아 놓은 욕조로 서원을 안고 들어가며 말했다.

"거울로 이 상처를 볼 때마다 흥분할 것 같은데. 그 순간의 당신 모습이 떠올라서."

"뭐예요?"

서원의 얼굴이 더 붉어지자 강준이 장난스럽게 그녀의 콧등에 입을 맞췄다. 그의 품에 안겨 따스한 물속으로 들어가게 되자 서원의 입술에서 한숨 같은 앓는 소리가 새어 나왔다.

"당신이 기분 좋아하는 온도."

마주 본 채 매혹적인 미소를 짓고 있는 강준을 보니 서원의 입술도 둥글게 올라갔다.

"응. 맞아요."

온도도 그렇지만 이렇게 몸이 찰싹 달라붙은 채 함께 욕조에 누워 있는 것을 서원은 좋아했다. 따스한 물에 잠겨 아이처럼 그의 몸 위에 누워 있으면 보호받고 있다는 안정감도 들었다.

"일주일 내내 여기서 이러고 있으면 좋겠다. 아, 이젠 일주일도 안 남았네요."

서원이 아쉬운 목소리로 말하자 강준이 그녀의 젖은 머리칼을 쓸어 넘겨 줬다.

"아쉬워?"

"당연하죠."

"나만큼은 아닐걸."

짙은 눈동자로 응시하는 눈빛에 진심이 담겨 있었다. 서원이 그 눈동자를 가만히 바라봤다.

"언제든 내가 필요하면 말해. 당장 날아올 테니까."

가만가만 머리칼을 매만지며 하는 말에 그녀가 웃었다.

"내가 매주 부르면 어쩌려고 그래요?"

"그런 친절을 베풀면 더 좋고."

서원의 입술 위에 살짝 베이비키스를 하며 그가 속삭였다.

"너무 자주는 안 돼요. 습관이 되어 버리면 힘들 것 같아요."

"너무 가끔도 안 돼. 그건 내가 너무 힘들거든."

아랫입술을 잘근대며 하는 말에 서원이 그의 얼굴을 두 손으로 감쌌다. 시선을 맞춘 그녀가 작게 속삭였다.

"사랑해요. 강준 씨."

"그 말, 너무 오랜만인데."

그의 입술이 길게 휘어 올라갔다.

"더 해 봐."

"사랑해요."

"……더."

"사랑해."

입술이 스칠 때마다 흘러나오는 목소리에 웃음이 섞여 있었다. 기분 좋은 웃음소리가 한동안 욕실 안을 부드럽게 울렸다.

외전 2

동진은 네카어강의 카를 테오도어 다리 위에 서 있었다. 날이 흐렸지만 잔잔하게 흘러가는 강물을 보고 있는 그의 표정은 산뜻했다.

이곳 독일 하이델베르크에 온 지도 한 달 정도가 흘렀다.

지난 1년간 독일의 이곳저곳에서 머물렀다. 뮌헨과 함부르크 등 몇몇 도시를 지나 도착한 하이델베르크는 작은 도시였지만 독일 여행 중 제일 마음에 드는 곳이었다.

조용한 곳이지만 관광객이 있는 편이라 동양인인 자신의 존재가 별나 보이지 않는다는 점도 이유 중 하나였다.

아직 완전히 머물 곳을 정한 건 아니지만 독일 전역을 이런 식으로 여행하다 보면 결국 어딘가에서 살 집을 구하는 날이 오지 않을까 막연히 생각했다.

뭐, 지금처럼 여기저기 옮겨 다니는 생활도 상관없고.

"아, 이런."

탁.

옆에서 물건이 떨어지는 소리와 함께 익숙한 한국어가 들리자 그의 고개가 절로 돌아갔다. 단발머리의 어려 보이는 여자가 바닥에 떨어져 있는 그녀의 카메라를 안타까운 얼굴로 집어 들고 있었다.

"고장 난 거 아니겠지?"

미간을 잔뜩 좁히고 카메라를 살피고 있는 여자에게 동진이 싱글거리며 다가갔다.

"나 카메라 잘 아는데. 봐줄까요?"

갑자기 들린 목소리에 여자가 고개를 들었다. 자그마한 체구에 걸맞은 작은 달걀형 얼굴이 그의 눈에 들어왔다.

'20대 초반 정도일까?'

대강 나이를 그쯤으로 가늠한 동진이 웃는 얼굴로 여자를 바라봤다. 눈을 깜빡이며 잠시 동진을 보던 그녀는 카메라를 자신의 작은 가방에 집어넣었다.

"괜찮습니다."

여자가 짧게 말하며 고개를 까닥이고는 그를 휙 지나쳤다.

내민 손이 머쓱해진 동진은 그걸로 자신의 머리칼을 슥 쓸어 넘겼다.

"뭐, 그럴 수도 있지."

동진이 다시 다리 난간에 팔을 걸치고 강을 바라봤다.

솔직히 그는 꽤나 번듯한 외모를 가지고 있었기 때문에 말을 걸면 여자들은 대부분 호감을 보여 오곤 했다. 몇 달 타지에서 살다 보니 한국인을 보면 반가운 마음이 먼저 들어 종종 말을 붙이는 경우가 있었으니까. 자신에게 이런 식으로 쌀쌀맞게 대하는 경우는 많지 않았다.

'오랜만이네. 저런 반응은.'

동진이 고개를 돌렸다. 여자는 이미 다리 저편에서 강의 풍경을 사진으로 담고 있었다.

"고장 난 건 아닌 모양이네."

카메라를 들고 사진 찍고 있는 여자를 보며 중얼거린 동진이 픽 웃고는 다시 강 쪽으로 시선을 돌렸다.

슬슬 노을이 물드는 시간이었다. 그가 하루 중에 가장 좋아하는 시간. 동진은 그 자리에 선 채 가만히 노을 지는 강변의 풍경을 바라봤다.

해가 완전하게 지는 모습까지 본 뒤에 몸을 돌리자 다리 위의 풍경은 아까와 달라져 있었다. 예쁘게 켜진 전등이 다리 위와 구시가지 전체를 따스한 노란빛으로 물들이고 있었다.

다리를 오고 가는 관광객들도 아까보다 많아졌다. 여행지에서 들뜬 사람들의 목소리가 웃음소리와 섞여 들었다. 동진은 그 소리를 들으며 경쾌한 발걸음으로 다리를 내려갔다.

『노을 구경 잘 했어?』

자주 가는 작은 펍으로 들어서자 주인인 루이스가 씩 웃었다. 동진이 늘 다리 위에서 노을이 지는 모습을 본 뒤에 이곳으로 온다는 걸 그는 알고 있었다.

『물론이지. 오늘도 완벽했어.』

마주 웃은 동진이 바 테이블에 앉았다.

『맥주부터 줄까?』

『어.』

동진이 대답도 하기 전에 루이스는 잔에 수제 맥주를 따르고 있었다. 늘 맥주 먼저 마시는 그의 습관을 알고 있었기 때문에 물어보는 건 그냥 의례적인 것에 불과했다.

동진은 루이스가 건네준 맥주를 받아 시원하게 들이켰다.

『최고네.』

『고마워.』

동진의 칭찬에 루이스가 웃으며 대꾸했다. 동진은 독한 술보다 맥주가 더 체질에 맞기도 했고, 또 좋아했다. 독일 맥주가 맛있다는 것도 그가 이곳에 머물게 된 이유 중 하나가 될 정도였다.

루이스의 펍은 작았지만 창문 밖으로 네카어강이 보였다. 그 모습을 보며 동진은 맥주를 홀짝였다.

『뭐 하나 만들어 줄까? 저녁 아직 안 먹었지?』

『배는 고프지 않은데..』

『그래도 빈속에 맥주만 마시면 쓰나. 잠깐 기다려..』

루이스가 주방 쪽으로 향했다. 이곳은 동진이 머물고 있는 곳에서 가까운 곳이고 관광객이 거의 오지 않는 작은 가게지만, 맥주 맛만은 일품이었다.

그 점이 마음에 들어 매일같이 오다 보니 루이스는 형제처럼 굴었다. 어쩌면 루이스 때문에 아직 이곳에 있는 건지도 모른다.

'경치도 맘에 들긴 하지만.'

동진이 그런 생각을 하며 맥주를 마시고 있는데 바의 문이 열렸다. 자연스럽게 고개를 문 쪽으로 향하자 막 안으로 들어오던 여자와 눈이 마주쳤다.

'어?'

아까 다리 위에서 카메라를 떨어뜨렸던 한국 여자가 동진을 보고 있었다. 짧게 시선을 마주친 그녀가 곧 고개를 돌리고 빈자리에 앉았다. 동진은 또 같은 곳에서 만난 반가움에 웃는 얼굴로 다가가서 말을 걸었다.

"한국인 맞죠? 아까 마주쳤었는데 혹시 기억해요?"

"아니요."

여자가 시선조차 주지 않고 짧게 대답했다. 대화하고 싶지 않아하는 뉘앙스를 알아챈 동진이 멈칫했다.

"아, 그렇구나. 그럼 좋은 시간 보내요."

그가 어색한 말을 남기고 다시 자리로 돌아왔다. 자신이 상대방이 불쾌해할 정도로 껄떡거렸던가 싶어 동진의 미간이 살짝 좁혀들었다.

'벌써 향수병은 아닐 텐데. 한국인 만났다고 너무 들이댔나.'

괜한 오해를 산 것 같다는 생각에 저 여자가 불편해하지 않도록 일어날까 하는데 마침 루이스가 수프와 소시지를 들고 왔다.

『간단하게 배는 채워. 빈속에 먹지 말고.』

『고마워.』

웃으며 대답한 동진이 자신 앞에 놓인 접시를 바라봤다.

'적어도 이걸 다 먹기 전엔 나갈 수 없겠군.'

그래도 성의가 있는데 해 준 음식은 다 먹고 나가자 싶어 동진은 여자 쪽은 아예 보지도 않고 음식과 맥주에만 집중했다.

그러는 사이 다른 단골손님들도 몇몇 들어와서 곧 작은 바가 시끌시끌해졌다.

『동진. 오늘도 그 노을 보다가 온 거야?』

『네.』

301

친밀하게 말을 걸어오는 단골 피테에게 동진도 웃으며 대답했다.

『어제의 노을과 오늘의 노을은 뭔가 다른가? 내 보기엔 늘 비슷비슷하던데.』

『전혀 달라요. 분위기라든가, 색이라든가 그런 것들이.』

『한국에서 무슨 예술 활동 같은 거 했었어? 아니라고 하지 않았나?』

『네. 예술과는 전혀 관련 없는 일을 했어요.』

『뭐 관련 업종이 아니라도 예술적인 감각은 뛰어날 수 있지. 여기 괴테가 살았던 데잖아.』

괴테가 살았던 낭만의 도시. 피테가 늘 했던 말을 새삼 자랑스럽게 말하며 잔을 가까이 가져오자 동진이 그 잔에 자신의 잔을 부딪쳤다.

기분 좋은 건배 소리와 함께 곧 다른 단골인 오래된 여행객도 합석해 왔다. 늘 그렇듯 손님들은 혼자 들어왔다가 나중에는 모여 앉게 되곤 했다. 이런저런 이야기를 하는 동안에 천천히 맥주잔이 비워져 나갔다. 문득 시간을 본 동진이 몸을 일으켰다.

『그럼 먼저 가 볼게요. 내일 또.』

『그래. 별일 없으면.』

『루이스, 갈게.』

『잘 들어가.』

습관적인 인사를 나누고 웃는 얼굴로 바를 나오던 동진이 입구에서 멈춰 섰다.

'어?'

잠시 잊고 있던 그 한국인 여자가 저 앞에서 걸어가고 있었다.

저 여자도 방금 바를 나온 모양이었다. 의도치 않게 따라 나온 모양새가 되자 동진은 건물 벽에 기대섰다.

'괜한 의심 살 필요 없지.'

하필이면 길도 같은 방향이었다. 자신이 가야 하는 좁은 골목 쪽으로 향하는 여자의 뒷모습을 힐긋 본 동진이 시선을 강 쪽으로 돌렸다. 그리고 여자가 완전히 사라질 때까지 기다리며 딱딱한 돌바닥을 발끝으로 툭툭 두드렸다.

이제 갔으려나 싶어 골목을 바라봤다. 그런데 골목 안쪽에서 어떤 남자가 그 여자를 벽 쪽으로 몰고 있는 모습이 보였다.

일행인가 싶었지만 저 실루엣은 아무리 봐도 여자가 자신을 가로막는 남자를 필사적으로 피하고 있는 모양새다. 인상을 쓴 동진이 골목으로 향했다.

『잠깐 얘기 좀 하자는데 뭐가 무서워서 그렇게 피해? 내가 뭘 어쨌다고.』

『비켜요.』

가까이서 보니 코너에 몰린 여자가 어떻게든 눈앞의 거대한 남자에게서 빠져나가려고 하고 있었다. 하지만 여자보다 훨씬 큰 몸집의 독일인은 힘으로 가로막았다.

『내 집이 바로 저쪽인데, 같이 가서 얘기 좀 해 보자고. 나 동양에 대해 관심이 아주 많거든.』

『좀 비키란…….』

남자가 팔을 잡으려고 하자 세게 뿌리친 여자가 그제야 그들 앞에 서 있는 동진을 발견했다.

『뭐야? 어딜 보는…….』

독일 남자가 고개를 돌리자 동진이 여자를 보며 말했다.

303

"지금도 모르는 척해 주는 게 좋아요?"

"……."

동진의 말에 여자는 대답하지 않았다.

『당신, 이 여자 애인?』

"아니면, 도와줘요?"

여자가 여전히 대답 없이 보고만 있자 동진이 미간을 좁혔다.

"솔직하지 못하네."

『넌 뭐냐고?』

일방적으로 자신이 무시당한다 생각한 독일 남자가 눈을 부라렸다. 그에게선 술 냄새가 진하게 풍기고 있었다.

『뭘 거 같은데.』

동진이 평온한 어조로 말하며 남자를 응시했다. 동양인 남자와 게르만인은 체격 자체가 달랐다. 동진이 키가 크기 때문에 키 차이는 별로 나지 않지만, 몸집 차이가 컸다.

자신의 덩치를 보고도 물러서지 않는 동진을 향해 남자가 위협적인 태도를 보였다.

『동진!』

그때 골목 아래에서 외치는 소리가 들렸다. 소리가 난 쪽을 보니 루이스가 올라오고 있었다.

『이거 놓고 갔어!』

휴대폰을 흔들며 다가오는 루이스를 보자 독일 남자의 표정이 변했다.

『젠장.』

2대 1의 상황은 예상하지 못했는지 자리를 피하면서도 남자는 동진에게 눈을 부라렸다.

『또 보면 각오해라, 너.』

『이 동네 좁은데.』

빠르게 내뱉고 도망치는 남자에게 동진이 싱글거리며 말했다. 그사이 루이스가 가까이 왔다.

『웬일로 이런 걸 놓고 갔나 했더니. 이런 일이 있을 줄 예상했던 거 아냐? 어? 아까 우리 손님이셨던 분이네.』

여자가 꾸벅 고개를 숙이며 인사하자 잠시 보고 있던 루이스가 휴대폰을 동진에게 넘겼다.

『손님 물건은 돌려줘야지.』

서글서글하게 웃으며 말한 루이스가 당부를 덧붙였다.

『저놈 질 안 좋기로 소문난 놈이니까 조심해.』

『그래. 고마워.』

동진에게 손을 흔든 루이스가 다시 가게 쪽으로 내려갔다. 좁은 골목에 둘만 남자 여자가 고개를 숙여 인사했다.

"고맙습니다."

"숙소가 어디예요?"

"네?"

아래를 보고 있던 여자가 시선을 들었다. 새까만 눈동자가 어두운 골목을 비추는 노란 전등에 반짝였다. 아까 처음 눈이 마주쳤을 때도 느꼈지만, 묘한 매력이 있는 눈동자였다.

"이 시간에 다니면 저런 놈 또 만나지 말란 법 없어요. 숙소까지만 바래다줄게요."

"……."

여자가 머뭇거리자 동진이 담담한 말투로 덧붙였다.

"오해하지 말아요. 그냥 안 그러면 내 마음이 편치 않을 것 같아

305

서 바래다준다는 거니까요."

여자가 동진을 잠시 바라봤다.

"그럼 부탁드릴게요."

이 이상 거절하는 건 예의가 아니라고 생각했는지 여자가 조용한 음성으로 말하고 다시 고개를 숙였다.

골목을 올라가는 동안 느낀 거라면, 여자는 외모와 달리 말투나 분위기는 차분하다는 것이었다. 딱히 대화를 나눈 건 아니지만 풍겨 나오는 느낌상 그랬다.

단아한 단발머리와 작은 얼굴, 그리고 작게 다물린 입술은 앳된 분위기를 풍겼지만, 내내 아래로 향한 시선과 종종 마주치는 눈빛의 깊이에선 전혀 다른 느낌을 냈다.

'특이한 사람이네.'

동진은 애써 시선을 안 두려 노력하면서도 자신의 모든 신경이 여자에게 향해 있음을 알았다. 자신에게 이런 식으로 대하는 여자를 오랜만에 만나서 그런가.

그의 기억에 자신이 웃으며 말을 건 상대가 호감을 보여 오지 않은 케이스는 딱 두 번이었다. 그중 한 번은 남장을 하고 있었지만.

"바래다주셔서 감사합니다. 도착했으니 그만 돌아가셔도 돼요."

상념에 빠져 있던 동진이 여자의 말에 멈춰 섰다.

"아, 도착했군요."

그가 고개를 드는데 익숙한 건물과 입구가 눈앞에 보였다.

"여기 묵고 있어요?"

"네."

여자가 가볍게 고개를 끄덕였다.

"오늘, 정말 감사했어요. 다시 인사드릴게요."

"⋯⋯이런 우연 별로 안 좋아하는데."

"네?"

여자의 말에 눈썹을 모으고 입구를 보고 있던 동진이 싱긋 웃었다.

"엘레나엔 오늘 온 모양이죠? 그쪽 본 적 없는데. 나도 여기서 묵고 있거든요."

"아⋯⋯."

〈엘레나〉는 이 숙소의 이름이었다. 살짝 당황한 듯 여자의 입술이 작게 벌어졌다. 그 입술에 닿은 그의 시선이 의식적으로 다른 곳으로 옮겨 갔다.

"우연이니까 부담 갖진 말아요. 나도 예상했던 상황은 아니라 썩 편하진 않거든요. 그럼."

먼저 인사한 동진이 앞장서서 건물로 들어갔다. 뒤따라올 여자가 불편하지 않도록 빠르게 입구를 지나 건물 안으로 들어갔다.

독일의 흔한 가정집을 예쁘게 개조해서 만든 〈엘레나〉는 민트 색 외벽에 갈색 지붕을 가지고 있었다. 이곳의 주인인 에밀리는 이 숙소의 이름을 자신의 딸 이름에서 따왔다고 했다.

하이델베르크 내에도 꽤 괜찮은 호텔이 있었지만 동진은 그 마을과 어울리는 건물에서 묵는 것을 선호했다. 그리고 이왕이면 자연스럽게 여행자들과 어울릴 수 있는 곳으로.

'나, 생각 외로 외로움을 많이 타는 성격인가.'

여행을 하던 언젠가 그런 생각을 한 적이 있었다. 고립된 호텔에서 머무르는 걸 좋아하지 않는 이유는 아무래도 그것 같았다.

그래서 이번엔 평범한 유럽식 자택에 머물게 됐는데 그녀도 같은 숙소였다니. 사실 비슷한 일을 몇 번 겪었을 정도로 이런 식의 우연은 흔했다.

하지만 오늘 저 여자와 얽히게 된 상황은 뭔가 더 특별하게 생각됐다.

'뭐가 특별하다고.'

객실로 들어온 동진은 인상을 쓰고 침대 위에 털썩 누웠다.

누웠지만 잠이 오지 않았다. 이 건물 어딘가에 그 까만 눈의 여자가 묵고 있다고 생각하니 더 그런 것 같았다.

'내일 조식 먹을 때 볼 수 있으려나.'

알은척하지 않는 게 좋겠지. 그러길 바라는 것 같으니까.

괜히 기분을 이상하게 만드는 상대는 딱 질색이다. 예전의……
속을 보이지 않던 그 여자가 떠오르게 되니까.

'외모는 전혀 비슷하지 않은데. 아니, 그만 생각하라니까.'

동진이 침대 위에서 돌아누우며 눈을 감았다. 억지로 생각의 고리를 끊어 버리려 노력하며 잠을 청했다.

객실로 들어온 재희는 짧게 한숨을 내쉬었다.

"같은 데서 묵을 줄이야."

예상하지 못한 상황에 난감했는데 떠올려 보면 자신이 당황한 만큼 그 남자도 당황한 것 같았다. 그리고 불편해하는 것도 같았다. 마지막에 남기고 간 말도 그랬고.

하긴 자신의 태도가 그를 불쾌하게 했을 거였다. 다리 위에서도, 그리고 바에서도 남자를 마주쳤을 때 그가 자신에게 선의를 보이고 있다는 것을 알았다. 그래서 더 쌀쌀맞게 대했다.

자신 같은 작은 체구의 여자가 타지에서 혼자 여행하다 보면 온

갖 일들을 겪게 마련이었다. 아까 골목에서와 같은 일을 일상적으로 겪다 보니 절로 방어하는 습관이 생겼다. 그래서 그에게 그런 태도를 취하게 된 거였다.

"그 남자에게 설명할 필요는 없겠지."

어차피 이곳에서 오래 묵진 않으니까 더 마주칠 일도 없을 거였다.

재희는 노트북을 켜고 카메라를 연결시켰다. 오늘 찍은 사진을 노트북으로 옮기는 동안 다이어리를 꺼내 기억에 남는 장소들을 메모하기 시작했다.

✽

『좋은 아침.』

『아아. 다들 잘 잤어?』

식사가 마련된 1층으로 내려온 동진은 먼저 앉아 있는 사람들에게 인사하며 빠르게 눈으로 훑었다.

'없네? 아직 내려오지 않은 건가?'

동진이 계단 위를 힐긋거리는데 에밀리가 환하게 웃으며 다가왔다.

『동진. 좋은 밤 보냈어요?』

『물론이죠. 에밀리.』

후덕한 풍채의 에밀리가 막 내린 커피를 건넸다.

『고마워요.』

잔을 받아 들고 싱긋 웃은 동진이 기다란 식탁에 앉았다.

조금 딱딱하긴 해도 맛있는 빵과 구운 소시지와 볶은 야채, 그

309

리고 따스한 계란 요리와 새콤한 양배추가 식탁에 마련되어 있었
다. 먼저 앉아 있던 여행객들과 함께 이런저런 대화를 하면서 식
사하는 동안 동진의 시선은 수시로 계단을 향했다.

　마침 에밀리가 새로 구운 빵을 담은 바구니와 버터를 가져오자
동진이 물었다.

　『에밀리. 어제…….』

　『어제? 어제 뭘요?』

　『…….』

　에밀리가 의아하게 쳐다보자 동진이 어깨를 으쓱였다.

　『어제 아침에 그 구운 토마토 맛있었는데, 오늘은 없나 해서요.』

　『아, 남은 게 있는데 가져다줄게요.』

　냉장고로 향하는 에밀리에게 고맙다고 한 동진이 커피 잔을 입
으로 가져갔다.

　'괜한 걸 물을 뻔했어.'

　동진의 인상이 살짝 굳어졌다. 하마터면 어제 이곳에 온 한국인
여자가 아직도 묵는지 물어볼 뻔했다.

　동진은 식사를 마치고 가벼운 차림으로 밖으로 나왔다. 운동 겸
고성까지 가는 오르막길을 조깅 하고 푸른 잔디가 넓게 깔린 공원
으로 갔다.

　독일은 대체적으로 어딜 가든 잘 정돈된 느낌을 줬는데 공원도
마찬가지였다. 푸릇한 잔디들도 반듯하게 뻗어 있었고 나무들도
마치 일부러 심어다 놓은 것처럼 운치 있게 자리를 차지하고 있었
다.

　벤치에 앉은 그가 생수병을 열어 입으로 가져갔다. 이른 시간이
라 그런지 공원엔 사람이 많진 않았다. 자주 보는 운동복 차림의

독일인에게 싱긋 웃으며 인사를 하는데 저쪽에서 카메라를 든 여자가 보였다.

'그 여자다.'

뒷모습이었지만 어제 만났던 그 여자라는 걸 한눈에 알 수 있었다.

여자는 천천히 공원을 걸어가며 주변을 사진으로 찍고 있었다. 세심하게 천천히 사진을 찍다가 종종 멈춰 서서 화면을 확인하는 그녀를 동진은 자신도 모르게 바라봤다.

'세 번째인가…… 아니, 네 번째?'

동진은 속으로 여자와 마주친 우연을 헤아려 봤다. 다리 위에서 처음 만났고, 그 뒤에 바에서 만났고, 숙소로 오는 길에도 만났다. 게다가 숙소도 같았고.

좁은 동네니 어디서 마주쳐도 크게 이상한 일은 아니었지만 어제와 오늘 연달아 이어지는 우연에 조금 이상한 기분이 드는 것도 사실이었다.

'저 여자도 그렇게 생각할까?'

문득 저 여자가 이 우연을 정말 우연으로 생각할지 의문이 생겼다. 지금 여기 있다가 그녀를 보고 있는 자신과 눈이 마주친다면 따라온 거라고 생각할 수도 있지 않을까?

……피하자.

동진은 몸을 일으켰다. 어제처럼 쓸데없는 오해는 받고 싶지 않았다.

다 마신 생수병을 쓰레기통에 버린 그가 가볍게 뛰며 공원을 빠져나갔다.

어제와 달리 햇살이 무척 좋은 날이었다. 예쁜 공원의 풍경을 하나하나 다 카메라에 담은 재희는 시내의 카페테라스석에 앉아 사진들을 확인했다.

어제부터 찍은 사진이 벌써 메모리 카드를 하나 다 채울 정도로 많았다.

어제 사진들과 비교해 보니 흐린 날은 흐린 날대로, 맑은 날은 맑은 날대로 참 예쁜 곳이었다. 녹음 진 나무들과 유유히 흐르는 강. 그리고 동화 속의 집 같은 아기자기한 건물들이 옹기종기 모여 마을을 이루고 있었다.

말없이 사진을 확인하던 재희가 고개를 들었다. 오고 가는 사람들을 향해 카메라 렌즈를 가져다 댔다.

찰칵, 찰칵.

뷰파인더에 비치는 시내의 건물들과 지나가는 사람들을 향해 셔터를 누르던 재희의 손가락이 일순 멈췄다.

뷰파인더 속에 익숙한 남자의 얼굴이 보였다. 지나가던 남자가 마치 자신의 시선을 안 것처럼 화면 속에서 이쪽을 바라봤다.

햇빛을 받아 좀 더 연한 색으로 보이는 부드러운 머리칼 아래 잘생긴 얼굴이 보였다. 머리칼 색과 비슷한 갈색 빛이 도는 눈동자와 눈이 마주치자 카메라가 아래로 내려갔다.

'인사해야 할까?'

어제 자신을 도와준 사람이었다. 그 사람을 다시 무시하는 건 예의가 아니었다. 하지만 먼저 인사를 하는 게 맞는지 고민은 되었다. 그리고 남자의 얼굴에서도 자신과 비슷한 고민이 스쳐 지나가는 것이 보였다.

찰나의 순간이었지만 갈등이 지나갔던 눈동자는 곧 어제 처음 봤을 때처럼 부드러운 미소를 머금었다.

"또 만나네요."

남자는 언제 그런 고민을 했냐는 듯 싱글거리며 다가왔다.

"안녕하세요."

재희도 고개 숙여 인사했다. 미소를 지으려 했지만 어색한 표정을 지은 것 같아 속으로 조금 난감했다. 그런 자신의 얼굴을 잠시 내려다보던 남자가 부드럽게 웃었다.

"봤는데 그냥 지나치는 건 아닌 거 같아서요. 그럼."

"아, 잠깐만요."

다른 뜻은 없다는 듯 남자가 몸을 돌리려 하자 재희가 그를 불렀다. 돌아보는 남자의 의아스러운 눈빛을 보고 잠시 머뭇거리던 그녀가 입을 열었다.

"어제 도와주셨는데 감사의 표시로 차라도 한 잔 사고 싶어서요. 혹시 지금 시간이 괜찮으세요?"

차분한 목소리로 말한 재희가 그를 올려다봤다. 그 시선을 마주 보고 있던 남자가 다시 익숙한 미소를 지었다.

"시간이야 많죠."

테라스석에 앉은 재희의 곁에 남자가 자연스럽게 의자를 끌어다 앉았다. 메뉴판을 요청한 재희가 그에게 내밀었다.

"좋아하는 걸로 시키세요."

"여기 카푸치노 맛있으니까 그걸로 마실게요."

남자는 메뉴판을 펼치지도 않고 주문을 받으러 다가온 직원과 한참 인사를 나누더니 카푸치노를 주문했다.

"이 카페 자주 오셨나 봐요."

재희의 질문에 남자가 턱 밑에 손깍지를 대고는 싱긋 웃었다.

"네. 이 근방에도 자주 오거든요."

"그렇군요."

이곳에서 머무른 지 오래된 걸까.

재희는 그런 의문이 생겼지만 굳이 묻진 않았다. 잘 모르는 남자와 이렇게 마주 앉아 차를 마시는 일은 그녀에겐 조금 불편한 일이었다.

"여긴 얼마나 머물러요?"

불쑥 물어 오는 말에 재희가 천천히 눈을 깜빡였다.

"이번 주까지요."

"아아."

남자가 고개를 끄덕였다.

"혼자 여행 온 거예요?"

"네."

"그럴 것 같더라니. 혼자 여행하다 보면 어제 같은 일도 있는데 무섭지 않아요?"

"불편한 점은 있지만 무섭진 않아요."

"아, 그렇구나."

남자가 끄덕이는 사이 커피가 서빙되어 왔다. 새하얀 우유 거품 위에 시나몬 가루가 솔솔 뿌려진 커피 잔을 들고 그가 청량하게 웃었다.

"고마워요. 잘 마실게요."

"아니에요. 제가 고맙죠."

"아침은 왜 안 먹었어요?"

"네?"

커피 잔을 입으로 가져가던 재희가 그를 바라봤다.

"아까 아침에 식당에 안 내려와서요. 에밀리가 만들어 준 조식 꽤 괜찮은데."

"아…… 제가 아침을 잘 안 먹어서요."

"흐음. 그렇구나."

고개를 끄덕이며 커피를 마시는 남자를 재희가 잔을 들고 힐금 바라봤다.

이런 식으로 서글서글하게 웃으면서 말하는 남자를 별로 겪어 보지 못해서 그런 건지, 아니면 이 남자의 잘생긴 외모 때문에 그런 건지 자신이 좀 긴장하고 있는 것이 느껴졌다.

본래 남자를 대하는 것을 어려워하는 성격이었지만 다른 의미로 긴장이 됐다.

'낯설다. 이런 느낌.'

재희가 커피를 한 모금 더 마시고 조용히 잔을 내려놨다.

"그쪽은……."

남자의 목소리에 재희가 시선을 들었다. 예쁜 갈색 눈동자가 자신을 지그시 향하고 있었다.

"계속 그쪽이라고 부르긴 좀 그런데, 실례가 되지 않는다면 이름 물어봐도 될까요?"

"저는 윤재희예요."

"이동진입니다. 반가워요."

마치 처음 만나 인사하는 사람처럼 동진이 환하게 웃었다.

'잘 웃는 사람이구나.'

하지만 이 웃는 얼굴로 종종 차가운 말도 하는 남자라는 걸 알고 있었다. 그 묘한 간극이 오히려 호기심을 불러일으켰다.

'아마 여자에게 인기가 많겠지. 잘생긴 데다 이런 매력까지 지

녔으니.'

재희는 쓸데없는 생각 같아 곧 그 생각을 머릿속에서 지웠다.

"윤재희 씨는 여긴 무슨 일로 오게 됐어요?"

"저요?"

"아, 너무 개인적인 질문인 것 같으면 대답하지 않아도 돼요."

동진이 웃으며 커피 잔을 입으로 가져갔다. 싱그러운 눈웃음에서 시선을 옮긴 재희가 자신의 카메라를 바라봤다.

"그냥 여행 왔어요."

"예쁜 곳이죠. 여긴."

재희가 동진의 말을 이해한 듯 천천히 고개를 끄덕였다.

"독일은 다른 아름다운 곳도 많지만 이곳은 이상하게 유독 마음을 끌더라고요. 작은 마을인데."

잔을 응시하는 동진의 눈빛이 방금 전과는 다른 분위기를 풍겼다. 그 눈빛을 잠시 응시하던 재희가 시선을 내렸다.

재희가 말없이 잔을 만지작거렸다. 이동진은 의식적으로 시선을 피하게 만드는 남자였다. 자꾸 시선이 가서 더 그런 것 같고.

"그럼 커피 잘 마셨어요."

어느새 잔을 비운 동진이 몸을 일으키는 소리가 들렸다.

"저도 고마웠어요."

"보답은 이걸로 충분하니까."

커피 잔을 가리키며 밝게 웃은 동진이 손을 흔들었다.

"그럼 즐거운 여행 되시길."

그를 따라 일어선 재희가 고개를 끄덕였다.

햇살 속의 거리를 걸어가는 인파 사이로 멀어지는 동진을 보며 재희가 다시 자리에 앉았다.

'즐거운 여행이라.'

같은 숙소에 묵고 있으니 또 만날 수도 있는데 그는 마지막 인사 같은 말을 남기고 멀어졌다. 그 말이 아쉬울 것도 없는데, 왠지 재희의 신경을 건드는 것이 이상했다.

그녀가 다시 테이블 위의 카메라로 손을 뻗을 때였다.

덜컹.

카메라를 잡기도 전에 맞은편에서 소리가 들렸다. 재희가 고개를 들자 동진이 다시 앉아 있었다.

"방금……."

"우연이 반복되는 거 어떻게 생각해요?"

재희의 질문이 끝나기도 전에 동진이 물었다.

"우연이요?"

"네. 우연."

동진이 테이블 위에 팔꿈치를 대고 한 손으로 턱을 괸 채 재희를 바라봤다. 미소가 어린 얼굴이었지만 눈빛은 조금 전과 달리 진지한 분위기가 있었다.

잠시 생각하던 재희가 입을 열었다.

"그럴 수도 있다고 생각해요."

여행을 하다 보면 여러 번 우연이 반복되는 일들이 있었다. 그는 그런 일들을 말하는 것 같았다.

"나도 그럴 수도 있다고 생각해요."

동진이 고개를 끄덕이고는 비스듬히 기울여 다시 시선을 맞춰 왔다.

"그런데 지금은 더 특별하게 생각되어서."

"네?"

재희의 까만색 눈동자가 그를 바라봤다.

이게 무슨 뜻일까.

테이블 위에서 재희의 손가락이 머뭇거렸다. 당황을 드러내진 않았지만 커다란 눈동자에 담긴 의문을 숨기지는 못했다. 그런 그녀의 얼굴을 가만히 응시하던 동진이 말했다.

"윤재희 씨와의 우연이 나에겐 더 특별하게 생각이 된다는 말이에요."

이보다 더 정확할 수 없을 정도로 친절하게 풀어서 설명했는데도 그녀는 쉽사리 대답을 하지 못했다. 마주쳐 오는 시선이 부담스럽진 않았다. 다만 자신의 표정을 숨기기가 버겁다는 것이 곤란했다.

"잘 모르겠다는 표정이네."

눈썹을 살짝 찡그리며 미소 지은 동진이 말했다.

"부담 가지라고 한 말 아니에요. 그냥…… 이런 우연을 나만 특별하게 생각하는 건지가 궁금해서 물었을 뿐. 생각이 다르다면 강요는 안 해요."

부드러운 어조로 말한 동진이 자리에서 일어났다.

"나는 오랜만에 느낀 기분이거든요."

"……."

"갈게요."

미소를 유지한 그가 몸을 돌렸다.

테이블 위에 시선을 두고 있던 재희가 동진의 등에 대고 말했다.

"잘 모르겠는 건 맞아요."

걸음을 옮기려던 그가 멈칫하더니 돌아섰다. 재희는 혼란을 숨기고 차분하게 시선을 맞췄다.

"하지만 특별한 게 어떤 건지도 잘 모르겠어요."

솔직한 심정으로 그랬다. 자신이 지금 왜 이 남자를 그냥 가게 놔두지 않고 돌려세웠는지도 모를 일이었다.

부르지 말아야 한다고 머릿속에선 생각하고 있었으면서 자신도 모르게 먼저 목소리를 내고 있었다.

동진이 그 자리에 선 채 재희를 바라봤다.

"흐음, 어렵네요. 굳이 지금 그 말을 하는 게 어떤 뜻인지는."

"미안해요. 나도 혼란스럽게 했다는 건 알아요."

재희가 다시 시선을 내렸다. 자신도 이렇게 혼란스러운데 정리도 되지 않은 상태에서 그를 불러 세워 놓고 더 혼란스러운 말을 했으니.

"윤재희 씨."

동진이 의자에 앉았다. 세 번째 기회. 지금 그가 의자에 앉은 것이 마지막 기회일 거라는 생각이 재희의 머릿속을 떠돌았다.

기회라니, 무슨 기회?

그걸 알지 못하면서도 마지막이라는 느낌이 괜히 그녀를 조급하게 만들었다.

"솔직히 아깝다는 마음이 조금쯤은 있으니까 그런 게 아닐까요?"

비꼬는 말투가 아닌, 그렇다고 가볍지도 않은 말투로 그가 말했다.

"어제의 당신 태도로 봐서 신중한 타입이라는 건 알고 있어요. 그런 당신이 이런 말을 하는 건 나는 그렇게 생각이 되는데."

"아마 당신 말이 맞을 거예요."

재희가 순순히 인정했다. 왠지 이 남자한테는 거짓말을 할 수가 없었다.

"하지만 이런 상황은 나에게 무척 낯설고, 어려운 일은 맞아요."

재희가 잦아든 목소리로 설명했다. 남녀 사이에 한순간의 이끌림을 상상하며 여행을 하는 사람들도 있었지만 재희는 아니었다.

그런 낯선 상황이 주는 짧은 순간의 환상이 결코 좋은 결과를 가져올 리가 없다고 생각했다.

"난 익숙해 보여요?"

미간을 좁히던 재희가 동진의 말에 그에게로 시선을 향했다. 부드러운 미소를 머금은 그가 손바닥에 비스듬히 얼굴을 받치고는 말했다.

"나도 이런 상황은 무척 낯설고, 어려운데."

재희가 말했던 것을 그대로 말한 동진이 짧게 한숨을 내쉬었다.

"너무 어렵게 생각하지 말았으면 좋겠어요."

그가 인상을 찡그리고 머리칼을 쓸어 넘겼다.

"나도 지금 상황은 혼란스럽지만 솔직히 아까 윤재희 씨가 이번 주까지 여기 있을 거란 말을 듣고 마음이 급해졌거든요."

자신도 방금 동진이 몸을 돌리는 순간 마음이 급해졌었다.

자신의 속을 들킨 기분에 재희가 조용히 숨을 삼켰다. 요란하게 울리는 심장 소리가 마치 남의 것처럼 낯설었다.

긴장으로 숨을 죽이고 보고 있는데 동진이 웃음기 없는 얼굴로 바라봤다.

"난 운명 같은 거 잘 믿지 않아요. 하지만 지금 내 감정이 그 우연을 확인하고 싶어 하니까."

"……."

"그러니까 윤재희 씨의 이곳에서의 시간, 나에게 줄래요?"

✳

동진은 카를 테오도어 다리 위에서 흐르는 강물을 바라봤다. 곧 그가 좋아하는 노을이 물드는 시간이었다. 하늘이 조금씩 오렌지 빛으로 바뀌는 동안 그의 시선은 습관처럼 먼 곳을 향했다.

'생각할 시간을 주셨으면 해요.'
'얼마나 필요할 것 같아요? 그 시간.'
'내일 말씀드릴게요.'

재희의 그 말이 계속 머릿속을 맴돌고 있었다.
"내가 너무 성급했나."
그녀의 얼굴에 떠오른 당혹감을 모르는 건 아니었다. 애써 티를 내지 않으려 할 뿐 자신의 그런 급작스러운 말에 분명 난처해하고 있었다.
하지만 이번 주는 고작 나흘도 남지 않았다.
"내일이면 사흘 남는다고."
그 사흘 사이에 서로를 얼마나 알 수 있을까. 아니, 그럴 기회라도 줄까. 과연.
'역시 너무 성급했어.'
동진의 미간에 주름이 잡혔다. 그런 식으로 자리를 피한 여자가 좋은 대답을 할 리가 없을 것 같았다. 게다가 딱 봐도 신중해 보이는 스타일이고.

"그런데 난, 왜 그런 거냐."

철벽 치는 모습을 어제 충분히 봤는데도.

자신 역시 겉으로 보이는 가벼운 이미지와는 달리 신중한 성격이었다. 이성에게는 특히 그랬다. 그래서 재희의 그 망설임을 충분히 이해할 수 있었다. 자신이었어도 아마 그랬을 테니까.

하늘 한편에서부터 황금색 노을이 일렁이고 있었지만, 이곳에 오고 처음으로 그 정경이 동진의 눈에 들어오지 않았다. 그저 다리 위에서 생각에 잠긴 얼굴로 우뚝 서 있을 뿐이었다.

어제부터 내내 이어지는 우연에 자신이 지나치게 집착을 하고 있는 건지도 몰랐다. 지나고 나면 그저 여행 중 겪는 평범한 우연 중에 하나였을 뿐일 수도 있는데.

'그런데…… 아, 모르겠다.'

이런 복잡한 감정과 기다림은 예전의 그 일로 끝일 거라고 생각했었는데.

동진이 답답한 한숨을 내쉬는 동안 어느새 노을이 지고 사위가 어두워지고 있었다.

「와, 너무 예뻐!」

「여기서 사진 찍자. 거기 서 봐.」

동화 속 같은 예쁜 마을이 어두워지며 따스한 전등이 켜지자 여행자들의 감탄하는 목소리가 주변에서 들려왔다. 그 소리에 정신을 차린 동진이 시선을 들었다.

'언제 어두워진 거지?'

가장 좋아하는 순간을 놓칠 정도로 고민하다니.

동진이 고개를 흔들고는 다리를 내려가기 시작했다.

루이스의 바에서 맥주를 가볍게 마시고 숙소로 돌아왔다.

『동진, 평소보다 일찍 왔네?』

『아, 응.』

거실에 모인 사람들에게 다가가며 동진이 대답했다. 그들 사이에 재희가 없는 것을 본 그가 시선을 계단 위로 향했다.

'아직 안 들어왔나?'

평소보다 빨리 돌아온 건 이곳에 그녀가 머물고 있다는 사실 때문일 거란 생각이 들었다.

『피자 먹을 건데 같이 먹을래?』

테이블 위엔 피자와 맥주잔들이 놓여 있었다.

『난 괜찮아. 많이 먹어.』

웃으며 말한 동진이 계단 위로 올라갔다. 여자들이 묵는 룸은 3층에 있었다. 혹시 하는 생각으로 2층에서 위를 올려다봤지만 계단은 조용했다.

"그러고 보니까 휴대폰 번호도 모르잖아."

방으로 들어온 다음에야 동진은 그 사실을 떠올리고 인상을 찌푸렸다.

만약 자신을 거절할 생각으로 숙소를 옮겨 버렸다면 영영 찾을 수 없을 거란 생각이 들었다. 자신을 거절한 사람을 애써 찾을 리가 없으니까.

"하지만 그랬다면, 아까 불러 세우진 않았을 텐데."

혼잣말처럼 중얼거린 그가 소파에 털썩 앉았다.

"알 수가 없네."

동진이 혼란스러운 얼굴로 결 좋은 머리칼을 쓸어 넘겼다. 자신이 관심을 갖게 된 여자는 왜 이리 하나같이 속을 알 수 없는 사람

뿐인지.

동진이 답답한 얼굴로 천장을 바라봤다. 이 위층 어딘가에 윤재희가 머물고 있다는 사실이 어제보다 더 신경이 쓰였다. 대답을 듣기까지 반나절이 남았다.

이 밤이 무척 길 것 같다는 생각이 들었다.

재희는 침대 위에서 뒤척거렸다. 커튼을 걷어 놓은 깜깜한 방 안에 달빛이 스며들어 오고 있었다. 억지로 눈을 감고 있던 그녀가 팔을 뻗어 휴대폰 액정을 켰다.

새벽 2시 5분.

아까 시간을 확인했을 때보다 30분 정도가 흘러 있었다.

'아무래도 밤새 이럴 것 같은데.'

재희가 한숨을 쉬며 몸을 일으켰다. 낮에 동진에게 들은 말 때문에 여러 가지로 생각이 복잡했다.

'왜 생각해 본다고 했을까.'

재희의 작은 얼굴이 어두워졌다. 그 말은 아무리 생각해도 자신답지 않았다. 그 자리에서 돌아서던 그를 불쑥 불러 세웠던 것도.

한숨을 내쉰 재희가 작은 스탠드 조명을 켰다. 그러고는 테이블 위에 올려 뒀던 카메라를 들고 창가로 향했다.

"……이 와중에도 달은 예쁘네."

달을 향해 포커스를 맞추며 재희가 작게 내뱉었다. 달 사진을 몇 장 찍은 그녀가 어둠에 잠긴 마을로 카메라 렌즈를 향해 셔터를 눌렀다. 달빛을 받은 갈색 지붕이 화면 안에 보였다. 그대로 정원의 잔디밭을 향해 카메라를 내리다가 멈칫했다.

'이동진?'

정원의 벤치에 혼자 앉아 캔 맥주를 마시고 있는 남자는 아무리 봐도 그였다.

'왜 이 시간에 저기 있는 거지?'

재희가 의아하게 보고 있는데 시선을 느꼈는지 그의 시선이 이쪽으로 향했다.

"아……."

눈이 마주치자 재희는 조금 당황했다.

이쪽으로 고개를 돌리기 전에 피할걸. 뒤늦게 그런 생각이 들었지만 이미 시선이 마주친 뒤다. 낮에 카페에서도 그랬지만, 자신이 보고 있으면 저 남자가 그 시선을 알아채는 경우가 많았다. 이상하게도.

동진이 고개를 까닥이며 인사하자 재희도 머리를 숙였다. 작은 조명 아래에 있는 그가 이쪽을 향해 손짓했다.

'나올래요?'

그의 입 모양이 그렇게 보였다.

카메라를 든 채 아래를 보고 있던 재희가 고개를 끄덕였다. 곧 몸을 돌린 그녀가 얇은 후드 재킷을 걸쳐 입고 문으로 향했다.

재희가 계단을 내려가 조용히 현관문을 열고 나오자 동진이 서 있었다.

"정말 와 줄 줄은 몰랐는데."

싱긋 웃으며 하는 말에 재희가 문을 닫고 걸어갔다.

"혼자 뭐 하고 있었어요?"

"잠이 안 와서요."

동진이 벤치를 그녀에게 양보하고 자신은 옆에 섰다.

"이런 상황을 예상하지 못해서 캔 맥주가 하나밖에 없는데."

"괜찮아요."

재희가 주머니에서 작은 캔 맥주 하나를 꺼내 보여 줬다.

"내 건 가지고 왔거든요."

"와, 준비성이 철저한 성격이구나."

동진이 놀란 듯 웃음을 흘렸다. 재희가 개의치 않고 자신의 캔 맥주를 따려 하자 그가 손을 내밀었다.

"줘 봐요."

"아, 제가 할 수 있어요."

"그거 모르고 하는 소리 아니에요."

동진의 말에 재희는 결국 캔을 그에게 넘겼다. 가볍게 캔 뚜껑을 연 동진이 다시 건넸다.

"예상하진 못했지만, 내려와 줘서 고마워요."

동진이 자신의 맥주를 내밀며 말하자, 재희가 조용히 자신의 맥주를 부딪쳤다. 챙. 알루미늄 캔이 작게 부딪치는 소리가 조용한 공간을 울렸다.

"나도 잠이 오지 않았거든요."

그렇게 말하고 캔을 입으로 가져갔다. 맥주를 마시는 재희를 동진이 잠시 바라봤다.

"그냥 잠이 오지 않아서 내려온 거예요? 아니면 나 좋을 대로 생각해도 되는 거예요?"

웃음이 섞인 목소리였지만 묘하게 무게가 느껴졌다. 재희는 캔 맥주를 두 손으로 들고 그를 바라봤다.

"내일까지 생각해 봐야 결론이 나지 않을 것 같아서 내려왔어요."

"그래서 지금 말하려고?"

동진이 슬며시 미간을 좁혔다. 지금 재희의 말이 좋은 의미 같 진 않았다. 지금 나올 건 거절밖에 없으니까.

재희의 단발머리를 옆에서 내려다보고 있는데 그녀가 캔 맥주 에 시선을 두고 말했다.

"그건 아니고…… 그냥, 솔직히 나도 잘 모르겠어요. 왜 내려왔 는지."

잠이 오지 않는 이유는 동진의 말 때문이지만 그 말에 이렇게 생각이 많아진다는 것도 다른 변명을 할 수 없게 만들었다.

"거절하려면 아까 거절했을 거예요. 굳이 시간을 갖고 거절을 유예하는 이유를 모르겠고. 혼란스러워서요."

맥주 한 모금에 취한 것일 리는 없는데 아까보다 말이 잘 나왔 다. 끝없는 고민을 계속 하고 있을 바에야 이렇게 솔직히 말하는 편이 낫다는 생각이 들었다.

동진이 조용히 그녀를 내려다봤다.

"난 그 말 내 멋대로 해석할 텐데."

"나도 해석하지 못하는 내 마음을 해석해 주면 고맙죠."

캔을 입으로 가져가며 재희가 스쳐 지나가듯 웃었다. 살짝 떠오 른 눈가의 미소를 본 동진이 움직임을 멈췄다.

"방금 웃은 거 맞죠?"

"네?"

맥주를 마시던 재희가 멈칫하더니 시선을 들었다. 눈이 마주치 자 살짝 어려 있던 미소는 사라져 있었다.

"나 분명 봤는데? 방금 재희 씨 웃는 거."

웃는 게 뭐가 대수라고 확인하듯 묻는 말에 재희가 고개를 다시 숙였다.

"어제 오늘 통틀어 웃는 얼굴 처음 봤거든요."

"……제가 좀 낯을 가려서요."

"예쁜데."

"네?"

재희가 미간을 좁히고 다시 고개를 들자 동진이 부드럽게 웃었다.

"잠깐 봤지만 윤재희 씨 웃는 얼굴이 참 예뻐서요."

재희는 뺨이 슬며시 붉어지는 기분에 손안의 캔만 만지작거렸다.

"이동진 씨는 거의 웃는 얼굴만 본 것 같은데요."

"나도 웃는 얼굴 예쁘지 않아요?"

농을 치는 말에 재희가 저도 모르게 웃음을 흘렸다.

"하지만 난 진심으로 웃을 땐 별로 없어요."

동진이 조금 가라앉은 목소리로 말했다. 눈빛은 차분했지만 여전히 입술 끝에 웃음을 매달고 있었다.

"이곳으로 오면 이제 거짓 웃음은 짓지 않고 살 줄 알았는데 습관이란 게 참 무서운 것 같아요. 아직도 마음에도 없는 웃음을 얼굴에 달고 사는 걸 보면."

그의 눈이 깊어졌다. 재희가 그 눈을 가만히 올려다봤다.

"좋은 거 아닌가. 나쁜 습관도 아니잖아요. 남들에게 기본적으로 호감을 줄 수 있고."

동진이 그녀를 똑바로 바라봤다.

"재희 씨는 호감을 주고 싶지 않아서 일부러 안 웃나요?"

"전……."

갑자기 되묻는 말에 재희는 말문이 막혔다. 자신의 말이 판에 박힌 말이었다는 게 지금 그의 말로 느껴졌다. 자신 역시 웃는 얼굴로 호감을 줬을 때에 생기는 여러 가지 일 때문에 어제 동진에게도 예의 없는 행동을 한 거였으니까.

"미안해요. 깊게 생각하지 않고 말해서."

"재희 씨 사과 받으려고 한 말은 아니에요. 그저 비슷한 상황이라는 걸 설명하고 싶었을 뿐."

동진이 웃었다. 그의 말 때문인지 그 웃음이 조금 전과는 다르게 보였다.

"봐요. 이렇게 다른 사람이잖아. 재밌지 않아요? 생각과 전혀 다른 모습 발견하는 거."

동진이 싱글거리며 말하고는 머리칼을 쓸어 넘겼다.

"나도 재희 씨가 내가 생각한 모습과 전혀 다른 사람이라는 거 알아요. 그게 궁금한 거고."

"생각보다 더 다를 수도 있겠죠."

"그래도 상관없고."

동진이 어깨를 으쓱이고는 맥주를 한 모금 마셨다.

"그리고 그 우연의 연속이 무슨 의미인지도 궁금하니까요."

그의 말에 재희가 시선을 내렸다.

"정말 아무래도 상관없는 사람이었으면 그런 우연에도 신경 쓰이지 않았을 거 같지 않아요?"

그럴지도 모른다. 재희는 그의 말이 맞다고 생각하면서도 섣불리 대답할 수는 없었다. 그 말에 주어진 책임은 자신이 생각하는 것 이상으로 클 수도 있으니까.

동진이 생각에 잠긴 재희를 가만히 내려다봤다.

"고민해 봐요. 아직 시간 남았으니까. 밤이라 쌀쌀하네요. 그만 들어가죠."

여운처럼 미소를 남긴 동진이 빈 캔을 들고 앞장서서 입구로 향했다. 뒤따르던 재희가 동진의 뒷모습을 조용히 응시하고 있었다.

방으로 들어왔지만 여전히 잠은 오지 않았다. 결국 뜬눈으로 밤을 새우고 창문을 열었는데 어제 그 자리에 서 있는 동진이 보였다.

나가기 전에 거울을 보고 흐트러진 머리칼을 정리하던 재희가 움직임을 멈췄다.

"……."

거울 속의 자신을 잠시 바라보던 그녀가 그대로 겉옷을 걸치고 밖으로 나갔다. 새벽의 싱그러운 아침 공기가 곧장 콧속으로 밀려들었다. 푸릇한 잔디 위에 서 있던 동진이 그녀를 발견하곤 고개를 돌렸다.

"못 잤어요?"

"그쪽도 그런 것 같은데요."

통성명을 했는데 아직도 '그쪽'이라 호칭하니 묘한 거리감을 느끼게 해서 동진이 옅은 미소를 지었다.

'역시 거절인 걸까.'

전에 다가갔던 사람도 그랬듯 이번에도 쉬이 곁을 내주지 않는 사람처럼 보였다. 아마 그럴 것이리라 예상은 했지만 그것과 실망감이 드는 건 다른 문제였다.

재희가 하얀 목 아래에서 찰랑거리는 머리칼을 귀 뒤에 꽂으며 말했다.

"밤새 생각해 봤어요."

"그래서, 결론은?"

미소를 유지하며 동진이 물었다. 아침 햇살이 맺힌 까만색 눈동자가 자신을 올려다보고 있었다.

연약해 보이는 외모와 달리 심지가 강한 듯한 눈동자.

자신이 어떤 취향인지 동진은 이 순간 깨달았다.

"난 충동적인 기분으로 감당하지 못할 일을 벌이는 성격은 아니에요."

차분한 목소리가 재희의 입술에서 흘러나왔다. 예상한 말에 동진의 얼굴에 씁쓸함이 맺혔다.

"그런데 거절하면, 후회할 것 같아요."

이어지는 말에 잔잔한 미소를 짓고 있던 그의 눈이 멈칫했다. 혼란이 맺힌 눈빛으로 그녀를 응시하던 그가 입을 열었다.

"후회할 것 같다는 건……."

"여기 있는 동안 함께할 여행 파트너를 만났다고 생각할게요. 거기까지가 내 용기의 최대치예요."

똑바로 올려다보는 재희의 눈엔 조금의 거짓도 들어 있지 않았다. 그 눈을 마주 보는 동진의 고개가 비스듬하게 기울어졌다.

그의 머릿속에는 두 가지 선택지밖에 없었다. 거절하거나 받아들이거나. 그런데 윤재희는 그 외의 다른 선택지를 내밀었다.

"솔직히 예상은 못 했어요. 지금 그 말은."

"마음에 들지 않으면 받아들이지 않아도 돼요."

"그렇게 미련 없이 굴면 내가 서운하잖아요."

동진이 농담처럼 말하며 부드럽게 웃었다.

"거절 쪽이 훨씬 가능성이 클 거라고 생각했었는데…… 어찌 보면 이게 최선일 수 있겠네요."

그녀의 말대로 윤재희는 쉽게 이런 제안을 승낙할 사람으로 보이진 않았다. 그녀 입장에서 아마 많이 양보한 것이리라. 그렇다면 자신이 받아들이지 못할 건 없었다.

"그럼, 우리 아침부터 먹을까요? 여행 파트너로서."

재희가 잠시 동진을 홀린 듯 바라봤다. 그는 이 아름답게 밝아오는 풍경보다 더 환한 미소를 짓고 있었다.

"그래요."

그만큼은 아니지만 재희도 처음으로 눈을 마주치며 웃었다.

동진은 평소 아침은 에밀리가 해 주는 음식을 그곳에 머무는 사람들과 함께 먹는 편이었다. 하지만 오늘은 재희와 조금 더 편하게 대화하며 먹을 수 있는 곳으로 향했다.

"이곳은 아침에 일찍 문 여는 곳이 별로 없어서 선택권이 적네요."

브런치를 먹을 수 있는 카페에 마주 앉은 동진이 말하자 재희가 상관없다는 듯 고개를 저었다.

"전 괜찮아요."

이른 오전이라 지나다니는 사람도 많지 않은 동화 속 풍경 같은 골목이 창밖으로 보였다. 이 풍경과 함께라면 뭘 먹어도 좋을 것 같았다.

찰칵.

카메라를 챙겨 나온 재희가 창밖으로 보이는 모습을 찍었다. 습관처럼 주변을 몇 장 찍는 모습을 동진이 물끄러미 바라봤다.

"혹시 전문가예요?"

"네?"

"처음 만났을 때부터 사진 찍는 모습이 자주 보여서요. 혹시 본업이 그쪽인가 해서요."

"아아, 그건 아니고……."

재희가 자신의 카메라를 보며 말끝을 흐렸다.

재희의 카메라는 작고 귀여운 디지털 카메라이긴 했다.

"그냥 사진 찍는 걸 좋아해요."

"취미, 좋죠. 특히 여행 땐 사진이 더 소중하잖아요. 요즘은 휴대폰으로 찍는 경우가 많은 것 같지만."

"휴대폰으로도 잘 찍히긴 하지만 인화해 보면 차이가 나서요."

"인화도 해요? 보통은 그냥 컴이나 외장하드 같은 데 저장해 두지 않나?"

동진이 신기한 듯 물었다.

"안 그러면 보지 않게 되더라구요."

"그건 그렇겠네요."

자신 역시 여행하면서 사진을 종종 찍었다. 남들만큼은 아니지만 그래도 인상 깊은 장소에선 휴대폰 카메라로 찍었는데 그녀의 말대로 굳이 찾아보진 않게 되는 것 같았다.

"힘들게 시간을 들여서 오게 된 거니까 많이 사진 찍고, 많이 기억을 남기고 싶어서요."

"여행은 언제부터 했는데요?"

따뜻한 수프와 함께 빵과 커피가 테이블 위에 놓이자 자연스럽게 재희 앞에 접시와 나이프를 세팅해 주며 동진이 물었다. 그의 습관 같은 행동을 가만히 보던 재희가 말했다.

"고마워요."

"뭘 인사씩이나."

싱긋 웃은 그가 대답을 기다리는 눈빛으로 바라봤다. 그제야 그의 질문이 떠오른 재희가 입을 열었다.

"한 달 됐어요."

"한 달이면 유럽 일주?"

"아뇨. 독일만요."

"아, 그건 나와 같네요. 나도 독일에만 있었거든요. 1년 정도 됐지만."

"부럽네요."

재희가 찻잔을 매만지며 희미한 미소를 지었다.

"난 여행이 아니라 이곳으로 아예 넘어온 거라서요."

동진의 말에 재희가 시선을 들어 올렸다.

"이민 오신 거예요?"

"네."

그가 고개를 끄덕이자 재희가 의외라는 듯 말했다.

"전 그저 장기 여행자인 줄로만 알았어요."

"틀린 말은 아니죠. 정착지 없이 여기저기 옮겨 다니다 보니 이민이 아니라 여행 같기도 하거든요."

지금은 이곳에 머물러 살지만 다음 주, 혹은 다음 달에는 또 다른 곳에 있을지도 모른다.

재희가 묘한 표정으로 바라봤다. 그 시선에 동진의 밝은 갈색 눈동자가 의아한 듯 향했다.

"왜 그렇게 봐요?"

"그냥, 부러워서요."

"내가요?"

"네."

재희가 옅은 미소를 짓고는 커피를 마셨다. 그 모습을 보던 동진은 시선을 접시 위로 옮겼다.

사람들은 이런 한량 같은 삶을 부러워할 수도 있을 거라는 생각이 들었다. 지금 재희의 어조에서도 느끼듯 보통의 직장인들은 어렵게 휴가를 내고 힘들게 여행을 올 텐데 자신은 겉보기에 유유자적한 생활을 하는 것으로 보일 수 있으니까.

그렇게 보이는 데 딱히 억울함은 없었다. 오해받고 싶지 않은 마음도 있었지만 재희에게 자신의 모든 일들을 설명할 마음도 없었다.

'아직은 그 정도의 감정인가.'

하긴, 만난 지 얼마나 됐다고 그렇게 크고 거창한 감정일까. 이런 소꿉장난 같은 유치한 제안이라도 받아들인 자신이 할 생각은 아니지만.

정갈한 자세로 차를 마신 동진이 빵을 뜯고 있는 재희의 접시 앞에 버터와 잼을 밀어 줬다. 재희는 익숙한 듯한 동진의 매너 좋은 행동에 잠시 네모난 버터를 응시했다.

'연애 경험이 많나.'

동진의 태도는 일부러 만들어 낸 매너가 아닌 습관처럼 보였다. 하긴 딱히 외모에 관심이 없는 자신이 봐도 훤칠하니 잘생긴 외모인데, 그런 그의 곁에 여자가 없을 리 없었다.

시선을 내린 채 뜯은 빵을 입으로 가져가는 그녀에게 동진이 말했다.

"고성은 가 봤어요?"

"네. 가 봤어요."

이곳에 오면 다들 한 번씩은 들르는 곳이니 예상했다는 듯 그가 끄덕였다.

"그럼 나와 함께 한 번 더 가요."

재희가 빵 조각을 입으로 가져가던 손을 멈추고 동진을 바라봤다. 그가 테이블 위에서 팔짱을 낀 채 웃고 있었다.

"나도 여러 번 봤는데, 재희 씨와 같이 보는 기분이 어떤지 궁금하거든요."

고성으로 향하는 길은 산악 기차를 타고 오르는 방법도 있었지만 두 사람은 걸어가는 것을 택했다. 재희도 가벼운 운동화를 신고 있어서 걷는 것이 나쁘지 않았다.

"힘들면 무리하지 않아도 돼요."

동진이 오르막길로 이어진 돌바닥을 보며 말하자 재희가 고개를 저었다.

"괜찮아요. 걷는 거 좋아해요."

"그래도 다리 아프면 언제라도 말해요."

재희가 그를 바라봤다. 다정한 미소와 함께 보여 주는 친절이 점차 익숙해졌다. 처음엔 낯설게 느꼈는데 이렇게 빨리 적응하는 자신이 오히려 신기할 정도였다.

고성으로 오르는 길은 이른 시간이라 그런지 사람이 별로 없었다. 한창 사람들이 많은 때 올라갔던 터라 재희는 이런 한가로운 분위기를 보는 것이 더 좋다고 생각했다.

"괜찮다면 가면서 이곳 사진 찍어도 될까요?"

"얼마든지요."

그래도 같이 있는 사람에게 실례가 될 것 같아 재희가 조심스럽게 묻자 동진은 흔쾌히 승낙했다.

그 말에 안심한 그녀는 그때는 찍지 못했던 모습들을 사진에 담았다.

일부러 그녀와 보폭을 맞추고, 그녀가 사진 찍을 때마다 조금 뒤에서 말없이 기다려 주는 동진의 존재가 뷰파인더를 보는 동안에도 내내 신경을 잡아챘다.

거슬리고 부담스러운 느낌이 아니라 저절로 쏠리는 관심 같은 거였다.

이런저런 대화를 하며 고성으로 올라와 웅장한 성벽을 바라봤다. 높은 난간 쪽에 서서 아래를 내려다보자 시원한 바람이 머리칼을 스치고 지나갔다.

"아침이라 더 좋네요."

오렌지빛 햇살이 환하게 도심을 비추고 있었다. 아기자기한 주홍색 지붕들과 파스텔 톤 외벽이 한 폭의 그림처럼 보였다.

탁 트인 전경을 두 사람은 말없이 바라봤다.

이상하게도, 아직 친한 사이가 아님에도 조용히 같은 곳을 응시하는 것이 불편하지가 않았다.

"해 질 때의 풍경과 해 뜰 때의 풍경이 비슷한 거 알아요?"

동진의 말에 그녀가 바람결에 날리는 머리칼을 귀 뒤로 넘기며 바라봤다.

"그런가요?"

"색의 온도가 비슷해요."

그의 말을 듣고 보니 지금의 황금색 태양빛이 석양과 비슷하다는 생각이 들었다.

"하지만 아침과 다르게 저녁엔 뭔가 서글픈 생각이 들 때가 있어요."

"……."

조용한 어조로 말하는 동진의 옆모습을 재희가 가만히 바라봤다. 그의 표정에 슬픈 기색은 없었다. 오히려 입술 끝에 잔잔한 미소를 담고 있는데도 왠지 그가 슬퍼 보였다.

'방금 들은 말 때문인가?'

재희가 곰곰이 생각하고 있는데 동진이 먼저 몸을 돌렸다.

"그만 내려가죠. 다리는 괜찮아요? 내려갈 땐 버스나 푸리쿨라 타도 돼요."

"걷는 게 좋아요."

대답한 재희가 앞서 걸어갔다. 자그마한 체구가 가볍게 걸어 내려가는 모습을 보고 있던 동진이 곧 뒤를 따랐다.

고성을 내려와 식사를 하고 네카어강을 따라 산책 겸 걸었다. 재희는 걸어가면서도 종종 카메라로 풍경을 찍었다.

문득 생각났다는 듯 동진이 걸음을 멈췄다.

"재희 씨."

"네?"

카메라를 든 재희가 돌아보자 그가 손을 내밀었다.

"줘 봐요."

카메라를 달라는 제스처에 재희가 의아하게 바라봤다.

"찍어 줄게요."

"아, 전 괜찮아요."

"본인 사진은 안 찍어요?"

"네. 저 포함해서 인물 사진은 잘 안 찍어요. 풍경 찍다가 프레

임 안에 들어온 사람의 경우는 어쩔 수 없지만요."

동진이 이상하다는 듯 고개를 기울였다.

자기 사진을 잘 찍지 않던 사람도 여행지에선 기념이라며 한두 장 정도는 남기는 법인데, 재희는 전혀 그럴 생각이 없어 보였다. 오히려 눈앞에 들어오는 풍경들을 하나라도 더 카메라에 담고 싶어 했다.

"왜 사람의 뇌는 그렇지 못한 걸까요?"

재희가 혼잣말처럼 중얼거리는 소리에 동진이 그녀를 내려다봤다.

"무슨 뜻이에요?"

"나중에 그 순간을 떠올렸을 때 사진처럼 선명하게 모든 것이 떠오른다면 좋을 텐데 싶어서요."

"그럼 사진 같은 거 필요 없지 않을까요? 사진도 사진만의 매력이 있잖아요."

"그냥 종종 그런 생각을 해요. 사람은 그럴 수 없으니까 사진을 찍는 거겠지만요."

동진은 햇살을 받으며 찰랑이는 수면을 응시하며 방금 전 재희의 말을 생각했다. 정확히는 알 수 없어도 대충 어떤 의미로 한 말인지는 알 수 있을 것 같았다.

"난 이 시간에 다리 위에서 해 지는 모습 보는 거 좋아하는데. 같이 볼래요?"

"그래요."

동진이 어딘가 가자고 하면 재희는 대체로 선선히 응했다. 딱히 어딘가 가고 싶은 곳이 있냐고 물어도 그런 곳은 없다고 했다. 그저 하이델베르크에 더 오래 있었으니 이곳 분위기를 알 수 있는 곳을 알려 달라고만 했다.

"이 다리 위만큼 이곳 분위기를 잘 알 수 있는 곳은 없을 거예요."

높은 곳에 있는 고성부터 아래의 강물까지 이곳의 모든 것이 다 시야에 들어오는 곳이었다.

"여긴 매일 지났지만 오래 있던 적은 없던 것 같아요."

"이 시간은 특히나 특별해요. 물론 해 뜨는 순간도 멋지지만 난 이상하게 해가 지는 시간에 더 마음이 끌려서."

그렇게 말하며 동진은 다리 위 난간에 팔을 올리고 평소처럼 먼 곳을 바라봤다.

재희도 그의 옆에 서서 해가 저물어 가는 풍경을 시야에 담았다. 황금색으로 천천히 물들던 하늘이 문득 지나치게 붉다는 생각이 들다가, 곧 짙은 푸른색으로 변했다.

"……정말 예쁘네요."

그 모든 색의 변화를 잠자코 보고 있던 재희가 완전히 어두워지고 난 다음에야 말했다. 같은 곳을 보고 있던 동진이 그녀 쪽으로 시선을 내렸다. 재희는 홀린 듯 하늘 저편을 응시하고 있었다.

"매일 보는 모습인데도 재희 씨와 함께 봐서 오늘은 더 예쁜 것 같아요."

그 말에 재희는 조금 멋쩍은 듯 웃었다.

"고마워요. 멋진 모습 보게 해 줘서."

"그럼 보답으로 내가 맥주 한 잔 살 수 있게 해 줘요."

"보답은 내가 해야 하는 거 아닌가요?"

"나도 고마우니까."

작게 웃음을 터뜨리는 재희를 동진이 부드럽게 잡아끌었다.

아…….

그에게 잡힌 팔을 보며 재희는 하루 사이에 그와의 거리가 무척 좁혀졌다는 걸 느꼈다. 지금 이 스킨십이 거슬리지 않을 만큼.

『오늘은 둘이 왔네?』

루이스가 함께 들어오는 두 사람을 보며 씩 웃었다.

『같은 숙소에 묵고 있더라고.』

『아, 그거 대단한 우연인데.』

자리에 앉던 재희는 루이스가 말한 우연이라는 단어에 마음이 쓰였다.

대단한 우연.

정말 그래서일까. 하루 만에 이렇게 가까워진 것도.

자신은 타인에게 쉽게 마음을 여는 타입이 아니었다. 그게 여행지에서 조금은 유해지지 않을까 생각했었지만 겪어 보니 오히려 여러 가지 이유로 더 타인에게 벽을 세우고 있었다.

그 벽을 넘어 들어온 남자.

재희가 새삼스러운 시선으로 동진을 바라봤다.

'저 미소 때문일까?'

자신에게 향한 부드럽게 휘어진 눈매에 담긴 미소가 마음을 순하게 만드는 것 같았다.

"난 맥주를 좋아해요. 재희 씨도 전에 여기서 맥주 마시는 거 봤는데. 맥주파죠?"

"전 그냥 가리지 않고 마시는 편이지만 맥주가 취하지 않아서 좋아요."

"취하지 않다니. 술이 상당히 센 모양인데요?"

동진이 그녀 앞에 맥주잔을 놔주며 놀랍다는 듯 말했다.

그게 놀랄 일인가 생각하면서도 이런 가벼운 말에도 그가 관심을 가져 주는 것이 나쁘지 않았다.

"여기 맥주 맛있어요. 내가 거짓말 조금 보태서 이 동네 맥주는 한 잔씩은 다 마셔 봤는데, 이 집 맥주가 최고거든."

"그래서 외진 곳인데도 손님이 많은 모양이네요."

재희가 고개를 끄덕이며 맥주를 한 모금 마셨다.

"가게는 작지만. 뭐 난 그래서 좋아요. 너무 시끄러운 것도 싫으니까."

"그건 나도 그래요."

재희가 작게 대답했다. 사람에게 부대끼는 건 싫은데, 또 너무 외로운 것도 싫었다. 적당히 조용하고 사람의 온기가 느껴지는 곳이 좋았다. 이곳처럼.

이 남자와 왠지 공통점이 많다는 생각에 재희가 조용히 맥주잔을 매만졌다. 맥주도 좋아한다. 방금 전 그에게 말했던 것 이상으로.

"재희 씨는 연애해 본 적 있어요?"

불쑥 물어 오는 질문에 맥주잔을 입으로 가져가던 재희가 멈칫거렸다.

"좀 불편한 질문인가? 내 얘기 하려고 꺼내는 말이니까 대답하기 싫으면 안 해도 돼요."

동진이 스스럼없는 미소를 지으며 말했다. 이런 말을 할 때 그는 독특한 점이 있었다. 대부분은 관심이 있든 없든 상대방에게 이런 식으로 직설적으로 말하진 않을 것 같았다.

"연애 경험은 있지만 많진 않아요."

"나랑 비슷하네요. 난…… 아니 솔직히, 내가 좀 잘생겼잖아요?"

"아, 그건 그렇죠."

갑자기 심각한 얼굴로 동진이 물어 오자 재희가 저도 모르게 대답했다.

"그런데 왜 내가 좋아하는 사람은 날 안 좋아하는지 모르겠어요. 하긴 난 누군가에게 쉽게 빠지는 성격도 아니라서, 그런 경험도 한 번밖에 없지만요."

의외의 말에 재희가 눈을 깜빡였다.

무척 경험이 많아 보이는데 생각 외로 연애 경험이 적은 남자였나. 그럼 그 몸에 밴 매너는 다 타고난 걸까?

그녀의 고민은 알 수 없는 동진은 답답한 표정을 지었다.

"처음으로 어떤 여자를 좋아하게 됐는데 그 여자는 나한테 틈을 주지 않았어요. 뭔가 숨기는 것도 많고. 그걸 비집고 들어가 보려고 했는데 결국은 거부하더라구요."

한숨을 내쉰 그가 얼마 남지 않은 맥주를 비우고 새 잔을 시켰다.

"인연이 아니었던 거겠죠."

"인연이라."

동진이 씁쓸한 표정으로 재희의 말을 되뇌었다.

"그 인연이라는 걸 잘 모르겠어요. 그 사람도 마지막에 그런 말을 했거든요. 우린 인연이 아닐 거라고."

이 남자를 거절한 여자는 어떤 여자일까. 재희는 그의 말을 듣는 동안 그런 생각이 들었다.

"그때 이후로 그 말이 계속 남았어요. 그 인연이라는 거. 그게 대체 뭐기에 처음으로 함께하고 싶었던 사람과 이어지지 않게 만든 건지.”

재희가 조용히 맥주잔을 매만졌다.

과거의 생각에 빠져 있던 듯한 그가 문득 그녀를 돌아봤다.

“어쩌면 내가 그 인연이라는 말 때문에 지금 이렇게 윤재희 씨를 귀찮게 만드는 것일지도 모르겠네요.”

자신을 가만히 응시하는 시선을 재희가 마주 봤다. 웃음기 없이 진지하게 바라보는 눈동자가 낯설면서도 심장에 묘한 열기를 지폈다.

“귀찮진 않아요.”

겨우 그 말을 한 재희가 시선을 피하듯 맥주잔을 입술로 가져갔다.

“잘 자요.”

출입문을 열어 준 동진이 부드럽게 말하자 재희가 고개를 끄덕였다.

“동진 씨도 쉬세요.”

작은 머리통을 까닥인 그녀가 먼저 계단으로 향하는 것을 동진이 뒤에서 바라봤다. 재희가 계단 위로 사라진 뒤에 그도 2층으로 올라갔다.

간단하게 씻고 침대에 누웠는데 잠이 오지 않았다. 깍지 낀 두 팔로 뒷머리를 받치고 똑바로 누운 그가 조용히 천장을 바라봤다.

‘이틀 남았나.’

새벽의 그 대답 이후 하루 종일 같이 있었는데 이상하게도 그 시간이 무척 짧게 느껴졌다.

자신은 겉보기엔 사람 가리지 않고 누구와도 잘 지낼 것처럼 보였지만 사실 그렇지 않았다. 웃는 얼굴로 대한다고 해서 상대에게 호감을 가지고 있는 건 아니다. 정말 마음이 편한 사람이 아니고선 단 1시간도 같이 있기 힘들어하는 성격이었다.

　'그런데 왜, 윤재희는 안 그럴까.'

　1년여 동안 독일에서 떠돌아다니는 동안 외로웠던 걸까? 그래서 마음이 더 너그러워지기라도 한 건가?

　무수한 의문이 그의 머릿속을 스쳐 지나갔다. 어떤 의문은 사라지지 않고 끈질기게 달라붙어 계속 신경 쓰이게 만들었다.

　"후."

　동진이 뒤척이며 옆으로 돌아누웠다. 잠이 오진 않지만 억지로 눈을 감았다. 순식간에 지나갔다고 생각되는 하루처럼 남은 이틀도 그렇게 지나갈 것 같았다.

　"오늘은 어딜 가 볼까요?"

　짙은 청색 셔츠를 입은 동진이 싱그러운 미소를 짓고 있었다. 밝은 갈색 머리칼 때문인지 청색 셔츠가 그에게 잘 어울렸다. 흰 피부도 더 도드라져 보여 귀공자 같은 분위기를 풍기게 했다.

　"전 어디든 괜찮아요."

　재희는 네이비 컬러의 후드 티셔츠에 청바지 차림이었다. 어제보다 더 어려 보이는 옷차림에 동진이 잠시 그녀를 내려다보다 말했다.

　"그러고 보니, 우리 서로 나이를 모르네요?"

"아, 그러네요."

그제야 생각났다는 듯 살짝 놀란 표정을 지었다. 보통 여행 중에 한국인을 만나면 다짜고짜 나이부터 물어보는 경우가 많았는데 재희는 그런 무례함을 싫어했다.

그래서 묻지 않고 있었는데 하루 종일 같이 있었으면서도 전혀 불편함이 느껴지지 않았다. 지금 생각해 보니 동진도 자신에게 나이를 묻지 않았다.

"재희 씨 외모가 생각보다 어려 보여서요. 대화할 때는 전혀 그렇게 느껴지지 않았는데."

동진이 상냥한 미소를 지으며 물었다.

'이렇게 기분 나쁘지 않게 나이를 물어 오는 사람도 있구나.'

어려 보인다는 말도 그리 좋아하는 말이 아닌데 지금 동진의 말은 기분 나쁘게 들리지 않았다. 이 남자의 배려심이 묻어나는 말투와 표정 때문일까. 장난스럽게 들리지도 않고 그렇다고 너무 진지하지도 않았다.

"스물여섯이에요. 동진 씨는요?"

"난 서른둘. 어려 보이죠?"

동진이 장난스러운 눈웃음을 쳤다. 그 웃음에 대부분의 여자들은 따라 웃었는데 재희는 그를 빤히 쳐다보기만 했다. 가늠하듯 그의 얼굴을 보고 있던 재희가 입을 열었다.

"그 정도로 보이긴 해요."

"아…… 그런가."

지금까지와는 다른 반응에 머쓱해진 동진이 머리칼을 쓸어 넘겼다.

"실망이네요. 나도 어려 보이길 바랐는데."

아쉬운 표정을 짓다가 싱긋 웃어 보인 그가 먼저 걸음을 옮겼다.

"일단 어디든 가 볼까요. 그럼."

어제처럼 날씨가 좋은 날이었다. 햇빛 속에서 보폭을 맞추는 동진 옆에서 재희도 걸음을 옮겼다.

살랑살랑, 바람이 기분 좋게 뺨을 스쳐 지나갔다. 휴일을 맞아서인지 평소보다 사람이 더 많았다. 처음 이곳에 온 걸로 보이는 여행자들이 여기저기서 감탄을 하며 사진을 찍고 있었다.

"오늘은 사진 안 찍네요?"

동진이 묻자 재희가 자신의 카메라 가방을 잠시 바라봤다.

"왔던 곳이라서요."

실은 아니었다. 그동안은 여행 중에 한 번 봤던 길도 다시 카메라를 꺼내 찍고는 했다. 그냥 지금 찍고 싶은 생각이 들지 않았을 뿐이다.

재희는 스스로에게 의아함을 느꼈다. 독일에 온 뒤로는 늘 어떤 장면을 보든 카메라 먼저 빼 들고는 했는데 오늘은 그러지 않았다.

'이 남자 때문에?'

옆의 동진에게만 모든 신경이 집중됐기 때문이라는 사실에 재희의 표정이 가라앉았다.

"이 길도 멋진 건물들이 많아요."

동진은 어제 가지 않았던 루트로 천천히 걸었다. 두 사람 다 걷는 것을 좋아한다는 건 어제 확인했다. 오늘도 그녀는 가벼운 운동화를 신고 있어서 이곳에 살면서 예쁘다고 느꼈던 골목들을 골라 걸어갔다. 걸어가다 보니 하이델베르크 대학으로 향하게 됐다.

"여기도 봤을 것 같긴 한데."

동진이 재희를 바라봤다.

"온 김에 둘러봐요."

이곳 역시 충분히 구경한 곳인지라 재희는 천천히 눈으로만 둘러봤다.

"사진을 찍기 위해 왔을 때와 느낌이 다른 것 같아요. 분명 봤던 곳인데."

재희가 나치 정권 때 유대인의 책을 불살랐다는 광장에 서서 말했다.

"렌즈로 보는 시야와 직접 보는 시야는 다르죠."

동진이 대답하며 그녀를 바라봤다. 광장의 커다란 동그라미 표식을 보던 재희가 다시 걸음을 옮겼다. 동진은 그녀를 따랐다. 다른 곳에서와는 달리 이곳에서는 그녀가 주도하며 걷고 있었다.

하이델베르크 대학은 독일에서 가장 오래된 대학으로 유서 깊은 곳이었다. 이곳을 보기 위해 하이델베르크를 일부러 찾는 여행객들도 많았다. 대학 건물의 탑처럼 생긴 곳 앞에서 재희가 다시 걸음을 멈췄다.

"이곳, 어떤 일이 있던 곳인지 알아요?"

문득 그녀가 동진을 바라보며 물었다.

"마녀사냥을 말하는 거죠?"

"……네."

동진이 대답을 들은 재희가 붉은 벽돌의 탑을 올려다봤다. 그녀의 표정이 다른 분위기를 내고 있어 동진도 시선을 따라 그곳을 올려다봤다.

그가 알기로 이곳은 과거 중세시대 때 죄 없는 여성을 마녀로 몰아 화형식을 했던 곳으로 알고 있었다. 지금도 그 잔인한 일을 잊지 않기 위해 이곳을 그때 모습 그대로 남겨 둔 거라고 들었다.

"끔찍한 일이었겠죠."

"네. 무척."

재희가 대답하며 여전히 그곳을 가만히 바라봤다.

동진도 따라 시선을 뒀다. 당시 최대 권력 기관인 교회에서 저지른 그 잔인한 화형식으로 얼마나 많은 여성이 죽었을까.

이곳을 몇 번이나 와 봤지만 한 번도 깊게 생각해 본 적이 없었는데 지금 재희의 진지한 표정을 보니 덩달아 숙연해지는 기분이었다. 말없이 탑을 응시하고 있던 재희가 몸을 돌렸다.

"그만 갈까요? 이제 슬슬 배도 고파지고."

"그래요."

동진의 말에 그녀가 고개를 끄덕였다. 그들은 점심 식사를 하기 위해 왔던 길을 돌아 대학을 빠져나왔다.

"아까 그 탑을 보면서 표정이 안 좋던데. 무슨 생각나는 일이라도 있었어요?"

식사를 마치고 들어온 카페에서 동진이 물었다. 그냥 넘어갈 수도 있었지만 한참을 올려다보던 재희의 표정이 신경 쓰였다.

"딱히 그런 건 아니었어요."

"그렇군요."

재희의 대답은 진심 같지 않았지만 동진은 더 묻지 않았다. 마녀의 화형식에 떠오르는 일들은 대체적으로 좋은 기억일 것 같지 않았다. 묻는 것을 조금 더 조심했어야 했을 수도 있다.

"어릴 때요."

탄산수가 담긴 컵을 만지작거리던 재희가 조금 망설이는 표정으로 입을 열었다.

"어릴 때?"

"네. 어릴 때 읽은 동화책에 나오는 마녀는 다 나쁘고, 무섭게 나오잖아요."

"대체적으로 그렇죠."

동진이 가슴 위에서 팔짱을 끼고 고개를 끄덕였다. 자신이 떠올리는 동화 몇 가지에 등장하는 마녀의 이미지도 비슷했다. 재희가 햇살이 비쳐 들어오는 창을 응시하며 말했다.

"그 이미지만 가지고 있다가 마녀사냥이라는 말을 처음 알게 되었을 때 충격을 받았어요."

"그때가 몇 살이었는데요?"

"아마 중학생쯤인 것 같아요."

재희가 기억을 떠올리는 듯 속눈썹을 천천히 내렸다가 들어 올렸다.

"그런 말도 안 되는 이유로 여자들이 죽었다는 사실이 믿기지 않았어요. 그것도 최고의 권력을 가진 교회가 그런 일을 자행했다는 것이요."

이곳으로 와서 마녀 처형대를 처음 봤을 때, 그때의 충격이 생생히 떠올랐다.

재희의 말을 듣고 잠시 가만히 있던 동진이 입을 열었다.

"하지만 더 나쁜 건 그걸 알면서도 그저 죄 없는 여자를 죽이는 방식으로 권력을 이어 가는 체계에 순응하는 남자들이었겠죠."

재희가 잠시 그를 바라봤다.

"왜요?"

자신을 향하는 시선에 동진이 묻자 그녀가 어색한 표정으로 고개를 저었다.

"아무것도 아니에요."

   그 마녀 화형대를 보며 자신도 그런 생각을 했었다. 어제부터 대화를 하는 동안 자꾸만 이어지는 동질감에 재희는 여러 번 마음속으로 되뇌었다.

   '그저, 우연이야.'

   이 남자를 만난 뒤 숱하게 이어졌던 우연 중 하나. 같은 나라에서 태어나 자라 왔으니 비슷한 취향과 사고를 가질 수 있으니까.

"그래서 그렇게 빤히 보고 있던 거구나."

"과거의 동화책으로 미워하던 그 마녀들도 어쩌면 그런 오해를 받는 존재일 수 있다는 생각을 했어요."

"재희 씨 생각보다 감성적인 부분이 있네요. 의외네."

   동진이 청량한 웃음을 지으며 말했다. 딱히 칭찬도 아닌데 왠지 간질간질한 기분이 들어 재희는 조용히 탄산수만 마셨다.

   식사를 마치고 나와 어제처럼 다리가 있는 곳으로 향했다. 곧 해가 질 시간이었다. 관광객이 몰려 있는 다리 입구 쪽으로 다가간 동진이 그녀를 바라봤다.

"저 원숭이 동상에 무슨 의미가 있는지 알아요?"

   거울을 든 원숭이 동상을 가리키며 그가 말하자 재희가 대답했다.

"역사적인 거요?"

"그거 말고요."

   사진을 찍던 관광객들이 비켜나자 동진이 그쪽으로 다가갔다.

재희도 그를 따랐다. 이곳을 몇 번이나 지나치면서도 원숭이 동상을 자세히 본 적은 없었다. 동진이 원숭이의 뻗은 새끼손가락을 매만졌다.

"여길 만지면 다시 하이델베르크로 돌아온다는 말이 있거든요."

"아아, 그건 몰랐어요. 전쟁에서 저 거울을 사용해 상대편을 교란시켰다는 것만 들었어요."

"그런 말보다 이런 게 더 로맨틱하지 않아요?"

동진이 싱긋 웃었다.

"재희 씨도 만져 봐요."

재희가 망설이는 듯한 표정으로 그대로 서 있었다.

"여기 다시 오고 싶지 않아요?"

의아하게 묻는 말에 재희가 결국 손을 뻗었다. 수많은 사람들의 손을 타서인지 반들반들해진 원숭이 동상의 손가락 부분에 재희가 조심스럽게 손을 가져갔다.

"다음엔 혼자가 아니라 누군가와 함께 오고 싶어요."

동진이 원숭이 동상을 보며 말했다.

"그땐 애인과 오면 되겠네요."

재희의 대답에 그가 시선을 그녀에게로 내렸다.

동진의 시선에 재희가 고개를 들었다. 그는 낯선 표정으로 자신을 내려다보고 있었다.

'아.'

동진의 얼굴을 본 재희의 눈빛이 작게 흔들렸다. 그때 동진이 평소처럼 표정을 바꿨다.

"결혼하고 와도 좋겠고."

싱긋 웃으며 말한 동진이 걸음을 옮겼다. 사진을 찍으려고 다가

오는 사람들을 위해 자리를 피해 주는 그를 따라 재희도 비켜 줬다. 다리 위를 걸어가며 재희는 동진의 옆모습을 바라봤다. 방금 전 자신을 내려다보던 동진의 표정이 무거운 돌덩이처럼 마음을 내리눌렀다.

'왜 그런 눈으로 본 걸까.'

많은 것이 담긴 옅은 갈색의 눈동자가 머릿속을 헤집었다.

"아, 조심해요."

재희가 잠시 그에게 시선을 빼앗긴 사이 앞에서 달려오는 남자들 무리를 본 동진이 빠르게 그녀의 어깨를 잡아 자신 쪽으로 당겨 안았다. 그의 단단한 팔에 끌어당겨지자 재희는 순간 숨을 삼켰다.

"괜찮아요?"

아무리 관광객이 많은 곳이지만 민폐다 싶을 정도로 요란스럽게 달려간 남자들 무리를 매서운 시선으로 잠시 응시한 그가 재희에게 물었다.

"네. 괜찮아요."

동진의 팔에서 빠져나오며 그녀가 차분히 대답했다.

"이곳은 여행에 들뜬 덩치 큰 소 떼들이 종종 출몰하니까 조심해야 해요."

그가 농담처럼 말하자 재희가 기다란 속눈썹을 아래로 내렸다.

"상관없어요. 어차피 내일까지니까."

선을 긋는 듯한 재희의 말에 동진이 조용히 그녀를 내려다봤다. 재희는 그 시선을 알면서도 고개를 들지 않고 앞서 걸어갔다.

표정이 보이지 않게 되고서야 재희가 작게 한숨을 내쉬었다.

방금 전 그가 잡아끌었을 때의 커다란 손의 온기가 아직 어깨에 남아 있는 것 같아 태연하게 그를 쳐다보기가 어려웠다. 그런 자신의 상태를 들킬까 봐 초조했다. 조급하게 뛰는 심장 소리와 함께 머릿속이 멀미를 하듯 어지러워졌다.

문득 고개를 드니 그가 좋아하는 노을이 하늘을 온통 찬란한 황금빛으로 물들이고 있었다.

❋

재희는 동진에게 오래 걸었더니 피곤하다고 말하고 그대로 숙소로 돌아왔다.

'그럼 그렇게 해요.'

선뜻 대답한 동진도 아쉬울 것이 없어 보여 마음이 놓일 줄 알았는데, 오히려 심란해서 재희는 마음이 답답했다.

이제 하루.

내일이 지나면 한국으로 돌아가는 일만 남았다. 긴 여행이 끝났다는 아쉬움과는 다른 감정이 재희의 마음을 흔들고 있었다.

"그만, 자자."

재희는 이불을 머리끝까지 뒤집어썼다. 눈을 꾹 감았지만 이틀간 함께했던 기억들이 머릿속을 어지럽게 떠다녔다.

"하아."

이불을 다시 걷어 낸 재희가 한숨을 흘렸다. 어차피 한국으로 돌아가고 나면 기억도 까마득해질 일일 거였다. 그걸 알면서도 자신이 지나치게 그에게 휩쓸리고 있는 것이 느껴졌다.

'이대로 헤어지게 된다면 그는 분명 아까처럼 웃으면서 잘 지내라고 하겠지?'

동진의 성격을 잘 알진 못해도 자신이 돌아갈 때 어떤 태도를 보일지 어느 정도 예상이 됐다.

'그 정중한 태도로 웃으면서.'

하루 뒤에 있을 헤어짐의 순간을 상상하니 벌써부터 가슴이 꽉 막힌 듯 답답해졌다. 그다운 순한 미소와 함께 안녕을 말하는 모습을 떠올리는 것이 왜 마음이 아플까.

'그를 사랑하는 것도 아닌데.'

재희의 눈이 어둡게 가라앉았다.

❀

함께 지내기로 한 마지막 날은 아침부터 하늘이 흐렸다. 처음 동진과 마주친 날도 이렇게 흐린 날이었다. 창밖을 보던 재희는 우중충한 날씨처럼 마음이 가라앉을 것 같아 일부러 환한 색상의 카디건을 걸쳤다.

"연두색 잘 어울리네요."

보자마자 미소를 지으며 하는 말에 재희는 어색한 얼굴로 목덜미를 매만졌다.

"고마워요."

"재희 씨는 칭찬에 익숙하지 않은 사람 같아요."

"그런가. 잘 모르겠네요."

뭐라 대답해야 할지 몰라 재희가 시선을 내리며 흘리듯 말했다.

칭찬에 익숙한 것이 아니라 자신이 신경을 쓰지 않았던 것일지도 모른다. 누군가가 칭찬하는 것에 관심이 없었으니까. 부모님은 훈육이 엄격했던지라 칭찬에 인색했지만, 선생님들에겐 언제나 칭찬받는 모범생이었으니. 하지만 동진의 말은 다르게 다가왔다.

"어제 많이 피곤해했잖아요. 잠은 잘 잤어요?"

"네."

함께 아침 식사를 하기 위해 걸어가며 동진이 묻자 재희가 끄덕였다. 실은 거의 자질 못했는데도.

"마지막 날인데 기분이 어때요? 많이 아쉽고 그래요?"

"아쉽긴 한데 한편으로는 조금 안심이 되기도 해요."

"아무래도 타지에 오래 나와 있으면 긴장이 풀리지 않죠. 그래서 더 피곤하고."

동진이 싱그러운 미소를 지었다. 그런 의미의 안심은 아니었지만 재희는 반론하지 않았다.

브런치 메뉴로 아침을 먹는 동안 소소한 대화가 이어졌다. 종종 재희는 창밖을 내다봤고 동진도 말이 없을 때가 있었는데 그럴 때마다 묘한 침묵이 흘렀다. 이틀 동안은 느끼지 못했던 미묘한 분위기가 감돌고 있음을 두 사람 다 말은 안 해도 느끼고 있었다.

"어딘가에 그리운 장소를 만드는 건 그리 좋지 않은 일 같지 않아요?"

식사를 마친 동진이 찻잔을 내려다보며 말했다. 맞은편에서 창밖을 보고 있던 재희가 그에게 고개를 돌렸다.

"어떤 점이요?"

"그냥, 그립다는 사실 자체가요."

그가 찻잔을 입으로 가져갔다. 입술은 미소를 머금고 있었지만 미간이 살짝 좁혀 들어 있었다.

"다 두고 떠나왔을 땐 그리울 게 없었거든요."

"한국에요?"

"네."

그의 미소에 여전히 씁쓸함이 담겨 있었다. 물어도 되나, 잠시 고민하던 재희가 입을 열었다.

"실례가 되지 않는다면…… 왜 떠나오신 건지 물어도 될까요?"

조심스러운 질문에 동진이 찻잔에서 시선을 들어 올렸다. 가만히 그녀를 보던 그가 입술 끝을 부드럽게 휘어 올렸다.

"재희 씨가 저에 대해 먼저 질문한 거 처음이네요."

그랬나?

이틀간 꽤 많은 대화를 했는데 자신이 먼저 그에 대한 질문을 한 적이 없다는 사실에 재희는 내심 놀랐다. 생각해 보니 모든 대화는 거의 그가 주도하고 있었고, 그가 물어 오는 것에 대해 자신도 되물어 보는 정도가 대부분이었다.

"더는 그곳에서 버틸 수가 없었어요. 숨이 막힐 것 같아서요."

담담한 목소리였지만 많은 일들이 있었다는 것이 동진의 눈빛에 담겨 있었다.

"한국에선 무슨 일을 하셨어요?"

"그냥 직장인이었어요. 평범한 회사원. 재희 씨는 무슨 일 하고 있는지 물어도 돼요?"

"저도 그냥 평범한 직장인이었어요. 지금은 사표 내고 휴직 중이지만."

"여행 때문에?"

"그건 아니에요."

딱히 반드시 유럽 여행을 가야지, 라는 생각을 가졌던 건 아니

357

지만 몇 년간 근무하던 회사를 그만뒀을 때 어디든 떠나고 싶다는 생각이 들었다. 지금이 아니면 떠날 용기도 나지 않을 것 같고. 그래서 곧바로 할인가로 나온 비행기 표를 예매한 것이 독일행이었다.

재희의 설명을 들은 동진이 신기하다는 얼굴로 바라봤다.

"특이하네요. 보통 평소에 가고 싶은 곳으로 예약하지 않나."

"다른 경우는 잘 모르겠어요."

"그럼 만약 그때 봤던 여행 사이트에서 할인하고 있는 티켓이 미국행이었으면 미국으로 갔을 거고 호주행이었으면 호주로?"

"네."

동진의 얼굴에 더 호기심이 어렸다.

"재희 씨는 그런 충동성과는 거리가 멀 것 같은데."

"꼭 그렇지도 않아요."

지금 그와 이곳에 있는 것이 그 증거일 테고.

재희가 옅은 미소를 매달고 찻잔을 만지작거렸다. 그러고 보면, 자신의 인생에서 가장 충동적인 순간은 여행을 결심한 순간과 바로 지금인 것 같았다.

"아마 동진 씨가 본 이미지가 어느 정도는 맞을 거예요. 전 평생 정해진 틀을 벗어나 살아 본 적은 없거든요."

"부모님 말대로 공부만 하다가 대학 가고, 취업하고. 뭐 그런 코스였다는 걸 말하는 거죠?"

"삶의 전반적인 태도가 그랬어요. 부모님께서 무척 엄하셨거든요."

재희의 말을 동진이 진지한 표정으로 들어 줬다.

집중하려는 듯 똑바로 응시하는 그 시선에 재희가 살짝 눈을 내리깔고 말을 이었다.

"그러다가 어느 순간 그런 내가 숨 막히게 답답해졌어요. 좋은 대학 나오고 좋은 회사 다니고 있는 나를, 부모님은 좋아하셨지만 정작 내가 좋아하지 않더라는 거죠."

왜 이런 말을 이 남자에게 하고 있을까. 누구에게도 하지 않은 말을.

재희는 동진에게 이렇게 자신에 대해 말을 하고 있다는 사실이 신기했다.

'내일이면 안 볼 사람이라서?'

재희가 그런 생각을 하고 있는데 말없이 그녀를 보고 있던 동진이 조용히 찻잔을 들었다.

"나도 재희 씨처럼 부모님이 바라는 삶을 살았어요."

그의 말에 재희가 고개를 들었다.

"우리 부모님은 재희 씨 부모님처럼 그저 좋은 학교에 좋은 직장만을 바라신 게 아니라, 전 결국 그 요구를 채워 드리지 못했지만요."

또 하나 공통분모를 발견하자 재희는 작게 숨을 들이켰다. 차를 마시고 내려놓은 동진이 그녀를 바라보며 미소 지었다.

"그래서 도망쳤어요. 이곳으로."

"그래서였어요?"

"네. 적어도 나답게 살 수 있는 곳에서 살고 싶었어요. 아무리 해도 채울 수 없는 기대를 채우려 노력하는 것도 그만하고 싶었고."

동진의 미소가 슬퍼 보여 재희는 테이블 아래에서 작게 주먹을 말아 쥐었다. 지금 그의 마음을 누구보다 잘 이해할 수 있는 건 자신이다. 그런 확신이 들 만큼 그가 안쓰럽게 느껴졌다. 다가가서 안아 주고 싶을 만큼.

'무슨 생각을…….'

순간적으로 그를 안아 주고 싶다고 생각한 자신에게 놀라 재희의 눈이 작게 흔들렸다.

"그런데 의외네요."

동진이 테이블 위에서 한쪽 팔을 세워 느른하게 턱을 괴고 그녀를 바라봤다.

"재희 씨와 나, 닮은 부분이 너무 많은 것 같아서요."

역시 동진도 자신과 같은 생각을 하고 있었다. 반복된 우연과 닮은꼴처럼 겹쳐지는 서로의 삶이 기분을 점점 이상하게 만들고 있었다.

"그만 일어날까요?"

재희가 대답을 못 하고 보고 있는 사이 동진이 먼저 몸을 일으켰다.

"……네."

겨우 거기에만 대답한 재희가 그를 따라 일어섰다. 카페를 나와 안개가 낀 거리를 걸었다. 고작 이틀간 돌아다녔는데 작은 마을이라 그런지 안 가 본 곳이 거의 없을 정도였다.

"안개 낀 날의 강도 분위기 있죠."

동진이 그렇게 말하며 네카어 강변을 걸어갔다. 그의 옆에서 천천히 걸어가는 그녀의 눈에도 안개에 싸인 강의 풍경은 묘한 분위기를 내고 있었다.

"사진, 안 찍어요?"

습관처럼 묻는 말에 재희가 고개를 저었다.

"지금은 그냥 눈으로 기억할래요."

"그 눈을 믿지 못한다고 했잖아요."

동진이 웃음을 흘리며 말하자 재희도 입술 끝을 끌어 올렸다.

"가끔은 믿고 싶을 때가 있어요."

사진 찍는 것보다 그냥 이 남자 옆에 있는 시간을 소중히 하고 싶었다. 그 감정이 뭘 말하는지 재희 역시 알고 있었다.

'괜찮아. 내일 떠날 거니까.'

자신의 감정은 접어 두고, 내일 한국으로 돌아가는 비행기 시간 만 떠올렸다.

처음 자신이 말했던 여행 파트너의 의미와는 며칠 사이에 너무 많이 달라져 있었다. 그건 그녀도 알고 있었다. 어쩌면 그걸 예상 하고 그 제안을 그리도 고민했는지도 모른다.

'아무렇지 않게 대할 수 있는 사람이었다면 처음부터 고민도 없 었겠지.'

이곳에 있는 단 며칠 사이에 이동진이라는 남자에게 충분히 흔 들리고 있음을 이젠 인정해야 했다.

"나도 가끔은 나답지 않은 행동을 할 때가 있어요."

동진의 잔잔한 목소리가 재희를 상념에서 깨웠다. 그녀가 고개 를 들자 우뚝 걸음을 멈춘 그가 시선을 내렸다. 안개에 물든 주위 풍경을 배경으로 서 있는 동진이 몽환적인 분위기를 내고 있었다.

안개 때문에 지금 이곳에 두 사람밖에 없는 것 같다는 생각이 들자 재희의 심장이 빠르게 뛰기 시작했다. 모든 풍경이 부옇게 사라지고, 세상이 온통 그 하나로 좁혀진다.

"어떤 행동이요?"

지금 그의 눈동자가 그녀의 심장을 더 강렬하게 뛰게 했다. 침을 삼키고 묻는 재희의 눈빛도 동진과 똑같은 색으로 물들어 있었다.

"당신이 싫어할 걸 알면서도…… 키스하고 싶다는 생각."

동진이 속삭이듯 말하며 그녀의 작은 턱을 들어 올렸다. 고개를 기울이자 더 가까이서 시선이 맞닿았다.

자신의 입술로 향한 그의 어둡게 물든 눈동자가 재희의 숨을 막히게 했다.

"……싫지 않아요."

동진의 시선이 박힌 곳에서 흘러나오는 목소리에 그의 눈동자가 다시 그녀의 눈동자로 향했다. 두 사람의 거리가 더 좁혀 들었다.

"그런 말 하면, 큰일 날 텐데."

낮게 깔려 나오는 목소리에 재희는 등허리가 오싹할 정도로 야릇함을 느꼈다. 지금까지의 순한 미소가 다 거짓말이라는 듯 동진은 무섭도록 관능 어린 얼굴로 그녀를 내려다보고 있었다. 당장이라도 집어삼킬 듯한 그 강렬한 시선에 재희는 숨이 가빠 왔다.

"어떻게, 되는데요?"

똑바로 시선을 마주친 채 그녀가 물어 오자 동진의 눈이 어둡게 타올랐다. 도저히 거부할 수 없는 강한 이끌림이 서로를 끌어당기고 있었다. 그 유혹을 떨쳐 낼 수 없었다.

"알게 해 줄게요."

친절한 말투였지만 낮은 목소리엔 낯선 욕망이 묻어 있었다. 엄지로 지탱한 재희의 턱을 더 들어 올린 동진이 고개를 기울여 그녀의 입술을 삼켰다.

"으음."

비스듬하게 겹쳐진 입술 사이로 타액에 젖은 혀가 밀려들었다. 그 생경한 감촉에 재희가 그의 팔을 잡고 매달렸다.

뒤로 휘어진 그녀의 허리를 커다란 손으로 잡아 끌어당기며 동진이 더 깊이 혀를 밀어 넣었다. 축축한 혀가 뒤엉키고 달짝지근한 타액이 빨리자 재희는 온몸이 뜨거워졌다. 처음 느끼는 위험한 불덩이에 온몸이 델 것만 같았다.

휘몰아치듯 격정적인 키스에 재희는 숨이 막혀 어지러울 정도였다.

"하아!"

떨어진 입술 사이로 서로의 타액이 거미줄처럼 길게 이어졌다. 그 야릇한 광경에 재희의 얼굴이 붉어졌다. 동진이 거친 숨을 흘리며 그녀의 아랫입술을 빨았다.

"나 키스 처음인데."

"……나도요."

"연애 경험 있다고 하지 않았나?"

"읏…… 그, 그건 그냥 없다고 하면 이상해 보일까 봐."

동진이 잘근거리며 빨자 타액에 번들거리는 아랫입술이 부풀어 오를 정도로 자극됐다. 안개 속에서 누군가가 옆을 지나갔을지도 모르는데 그런 건 신경 쓸 수 없을 만큼 동진이 자신을 꼼짝 못하게 만들었다.

"너무 단데, 재희 씨 입술."

입술을 빨던 동진이 속삭이듯 말하고는 참지 못하겠다는 듯 다시 입술을 벌리고 파고들었다.

"하읍."

처음으로 하는 키스가 이렇게 기분 좋을 수가 있는 건지 의아할 정도로 아찔한 감각이 척추를 타고 올랐다. 점차 가빠 오는 호흡에 어지러움을 느낄 때쯤 동진이 입술을 떼고 그녀의 귓가에 뜨거운 숨결을 밀어 넣었다.

"이거 어쩌지……. 참기 힘든데."

낮게 잠긴 목소리에 강렬한 욕망이 묻어 나왔다. 귓가로 스며드는 그 음성에 재희는 숨을 삼켰다. 동진이 고개를 들고 그녀와 시선을 맞췄다.

"멈추고 싶지 않아."

혼란과 충동이 뒤엉킨 그녀의 새까만 눈동자를 응시하며 그가 말했다.

"윤재희 씨 생각이 궁금한데. 난."

동진의 진지한 얼굴이 흔들림 없이 재희에게 향했다. 자신에게 똑바로 향한 눈동자에 드러난 강한 열망에도 동진은 허락을 구하고 있었다.

"당신과 다르다고 하면, 여기서 멈출 거예요?"

"물론."

짐승같이 사나운 욕망을 드러내 놓고도 그 말은 정중했다. 믿을 수 있었다. 이 남자라면 지금 그만두겠다고 하면 억지로 웃는 얼굴을 만들어서라도 미소 지으며 놔줄 것이다.

"하지만 내가…… 그러고 싶지 않아요."

재희가 자신 안에 있는 그와 똑같은 빛깔의 열망을 숨기지 않고 말했다. 더 이상 어떤 망설임도 그녀의 표정에선 찾을 수 없었다. 그 얼굴을 본 동진의 표정이 지금까지 봤던 어떤 모습보다 매혹적으로 변했다.

"따라와요."

그녀의 팔목을 잡은 그가 모든 것을 삼킨 자욱한 안개 속으로 이끌었다.

호텔 스위트룸 안의 온도는 바깥보다 높았다. 그건 자신의 체온이 달아올라 있기 때문이라고 재희는 생각했다.

"……으응."

자극으로 터질 듯 보풀어 오른 그녀의 입술을 동진이 야릇하게 빨았다. 동진은 침대 위에서 그녀를 자신의 무릎 위에 앉히고 키스하고 있었다.

"왜 이렇게 달지. 여자 입술은 원래 이렇게 단 건가?"

"그건 나도 모르…… 흣."

제 입술에서 야릇하게 흘러나오는 신음에 재희가 움츠러들었다.

"듣기 좋은데 왜."

동진이 낮게 웃으며 그녀의 목덜미를 핥았다.

"경험 없다는 말 안 믿겨."

재희가 미간을 슬며시 좁히고 달아오른 얼굴로 말했다.

"진짠데."

동진이 억울하다는 듯 연약한 살을 살짝 깨물었다.

"키스, 너무 잘……하니까. 하아."

"처음인데. 정말."

그가 낮게 속삭이며 그녀의 연두색 카디건을 벗겨 냈다. 그 아래 흰 티셔츠 안으로 손을 밀어 넣자 재희가 흠칫거렸다.

"아."

"가만."

달래듯 말한 동진이 천천히 셔츠를 들어 올렸다. 그의 무릎 위에 앉아 마주 본 자세에서 셔츠가 들려 올라가자 재희의 얼굴이 더 붉게 달아올랐다.

"부끄러워……."

"예쁜데 왜."

"하지만…… 아, 잠깐."

연한 살구색 브래지어가 드러나자 재희가 손으로 제 입을 가렸다. 제 가슴에 향해 있는 동진의 눈동자가 완전히 어둡게 물들었다.

"이런 기분인가."

중얼거리듯 말한 동진이 브래지어를 거칠게 들어 올렸다. 출렁이며 흘러내린 연한 살덩이가 그의 눈앞에 드러났다.

"이렇게 못 참을 줄은 몰랐는데."

꽉 잠긴 목소리로 내뱉은 동진이 고개를 숙이고 입술을 크게 벌렸다.

"읏……."

재희가 제 부푼 입술에 손등을 대자 아릿한 통증과 함께 자극이 일었다. 모든 것을 삼킬 듯한 그의 입술이 그녀의 허리를 빳빳하게 세우게 만들었다.

"안 돼. 그렇게 하면…… 아!"

온몸이 모든 통제를 벗어나고 있었다. 바들거리는 그녀의 손가락이 동진의 부드러운 머리칼로 파고들었다.

"왜 안 되는데?"

"……힘들어."

"뭐가 힘든데. 윤재희."

관능 어린 목소리가 흘러나올 때마다 그의 더운 입김이 닿는 곳이 단단하게 곤두섰다.

"모르겠어. 나도."

머릿속이 온통 뒤죽박죽이었다. 독일 여행 중에 만난 지 며칠 되지도 않은 남자와 호텔 방에서 이렇게 될 줄은 정말 생각도 못 했다.

"피부가 하얘. 우유 같아. 다 핥아 먹고 싶어."

옷을 하나하나 벗겨 바닥으로 떨어뜨리며 동진은 정말 우유를 핥아 먹듯 피부를 온통 타액으로 물들였다.

"잠깐만."

자신의 셔츠를 벗던 그가 그녀를 침대 위에 내려놓고 몸을 돌렸다. 이곳에 올 때 구매한 작은 박스를 사이드 테이블 위에서 집어 들었다.

찌지직.

어두워진 시선을 똑바로 향한 채 이로 은박 포일을 물고 뜯는 모습을 보자 재희의 다리 사이가 처음 느끼는 흥분으로 조여들었다.

"그렇게 가리면 더 궁금해지잖아."

헐벗은 다리를 모으며 제 벗은 몸을 가리자 동진이 매혹적인 미소를 지으며 다가왔다.

"앗."

침대 위로 올라온 그의 손에 잡힌 발목이 양쪽으로 벌어졌다. 그 사이로 타오를 듯한 눈동자를 박은 동진이 낮게 말했다.

"지금까진 여자의 몸이 궁금한 적이 없었는데."

"나도, 없었어."

재희가 숨을 몰아쉬며 겨우 말했다. 아슬아슬한 긴장의 실이 금방이라도 툭 끊어질 듯 팽팽하게 당겨졌다. 그 숨 막히는 긴장감이 그녀의 몸을 더 달아오르게 했다.

동진이 천천히 고개를 숙였다.

"그 궁금증, 채워 줄게. 내가."

허스키하게 잠긴 목소리로 말한 그가 입술을 벌렸다. 누가 먼저랄 것도 없이 둘 다 서로를 가지려 안달을 냈고, 몰아치면 몰아칠수록 서로를 더욱 탐했다.

한껏 뜨거워지는 그녀를 동진 역시 놓치지 않고 격정적으로 품었다. 몇 번이나 이어진 관계에서 매번 그랬다. 결국 먼저 지쳐서 기절하듯 잠든 건 재희였다.

다시 눈을 떴을 때 누군가의 체온이 느껴지는 건 이상한 느낌이었다. 아주 어릴 때 외엔 처음 느끼는 기분에 재희는 남자의 팔 안에서 천천히 눈을 깜빡였다.

뒤에서 동진이 자신을 안은 채 잠들어 있는 것 같았다. 어깨 위를 감싸듯 올라와 있는 팔에 힘이 들어가 있지 않았다. 아무것도 입고 있지 않은 맨몸이 단단한 그의 몸에 닿아 있었다. 그 이질적인 감촉에 살짝 몸을 떼어 내고 조용히 고개를 돌렸다.

깊이 잠에 빠져 있는 듯한 동진의 얼굴에 재희는 안도감이 들었다. 솔직히 잠에서 깨자마자 얼굴을 보는 건 부끄러울 것 같았다.

재희는 가만히 동진을 바라봤다. 잠이 든 그의 얼굴은 아이처럼 순해 보였다. 마치 무해한 순한 물질로만 성의껏 만든 존재처럼 시선을 잡아끌었다.

재희가 가만히 보고 있는데 시선을 느낀 건지 신기하게 동진이 천천히 눈을 떴다. 살짝 미간이 찌푸려지더니 연한 갈색 눈동자가 서서히 또렷하게 드러났다. 그 눈을 가만히 바라보며 재희가 말했다.

"잘 잤어요?"

잠시 눈을 깜빡이던 동진의 얼굴에 미소가 어렸다.

"창피하게. 보고 있었어요?"

그렇게 박력 있게 몰아칠 땐 언제고 시트를 끌어다 얼굴의 반을 가리고선 달콤한 미소를 지었다.

"꼭 다른 사람 같네."

재희가 작게 웃음을 흘리며 말했다.

"재희 씨도 그래요."

"내가요?"

재희가 눈썹을 살짝 치켜 올리자 동진이 팔을 뻗었다.

"그렇게 예쁜 몸을 드러내 놓고 평소처럼 차분하게 말하는 모습 매력 있는데요?"

동그란 어깨를 감싸듯 쥐었다가 천천히 쓸어내리는 손길에 재희가 속눈썹을 내리깔았다.

"아까도, 매력 있었어요. 내가 아는 이미지와 달라서."

"내가…… 어떤 이미지인데요?"

재희의 물음에 동진이 생각하듯 눈을 굴렸다.

"음. 많이 수동적일 듯한?"

"그렇게 수동적인 사람은 아닌데."

담담하게 말한 재희가 몸을 일으켰다. 그녀를 따라 동진도 상체를 일으켜 세웠다.

"필요한 거 있으면 내가 가져다줄게요."

“아니에요. 샤워하려는 거니까.”

가운을 걸친 재희가 욕실 쪽으로 걸어갔다.

탁. 문을 닫고 욕실로 들어온 재희가 짧게 한숨을 내쉬었다.

태연한 척 굴어도 태연할 리가 없었다. 그의 말 한 마디 한 마디에 심장이 뛰는 것을 막을 도리가 없다니.

시선을 내려뜨리고 잠시 서 있던 재희가 가운을 벗고 샤워 부스로 들어갔다.

한참 뒤에 젖은 머리칼을 수건으로 털며 밖으로 나오자 동진도 가운을 입고 커피를 마시고 있었다.

“커피 마실래요?”

재희가 끄덕이자 그가 커피를 내려 그녀에게 내밀었다.

“그거 마시고 나면 머리 말려 줄게요.”

“괜찮아요.”

“내가 해 주고 싶어서 그래요.”

동진의 미소를 보던 그녀가 대답하지 않았다. 그게 수긍의 뜻임을 안 그가 자신의 커피 잔을 입으로 가져갔다. 걷어 놓은 커튼 뒤로 네카어강이 내려다보였다. 그 모습을 보며 따스한 커피를 마시자 동진이 드라이어를 들고 다가왔다.

“그냥 앉아 있어요.”

그녀의 뒤에 선 그가 부드럽게 머리를 말려 주기 시작했다. 조심스럽고 섬세한 손길에 창밖으로 시선을 두고 있던 재희는 저도 모르게 온몸이 노곤해짐을 느꼈다.

‘……기분 좋네.’

누군가가 머리를 말려 주는 게 이렇게 기분 좋은 일일 줄이야.

미용사의 손길과는 다른, 다정함이 담긴 손길과 따스한 바람에 잠이 솔솔 올 것 같았다.

단발머리라서 말리는 데 오랜 시간이 걸리진 않았다. 드라이어 스위치를 끄고 코드를 뽑는 동진을 재희가 돌아봤다.

"고마워요."

"별말씀을."

그다운 순한 웃음을 지으며 동진이 말했다. 문득 재희는 자신의 머리칼이 길었다면 그가 머리를 말려 주는 시간이 더 길지 않았을까 하는 생각이 들었다. 드라이어를 테이블 위 바구니에 넣으며 동진이 물었다.

"이제 어떻게 할 거예요?"

"돌아가서 짐 정리해야죠. 내일 새벽 비행기거든요."

"……그렇구나."

드라이어에 시선을 둔 그가 잠시 그대로 있다가 고개를 들었다.

"마지막으로 같이 식사할 시간은 있죠?"

동진이 미소를 지으며 하는 말에 재희는 그를 가만히 바라봤다.

"네."

재희도 대답하며 미소 지었다. 쓸쓸함을 숨긴 담백한 미소였다.

마지막 식사는 재희에게 선택권을 줬다. 이곳에서 마지막으로 가고 싶은 식당으로 하라는 말에 그녀는 예상외로 루이스의 바를 선택했다.

"식사하기엔 안주가 많진 않은 곳인데."

"그냥 여기가 가장 마음이 편해서요."

음식에 대한 집착이 많지 않은 그녀였기에 가벼운 맥주 안주로도 충분했다. 그저 가장 마음이 편한 곳에서 마지막으로 맥주 한 잔을 하고 싶었다.

"맥주 맛은 다 비슷하다지만, 사실 다르잖아요. 한국에 가면 이 맛이 그리울 것 같아요."

찰랑이는 거품을 한 모금 넘긴 그녀가 말하자 동진이 끄덕였다.

"내가 그래서 여길 못 떠나는 거예요."

재희가 작게 웃었다. 그녀의 웃는 얼굴에 동진의 시선이 오래 머물렀다.

"마음을 천천히 여는 타입 같아요."

"저요?"

칼집이 난 잘 익은 소시지를 한 입 베어 물던 그녀가 눈을 들어 올렸다. 동진이 부드럽게 미소 짓고 있었다.

"네. 이제야 웃음이 좀 편해 보여서요."

"그런가."

다시 시선을 내린 재희가 말끝을 흐리며 웃었다. 복잡한 마음을 웃음으로 때우려는 속내를 그가 알 리가 없겠지만.

동진은 잔을 매만지며 잠시 말없이 앉아 있었다. 포크질 하는 소리와 맥주잔을 내려놓는 소리만 간간이 테이블 위를 울렸다. 언제나 바에서 흘러나오는 잔잔한 음악은 한결같은 루이스의 취향이었다.

"재희 씨는 어떤 사람이에요?"

한참이나 말이 없던 동진이 묻는 말에 창밖을 응시하던 재희가 고개를 돌렸다. 동진이 한 손으로 턱을 괴고 그녀를 바라보고 있었다.

"내가 겪은 며칠로는 정보가 너무 적어서요."

"그게 궁금해요?"

"네."

곧 헤어질 사람인데 이런 질문을 하는 의도가 궁금해서 한 질문이었는데 동진은 곧장 대답했다. 재희는 천천히 잔을 들어 맥주를 마시고 내려놨다.

"갑자기 뭘 말해야 할지 모르겠네요."

이런 대화가 익숙지 않은지 그녀의 미간이 살짝 좁혀 들었다.

"음, 그럼 내가 질문할게요. 이곳으로 여행 온 계기가 뭐였어요? 직장을 그만뒀고 우연히, 라는 경위가 아닌, 이유가 궁금해요."

재희의 성격상 그런 충동과는 분명 거리가 있어 보였다.

"답답했다고 했잖아요. 구체적으로 어떤 게 답답했던 거예요? 엄한 부모님 때문에?"

"그건……."

그 질문에 답하려면 설명해야 할 것이 많았다. 어떻게 말해야 할지 몰라 재희는 포크를 만지작거렸다.

타인에게 자신의 말을 하는 것 자체가 그녀에겐 낯선 일이었다. 그래서 어려웠다. 지금까진 속내를 털어놓을 만한 친한 사람들도 없었으니까. 하지만 동진의 질문엔 진지하게 대답해 주고 싶었다. 이 대화가 마지막이라 할지라도.

"아마 그때 동진 씨가 한 말과 비슷할 거예요."

그녀가 담담한 목소리로 말을 꺼냈다.

"도망치고 싶었어요. 그 상황에서."

동진은 자신에게 만족 못 하는 부모님 때문에 이곳으로 떠나온 거라고 했다.

"부모님은 두 분 다 교사이신데 정말 보수적인 분들이시거든요."

"그래서 재희 씨의 삶을 자신들이 바라는 대로 통제했고?"

"네."

서사가 비슷하기에 둘 다 이해하는 지점이었다. 고개를 끄덕인 재희가 맥주를 추가 주문했다.

"그냥 숨 쉬듯이 자연스러운 일이라고 생각했어요. 어릴 때부터 그랬으니까요."

차분한 재희의 눈이 깊어졌다. 남들보다 완벽한 삶을 추구하는 부모의 요구에 어릴 때부터 순응했다. 타고난 성격이 반항적이지 못해서인지 그 흔한 사춘기 한 번 겪지 않고 부모 뜻대로 모범생으로 살아왔다.

"부모님이 점찍어 둔 학교에 가기 위해 초등학생 때부터 밤새도록 공부했어요. 다행히 공부가 그리 어렵진 않았거든요."

자신의 말에 집중하는 그를 의식하지 않으려 노력하며 재희가 말을 이었다.

"가방, 옷, 심지어 필기구나 장난감 하나 제 의견대로 사 본 적이 없어요."

모든 건 부모님 뜻에 따라야 했다.

'그건 내려 두렴. 천박해 보이는구나.'

자신의 어린 취향대로 골라 든 옷을 보면 어머니는 대번 인상을 썼다. 혐오감이 가득한 얼굴로 어머니가 썼던, '천박하다'라는 표현을 사전으로 찾아보고 느꼈던 감정은 지금도 생생히 기억난다.

"그렇게 살다가 숨이 막힌다고 느끼게 된 건 성인이 된 이후였어요."

부모님이 원하는 대로의 최고의 학군을 거쳐 일류 대학교에 들어가고, 누구나 알아주는 대기업에 입사한 뒤에 알았다. 그 모든 인생의 선택들에 있어서 자신이 결정한 것은 하나도 없음을.

동진이 진지한 얼굴로 그녀를 바라봤다.

"혼란스러워지기 시작했구나. 자신에 대해."

"네. 맞아요. 내가 누군지, 어떤 사람인지, 뭘 원하는지 아무것도 모르는 내가 있었어요. 그러면 안 되는데…… 그때부터 부모님이 원망스러워진 것 같아요."

재희의 맥주를 마시는 속도가 빨라져 있었다.

"정확히 어떤 지점에서 혼란스러운 건지도 깨닫지 못했는데 부모님의 연락을 피하기 시작했어요. 전화가 오면 숨이 막혀 오고. 그러다 어느 날 내 결혼 상대라며 처음 보는 남자 사진을 보여 주고, 식장을 잡았다고 하셨어요."

"그 일로 회사를 그만둔 건가요?"

재희가 가라앉은 얼굴로 고개를 끄덕였다.

"네. 더는 견딜 수 없었어요. 그분들이 바라는 삶을 살아가는 것을."

무턱대고 회사를 그만둔 뒤 눈에 들어온 여행 사이트에 들어갔다. 충동적으로 표를 예약하고 도망치듯 떠나온 게 지금이었다. 그리고 이제 이 짧은 도피도 끝나 가고 있었다.

"어쩌면 이곳에 온 뒤 사진에 집착하는 것도 그런 이유인지 몰라요. 나는 지금까지 내 스스로 직접 보고 판단한 적이 없기 때문에."

늘 부모님이 강요한 대로만 세상을 바라봤다. 직접 보기도 전에 주입당했다는 표현이 정확할지도 몰랐다.

세상은 부모님의 판단대로 나뉘어졌다. 천박한 것과 고아한 것.

그러는 사이 자신의 안에 있는 억울한 마녀가 서서히 몸집을 키워 갔다.

"그래서 매일매일 내 눈에 보이는 것을 사진으로 찍고, 저녁엔 노트북에 옮겨서 확인해요."

"직접 봤다는 증거가 되니까?"

"네."

안 그러면 불안했다. 어쩌면 강박에 가깝다시피 카메라를 들고 다니던 것도 그런 공포에서였다.

"그럼 한국으로 돌아가면…… 다시 현실로 돌아가게 되겠네요."

동진의 말에 재희가 고개를 저었다.

"아뇨. 이제 그러고 싶지 않아요."

"부모님에게서 벗어날 수 있겠어요?"

재희가 대답하지 못했다. 한참 어두운 얼굴로 앉아 있던 그녀가 한숨처럼 말을 뱉어 냈다.

"노력해 봐야죠."

평생 살아온 방식을 한순간에 바꾸긴 어려울 거였다. 하지만 이대로 계속 부모님의 뜻에 휘둘려 살아가고 싶진 않았다.

알지도 못하는 남자와 결혼해서, 그분들의 고고한 취향에 맞는 집에서 살며 아이를 낳고…….

"그런 건 너무 끔찍하니까요."

재희가 잘라 말했다. 무표정한 얼굴이었지만 그 얼굴에 담겨 있는 혐오에 동진이 말없이 술을 마셨다.

"잘할 수 있을 거예요. 재희 씨는."

동진이 잔을 내려놓으며 말을 이었다.

"난 아쉬울 것 없어 미련 없이 떠났지만 가끔 내 선택이 맞나 후회할 때가 있거든요. 무작정 다 버리고 떠나온 나보다 오히려 재희 씨가 용감해 보이네요."

동진이 힘없이 미소 지었다. 아픈 상처를 담고 있는 듯한 그 미소를 재희가 눈을 떼지 않고 바라봤다. 그렇게 잠시 보고 있던 그녀가 시선을 내렸다.

"저는 떠날 용기가 없을 뿐이에요."

동진이 고개를 저었다.

"현실과 당당히 마주할 수 있는 게 용기예요."

단호하게 하는 말에 재희가 다시 시선을 올려 그를 물끄러미 바라봤다.

"고마워요. 그렇게 말해 줘서."

재희가 입술 끝을 둥글게 휘어 올렸다. 항상 자신이 없던, 내 것 같지 않던 인생을 동진이 처음으로 인정해 준 것 같았다.

"이런 얘기 해 본 적 없는데…… 하길 잘한 것 같아요."

"누구에게든 털어놓고 싶을 때가 있죠. 그러고 나면 꽤 시원해지거든요."

"전 지금까진 그런 거 몰랐어요."

"앞으로는 종종 해요. 친구든, 애인이든."

"네. 그럴게요."

마지막 인사가 담긴 말을 나누며 잔을 부딪쳤다.

챙.

두 개의 유리잔이 부딪히는 소리가 아스라한 여운을 남기고 있었다.

　루이스의 바에서 나와 천천히 오르막길을 걸어 올라가는 두 사람 사이에는 무거운 침묵이 흘렀다.

　조용한 골목에 익숙한 바람이 불어오고 있었다. 딱딱한 돌바닥을 밟아 나가며 여러 가지 생각들이 재희의 머릿속을 헤집었다.

　하지만 어떤 말도 꺼낼 수가 없었다. 그저 문 앞에 도착해서 마지막 인사를 하는 자신을 상상했다. 웃는 얼굴로 인사하는 상상 속 자신의 모습은 왠지 낯설었다.

　"재희 씨."

　숙소의 입구 앞에 도착하자 동진이 마주 섰다. 상상했던 순간이 실제가 되자 재희는 바닥에서 시선을 들어 올려 그를 바라봤다. 술에 조금 취한 듯한 그의 붉어진 눈가가 조명 아래 보였다.

　"짧은 시간이었지만 함께 있어 줘서 고마워요."

　"……저도 고마웠어요."

　동진이 손을 내밀었다. 그 손을 가만히 바라보던 재희가 자신의 손을 내밀어 조심스럽게 잡았다. 맞잡은 손의 온기가 짧게 손바닥에 스며들다가 떨어졌다.

　"보고 싶을 거예요."

　동진다운 부드러운 미소를 보자 재희는 순간 심장이 욱신거렸다.

　"네. 저도."

　겨우 대답한 재희는 그처럼 미소 지었지만, 그 미소가 마치 울상을 지은 것처럼 느껴졌다.

　"잘 자고, 내일 조심히 돌아가요."

"동진 씨도 잘 지내요."

재희가 먼저 몸을 돌려 대문 안으로 들어갔다.

생각보다 짧구나.

마지막 헤어짐의 순간은 자신의 상상보다 짧게 느껴졌다. 그대로 정원을 가로지르는데, 뒤에서 목소리가 들렸다.

"재희 씨."

곧 뒤따라온 동진이 손을 잡아 왔다. 그의 손에 돌려세워지자 재희가 고개를 들었다. 달빛 아래 방금 전보다 진지해진 동진의 얼굴이 보였다.

"여기 더 있을 생각 없어요? 난 아직 재희 씨와 헤어지고 싶지 않은데."

"……."

"당신에 대해 더 알고 싶어."

그가 똑바로 시선을 맞춰 왔다. 진심 어린 눈빛이 박혀 들자 재희는 숨을 삼켰다. 포박하듯 응시하는 시선을 마주 보던 재희가 겨우 입을 열었다.

"미안해요. 힘들 것 같아요."

거절의 말이 흘러나오자 그녀의 팔을 잡고 있던 동진의 손에서 힘이 풀렸다.

"역시 힘들군요."

그가 씁쓸한 얼굴로 제 머리칼을 쓸어 넘겼다.

"신경 쓰지 말아요. 내가 욕심부린 거니까."

마음이 상했을 텐데도 상냥하게 미소 지은 동진이 한 걸음 물러섰다.

"그럼 들어가요. 난 여기 잠시 앉아 있다 들어갈게요."

미소 지은 채 서 있는 동진을 보던 재희가 무거운 걸음을 돌렸다.

　탁.
　문이 닫히고 그녀가 건물 안으로 들어가는 모습을 동진이 뒤에서 조용히 바라봤다. 예상했던 대답인데도 생각보다 마음이 쓰렸다.
　"괜히 말했나."
　미간을 좁힌 그가 한숨을 내쉬었다. 충동적으로 꺼낸 말이었지만 계속 하고 싶던 말이었다.
　처음부터 시한부 관계를 약속했지만 그럼에도 그녀를 놓치고 싶지 않았다. 하지만 그런 자신의 말 때문에 그녀의 마음이 무거워지는 것 역시 마음이 쓰였다.
　정원의 벤치로 걸어간 동진이 재희의 방 창문을 올려다봤다. 커튼이 쳐져 있는 창에 불이 밝혀졌다. 그녀가 방으로 들어간 모양이었다.
　가만히 창을 올려다보는 그의 눈이 어둡게 가라앉았다.

　동진이 바에 들어서자 루이스가 기다렸다는 듯 웃었다.
　『왔어?』
　『어. 맥주부터 부탁해.』
　늘 앉는 창가 자리에 그가 앉자 루이스가 바로 맥주를 따라 내려놨다.

『안주는 뭘로 줄까.』

『아무거나.』

힘없이 웃는 동진을 보며 루이스가 어깨를 으쓱였다.

『요즘은 매일 그것만 시키는데. 베스트 메뉴로 밖에 적어 놔야 겠어.』

실없는 농담 같은 말을 남긴 루이스가 동진의 어깨를 툭 치고는 걸어갔다.

동진은 창밖을 보며 말없이 맥주를 마셨다.

루이스가 창밖에만 시선을 두고 있던 동진 앞에 독일식 족발을 내려놨다.

『뭘 이런 거창한 걸.』

『아무거나에 선택권이 없는 건 알지? 일부러 비싼 거 가져온 거니 내일부턴 좀 더 성의 있게 주문해 달라고.』

루이스의 말에 동진이 가벼이 웃었다.

『그래. 그럴게.』

동진의 대답을 들은 루이스가 그의 앞자리에 앉았다.

『요즘 왜 이리 기운이 없어. 보는 사람도 기운 빠지게.』

동진이 창밖으로 다시 시선을 돌리며 말했다.

『여기 노을은 참 멋져.』

『당연한 소릴.』

『……근데, 전 같지 않아.』

동진의 공허한 눈빛에 루이스가 제 가슴 위로 팔짱을 끼고 심각하게 바라봤다.

『왜 그런 것 같은데?』

루이스의 질문에 동진이 강을 응시하며 말했다.

『아주 예쁜 빛을 내는 구슬이 있었는데, 어느 날 평소보다 더 강한 빛을 내는 거야. 그래서 정신없이 보고 있었는데 다시 원래대로 돌아왔어.』

『흐음.』

『여전히 예쁜 구슬인 건 변함이 없는데 더 이상 그 구슬을 처음 같은 마음으로 볼 수가 없는 거야.』

『네 마음이 변한 건 아니고?』

『……그럴지도.』

누군가와 함께 보면 훨씬 더 아름답게 보인다는 걸 알게 됐으니까.

"차라리, 몰랐다면 좋았을 텐데."

『응? 그게 무슨 말이야?』

갑자기 한국말을 중얼거리자 의아하게 보는 루이스에게 동진이 웃었다.

『그냥 혼잣말이야. 저기 손님 들어온다.』

『어? 어어.』

문을 열고 들어오는 손님을 보고 동진이 말하자 루이스가 얼른 일어났다. 다시 혼자 남은 동진은 이미 어둡게 변해 버린 강을 조용히 응시했다.

왜 매번, 마음을 주는 상대는 자신을 좋아해 주지 않는 걸까.

며칠간 재희와 함께하면서 점점 그녀에게 빠져들었다. 속수무책으로.

'역시 그건 착각이었나.'

그녀도 같은 기분일 거라고 느꼈던 건.

자신을 거절한 그녀는 결국 떠났다. 그 거절의 순간을 떠올린 그의 표정이 무겁게 가라앉았다.

　조금은 가볍고 충동적이던 처음의 감정과 달리 함께 있던 시간 동안 점점 감정이 바뀌었다. 계속 알고 싶고, 옆에 두고 싶었다. 매일을 이렇게 함께한다면 좋겠다는 생각을 했다.

　함께했던 시간은 물리적으로 절대 긴 시간이 아니었다. 그 시간 동안 이렇게 마음이 커진 건 어쩌면 이곳에 있던 동안 자신도 모르게 쌓인 외로움 때문일지도 모른다는 생각도 했다.

　하지만 그러기엔 그녀가 떠나고 난 뒤의 빈자리가 지나치게 컸다. 떠나고 나면 익숙해질 그런 공백이 아니었다.

　단 며칠 만에 윤재희는 자신의 많은 것을 바꿔 놨다. 다시는 원래의 모습으로 돌아갈 수 없도록.

　"후우."

　동진이 신경질적으로 머리칼을 쓸어 넘겼다.

　재희가 한국으로 돌아간 후, 그녀와 닮은 동양인 여자들을 몇 번이나 돌려세웠는지 모른다. 하지만 전부 다 그녀가 아니었다.

　사람을 착각했다며 사과를 하고, 아쉬운 얼굴로 돌아서는 여자들을 대할 때마다 자신이 오해하게 만든 것 같아 미안했다.

　동진이 공허한 눈빛으로 맥주잔을 응시했다.

　그녀의 분위기가 가진 특유의 매력은 다른 누구에게서도 느낄 수가 없을 거였다.

　그건 오로지 윤재희만이 가지고 있는 거였으니까. 다른 사람으로는 절대 채울 수가 없다. 이 그리움도.

　'한국엔 그리운 상대가 없는데. 여기서 만들어 버리다니.'

　씁쓸한 웃음을 흘린 동진이 잔을 비웠다.

✳

　다음 날 석양이 물드는 시간에도 동진은 그 다리 위에 있었다. 이미 예전 같지 않은 아름다움이었지만 그는 습관처럼 거기에 있었다. 그곳에서 함께 그 모습을 바라봤던 그녀를 떠올리며.

　'나답지 않잖아.'

　재희가 떠나고 벌써 몇 주나 흘러 있었다. 그럼에도 아직도 이렇게 그때의 감정에서 빠져나오지 못하는 건 자신답지 않았다.

　'이제 그만 정신 차······.'

　시선을 돌리던 동진이 그대로 움직임을 멈췄다. 익숙한 모습이 눈앞에 보였다.

　"재희 씨."

　거짓말처럼 재희가 그 앞에 서 있었다.

　옅은 미소를 지은 그녀가 한 걸음 더 다가왔다.

　"여기 있을 것 같았어요."

　베이지색 재킷에 청바지를 입고 있는 재희를 마치 석양이 제게 준 환상처럼 동진이 굳은 얼굴로 보고 있었다. 바람에 흩날리는 머리칼을 손으로 정리하며 그녀가 그를 마주 봤다.

　"사진을 정리하다가 알았어요."

　잔잔하게 흘러나오는 목소리는 그가 그토록이나 그리워하던 목소리였다.

　"보면 마음이 무너질 것 같아서 지금까진 손도 못 대다가 이제야 인화할 사진들을 정리했거든요."

　재희가 재킷 주머니에서 인화한 사진 두 장을 동진에게 건넸다. 흔들리는 눈빛으로 그녀를 보고 있던 그가 내밀어진 사진을 받아

들었다. 그 두 장의 사진엔 자신의 모습이 찍혀 있었다.

"다리 위의 사진은 첫날, 이곳에서 부딪친 이후에 찍은 거예요. 그리고 공원에선…… 다음 날 아침에 찍은 사진."

"……."

"둘 다 몰래 찍은 사진이에요. 난 인물 사진은 안 찍는데 나도 모르게 당신을 찍었던 모양이더라고."

동진이 사진에서 시선을 들어 그녀를 바라봤다.

"윤재희."

재희의 커다란 눈에 눈물이 가득 번져 있었다.

"아니, 이건 핑계야. 난 그냥…… 당신에게 돌아오고 싶었어."

재희의 말이 끝나자마자 동진이 그녀를 품 안에 껴안았다. 두 팔 가득 작은 몸을 안자 사진 두 장이 바람에 흩날려 허공에 떠돌다가 강물로 떨어졌다. 단단히 안은 채로 그가 그녀의 귓가에 뜨거운 숨을 토해 냈다.

"안 오는 줄 알았어."

다신 못 볼 줄 알았다. 그렇게 떠난 뒤로 다시 돌아올 리는 없다고 생각했으니까. 하지만 만에 하나 그녀가 올 수도 있다는 막연한 가능성 때문에 이곳을 영영 떠날 수 없을지도 모른다는 생각도 들었다.

이렇게, 돌아올 것 같아서.

"기다리게 해서 미안해요."

동진이 재희의 어깨를 잡고 몸을 떼어 냈다. 눈물이 흘러내린 재희의 얼굴에도 그리움이 한가득 맺혀 있었다.

"괜찮아. 힘든 결정이었을 거 알아."

그 짧은 며칠의 감정으로 이런 선택을 하기가 얼마나 어려웠을

지 짐작이 됐다. 그녀의 성격으로는 더 그랬을 거였다.

"와 줘서 고마워. 정말로."

"함께 있다 보면 실망할지도 몰라요. 나에게."

재희가 시선을 내리깔았다. 한국으로 돌아가는 비행기에서부터 독일로 돌아오고 싶은 마음을 참아 냈다. 억지로 참고 눌러 내며 잊으려 노력했지만 잘 되지 않았다. 결국 그의 사진에 참아 왔던 그리움이 터져 버리고 말았으니까.

"그런 윤재희도 얼마든지 사랑할 테니까, 내 옆에 있어."

동진이 고개를 숙여 시선을 맞추고 말했다. 진지한 눈동자가 그녀의 눈동자를 포박했다.

"당신이 없는 시간을 다신 버텨 낼 자신이 없으니까."

"나도 그래요."

그녀의 뺨에 흘러내린 눈물을 두 손으로 닦아 준 동진이 그대로 얼굴을 잡은 채 고개를 기울였다. 촉촉한 입술이 부드럽게 맞닿자 재희는 사르르 눈을 감았다.

이곳으로 돌아오기까지 재희에게도 여러 가지 생각이 많았다. 그 모든 현실적인 문제에 대한 생각들을 다 물리칠 수 있었던 건 동진의 이 순한 미소였다.

"와 줘서 고마워. 윤재희."

침대 위에서 손깍지를 낀 채 끌어다 손등에 입을 맞추자 재희가 미소 지었다.

"그 말 벌써 몇 번짼지 모르겠어."

"그만큼 좋아서 그래."

눈꼬리를 접으며 설탕처럼 녹아드는 웃음에는 정말 기쁨이 묻어났다. 그 얼굴을 가만히 바라보며 재희가 물었다.

"그럼 왜 연락처도 안 물어봤어요?"

동진은 그녀가 이곳에서 사용하는 번호밖에는 몰랐다. 한국에서의 번호를 한 번쯤은 물어보지 않을까 했지만 그러지 않아 그도 그 정도의 마음이구나 싶었다.

재희의 질문에 동진이 시선을 내리깔았다.

"그러면 안 될 것 같아서."

온전히 그녀의 선택으로 두고 싶었다. 그녀가 원하면 언제든지 찾아올 수 있는 곳에서 기다리며.

"당신 선택은 내가 아닌데 그걸 알면서도 술에 취해 연락하게 될까 봐 두려웠고."

잡고 싶은 미련에 힘들게 하고 싶지 않았다. 그건 진심이었다.

"당신은 내 번호 알고 있으니까. 먼저 연락이 오는 걸 기다리는 게 맞다고 생각했어."

"그랬구나……."

재희가 작게 한숨을 내쉬었다. 동진이 그녀의 동그란 어깨를 부드럽게 매만지며 이마에 입을 맞췄다.

"그게 서운했어?"

"응. 조금."

재희가 솔직하게 말하자 그가 환하게 웃으며 그녀를 껴안았다.

"우리 재희, 그때부터 그렇게 마음이 있었으면서 왜 나한테 말도 안 하고 그렇게 속상하게 한 거야? 응?"

"아, 잠깐만요. 간지러워."

목덜미에 숨결을 불어 넣으며 말하자 그녀가 웃음을 터뜨렸다.

"당신, 목이 예민한 거 알아?"

"네? 그런……가? 흐웃."

동진이 여린 목을 살짝 빨아들이자 재희가 흠칫거리며 어깨를 움츠렸다.

"봐. 예민하잖아."

"아…… 누구나 그러지 않나?"

목덜미를 입술로 훑자 재희의 숨결이 금방 달아올랐다.

"모든 여자가 다 이렇게 목이 성감대면 너무 야하지 않아?"

"성감……대라니 그 정도는 아닌…… 웃."

쿡쿡 웃으며 지분거리자 재희의 입술에서 가쁜 숨이 흘러나왔다. 입술을 떼어 내자 자극받은 하얀 피부 위에 금세 붉은 흔적이 남았다. 그 자국을 짙게 물든 눈동자로 응시하며 동진이 말했다.

"내가 이렇게 소유욕이 강한 성격인 줄 몰랐어."

"네? 아, 거긴……."

고개를 숙인 그가 말캉한 살을 살짝 깨물자 재희가 흠칫거렸다.

"네 온몸에 내 흔적을 남기고 싶어. 누가 보든 내 것이라는 걸 한눈에 알 수 있게."

낮게 말한 동진이 방금 이로 깨문 곳을 입술로 덮었다.

"웃……."

재희가 그의 부드러운 머리칼에 손가락을 밀어 넣었다.

"난 별로 애착이 없는 성격이었거든. 분명, 널 만나기 전까진."

애착이 있었다면 그렇게 쉽게 한국을 떠나오지도 않았을 거였다. 있어도 그만, 없어도 그만. 그 정도의 감정으로 세상을 사는 데에 익숙해져 있었다.

그런 자신이 특별히 이상하다고 생각한 적은 없었다. 그저 무엇에도 큰 미련이 없는 성격은 타고난 거라고만 생각했다.

"그런데 아니었던 모양이야. 윤재희에게는 이렇게 집착하는 걸 보면."

　벌써 그녀의 온몸에는 자신이 남겨 놓은 흔적이 뿌려져 있었다. 그런데도 아직 모자랐다.

　"하아, 도, 동진 씨."

　"내 진정한 인연은 윤재희고, 난 윤재희라는 인연을 기다려 왔던 거야. 지금까지."

　움찔거리는 아랫배를 미끄러져 내려가는 그의 입술에 재희는 온몸이 떨려 왔다. 어제부터 내내 이곳 호텔 침실에서 그가 틔워 놓은 열꽃이 온몸 여기저기를 뜨겁게 달궈 놓았다.

　"아, 잠깐."

　동진의 입술이 야릇한 곳으로 향하자 재희의 허벅지가 절로 오므라들었다.

　"열어 줘. 재희야."

　다정하지만 강렬한 욕망이 담긴 목소리에 재희가 눈을 꼭 감고 그의 말에 따랐다.

　"아……!"

　곧바로 뜨거운 숨결이 와 닿자 재희가 제 손으로 입을 막았다. 비명처럼 터져 나올 듯한 신음을 억지로 막으며 허리를 달싹였다. 그러자 동진이 고개를 들고 그녀의 입을 막고 있는 손을 내렸다.

　"막지 마."

　번들거리는 입술로 동진이 말하자 그녀의 얼굴이 발갛게 달아올랐다.

　"하지만 소리가……."

　"괜찮아. 아무에게도 안 들려. 나한테밖에는."

그것도 부끄러운 듯 입술을 지그시 무는데 그가 다시 고개를 숙였다.

"으읏."

본능적으로 그녀의 허리가 위아래로 달싹이기 시작했다.

"좀 더 움직여 봐. 네가 좋은 쪽으로."

제 것이 아닌 것 같은 신음이 재희의 입술에서 흘러나왔다. 시트를 꽉 쥐고 허리를 움직이자 그의 움직임도 점차 음란해졌다.

"그만, 그만해요."

눈물이 맺힌 그녀가 고개를 저어 댔지만 동진은 강렬한 소유욕을 보이며 그녀의 모든 것을 제 입술 안으로 삼켜 냈다.

참지 못하고 비명 같은 신음을 내지른 재희가 그대로 고개를 젖히자 동진이 그녀 위를 타고 올랐다. 땀에 젖은 그녀의 목덜미를 빨며 깊숙이 몸을 묻었다.

"읏……."

이미 절정을 맛본 그녀의 안이 그를 부드럽게 감쌌다.

"하, 너무 좋아."

탄성 같은 낮은 신음을 흘리며 동진이 거칠게 움직이기 시작했다. 남자다운 근육에 단단하게 힘이 들어가며 침대가 흔들릴 정도로 세차게 움직이자 재희의 시야가 어지럽게 흔들렸다.

"얼굴, 보고 싶어."

재희가 팔을 뻗어 그의 얼굴을 잡아끌었다. 동진이 허리를 숙여 그녀의 입술을 달게 빨았다.

"아파?"

동진이 그녀의 얼굴을 매만지며 물었다. 욕망을 조절하지 못하고 있다는 것이 스스로 느껴질 정도였다. 무서울 정도로 흥분해 있으면서도 그녀가 걱정이 됐다.

재희가 대답 대신 동진의 목에 팔을 감았다. 그녀의 땀에 젖은 등을 손으로 받친 동진이 그대로 몸을 일으켜 세웠다.

"아."

동진의 몸 위에 걸터앉게 되자 재희가 숨을 몰아쉬며 그를 내려다봤다.

"이제 잘 보여?"

관능 어린 눈빛으로 올려다보며 동진이 말하자 재희가 입술 끝을 둥글게 휘어 올렸다.

"……응. 잘 보여."

두 손으로 그의 얼굴을 잡고 재희가 입을 맞췄다.

"잘 잡고 있어."

그녀의 가느다란 허리를 강한 팔로 잡은 동진이 낮게 말했다.

"아, 동진……!"

재희의 몸을 고정한 그가 촉촉이 젖어 든 안쪽으로 거칠게 찔러 들어갔다. 시야가 정신없이 흔들리자 어지러움을 느낀 재희가 그의 탄탄한 몸을 꽉 안았다.

"나만 봐. 윤재희."

동진이 그녀의 얼굴을 들어 자신을 보게 만들었다. 쾌락으로 달아오른 얼굴에 똑바로 시선을 맞춘 채 그가 사납게 움직였다. 터져 버릴 듯한 강한 열망에 재희의 눈이 흐릿해졌다.

모든 것이 엉망으로 뒤흔들릴 정도로 강하게 그가 그녀를 사로잡았다.

한순간도 시선을 돌릴 수 없도록.

✳

『……어?』

동진이 재희와 함께 바로 들어서자 루이스가 눈을 크게 떴다.

『전에 왔던 분 맞죠?』

『맞아.』

동진이 대신 대답하며 재희의 어깨를 부드럽게 감싸 쥐자 루이스가 밝게 웃었다.

『네 잃어버린 빛이구나.』

『네?』

재희가 의아하게 묻자 루이스가 손을 저었다.

『아, 아무것도 아닙니다. 아무튼 앉으세요. 오랜만에 오셨는데 시원한 맥주부터 드셔야죠. 저희 맥주가 그리워서 돌아오신 거죠?』

자리로 안내하며 루이스가 우스갯소리를 하자 재희도 옅게 미소 지었다.

『잊기 힘든 맛이긴 했어요.』

『역시 그럴 줄 알았다니까요?』

흐뭇한 얼굴로 두 사람을 번갈아 본 루이스가 동진의 귓가에다 대고 말했다.

『어제 안 온 이유가 이거였어? 잃어버린 빛을 다시 찾아서?』

동진이 대답 없이 웃자 다 안다는 듯 마주 웃은 그의 어깨를 툭 두드렸다.

『축하해.』

동진에게만 작게 말한 루이스가 맥주를 따르러 갔다. 매일 와선 내내 어두운 얼굴로 앉아 있던 동진이 어제 보이지 않자 나름 걱정이 됐다.

그런데 오늘 환한 얼굴로 여자와 함께 가게에 나타난 걸 보고 단번에 알았다. 그에게 찬란한 예쁜 빛을 보여 줬던 사람이 저 여자라는 걸.

서로에게 흠뻑 빠진 눈빛으로 시선을 맞추고 있는 두 사람을 힐끗 본 루이스의 입가에도 미소가 어렸다.

다시는 그 빛을 놓치지 말길.

루이스가 싱글벙글한 얼굴로 맥주 두 잔을 가져왔다.

『오늘 안주는 내가 쏜다. 뭐든 시켜.』

루이스가 말하자 동진이 재희를 바라봤다.

"여기서 먹었던 것 중에 가장 생각났던 게 뭐야?"

"맥주요."

재희가 미소 지으며 말하자 동진이 루이스를 쳐다봤다.

『네 맥주가 최고래. 안주는 아무거나 갖다줘.』

『또 아무거나야?』

되물으면서도 맥주 칭찬이 내심 기분 좋은 듯 루이스는 신이 나서 돌아갔다. 그사이 두 사람은 가볍게 잔을 부딪쳤다.

"오랜만에 같이 마시네."

"응. 좋다."

동진이 부드럽게 미소 지으며 말하자 재희가 마주 웃으며 맥주를 마셨다.

"이곳의 맥주가 유독 맛있게 느껴졌던 이유는 당신 때문인 것 같아."

재희의 말에 동진이 잔을 내려놓고 물었다.

"나?"

"응. 당신이랑 같이 마셔서 더 맛있는 것 같다는 말이에요."

"와. 그렇게 예쁘게 웃으면서 예쁜 말을 하면 내 심장이 남아나질 않을 텐데?"

동진이 얼굴을 살짝 찡그리고는 웃자 재희의 미소가 짙어졌다. 빙글거리며 그녀의 얼굴을 보고 있던 동진이 입을 열었다.

"그때 말한 일은⋯⋯ 어떻게 됐는지 물어봐도 돼?"

호텔에 박혀 있는 동안은 서로를 확인하는 데에 정신이 없어서 그간 쌓인 대화를 나누지 못했다. 이제야 차분하게 대화를 나눌 수 있게 되자 그녀가 마지막 날 했던 말이 마음에 걸렸다.

"부모님을 묻는 거면, 정리했어요."

여기에 온 걸 보면 어느 정도 예상한 말이었다.

"그래."

동진이 천천히 고개를 끄덕였다.

재희가 조금 어두워진 얼굴로 맥주잔을 응시했다. 부모님은 갑자기 회사도 그만두고 사라진 딸을 걱정한 게 아니라 화가 나 있었다.

"직장도 결혼도 다시 원상복귀시켜 놓지 않으면 다신 보지 않겠다 하시기에 그러시라고 했어요."

담담한 목소리에 동진이 테이블 위에서 그녀의 손을 가만히 잡았다.

"너무 상처받지 마."

"난 괜찮아요."

재희가 옅게 미소 지었다.

"오히려 편한데. 난."

작게 덧붙인 재희가 그를 바라봤다. 걱정이 담긴 눈을 마주 보며 천천히 말했다.

　"정말이에요. 도망친 게 아니라 제대로 현실을 마주했고⋯⋯. 그분들이 들어주신 건 아니지만 내 의사도 전달했으니까. 정말 편해요, 난."

　한국에 계속 있더라도 부모님과의 인연은 거기까지였을 거라는 생각이 들었다. 자신이 변할 리도 없고, 부모님이 변할 리도 없었다.

　"모든 가족이 다 함께해야만 행복한 건 아니니까요."

　"그건 그래."

　동진이 고개를 끄덕였다. 다른 누구보다 그 말의 의미를 그가 잘 알고 있었다.

　"고생했어."

　"응."

　재희가 엷게 미소를 지으며 잔을 매만졌다.

　"내 선택을 후회하지 않아요. 앞으로는 내 마음이 가는 대로 행동할 거니까."

　먼저 이곳으로 떠나온 것이 자신을 찾기 위한 일종의 도피였다면, 지금은 선택이었다.

　"당신을 만나고 처음으로 그럴 용기가 생겼어."

　재희가 동진을 바라보며 미소 지었다.

　그녀의 말간 웃음을 보고 있던 동진이 상체를 들어 올렸다. 그대로 몸을 숙인 동진이 그녀의 입술에 살짝 입을 맞췄다. 쪽, 소리가 나자 재희가 놀란 듯 주위를 바라보며 얼굴을 붉게 물들였다.

　"동진 씨?"

재희의 눈이 토끼처럼 동그래져 있었다.

그 얼굴이 사랑스러워 동진이 한 번 더 입을 맞췄다. 가벼운 베이비키스에도 재희는 얼굴이 발개져선 주변을 살폈다.

"사랑해."

"나도 ……랑해요."

"뭐라는지 안 들리는데?"

"……랑한다구요."

"뭐?"

안 들린다는 듯 귀에 손을 대고 짓궂게 놀리자 재희가 발갛게 달아오른 얼굴로 새침하게 시선을 돌렸다.

"나 말 안 할래요."

"미안. 내가 잘못했어."

동진이 깍지 끼고 있는 그녀의 손을 끌어 와 제 얼굴에 비비며 미소 짓자 재희의 뾰로통한 얼굴에 결국 웃음이 맺혔다.

"못 이기겠어."

"이기지 말고 사랑해 주면 안 돼?"

사르르 짓는 눈웃음이 재희의 마음을 녹였다.

"사랑해요. 이동진 씨."

결국 만족스러운 대답이 흘러나오자 동진의 얼굴에도 행복이 넘쳐흘렀다.

어느덧 단골들이 들어와 안을 가득 메우고, 루이스의 바에는 여느 때와 다름없이 잔잔한 음악이 흐르고 있었다.

다음 날, 노을이 물드는 시간. 동진은 재희와 함께 산책 겸 걷다가 다리 쪽으로 향했다. 평일이라 사람들이 그다지 많진 않았다.

"이 노을도 그리웠어요."

재희가 하늘 한편을 황금색으로 물들이는 노을을 응시하며 말했다.

"이 노을을 함께 보는 내가 그리웠던 게 아니라?"

손을 잡고 걸어가던 동진이 고개를 슥 내리자 재희가 입을 가리며 맑게 웃었다.

"맞아. 그런가 봐요."

다리 입구의 원숭이 동상 앞을 지날 때 동진이 말했다.

"그런데 그거 알아?"

손을 잡은 채 멈춰 선 그가 묻자 재희가 시선을 돌렸다.

"당신이 나에게 돌아온 이유."

"그게 뭔데요?"

재희가 눈을 깜빡이자 동진이 싱긋 웃었다.

"저 원숭이 동상."

그가 원숭이 동상을 가리켰다.

"내가 그때 당신 원숭이 동상 만지게 해서 나에게 돌아온 거야."

"아아, 그때."

저 동상의 새끼손가락을 만지면 다시 이곳으로 돌아오게 된다는 전설을 설명하던 그가 떠올랐다. 사람들이 많이 만져서 반질반질해진 새끼손가락에 손을 가져갔었다.

"그때 내가 만지게 하길 정말 잘했지."

동진이 자랑스레 하는 말에 재희가 이내 환한 웃음을 터뜨렸다. 그녀의 맑은 웃음을 기분 좋게 응시하며 동진이 손을 끌어당겼다. 서로 마주 본 채 어깨를 두 팔로 감싼 그가 말했다.

"……돌아와 줘서 고마워."

진지하게 부딪쳐 오는 눈동자에 재희가 입가에 미소를 매달았다.

　"기다려 줘서 고마워요."

　어여쁜 미소를 담은 재희의 입술에 동진이 부드럽게 입을 맞췄다. 서로의 입술이 벌어지며 재희가 그의 목을 끌어안았다.

　두 사람이 키스를 나누는 동안 다리 위에 황금색 노을이 쏟아져 내렸다.

외전 3

재즈 선율이 흐르는 클래식한 분위기의 레스토랑 안에서 서원과 강준이 마주 앉아 있었다.

서원은 가녀린 몸매를 돋보이게 하는 연한 코랄 빛이 도는 원피스를 입고 매니시 한 재킷을 어깨 위에 걸치고 있었다. 윤기 도는 까만 머리칼을 우아하게 올려 가녀린 목이 드러났다.

"항상 아름답지만 오늘은 정말 사람 하나 잡겠는데."

날렵한 슈트를 입은 강준이 샴페인 잔을 들며 말하자 서원도 잔을 들었다.

"특별히 신경 좀 썼거든요."

매력적인 미소를 지은 그녀가 잔을 부딪쳤다. 유리가 부딪치는 맑은 소리와 함께 두 사람의 입가에 더 진한 미소가 지어졌다.

"나와 함께해 줘서 고마워."

"나도요."

잠시 서로를 바라보던 두 사람이 잔을 입술로 가져갔다. 달콤한 샴페인이 입술 안으로 천천히 흘러 들어갔다.

오늘은 다섯 번째 맞는 결혼기념일이었다. 서원이 미국에 있던 2년간은 미국에서, 그 외에는 한국에서 두 사람은 기념일을 함께 보냈다.

"아까 여기 오는데요."

서원이 잔을 내려놓고 무언가 말하려는데 레스토랑 내의 조명이 꺼졌다.

정전인가 싶어 서원이 주변을 둘러보자 저쪽에서 직원들이 들고 오는 케이크 위의 촛불이 보였다.

"당신 혹시……."

케이크와 꽃바구니를 든 직원들이 이쪽으로 향하는 것을 확인한 서원이 강준을 바라봤다. 그의 미소가 어린 눈빛을 본 서원은 자신의 생각이 맞다는 걸 직감했다.

"두 분의 다섯 번째 결혼기념일 축하드립니다."

테이블 앞으로 다가온 직원들이 케이크와 꽃바구니를 조심스럽게 내려놨다.

자신의 앞에 켜진 초 다섯 개를 보며 서원이 환한 얼굴로 웃었다.

"특별한 시간 되십시오."

물러나는 직원들을 보며 그녀가 강준에게 소리 낮춰 말했다.

"웬일이에요? 이런 이벤트를 다 하고."

수려한 얼굴로 입술 끝을 휘어 올린 강준이 그녀에게 선물 케이스를 내밀었다.

"열어 봐."

"난 이런 줄도 모르고 집에 두고 왔는데."

"괜찮아. 열어 봐."

매년 결혼기념일마다 서로에게 작은 선물을 했다. 보통 밖에서 맛있는 식사를 하고 집에서 함께 와인 한잔을 하며 선물을 나눴기 때문에 오늘도 그럴 거라 예상했다.

난감하게 선물을 보고 있던 서원이 케이스를 열었다. 그 안에는 세련되고 견고한 디자인의 립스틱이 담겨 있었다.

"립스틱이네요?"

서원이 눈을 깜빡거리며 립스틱을 바라봤다. 강준은 화장에 관심이 있는 남자가 아니었다. 그런 그가 립스틱 선물을 하다니.

"세상에 하나뿐인 색이야. 당신만을 위한 색."

"그게 무슨 말이에요?"

서원이 커다란 눈으로 바라보자 강준이 천천히 샴페인 잔을 들어 올리며 말했다.

"협찬하는 이태리 명품 브랜드에서 메이크업 브랜드를 론칭하기로 했어. 전에 손수건 제작해 준 그 디자이너, 기억해?"

"아, 기억해요."

자신이 한도원을 연기했음을 들키게 했던 손수건은 국내엔 들어오지 않은 명품 브랜드라는 걸 떠올렸다.

"이번에 우리 백화점에서 국내 최초로 론칭할 거야."

엘른은 오랫동안 준비해 왔던 백화점 사업의 본점 오픈을 앞두고 있었다. 이태리에서 상류층만을 위해 만들어진 이 브랜드를 엘른에서 예전부터 협찬하고 있던 이유도 백화점 사업을 준비하던 강준의 프로젝트 중 하나였다.

이 브랜드는 그 후 몇 년간 세계적 명성을 가진 독보적인 존재로 발돋움했다. 최근엔 소수의 셀럽만이 아닌 전세계 백화점 로열 구매층을 위한 브랜드로 세를 넓혀 가고 있었다.

"그 브랜드 메인 디자이너와 예전부터 친분이 있어. 그 인연으로 메이크업 브랜드 론칭을 유럽을 제외한 나라 중 한국을 최초로 하게 되면서 특별히 부탁했어. 내 아내를 위한 하나뿐인 립스틱을 만들어 줄 수 있냐고."

"이걸 그렇게 만든 거예요?"

블랙케이스에 달린 고급스러운 금장 장식에 자신의 이니셜이 새겨져 있는 것을 본 서원이 놀랍다는 듯 말했다.

"당신 사진을 참고해서 만든 건데 잘 어울렸으면 좋겠다고 전해 달라더군."

강준이 근사한 미소를 지었다. 그 얼굴을 가만히 보던 서원이 조심스럽게 립스틱 케이스를 열었다.

달칵. 매끄럽게 돌리자 장밋빛을 머금은 것처럼 강렬하면서도 과하지 않은 아름다운 레드 컬러 립스틱이 드러났다.

"……예뻐요."

감탄 어린 목소리로 작게 말하자 강준이 몸을 일으켜 그녀 쪽으로 다가갔다. 서원의 손에서 립스틱을 가져간 그가 그녀의 얼굴을 들어 올렸다.

"발라 줄게."

그대로 서원의 입술에 립스틱을 가져가자 그녀가 작게 입을 벌렸다. 강준은 매끄러운 입술 결을 따라 진지한 표정으로 립스틱을 발랐다.

조각 같은 미남이 인형처럼 생긴 여자의 입술에 립스틱을 발라 주는 모습을 주변에서 숨죽이고 힐긋거렸다. 이미 방금 전의 이벤트로 사람들의 시선은 진작부터 쏠려 있었다.

주위엔 신경도 쓰지 않고 오로지 서원의 입술에만 집중한 강준이 섬세한 손길로 립스틱을 바르는 모습은 관능적인 분위기를 연출하고 있었다.

입술에서 립스틱을 떼어 낸 그가 그녀를 내려다봤다.

"아주 잘 어울려."

강준이 붉게 칠해진 입술에 시선을 박고 말했다. 서원의 흰 피부와 아주 잘 어울리는 색이었다. 그녀가 평소에 바르는 색보단 진했지만 이목구비가 더 선명해 보이게 하는 아름다운 장미 빛깔에 그의 눈빛이 깊어졌다.

"거울로 확인해 보겠어?"

"괜찮아요. 당신의 얼굴에 진심이 담겨 있으니까."

서원이 미소 짓자 강준이 고개를 숙여 그녀의 입술에 살짝 입을 맞췄다. 촉, 짧게 베이비 키스 한 강준이 자리로 돌아갔다.

서원이 그가 준 립스틱을 소중하게 다시 케이스 안에 넣었다.

"고마워요. 세상에 하나뿐인 선물을 줘서. 난 그냥 평범한 걸로 준비했는데……."

"괜찮아. 나에겐 한서원이 세상에 하나뿐인 선물이니까."

강준의 말에 그녀의 웃음이 더 환해졌다.

"그런데 정말, 어떻게 이런 이벤트 같은 걸 할 생각을 했어요? 당신 이런 거 별로 안 좋아하잖아요."

서원이 새우 요리를 나이프로 잘게 썰며 물었다.

"혹시 당신이 좋아할까 봐."

서원이 움직임을 멈추고 그를 바라봤다. 강준이 그녀를 가만히 응시하고 있었다.

"곤란해하면 어떡하나 걱정했어."

그가 자신을 위해 이것저것 고민하고 생각해 주었단 사실에 서원은 마음이 따스해졌다.

"나 정말 결혼 잘한 것 같아."

서원이 후후 웃으며 말하자 그의 입술 끝이 매력적인 호를 그리며 올라갔다.

"나만 할까."

샴페인을 한 모금 마신 강준이 테이블 위에서 느긋하게 팔짱을 끼고 서원을 바라봤다. 음식에는 거의 손도 대지 않고 자신을 보고 있는 모습에 서원이 의아스러운 표정을 지었다.

"왜 그렇게 안 먹어요? 당신 혹시 식사하고 왔어요?"

"4시쯤에 저녁 회동이 있었어."

"그럼 그냥 집으로 오지 그랬어요. 배부를 텐데."

"우리 결혼기념일인데 그럴 순 없지. 요즘 바빠서 여유 있게 외식도 못 했잖아."

"그래도."

"나는 괜찮으니 천천히 식사해."

강준이 부드러운 눈길로 그녀를 바라봤다. 보고만 있어도 배부르다는 시선에 서원은 미안하면서도 고마웠다.

"그럼 당신이 특별히 예약해 둔 곳이니까 맛있게 많이 먹을게요."

"그래."

다정하게 대답한 강준이 샴페인 잔을 천천히 입술로 가져갔다.

식사가 끝난 뒤 차를 대기시킨 곳으로 향했다. 강준의 팔에 팔짱을 끼고 천천히 걸어가는 서원의 옆으로 어린아이가 달려갔다.

"예지야. 조심해. 다쳐."

작은 신발을 신고 건물 입구로 달려가는 아이를 엄마로 보이는 젊은 여자가 서둘러 따라갔다. 그리고 아이의 짐을 든 젊은 남자가 그들 뒤를 뒤따르고 있었다.

서원이 잠시 멈춰서 그들을 바라봤다. 그녀를 내려다보던 강준이 재킷을 걸친 어깨를 부드럽게 잡아끌었다. 그 움직임에 서원이 강준을 올려다봤다.

"가자."

옅은 미소를 지은 서원이 그의 에스코트를 받으며 차에 올라탔다.

"식사 잘 하셨습니까."

"네. 백 기사님 식사하셨어요?"

"전 아까 먹었지요. 사모님."

백 기사와 친밀하게 대화한 서원이 창밖을 바라봤다. 빌딩 입구에 서 있는 방금 전의 그 가족을 잠시 건너다봤다.

"피곤하지 않아?"

강준의 질문에 서원이 그쪽으로 고개를 돌렸다.

"괜찮아요."

서원이 대답하자 그가 그녀의 뺨을 어루만졌다. 그 손길로 서원의 머리를 자신의 어깨에 지그시 기대게 했다.

"그래도 샴페인은 좀 마셨으니까 쉬어. 도착하면 깨울 테니까."

낮고 다정한 목소리에 서원은 천천히 눈을 감았다.

결혼한 지 5년이 됐지만 아직 아이가 생기지 않고 있었다. 연구실에 복귀해야 했기 때문에 미국에 있던 동안은 피임을 했지만,

돌아와서는 하지 않았다.

피임약을 끊은 지 꽤 되었는데도 아이가 생기지 않고 있다는 데에 서원은 조금씩 조급함을 느끼고 있었다. 여러 가지 검사를 받아 봤지만 그도 자신도 정상인데 왜 아이가 생기지 않는 걸까.

그래서 아이를 보면 자신도 모르게 시선이 갔다. 그 시선을 알기에 강준은 지금 자신의 시야를 차단한 것이다. 그 행동에서 그의 배려를 느낄 수 있었다. 자신이 아이 때문에 조급해하고 있다는 것을 알기 때문에 스트레스 받지 않게 해 주려는 거였으니까.

'조급하게 생각하지 마. 난 우리의 신혼이 가급적 길었으면 하니까.'

아이가 생기지 않는 것에 대해 말을 꺼내면 강준은 그렇게 말하곤 했다. 그럴 때의 그의 눈은 늘 진심이었다.

이 회장 내외 역시 늘 한결같은 다정함으로 서원을 대했다. 아이에 대한 말은 일절 한 적이 없었다. 그들의 나이가 있다 보니 하루라도 빨리 후계자를 얻고자 하는 마음이 클 텐데도 절대 겉으로 드러내지 않았다.

하지만 막상 서원 자신은 시간이 지날수록 초조해져 갔다.

'아이가 생기는 게 쉽진 않다고 들었지만 이 정도일 줄이야.'

주변에 오래 아이가 생기지 않아 각종 시술을 하고 날짜를 받아와서 시도를 하는데도 수년째 아이가 없는 동료들이 있었다.

연구소 생활이 워낙 고되고 생활 패턴도 들쭉날쭉하다 보니 그런 경우가 상당히 많은데도, 막상 서원은 자신에게 이런 일이 생길 줄은 몰랐었다. 그래서 덜컥 겁이 났다. 자신도 그런 생활을 해 왔으니까.

눈을 감고 혼란스러운 생각을 이어 가던 서원의 어깨를 감싸고 있는 강준의 손에 힘이 들어갔다. 마치 그녀의 고민을 아는 것처럼, 그만 생각하라는 듯 지그시 힘주어 잡자 서원이 길게 숨을 내쉬었다.

'그래. 생각하지 말자.'

서원은 우울한 쪽으로 이어지던 생각의 회로를 끊으려 노력하며 잠을 청했다. 정체가 심한 시간이라 도로는 꽉 막혀 있다시피 했다. 서원은 강준의 단단한 어깨에 기댄 채 스르륵 잠에 빠져들었다.

"한서원."

귓가에 들리는 낮은 목소리에 서원이 잠에서 깨어났다.

"도착했……."

"가만히."

먼저 차에서 내린 그가 그녀를 안아 들기 위해 허리를 숙였다.

"괜찮아요. 내가 갈게요."

서원이 말했지만 강준이 부드럽게 그녀를 안아 들었다. 할 수 없이 서원은 그의 가슴에 기댄 채 목을 안았다. 그녀를 안은 강준이 입구 쪽으로 걸어가자 뒤에서 백 기사가 인사했다.

"들어가서 푹 쉬십시오."

"수고하셨어요."

강준이 고개를 돌려 인사했다. 강준에게 안긴 채 인사를 하기 민망해 서원은 그의 넓은 가슴에 얼굴을 묻었다.

보안 센서를 통과해 집 안으로 들어오자 조명 기구들이 일제히

켜졌다. 강준이 서원을 소파 위에 조심스럽게 내려놨다.

"고마워요."

"잠시만 그대로 있어."

그가 한 다리를 굽혀 앉아 서원의 구두를 벗겼다. 강준이 가느다란 종아리를 커다란 손으로 잡고 구두를 벗겨 내는 모습을 서원이 가만히 내려다봤다.

"……강준 씨."

그가 시선을 들어 올려 서원을 바라봤다. 다정함이 담긴 그의 눈을 응시하고 있던 서원이 기다란 속눈썹을 내리깔았다.

"아니에요. 아무것도."

"얘기해. 하고 싶은 말이 있다면."

"정말 아니에요. 날이 좀 쌀쌀하니까 와인은 안에서 마실까?"

서원이 소파에서 일어서며 말했다.

"피곤해 보이는데. 쉬어도 돼."

"집에 오니까 괜찮아졌어요. 옷 갈아입고 나올게요. 당신도 불편할 텐데 옷부터 갈아입어요."

그녀가 드레스룸으로 향하는 모습을 강준이 바라봤다.

잠시 시선을 두고 앉아 있던 강준도 구두를 들고 일어서서 신발장 쪽으로 걸어갔다.

서원이 허벅지를 덮는 긴 티셔츠를 입고 편한 차림으로 나왔다. 홈 바에는 이미 간단한 와인 안주와 두 개의 잔이 세팅되어 있었다.

"내가 준비하려고 했는데."

"간단한 건데 뭘."

강준이 와인 저장고에서 병 하나를 꺼내며 말했다. 그와 잘 어울리는 짙은 버건디 색상의 셔츠와 블랙 바지 차림으로 와인을 따라 주는 모습을 서원이 스툴에 앉아 바라봤다.

　"당신은 결혼한 지 5년이 됐는데도 흐트러진 모습을 본 적이 없는 것 같아."

　"그런가?"

　강준이 서원에게 잔 하나를 건네자 그녀가 여전히 그에게 시선을 두고 말했다.

　"집에서도 늘 단정한 차림에, 남들 남편은 집에선 막 훌렁훌렁 벗고 트렁크만 입고 산다는데. 음, 그런데 당신은 벗고 있으면 더 완벽해지니까……."

　그것도 흐트러진 모습이 아니네. 서원이 작게 중얼거리며 미간을 찌푸리자 강준이 입술 끝을 기울였다.

　"이렇게 뭘 입어도 멋진 여자와 살고 있는데 나도 조금은 긴장해야 하지 않겠어?"

　그가 잔을 내밀며 하는 말에 서원이 좁혀 들었던 미간이 펴지며 입술이 벌어졌다.

　"사람 기분 좋게 만드는 방법이 갈수록 느는 것 같아. 당신."

　서원이 웃으며 그와 건배했다.

　강준이 퇴근한 뒤에 함께 와인 한잔을 마시는 시간은 여전히 서원에게 가장 여유롭고 편안한 시간이다. 오늘처럼 특별한 날도, 아무 일 없는 평범한 날에도 두 사람은 늘 가볍게 와인을 마시며 대화를 나눴다.

　"진주랑 도원이, 아무래도 수상한 것 같아."

　와인을 한 모금 마신 서원이 그가 잘라 놓은 치즈 조각을 크래

커 위에 얹으며 말했다.

"요즘?"

"응. 그전에도 그런 낌새는 좀 있었는데…… 진짜 내 친구랑 내 동생이랑 연애하면 기분이 이상할 것 같은데 말이죠."

서원이 복잡한 표정을 지었다. 물론 진주도 소중한 친구고 도원이는 말할 것 없는 소중한 동생인데, 그 둘이 연애를 한다고 생각하니 기분이 묘했다.

"걱정할 만한 이유가 있어?"

강준이 고개를 비스듬히 기울이고 묻는 말에 서원이 잠시 생각하다가 말했다.

"만약 만났다가 잘못되면 불편해질 것 같아서 그러죠. 식구처럼 지내 왔으니까."

"그렇다고 해도 당신 식구도, 당신 친구도 어디 가지 않아. 늘 당신 옆에 있을 거야. 걱정하지 않아도 돼."

강준의 말을 듣고 보니 정말 그런 것 같기도 했다. 사실 설사 둘이 만난다고 해도 자신이 끼어드는 건 월권이고.

"잘된다면 식구가 또 하나 느는 거니까. 좋게 생각해."

정말 그렇게 될진 모르는 일이지만 어쨌든 진주가 식구가 된다고 생각하니 한편으론 설렜다.

이미 시간이 날 때마다 그 두 사람과 함께 여행도 가고 하는 터라 만약 진짜 그들이 부부가 된다면 앞으로 평생을 두 부부가 이렇게 즐겁게 보낼 수 있게 될지도 모른다.

"당신 말이 맞아."

서원이 팔을 뻗어 강준의 뺨을 가만가만 어루만지며 속삭였다. 그의 입술 끝이 부드럽게 휘어 올라가는 것이 손끝에 느껴졌다.

"가족이 되는 건, 이렇게 좋은 건데."

"그래."

잔잔한 시선을 마주치며 서원이 말하자 그가 자신의 뺨에 닿아 있는 그녀의 손을 어루만졌다.

'아이가 있다면 얼마나 더 좋을까.'

순간 그런 생각이 머릿속을 스쳐 지나가자 서원의 표정이 어두워졌다.

물론 두 사람만 있어도 무척 즐겁고 이렇게 행복해도 될까 싶을 정도로 행복했다. 하지만 그녀는 역시 그를 닮은 아이를 가지고 싶었다. 외롭게 살아온 자신과 그에게 사랑의 결실처럼 찾아올 아이가.

"……서원아."

강준의 부름에 서원이 상념에서 깨어났다.

"아, 미안해요. 잠시 다른 생각을 해서."

서원이 곱게 웃어 보였다. 강준이 그녀의 웃는 얼굴을 깊은 눈으로 바라봤다.

"아차, 내 정신 좀 봐. 당신 선물만 받아 놓고 내 선물은 주지도 않고 있네."

그의 눈빛에 자신의 고민을 모두 들킬 것 같아 서원이 얼른 몸을 일으켰다.

"한서원."

강준이 몸을 돌리려는 그녀를 잡아 세웠다. 손을 잡고 물끄러미 응시하는 시선에 서원이 그를 내려다봤다.

"우리가 아이가 없다는 것이 그렇게 신경이 쓰여?"

강준이 진지한 표정으로 물어 왔다.

서원이 말없이 그가 잡고 있는 자신의 손을 바라봤다. 커다란 손이 다정하게 자신의 손등을 쓸고 있었다.

　"요즘 내내 그 생각에만 빠져 있는 것 같아서 묻는 거야."

　"……역시 알고 있었네."

　서원이 작게 한숨을 내쉬었다.

　"모를 리가 없잖아. 내 모든 관심은 한서원인데."

　강준이 빙긋 웃었다. 그녀도 살포시 마주 웃자 그가 그녀를 끌어당겨 자신의 무릎 위에 앉혔다. 서로 마주 보며 앉은 자세로 강준이 그녀의 허리를 손으로 받치고 시선을 맞춰 왔다.

　"나와 당신만 있는 생활로는 충분치가 않아?"

　"그런 게 아니라."

　"그럼 왜 그렇게 고민하는 거야. 난 당신과 나와의 삶으로도 충분한데."

　"그건 나도 마찬가지예요. 하지만 난 당신이……."

　순간 서원이 입을 다물었다.

　어쩌면 모든 건 자신의 욕심일 수도 있다는 생각이 들었다. 강준과의 아이에 집착하는 건.

　그도 아이를 원할 거라 생각하는 건 그저 핑계에 지나지 않을 거라는 생각이 들자 더 말을 이을 수가 없었다.

　"그냥, 내가 조급한가 봐요."

　서원이 미간을 살짝 찌푸리고 한숨을 내쉬었다.

　"당연하게 생각하고 있었거든요. 미국에서 돌아오고 나면 그냥 자연히 아이가 생기고 그렇게 될 줄 알았어요."

　작게 말하며 서원이 시선을 내리깔았다.

　"조급하게 생각하지 말라고 말해도…… 힘드려나."

강준이 낮게 말하며 그녀의 머리칼을 자상하게 쓸어 넘겨 줬다.

"난 이대로 평생 아이가 생기지 않는다고 해도 상관없어."

"네?"

서원이 시선을 들었다. 그의 진지한 눈빛과 마주쳤다.

"내가 중요하게 생각하는 건 한서원이지, 아이가 아니니까."

강준의 눈빛에 조금의 거짓도 없었다.

"하지만……."

엘른의 총수가 후계자가 없다면 그의 장악력에 문제가 생길 수도 있었다. 서원이 아이에 집착을 하는 이유 중 하나도 그거였다.

"난 이 회사를 내 핏줄에게 남기겠다는 집착은 없어. 만약 우리 아이가 생긴다고 해도 무리하게 경영 승계는 하지 않을 생각이야."

서원이 의외라는 표정을 지었다.

한국 대기업은 대부분 자신의 혈육에 그룹을 물려주는 것에 집착한다고 알고 있었으니까. 사실 그의 조부도 그렇기 때문에 강준에게 집착한 거였다.

"그 아이가 뭘 하고 싶을지 모르는 일이잖아. 억지로 경영에 투입시켜서 원하지 않은 일을 하는 사람들이 어떤 식으로 기업을 망치는지는 많이 봐 왔어."

"당신 아이는 안 그럴걸요. 아마 당신 닮으면 지독한 일중독일 텐데."

"당신 닮으면 회사가 아니라 연구실에 틀어박힐 수도 있겠지."

강준이 미소를 지으며 그녀의 입술에 살짝 입을 맞췄다.

"어디까지나 아이가 생겼을 경우를 말하는 거야."

그가 서원을 똑바로 응시했다.

"난 그런 생각이니, 내 회사 때문에 당신이 아이를 빨리 가져야 한다는 압박을 가질 건 없어."

서원이 조용히 그를 마주 봤다.

생각해 보니 강준과 이런 이야기를 나누는 건 처음인 것 같았다. 혈육에게 경영권을 승계하는 일이 이 나라에서는 흔한 일이라 당연히 그도 그럴 거라고 생각해 왔다.

그리고 다른 이유도 있었다.

"평생 외롭게 살아왔잖아요. 당신이나 나나."

서원이 강준의 턱을 엄지로 매만지며 말했다.

"나는 그래도 고등학생 때까진 평범한 가정에서 자라 왔지만 당신은 아니었으니까. 그래서 빨리 제대로 된 가정을 만들어 주고 싶었어요. 남들처럼 집 안에서 아이가 웃는 소리가 들리고……."

"그런 생활도 나쁘지 않지만."

강준이 서원의 말을 끊고 그녀의 얼굴을 두 손으로 감쌌다.

"난 한서원과 행복하게 사는 것이 가장 이상적인 삶이야. 다른 건 다 부수적인 일에 불과해."

"……."

"당신이 그런 문제로 고민하고 속상해하는 모습을 보는 게, 더 괴롭다는 뜻이야."

그의 검회색 눈동자가 깊게 빛나고 있었다. 진심이 담긴 그 눈을 내려다보고 있자니 서원은 콧등이 시큰해졌다.

"또 사람을 감동시키고. 못됐어, 당신."

서원이 그렁그렁한 눈으로 새침하게 바라보다가 그의 목을 와락 끌어안았다.

"고마워요. 내 마음 편하게 해 주려고 노력해 줘서."

"진심이야."

그녀의 등을 마주 안으며 강준이 귓가에 말했다.

"알아요."

거짓말로 이런 말을 하는 남자는 아니었다. 그는 진심으로 자신을 가장 소중하게 생각해 줬다. 그 한결같은 마음이 서원을 감동시켰다.

"나도 당신만 있으면 돼. 다른 건 아무것도 필요 없어."

"그래. 한서원도 나만 생각해."

그의 낮은 웃음이 섞인 목소리를 들으며 서원이 후후 웃었다.

"아, 선물!"

서원이 반짝 고개를 들더니 그의 무릎 위에서 몸을 일으켰다.

"잠깐만 기다려요."

"그래."

한결 가벼워진 그녀의 표정을 확인한 그가 웃으며 대답했다. 서원은 자신이 준비한 선물을 가지러 침실에 들어갔다가 곧 돌아왔다.

"난 정말 평범한 건데. 당신이 준 것 치곤."

막상 잰걸음으로 포장된 선물을 가져와 놓고도 서원은 막상 내어놓질 않았다.

자신은 세상에서 하나뿐인 선물을 받았는데, 이건 어느 백화점에나 파는 흔한 물건이라는 것이 마음에 걸렸다.

"어서 줘 봐. 서원아."

강준이 미소를 지으며 내미는 손에 서원은 결국 그 위에 제 선물을 내려놨다.

"기대는 하지 말고 열어 봐요."

강준은 망설임 없이 포장을 풀었다.

"첫 번째 결혼기념일엔 시계였지."

포장을 풀며 그가 말했다.

"두 번째엔 구두, 세 번째엔 지갑, 네 번째엔 셔츠."

"그걸 다 기억하네요."

"그럼. 누가 준 선물인데."

자기가 생각해도 하나같이 다들 평범한 선물뿐이라 서원은 민망해졌다.

'하지만 백화점을 돌아봐도 다 거기서 거기인 선물들밖에 안 보이는데 어떡해.'

핑계처럼 속으로 중얼거리고도 신경이 쓰였다. 자신이 생각보다 재미없는 사람 같아서.

서원이 고민하고 있는데 그가 포장지 안에 든 것을 꺼냈다. 서원의 선물은 은빛 장식이 달린 견고한 가죽 소재의 키홀더였다.

"평범하다고 했잖아요."

유심히 키홀더를 보고 있는 강준에게 서원이 작게 말했다. 그래도 진주와 함께 나름 신경 써서 오랫동안 돌아보고 고른 키홀더였는데 강준의 선물을 받고 보니 제 선물은 너무 평범해 보였다.

한참 동안 키홀더를 살펴보던 강준이 고개를 들었다.

"전혀 안 평범해."

진지한 눈빛으로 시선을 맞춘 그가 부드럽게 말했다.

"나에겐 세상에 하나뿐인 선물이니까. 내 아내가 준 다섯 번째 결혼기념일 선물."

그가 키홀더를 내려다보고는 다시 서원을 바라봤다.

"고마워. 항상 가지고 다닐게."

빙긋이 짓는 미소에 서원이 짧게 한숨을 내쉬었다.

"……하루에 사람을 몇 번이나 감동시키고."

서원이 두 팔을 뻗어 강준을 안았다. 세상에서 하나뿐인 립스틱을 선물 받았을 때보다 자신의 평범한 선물을 진심으로 기쁘게 받아 주는 그의 모습에 더 큰 감동이 일었다.

강준이 그녀의 등을 토닥거려 주자 서원이 상체를 세웠다. 그러고는 티셔츠 주머니에 넣어 가져온 립스틱을 꺼냈다.

"나도 이거 정말 고마워요."

그의 무릎 위에 앉아 립스틱을 들고 생긋 웃었다.

"근데 난 이거 아까워서 못 쓸 것 같아요. 이건 정말 하나밖에 없는 거니까."

"마음에 들면 계속 따로 제작해 준다고 했으니 걱정 말고 발라."

"아무리 그래도 그런 수고를 매번 부탁할 수는."

서원이 립스틱 케이스를 다시 열었다. 아까는 제대로 색을 보지 못해서 다시 유심히 보니 정말 고혹적이고 아름다운 색상이었다.

"나만 쓰기 아까운 색이네. 너무 예쁘다."

감탄한 듯 중얼거리자 그가 웃으며 그녀의 손에서 립스틱을 가져갔다.

"나도 다시 보고 싶은데."

강준이 그녀의 입술에 다시 립스틱을 바르기 시작했다. 매끄럽게 입술에 밀리는 느낌이 마치 벨벳처럼 부드러웠다.

바르기 좋도록 살짝 입술을 벌린 서원이 그를 바라봤다. 집중해서 입술에 립스틱을 칠하는 모습이 왠지 섹시한 분위기를 풍겼다.

"……다 됐어요?"

그가 립스틱을 떼고 살짝 고개를 뒤로 뺀 뒤 서원의 얼굴을 가만히 바라봤다. 입술에 닿는 진한 시선에 서원은 입안에 침이 바짝 말랐다.

"정말이네. 예뻐, 아주."

그의 입술 끝이 부드럽게 휘어 올라갔다.

"다행이다."

서원도 마주 웃자 그가 방금 립스틱을 발라 준 입술을 살짝 물었다.

"아."

아랫입술을 지그시 빨리는 느낌에 서원이 짧은 신음을 흘렸다.

"내 앞에서만 발라. 나만 보고 싶은 색이니까."

낮게 속삭이듯 말한 강준이 그녀의 입술을 삼키고 야릇하게 빨아들였다.

"웃…… 방금 립스틱 발라 놓고 그렇게, 하면 다 지워진단 말이에요."

"어차피 내가 다 먹어 치울 거였어."

진한 숨결과 타액을 빨아들이며 강준이 그녀의 긴 티셔츠 아래 엉덩이를 거머쥐었다. 말랑한 살을 두 손으로 쥐고 주무르는 동안 서원의 입술에선 가쁜 숨이 색색 새어 나왔다. 촉촉한 혀가 뒤엉키며 젖은 소리를 냈다.

달짝지근한 숨결과 함께 입술이 떨어지자 그녀의 강렬한 장밋빛 립스틱이 아찔하게 번져 있었다.

"아주 섹시한데. 지금 모습."

말려 올라가는 그의 입술에도 묻어 있는 그 색이 퇴폐적이고 위험해보였다.

"더 엉망으로 만들고 싶어."

그녀의 귓가에 속삭인 그가 티셔츠 위로 서원의 엉덩이를 잡은 채 몸을 일으켰다.

그대로 바 위에 그녀를 앉히자 서원이 두 팔로 단단한 바를 짚고 그를 바라봤다.

달칵.

강준이 립스틱 케이스를 열며 그녀를 강렬하게 응시했다. 어둡게 물든 그 눈동자에 담긴 강렬한 욕망에 서원은 다리 사이가 은밀히 조여들었다.

"벗어 봐. 내가 보는 앞에서."

그녀의 번진 입술에서 시선을 떼지 않고 강준이 말했다. 당장이라도 잡아먹을 듯한 그 관능적인 눈을 응시하며 서원이 긴 티셔츠를 아래에서부터 위로 끌어 올렸다.

툭.

바닥으로 상의가 떨어지자 아무것도 입고 있지 않은 상체가 드러났다. 강준의 시선이 그녀의 하얀 어깨부터 천천히 아래로 미끄러져 내려갔다.

거친 숨결에 흔들리는 젖가슴에 그의 시선이 닿았다. 그의 어둡게 빛나는 눈빛에 동그란 유두가 바짝 곤두섰다. 그걸 삼킬 듯 바라보는 시선에 서원은 온몸이 뜨거워졌다.

"아래도 벗어야지."

낮게 잠긴 목소리에 물든 욕망에 서원은 기꺼이 그의 뜻대로 했다. 스툴에 발을 지탱하고 얇은 속옷을 벗어 내려 바닥으로 떨어뜨렸다.

"이제 됐어요?"

서원이 몸을 가리지 않고 유혹으로 물든 목소리로 물었다.

강준은 눈도 깜빡거리지 않고 그녀를 응시하고 있었다. 벗은 긴 다리가 아슬아슬하게 교차되어 있었다. 그의 시선이 바닥에 떨어진 옷에서부터 가느다란 종아리를 지나 허벅지 안쪽까지 올라갔다.

서원의 눈이 그의 시선을 따라 움직였다. 그의 시선이 닿는 곳마다 뜨거운 열감이 느껴졌다.

"최고의 선물인데."

그가 허스키하게 잠긴 목소리로 말하고는 천천히 다가왔다. 립스틱을 들고 바로 앞에서 멈춰 선 그가 물었다.

"어딜 칠해 줬으면 좋겠어?"

강준의 말에 서원은 온몸의 피가 뜨겁게 달아올랐다.

"알려 주는 곳을 이걸로 칠하고, 그다음엔 내가 먹어 치울 거야."

웃음기 없는 얼굴로 말하는 강준이 자신의 몸에 립스틱을 칠하는 상상만 해도 서원은 숨이 차올랐다. 가쁘게 오르내리는 젖가슴을 응시하며 그가 말했다.

"말해 봐. 어서."

"……여기."

서원이 뾰족하게 곤두선 자신의 유두를 가느다란 손가락으로 가리켰다.

강준이 그곳에 총알 모양의 새빨간 립스틱을 가져갔다. 단단하면서 촉촉한 제형이 살에 닿자 서원의 몸이 흠칫거렸다.

"아……."

신음을 흘리며 내려다보자 흥분된 선홍색 살에 칠해지는 선명한 붉은색이 시각을 자극시켰다. 짓뭉개지는 립스틱의 감촉이 젖꼭지를 더 팽팽하게 부풀게 했다.

"이젠 내가 다 핥아 먹을 거야."

립스틱 뒤에 와 닿는 입술의 감촉에 서원의 허리가 확 젖혀졌다.

"흐읏……."

쯔읍, 쭙.

축축한 혀가 움직이는 소리와 입술로 빨리는 감촉이 야릇하게 온몸에 번졌다. 타액에 물든 것을 놔주고 다른 쪽을 마저 삼키자 서원은 다리까지 덜덜 떨렸다.

"아, 읏. 느낌이 너무…… 강해."

할딱이며 내뱉는 목소리에 물든 쾌락을 강준이 모를 리 없었다. 그가 단단한 치아로 포도 알갱이같이 단단해진 유두를 살짝 깨물고 더 강하게 빨아들이자 서원이 고개를 젖혔다.

"아아!"

참을 수 없는 강한 감각이 등허리를 타고 오르자 소름이 쭈뼛 돋았다. 강준이 고개를 들고 서원을 바라봤다. 숨을 몰아쉬는 그녀의 눈빛이 쾌락으로 흐릿해져 있었다.

그가 그녀의 떨리는 손에 립스틱을 쥐어 줬다.

"이번엔 네가 원하는 곳에 발라. 먹어 줄 테니까."

그의 말에 서원은 침을 삼켰다. 그가 뭘 원하는지, 똑똑히 알 수 있었다. 그건 자신도 같았으니까.

발갛게 열기가 맺힌 얼굴로 서원이 기다란 속눈썹을 내리깔았다. 그녀의 손이 내려가는 곳을 향해 새까만 눈동자가 은밀하게 따라 움직였다.

"다리를 벌려야지."

그의 말에 서원은 바 테이블 위에 앉은 채 모으고 있던 다리를 벌렸다. 그의 시야 앞에서 활짝 드러난 속살은 이미 유혹적으로 촉촉하게 젖어 있었다.

배꼽 아래 여성스럽게 이어진 라인을 따라 내려간 립스틱이 검은 음모 사이를 파고들었다.

"읏……."

단단한 제형이 도톰한 살결을 타고 내리는 감각에 서원이 신음을 흘렸다. 흐릿한 시야에 강준이 시선을 떼지 않고 자신을 보고 있는 것이 보였다. 마치 제 손으로 음란한 행위를 하는 것을 그가 보고 있는 것 같은 기분에 숨이 가빠 왔다.

"으응, 응……흣."

서원이 발갛게 달아오른 얼굴로 벌어진 제 속살에 진한 색의 립스틱을 발랐다. 떨리는 손으로 흠칫거리는 속살을 칠하며 지나갈 때마다 강준의 강렬한 시선이 박혀 들었다.

"못 참겠군."

그가 짓눌린 소리를 신음처럼 뱉어 내고 곧장 그녀의 무릎을 두 손으로 잡았다.

"핫!"

다리를 활짝 벌리며 그 사이로 고개를 집어넣은 강준이 음탕하게 칠해진 채 번들거리는 속살을 가까이에서 응시했다. 곧장 더운 숨결이 예민한 살결에 닿자 서원이 헐떡였다.

"모조리 삼켜 줄게."

낮게 말한 강준이 입술로 립스틱이 칠해진 속살을 크게 삼켰다.

"하……앗, 아읏. ……읏!"

립스틱을 빨아 삼키는 입술에 그녀의 맨살이 온통 타액으로 범벅이 됐다. 옴찔거리는 속살에서 흘러나오는 미끈한 애액과 축축한 타액이 그의 입안에서 섞여 들었다.

"……하! 아! 아웃!"

강준이 동그란 음핵을 쭙쭙 빨다가 강한 치아로 긁어내리자 서원이 자지러질 듯 신음을 내질렀다. 점점 더 강렬해지는 쾌감을 참지 못한 그녀의 몸이 전율하듯 바들거렸다.

"가, 강준 씨, 그만, 그만하고 어서……."

서원이 엉덩이를 달싹이며 애원했다. 음란하게 움직이는 엉덩이를 잡고 바짝 끌어당긴 강준이 질척거리는 속살 안으로 혀를 찔러 넣었다.

"아핫……!"

두 팔로 테이블을 짚은 서원의 고개가 뒤로 확 젖혀졌다. 날카롭게 혀를 세워 수축하는 내부를 들락거리던 그가 여성 전체를 입술로 강하게 삼켰다.

"하으웃!"

서원의 엉덩이가 한껏 들려 올라갔다. 바짝 힘이 들어간 엉덩이를 꽉 잡은 채 터져 나온 쾌감의 산물을 모조리 빨아먹은 강준이 고개를 들었다.

"한서원."

번들거리는 입술로 내뱉은 강준이 바들거리는 그녀의 다리를 잡아 확 끌어당겼다.

"훗."

바 테이블 끄트머리에 엉덩이를 걸친 서원의 두 다리 사이로 그가 자리를 잡았다. 자신의 바지를 내리고 단단하게 곤두선 페니스를 꺼내 거머쥐었다.

"더 벌려 봐. 다리."

"아……."

강준이 핏대 솟은 제 근육 덩어리를 잡아 입구에 문지르며 말하자 서원이 다리를 활짝 벌렸다. 음탕한 애액이 번들거리며 묻은 속살이 벌어지자 뭉개듯 비비고 있던 귀두 끝을 그가 거칠게 찔러 넣었다.

"하윽!"

굵은 뿌리까지 깊게 들이쳐 들어오는 순간 서원은 아찔하게 부서지는 쾌감에 질끈 눈을 감았다.

한참 후, 서원은 바 위에 엎드린 채 땀에 젖어 있었다.

그녀의 하얀 피부가 립스틱과 그의 타액으로 온통 뒤덮여 있었다. 그가 주는 열락의 시간 속에서 서원은 몇 번이나 정신을 잃을 뻔했다.

"사랑해. 서원아."

아스라한 의식 속에 땀에 젖은 그녀의 이마에 강준이 입을 맞추는 것이 느껴졌다. 서원은 숨을 몰아쉬느라 대답할 기운조차 없었다.

지난 네 번의 결혼기념일 마지막은 늘 그렇게 끝나곤 했듯이.

"한서원!"

진주가 팔을 흔들자 막 카페로 들어온 서원이 미소 지었다.

"먼저 왔네?"

진주 앞에 마주 앉은 서원이 토트백을 내려놓으며 말했다.

"응. 오늘 차가 좀 잘 빠지더라고. 아, 너 뭐 마실래? 내가 살게."

"그럼 난 화이트라떼."

지갑을 들고 일어서던 진주가 의아하게 서원을 바라봤다.

"화이트라떼?"

"어, 왜?"

서원이 마주 보며 되묻자 진주가 고개를 갸웃하더니 곧 푸르르 저었다.

"아, 아니다. 너 가끔 단 거 먹었지."

평소엔 당분은 입에 거의 대질 않다가 가끔 피곤하거나 스트레스가 심할 땐 단 음식을 먹는다는 게 떠올랐다.

진동벨을 받아 온 진주가 다시 자리에 앉았다.

"너무 오랜만이라 까먹고 있었어. 넌 아예 단 걸 안 좋아한다고 생각하고 있었거든."

"가끔 먹잖아."

"그러니까. 참 피가 무섭다고 쌍둥이가 어쩜 이리 똑같은지. 입맛까지 똑같아."

진주가 미간을 찌푸리고 고개를 절레절레 저었다. 그 모습을 가만히 보던 서원이 물었다.

"너 요즘 도원이 자주 만나는 것 같아."

"나, 나?"

진주가 흠칫해서는 쳐다보자 서원이 미소를 지으며 마주 봤다.

"응. 너 요즘 대화법이 기승전도원으로 흐른다는 거 알고 있어?"

"이상하네…… 내가 그랬……나?"

눈썹을 모으며 시선을 다른 곳으로 돌리던 진주가 헛기침을 했다. 구세주를 기다리듯 진동벨에 시선을 뒀지만 아직 고요한 것을 확인하고 난감한 표정이었다.

"아! 서원이 너 얼마 전에 결혼기념일이었잖아. 그때 같이 고른 선물 강준 씨가 마음에 들어 하디?"

진주가 박수를 짝 치며 물었다. 서원은 모르는 척하기로 하고 슬쩍 말을 돌리는 진주에게 맞춰 줬다.

"응. 다행히 마음에 드는 모양이더라고."

"정말 다행이네. 너 올해는 유독 고민이 깊던데."

"매번 평이한 선물만 하게 되는 것 같아서. 뭔가 특별한 선물을 하고 싶은데 막상 안 떠올라."

"남자들 선물이 다 거기서 거기잖아. 넌 뭘 받았는데?"

"……나?"

무언가가 떠오른 듯 하얀 **뺨**과 가느다란 목이 슬쩍 붉어지는 것을 보자 진주가 눈을 가느다랗게 떴다.

"5년인데 아직 팔팔한 신혼이네. 그래. 어떤 선물인진 모르겠지만 난감한 모양이니 모르는 척해 줄게."

"그, 그런 거 아니야. 그냥 립스틱인걸."

"립스틱? 근데 왜 얼굴이 빨개져?"

"갑자기 더워져서 그래."

이번엔 서원이 헛기침을 큼큼 하는데 마침 진동벨이 울렸다. 립스틱으로 무슨 짓을 했기에 얼굴이 **빨개지**느냐는 질문을 하지 못한 진주는 아쉬운 얼굴로 커피를 받으러 갔다.

진주가 자리를 비운 사이 서원이 열기가 오른 **뺨**에 손등을 가져다 댔다.

그날 일 때문에 립스틱만 봐도 야한 걸 떠올리는 사람이 되어 버린 것 같잖아.

서원이 난감한 표정을 짓고 있는데 커피를 든 진주가 다가왔다.

"자, 달달한 화이트라떼."

"고마워."

"그런데 요즘 피곤한 일 있어? 당분 땡기는 주간인 걸 보면."

진주가 스트로를 휘저으며 묻자 서원이 천천히 고개를 저었다.

"딱히 없는데."

집에서 논문 준비를 하고 있었지만 연구소 때처럼 무리해서 하는 것도 아니었다. 길게 시간을 갖고 준비 중이라 크게 스트레스 받지도 않았다. 오히려 이렇게 마음 편히 지내도 되나, 싶을 정도로 한가한 나날이었다.

"그냥 가끔 그런 거니까. 습관일 수도 있지."

"하긴 당분도 너무 안 먹어 주면 안 좋다잖아. 이런 식으로라도 섭취해 주면 좋은 거겠지."

진주가 고개를 끄덕이며 덧붙였다.

"보통은 안 먹던 걸 먹으면 임신 아니냐고 해 보겠지만."

"설마."

서원이 작게 웃었다. 그녀의 흐린 미소를 본 진주가 아차 싶은 표정을 지었다.

"미안. 이런 말 스트레스지?"

최근 몇 년간 임신 때문에 서원이 스트레스 받고 있는 것을 모르지 않았기 때문에 진주는 자신이 생각 없이 뱉은 말을 후회했다.

"아니야. 괜찮아."

"아이는 생길 때 되면 생기는 법이라잖아. 천천히 기다려 봐."

"그래야지."

서원이 시선을 내리 깔고 커피 잔을 바라봤다. 얼마 전 강준의 말로 마음은 한결 편해졌다지만 여전히 신경이 쓰이는 건 사실이었다.

"혹시 모르니까 테스트 한번 해 보고. 너 단 거 먹는 거 정말 오랜만에 보는 거 같아."

"응. 그럴게."

서원은 넘기듯이 대답했다. 예전엔 조금이라도 이상한 징조만 있다 싶으면 바로 사다 놓은 테스트기로 진단해 봤다. 그럴 때마다 실망만 하게 되어 그 후 하지 않게 되었다. 강준의 말을 들은 이후로는 더.

"난 살 좀 빼야 되는데 큰일이야. 요즘 왜 이렇게 포동포동해지는지."

진주의 말에 서원이 유심히 바라봤다. 살짝 살이 찌긴 했지만 큰 차이는 없었다.

"보기 좋은데 뭐."

"너처럼 늘씬한 애한테 그런 말 듣고 싶지 않거든. 넌 쪄 봐야 보통 체중 될까 말까잖아."

진주가 인상을 쓰자 서원이 아니라며 웃었다. 진주는 듣는 둥 마는 둥 하며 자신의 뱃살을 슬쩍 찔러 보며 고민에 잠긴 표정을 지었다. 서원이 그런 진주를 가만히 바라봤다.

'평소 외모 고민은 거의 하지 않던 앤데.'

진주답지 않았지만 그냥 모르는 척해 주기로 했다.

428

"잘 먹었어. 조심히 들어가."

"그래. 너도."

진주와 인사하고 헤어진 서원은 몸을 돌리려다가 잠시 진주의 뒷모습을 바라봤다. 진주는 휴대폰을 바라보며 부랴부랴 어딘가로 향하고 있었다.

식사를 하고 후식으로 케이크를 먹고 있는 내내 진주는 계속 휴대폰을 힐끔거렸다. 그러더니 중간에 누군가와 통화를 하고 와선 상기된 얼굴로 그만 일어나자고 허둥지둥 일어섰다.

'역시 감기와 연애는 못 속인다더니.'

나도 그랬을까?

서원이 자신의 과거를 곰곰이 생각하는데 저 앞에서 인파 사이에 누군가가 나타나는 것이 보였다.

진주 앞에 서 있는 남자는 도원이었다. 진주가 주변을 살피듯 주변을 둘러보기에 서원은 얼른 돌아서 줬다.

"역시 그런 건가."

서원이 입술 끝을 둥글게 휘어 올리곤 걸어가기 시작했다.

아무래도 자신의 가장 친한 친구는 자신의 동생과 사랑에 빠진 모양이었다.

생각에 빠진 채 걷고 있는데 서원의 전화벨이 울렸다. 액정을 확인한 그녀의 얼굴에 부드러운 미소가 맺혔다.

"응. 강준 씨."

— 아직 밖인가?

익숙한 낮은 목소리가 언제나 마음을 떨리게 만든다. 매번 사랑에 빠지게 만드는 존재와 함께 산다는 일은 얼마나 큰 축복일까.

"지금 돌아가는 길이에요. 강준 씨는?"

― 나도 퇴근하려고. 그쪽으로 갈게. 잠시 근처 카페에서 기다리고 있어.

"알았어요."

서원은 대답하며 주변을 둘러봤다. 마침 테이블이 있는 아이스크림 가게가 보여 그쪽으로 향했다. 아이스크림 가게 안으로 들어간 서원은 강준에게 위치를 말하고 전화를 끊었다.

바닐라라떼와 케이크까지 단 음식을 먹었으니 담백한 차를 마실 생각이었는데 막상 들어오니 아이스크림의 달콤한 냄새가 후각을 자극했다.

정신 차리고 보니 혼자 먹기엔 큰 사이즈의 컵에 여러 가지 맛을 골라 담은 걸로도 모자라 작은 크기의 아이스크림도 몇 개 계산한 뒤였다.

"강준 씨랑 먹어야겠네."

집에 가서 같이 먹기로 하고 테이블 위에 포장된 아이스크림을 놓고 창밖을 바라봤다.

사람들이 지나가는 모습을 가만히 바라보며 강준을 기다리고 있는데 문득 창에 비친 자신이 미소를 짓고 있는 것이 보였다.

'아, 나 좀 봐. 사람들이 이상하게 보려나?'

혼자 창밖을 보며 웃고 있는 여자가 조금 이상하게 보일 수 있을 것 같아 서원은 멋쩍게 표정을 정돈했다. 그러나 다시 잔잔한 웃음이 스며 나왔다.

집에서 함께 아이스크림을 먹을 수 있는 사람을 기다린다는 거. 그 사소한 일이 왜 이리 기분이 좋을까.

그때 앞의 도로에 익숙한 차량이 멈춰 섰다. 거기서 내리는 훤칠한 남자를 본 서원의 얼굴에 다시 환해졌다.

그녀를 본 강준의 얼굴에도 근사한 미소가 어렸다. 사람들 사이에서 자신에게 다가오는 그의 모습을 보니 새삼 우월한 비주얼에 속으로 감탄이 나왔다.

"어서 오……세요."

아이스크림 가게 안으로 강준이 들어오자 점원과 여자들이 홀린 듯 그를 쳐다봤다. 하지만 개의치 않고 서원에게만 똑바로 시선을 두고 다가온 그가 그녀의 뺨을 어루만졌다.

"오래 기다렸지?"

"아뇨. 가요."

서원이 몸을 일으키며 토트백을 챙기는 사이 강준이 테이블 위의 아이스크림 케이스를 들었다. 한쪽 팔로 그녀의 어깨를 다정하게 감싸고 차로 돌아온 강준이 문을 열어 줬다. 서원이 올라타자 그가 그녀의 옆에 앉았다.

강준이 아이스크림 케이스를 보고 물었다.

"이건 진주 씨가 사 준 건가?"

"아뇨. 내가 샀는데?"

"당신이?"

강준이 의아하게 바라보다가 한숨을 쉬며 그녀의 뺨을 어루만졌다.

"말하지 그랬어. 내가 사 올 텐데."

"들어간 김에 산 거예요. 가서 같이 먹어요."

강준도 단 음식을 좋아하진 않지만 가끔 단 걸 찾는 서원과 있다 보니 그도 조금은 먹을 수 있게 됐다.

집으로 돌아온 그들은 소파에서 마주 보고 앉은 채 함께 아이스크림을 먹었다.

"어때요? 많이 달아요? 난 괜찮은 것 같은데."

"나도 괜찮아."

"실은 아니죠? 나 때문에 억지로 먹는 거죠?"

서원이 스푼을 들고 미심쩍게 바라봤다.

"아니라니까."

강준이 그녀의 입술에 체리맛 아이스크림을 넣어 주며 매력적인 눈웃음을 지었다. 그는 스푼으로 서원을 먹여 주기만 하고 자신이 먹진 않았지만 서원이 떠 주는 건 곧잘 받아먹었다.

"뭐, 나도 평소엔 단 걸 좋아하지 않으니까 어떤 기분인지 이해는 해요. 억지로 먹을 건 없어요."

"아니라니까. 나도 이 기회에 함께 당분 채우니까 좋지."

"그렇다면 다행이지만."

서원이 그가 먹여 준 달콤한 아이스크림을 혀로 굴려 음미하며 말했다. 아이스크림을 먹는 모습조차 사랑스럽다는 시선으로 보던 그가 고개를 기울여 그녀의 입술을 살짝 빨았다.

"……안 그래도 달콤한데, 단 걸 먹어서 더 달아졌어. 한서원."

쪽, 소리가 나도록 입술을 빨아들이고는 속삭이는 말에 서원이 작은 스푼을 물고 어여쁘게 웃었다. 그 얼굴을 커다란 손으로 자상하게 매만지며 그가 바라봤다.

강준이 바닐라 아이스크림을 한 스푼 떠서 그녀의 입술에 가져가자 서원이 말했다.

"오늘 당신 기다리면서요."

"음."

아이스크림을 먹여 주고 서원의 입술에 묻은 아이스크림을 가볍게 빨아낸 강준이 다시 바라봤다.

"내가 웃고 있다는 걸 알았어요. 느끼지 못하고 있었는데 창에 비친 내가 웃고 있더라고요."

"오늘 기분 좋은 일 있었어?"

"특별히 그런 일이 있던 건 아닌데. 그냥…… 당신을 기다리면서 당신과 함께 이 아이스크림을 먹어야지, 하고 생각하니까. 나도 모르게 웃음이 나는 거예요."

"아아, 한서원에게 아이스크림이란 그런 존재인가? 절로 웃음 나게 하는? 질투 나는데."

강준이 느른한 미소를 지으며 하는 말에 서원이 웃음을 터뜨렸다.

"그런 게 아니라. 당신 때문에요."

"나?"

"응. 아이스크림이 아니라, 함께 먹는 사람이 당신이라서. 그래서 좋았어요."

서원이 속삭이듯 말하자 그가 가만히 바라봤다.

"감동인데. 그 말."

강준이 낮게 속삭이고 그녀의 입술에 키스했다. 바닐라 맛이 나는 혀를 휘어감아 빨아들이자 달콤한 맛이 서로의 타액에 녹아들었다.

"음……."

진해지는 키스에 서원의 몸이 소파 위에서 점차 뒤로 기울었다.

어느새 아이스크림 통이 강준의 손에 의해 테이블 위로 옮겨지고 두 사람의 몸이 밀착했다. 달콤한 키스가 이어지는 사이 서원이 소파 위에 길게 눕혀졌다. 그 위를 타고 오른 강준의 목에 그녀의 팔이 감겼다.

"하아…… 음."

점점 농밀해지는 키스에 야릇한 숨결이 서원의 입술에서 새어 나왔다. 강준이 입술을 떼고 소파를 손바닥으로 지탱한 채 상체를 세워 그녀를 내려다봤다.

"항상 날 생각하면서 그렇게 웃었으면 좋겠어."

그가 서원의 살짝 보풀어 오른 입술을 매만지며 속삭였다.

"내가 늘 그러니까."

"당신도?"

서원이 촉촉한 눈빛으로 묻자 강준이 입술 끝을 말아 올렸다.

"그래. 혼자 있는 집무실에서…… 아니면 차 안에서, 엘리베이터, 회의실……. 어디든 가리지 않고 당신을 생각하면 늘 입가에 미소를 짓게 돼."

강준이 잔잔한 목소리로 말하며 그녀의 입술을 따라 매끄럽게 엄지를 움직였다.

"누군가가 왜 웃냐고 할 때마다 웃음이 나와. 내가 또 그랬구나, 하고."

"그거 큰일이네요. 사람들이 이상하게 볼 텐데."

서원이 입술을 벌리며 웃자 강준이 고개를 숙여 그 입술을 다시 빨았다.

"누가 어떻게 봐도 상관없어. 내가 그만큼 행복한 것이 중요해."

아랫입술을 살짝 빨았다 놔준 그가 가까운 곳에서 시선을 맞췄다.

"예전에 내가 말했지."

"뭘요……?"

그의 손이 셔츠 속으로 들어가 허리춤을 타고 오르자 서원의 몸이 흠칫거렸다.

"내가 행복에 익숙해지는 날이 올지 궁금하다고."

"아⋯⋯."

기억이 났다.

부모님의 납골당에 갔다가 식사하고 돌아오는 길에 들른 카페에서였다. 그날도 무척 달콤한 음식이 당기던 날이었다. 커다란 팬케이크를 남김없이 먹어 치우고도 과거의 기억으로 불안해하던 자신에게 강준이 그렇게 말했다.

'계속 이렇게 내 옆에 있어. ⋯⋯내가 행복에 익숙해지는 날이 올지 나도 궁금하니까.'

그 말을 하면서 진지하게 빛났던 그의 눈빛도 전부 생생하게 기억에 남아 있었다.

"나는 아직도 익숙해지지 않고 있어. 5년이 지났지만 아직도 이 행복이 늘 새롭고 신기해."

"⋯⋯강준 씨."

그의 입술이 목덜미에 부드럽게 닿았다. 속삭이는 목소리와 함께 더운 숨이 예민한 살을 자극하자 서원의 숨결이 달아올랐다.

"이렇게 안고 있어도, 입을 맞추고 숨결을 확인해도 가끔 너무나 불안해질 때가 있어. 이 행복이 어느 날 갑자기 사라져 버릴까 봐."

셔츠의 단추를 풀며 그의 입술이 점차 아래로 내려갔다. 쇄골의 오목한 곳을 빨아들인 그가 깊게 숨을 토해 냈다.

고개를 든 그가 짙게 물든 눈동자로 시선을 마주쳤다.

"그 정도로 당신을 잃을까 봐 두려워. 난."

"……."

"그 정도로 행복하고."

그를 가만히 보던 서원이 입을 열었다.

"그때도 당신이 그렇게 말했어. 누가 더 행복한지 보여 줄 수 있다면 나보다 당신이 더 행복할 거라고."

그녀의 눈도 그와 같은 빛으로 진지하게 빛났다.

"그런데요."

서원이 사랑스러운 눈을 곱게 접으며 두 손으로 강준의 얼굴을 끌어당겼다. 그의 입술에 입을 맞추고 가까이에서 시선을 붙들었다.

"나 역시 지지 않을 자신이 있거든요."

달콤한 목소리에 그의 얼굴 가득 미소가 번져 갔다.

"사랑해."

강준이 낮게 속삭이고 그녀의 입술을 진하게 빨았다. 비스듬히 맞물린 입술 안에서 혀가 휘감기고 아찔한 감각이 터져 나왔다.

반쯤 푼 셔츠의 단추를 급박한 손길로 마저 푼 그가 그녀의 옷을 벗겼다. 맨살을 입술로 도장 찍듯 내려오며 붉은 열꽃을 만들었다.

"하아, 강준 씨."

서원이 숨을 몰아쉬며 할딱였다. 그녀의 스커트를 걷어 올린 그가 스타킹을 찢었다. 트드드득. 그 선명한 소리와 함께 서원의 다리가 그의 어깨 위로 올라갔다.

"바로……?"

"지금 확인하고 싶어."

그의 거친 숨결이 섞여 나오는 낮은 목소리에 여유가 없었다.

서원 역시 마찬가지였다. 소파 위에서 강준이 찢어진 스타킹 아래에 은밀한 천을 잡아당겼다.

"아읏!"

곧장 꽉 채워지는 압박감에 서원의 고개가 한껏 젖혀졌다. 그녀의 푸른 힘줄이 도드라진 하얀 목을 빨아들이며 강준이 힘 있게 움직였다.

"향기가 달아."

"달다니…… 아, 아이스크림, 때문인가……?"

정신없이 흔들리며 서원이 뚝뚝 끊어지는 목소리로 말했다.

"네 체향이 미치게 달아."

말랑한 살을 거머쥔 강준이 낮게 말했다. 그의 단단한 손바닥에 이리저리 쓸리는 감각에 서원이 신음을 흘렸다.

"가, 강준 씨……!"

점차 빨라지는 움직임에 서원이 그의 몸을 꽉 움켜잡았다.

그의 손가락에 끈처럼 걸린 연약한 천이 찢어질 듯 팽팽하게 당겨지고 있었다.

"아이스크림…… 다 녹았겠다."

서원이 소파 위에서 땀에 젖은 채 숨을 몰아쉬며 테이블 위에 올려놓은 아이스크림 통을 보고 말했다. 그 말에 그녀를 안고 있던 강준이 쿡쿡거리며 웃음을 흘렸다.

"다시 사다 줄까?"

"아니 괜찮……."

서원이 마른침을 꼴딱 삼키며 눈썹을 찌푸렸다. 얼마나 신음을 흘렸는지 목이 칼칼할 정도였다.

"물 갖다 줄까?"

"……응."

서원이 고개를 끄덕이자 그녀의 이마에 입을 맞춘 강준이 몸을 일으켰다.

"잠깐 누워 있어."

그가 물을 가지러 간 사이 서원은 아이스크림 통에 시선을 둔 채 가쁜 숨을 진정시키려 애썼다.

'혹시 모르니까 테스트 한번 해 보고. 너 단 거 먹는 거 정말 오랜만에 보는 거 같아.'

갑자기 아까 들었던 진주의 말이 떠올랐다.

'그러고 보니 이렇게까지 단 게 계속 당겼던 적은 없던 것 같은데.'

단 음식이 주기적으로 당겼지만 보통은 한 번 먹으면 채워지곤 했다. 오늘처럼 하루 종일 단 걸 먹어도 계속 떠오른 적은 없었다.

'방금 전에 힘을 너무 쏟아서 그런가? 하지만 혹시…….'

몽롱한 머릿속으로 그런 생각을 하던 서원이 몸을 일으켰다.

흐트러진 셔츠만 걸친 채 미끈한 다리를 드러내고 욕실로 걸어간 서원은 욕실 안의 라탄 바구니에 넣어 둔 임신테스트기를 꺼냈다.

물이 든 컵을 들고 거실로 돌아온 강준은 빈 소파를 보고 멈춰 섰다. 안쪽의 욕실 문을 잠시 바라본 그가 테이블 위에 컵 내려놨다.

소파 위를 정리한 뒤 테이블 위의 아이스크림 통을 본 그가 웃음을 흘렸다.

"정말 다 녹았군."

열기가 가시지 않은 얼굴로 아쉬운 듯 통을 보던 서원이 떠오르자 그의 입가에 웃음이 더 짙어졌다.

"강준 씨."

뒤에서 들려온 목소리에 그가 고개를 돌렸다.

"목마를 텐데 여기 물 먼저 마시……."

서원이 그에게 임신테스트기를 내밀었다. 서원의 손끝이 떠는 것을 보고 멈칫한 강준이 곧 차분하게 손을 뻗어 그걸 잡았다.

선명하게 그어진 두 줄.

"……."

그가 우뚝 선 채 눈도 깜빡거리지 않고 그걸 보고 있는데 서원이 눈물 젖은 목소리로 말했다.

"기대 없이 그저 혹시 하는 마음에…… 했는데……."

눈물이 흘러내리는 얼굴을 서원이 두 손으로 가리자 강준이 시선을 들어 그녀를 바라봤다.

"정말 기대 안 했는데. 정말, 정말……."

"한서원."

울음을 터트리는 그녀를 강준이 부드럽게 잡아끌어 제 품에 안았다. 그의 넓은 가슴에 안긴 서원이 그대로 눈물을 쏟아 냈다. 강준은 말없이 그녀의 등을 천천히 쓸어내렸다.

"……흑. 윽."

그동안 마음고생을 한 만큼 기쁨의 눈물이 멈추지 않고 흘러나왔다. 강준은 묵묵히 그녀가 진정될 때까지 그녀의 등을 자상하게 쓸어내려 줬다.

이윽고 진정되고 나자 강준이 서원의 얼굴을 들어 올렸다. 눈물
로 엉망이 된 얼굴을 그가 자신의 손으로 닦아 냈다.

"많이 힘들었구나. 내 서원이."

그의 자상한 말에 그녀의 눈에 다시 눈물이 차올랐다. 흘러내리
는 눈물을 제 손으로 닦아 내며 그가 말했다.

"고생 많았어. 정말. 그리고……."

잠시 말을 멈춘 그가 길게 숨을 내쉬고 말했다.

"나에게 이렇게 큰 기쁨을 줘서 고마워."

"……강준 씨."

강준의 눈에도 눈물이 차올랐다.

"이렇게…… 벅찬 순간을 알게 해 줘서 고마워. 서원아."

그의 목소리도 떨리고 있었다. 강준이 깊이 숨을 들이쉬며 그녀
를 강하게 끌어안았다.

아이가 생겨도 별 감흥이 없을 거라고 생각했다. 자신에게 소중
한 건 오로지 한서원이니까.

그런데 막상 그녀에게 자신의 아이가 생겼다는 걸 알게 되자 이
루 말할 수 없는 감정에 가슴이 벅차올랐다. 그녀의 안에, 자신과
그녀가 만들어 낸 하나의 소중한 생명이 자리하게 된 것이다.

이 놀라움을 어떻게 설명할 수 있을까.

"사랑해. 서원아."

낮은 목소리가 귓가에 뜨겁게 닿자 서원이 두 팔로 그를 마주
안았다. 가슴이 벅차올라 어떤 말도 할 수가 없었다.

두 사람은 그대로 오랫동안 서로를 마주 안고 있었다. 서로의
눈물이 잦아들 때까지…….

한참 동안을.

✳

주말이 되자 서원은 강준과 함께 본가를 찾았다. 처음 이곳에 왔을 때처럼 다채로운 꽃이 만발한 정원을 걸어 집 안으로 들어갔다.

"어서 와요."

최 여사가 여느 때처럼 상냥한 미소를 지으며 반겼다. 그 옆에 앉아 있는 이 회장도 기다렸다는 듯 몸을 일으키고 있었다.

"잘 지내셨어요. 할아버님."

서원이 고개를 숙이며 인사했다.

"나야 강준이 놈에게 다 떠넘기고 아주 세상 편하게 지내고 있지. 아가 너는 어떠냐. 아픈 데는 없고?"

"네. 건강해요."

서원이 미소를 짓자 보기만 해도 좋다는 듯 이 회장이 벙글거리며 고개를 주억거렸다.

"그래. 아무렴 건강이 최고지. 암."

"배고프겠네. 식사 준비 다 됐어요?"

"네. 사모님."

파주댁이 대답하자 이 회장이 먼저 앞장섰다.

"일단 밥부터 먹자."

이 회장을 따라 서원과 강준도 안쪽으로 걸어갔다. 식탁 위에는 이미 풍성한 한 상이 차려져 있었다.

화기애애한 분위기로 식사를 하는 동안 강준과 서원이 서로 종

441

종 시선을 맞췄다. 다정하게 부딪히는 시선을 맞은편의 최 여사가 잔잔한 미소로 바라봤다.

"그래서 내가 골프 내기에서 졌단 말이야. 그런데 정 회장이 우쭐거리며 어찌나 내 승질을 건들던지. 매너라고는 아주 약에 쓸래도 없어."

"매번 그렇게 말씀하시지만 그분과 30년 지기 아니십니까."

"그건 그렇지. 30년 동안 철이 안 드는 건 그놈밖에 없을 거야."

이 회장이 늘 가는 친목 모임에서의 이야기를 서원도 웃으면서 들었다.

지금까지 늘 그랬다. 이 회장 부부가 아이를 간절히 바라고 있을 거라는 건 충분히 예상이 됐지만 절대 누구 아들, 누구 손자, 하물며 어린아이 이야기는 입에도 올리지 않았다.

혹시나 서원이 마음에 걸려 할까 봐 배려해 주는 의도라는 걸 그녀도 충분히 느낄 수 있었다.

그래서 임신 사실을 알자마자 주말을 기다려 곧장 본가로 온 거였다.

식사 시간이 끝나고 티타임이 되자 모두 다실로 자리를 옮겼다. 고풍스러운 디자인의 다실에서 최 여사가 손수 차를 우려냈다. 정갈한 자세로 보얀 젖빛 잔에 차를 따르는 모습은 보기만 해도 마음이 평온해질 만큼 정적이었다.

서원은 언제나 이 순간이 영화의 한 장면을 보는 것 같았다. 그리고 자신도 언젠가 나이가 들면 저런 식으로 우아하게 차를 즐기는 사람이 되고 싶다는 생각이 들었다.

"들어요."

"감사합니다."

미소로 내주는 찻잔을 감사히 받아 든 서원은 어른들이 먼저 마시기를 기다려 조용히 맛을 음미했다. 연하게 우려진 차향이 은은하게 입안을 맴돌았다.

"날이 아주 좋네요. 그렇죠?"

최 여사가 우아한 미소를 지으며 창밖의 정원을 바라봤다.

"네. 봄이네요."

서원이 최 여사의 시선을 따라가며 대답했다. 최 여사가 자신에게 붙이는 존대에서 거리감이 느껴지진 않았다. 오히려 존중하는 느낌이 들었다.

"드릴 말씀이 있습니다."

조용히 찻잔을 내려놓은 강준의 말에 노부부의 시선이 그에게 돌아갔다.

"뭐냐. 회사에서 뭔 사고라도 친 게야?"

이 회장이 미간을 좁히고는 물었다.

"아닙니다."

"그럼 왜 쓸데없이 진지한 얼굴로……."

"저희, 아이를 가졌습니다."

쨍!

최 여사가 찻잔을 그대로 놓침과 동시에 날카로운 소리가 울렸다. 서원이 최 여사에게 얼른 다가갔다.

"할머님 괜찮으세요?"

"아, 나도 참 주책맞게 이런 실수를……."

"놔두세요. 제가 치울……."

손으로 저지하던 서원이 멈칫했다. 최 여사가 고개를 숙인 채 두 손으로 얼굴을 가리고 있었다.

"······할머님."

"정말······ 잘됐다. 아가······."

눈물 젖은 목소리에 서원이 움직이지 못하고 최 여사를 바라봤다.

햇살이 비쳐 들어온 다실이 고요해졌다. 다들 아무 말도 하지 않았다. 최 여사의 작은 울음소리만이 조용히 새어 나오고 있었다.

이 회장도 고개를 돌린 채 말없이 눈물을 훔쳤다.

고개를 든 최 여사가 한 손을 뻗어 자신의 앞에 앉아 있는 서원의 손을 잡았다.

"정말, 정말······ 잘됐어."

울음 섞인 벅찬 목소리에 서원의 눈에도 눈물이 그렁그렁 맺혔다.

"······감사합니다. 할머님."

뚝.

최 여사의 주름진 손등에 서원의 눈물이 떨어졌다.

잠시 후 서원과 최 여사는 정원의 테이블 앞에 앉아 있었다. 손수건을 말아 쥔 최 여사가 민망하다는 듯 말했다.

"미안해요. 늙은이가 주책이라, 당황했죠?"

"괜찮아요. 전 감사한걸요. 그렇게나 기뻐해 주실 줄은 몰랐어요."

서원도 아직 눈가가 붉었다. 그녀의 미소에 안심한 듯 웃은 최 여사가 길게 숨을 내쉬었다.

"아이가 없어도 둘 사이만 좋으면 문제 될 건 하나도 없어요. 나도 그렇고 저 양반도 그렇고. 그렇게 생각해 왔으니까."

최 여사의 말을 서원이 조용히 들었다.

"하지만 주변 사람들의 말들이 마음에 생채기를 내. 난 있던 아이가 그렇게 된 거지만…… 하나밖에 아이를 못 낳았다는 이유로 남편 일을 망친다는 소리를 귀에 못이 박히도록 들었어요."

지금보다 예전은 더 했을 것이다. 당시 재벌가의 가업승계는 당연한 거였으니까.

"강준이 하나로 되겠냐고. 지금이라도 아들을 낳아 줄 수 있는 어린 여자를 후처로 맞으라는 소리를 내 앞에서 한 사람도 있었어요. 저이나 나나 무시한 말이지만…… 그래도 그게 상처가 되더라고요."

"힘드셨겠어요."

아이를 잃은 고통만 해도 가슴에서 천불이 날 텐데 그런 모진 소리까지 듣고 산 세월이 얼마나 아팠을까. 서원은 진심으로 최 여사가 안타까웠다.

"아니."

최 여사가 조용히 고개를 젓고는 서원을 바라봤다.

"나는 무뎌진 지 오래돼서 괜찮아요. 다만 우리 손자며느리가 내가 받았던 그 상처를 똑같이 받을까 봐, 그게 얼마나 걱정됐는지 몰라."

이제야 하는 말이지만 아이 소식이 들려오지 않는다는 데에 최 여사는 많이 불안했었다. 자신만이 아니라, 자신의 손자 역시 똑같이 아이가 없는 운명을 타고난 것 같아서. 그리고 자신의 손자가 사랑하게 된 사람이 자신과 똑같은 상처를 겪게 될 것 같아서.

테이블 위에서 최 여사가 서원의 손을 부드럽게 잡았다.

"정말 다행이에요. 저이도 이제 안심할 수 있을 거예요."

환한 최 여사의 미소에 서원은 가슴이 뭉클해졌다.

진심으로 자신을 걱정해 준 것이 최 여사의 얼굴에 고스란히 담겨 있었으니까.

집으로 돌아오는 동안 서원은 말이 없었다. 창밖으로 시선을 둔 채 종종 눈물을 훔치는 그녀의 손을 강준이 가만히 잡고 있었다.

그가 아무 말 없이 서원의 손을 잡은 채 운전하는 동안 창밖엔 벚꽃 잎이 흩날리고 있었다. 흐드러진 벚꽃 잎을 눈물 맺힌 눈으로 보고 있던 서원이 창문을 내렸다.

"조심."

"잠깐이면 돼요."

살짝 뻗어 낸 손바닥에 흩날려 온 벚꽃 잎이 담겼다. 그대로 차 안으로 가지고 들어온 그녀가 그 여린 잎을 가만히 바라봤다.

"참 작다."

서원이 내려다보는 벚꽃에 강준도 잠시 시선을 뒀다.

"우리 아이도 이만할까?"

초음파로도 아주 작게 보이는 크기니 아직 무리이려나. 그렇게 중얼거린 서원이 말갛게 웃었다.

"너무 신기해요. 우리의 아이를 가졌다는 게. 온통 다 그쪽으로만 생각이 들어."

"당연한 거야. 나도 그러니까."

강준이 잡은 서원의 손을 풀어 깍지를 꼈다.

"당신도 그래요?"

서원이 꽃잎에서 시선을 돌려 그를 바라봤다.

"세상 전체가 달라 보여. 그 전과는 전혀 다르게…… 내가 알던 세상이 사라지고 완전히 새로운 세상으로 온 것 같은 기분이야."

강준도 자신과 같은 감정인 걸 안 서원이 조용히 그의 어깨에 머리를 기댔다.

"오늘 두 분 기뻐하시는 모습 보니까 기분이 묘했어요."

"……그래."

그건 강준도 마찬가지였다. 처음 보는 두 분의 모습에 그 역시 가슴이 뜨거워졌다. 하나의 생명이란, 이런 식으로 모든 것에 변화를 주는 거였다. 서로만이 아니라. 그 주위의 모든 것들을.

"두 분이 우리를 정말 위한다는 게 느껴졌어요. 그래서 너무 감사했고."

서원의 젖은 속눈썹이 천천히 깜빡였다. 최 여사의 그 눈물 젖은 미소가 떠오르자 다시 눈가가 뜨거워졌다.

"어지럽지 않아?"

강준은 그녀를 배려해 평소보다 더 조심스럽게 운전했다. 그럼에도 혹여나 멀미하지 않을까 걱정스레 물었다.

"응. 괜찮아요."

그의 배려를 잘 아는 서원이 미소를 지었다. 깍지 낀 손에서 느껴지는 다정함이 그녀의 마음을 따스하게 물들였다.

"우리 아이 태명, 꽃잎이라고 지을까?"

"그거 좋은데."

문득 떠오른 서원의 말에 강준이 입술을 늘였다.

"좋다. 꽃잎이."

서원이 웃으며 다시 불렀다.

"그래. 예쁜 이름이야."

447

벚꽃 잎을 들고 환한 웃음을 터뜨리는 서원을 보며 강준도 잔잔한 미소를 지었다.

흐드러진 벚꽃 잎이 살랑살랑 나부끼다 그들의 차 위로 축복처럼 내려앉았다.

외전 4

서재 소파에 앉아 책을 보고 있던 서원이 고개를 들어 벽시계를 확인했다.

"오늘도 꽤 늦네……."

읽던 책에 책갈피를 꽂아 테이블 위에 올려놓은 그녀가 몸을 일으켰다. 창가로 걸어가 아래를 내려다봤다. 펑펑 함박눈이 쏟아지고 있는 정원엔 소복하게 눈이 쌓여 있었다. 서원은 창가에 기대어 널따란 정원에 어여쁘게 쌓여 가는 눈을 응시했다.

퍼붓듯이 내리는 눈이 아니라 큼지막한 눈덩이가 슬로모션처럼 느릿하게 내렸다. 여유롭게 천천히.

마치 지금 서원 자신의 일상처럼.

미국 플로리다의 휴양지에서 마음을 확인한 이후 함께 한국으로 돌아와 강준의 집에서 지낸 지 여러 달이 지나 있었다. 이춘일 사장의 일은 정리되어 가고 있었지만 강준은 아직도 많이 바빴다.

가끔 진주나 도원을 만나는 일 외엔 대부분의 시간을 집에서 혼자 책을 읽으며 보냈지만 무료하진 않았다. 강준은 일에 집중할 시기고, 자신 역시 억지로 일을 쉬는 게 아닌 진정한 휴식을 처음으로 즐기는 거였으니까.

물론 그와 함께 있는 시간이 가장 행복했지만 혼자 있는 시간도 나쁘지 않았다. 오히려 이렇게 조용히 내리는 눈을 가만히 보고 있는 것만으로도 마음이 더없이 평온해짐을 느꼈다.

그때 정원의 일정한 간격으로 켜진 조명 사이로 차가 한 대 들어오는 것이 보였다.

"아, 왔네."

서원의 입가가 부드럽게 휘어 올라갔다. 몸을 돌려 서재에서 빠져나와 아래층으로 향했다. 거실로 내려가자 강준이 막 현관에서 들어서고 있었다.

"왔어요?"

서원이 환한 웃음으로 그를 맞이했다. 코트 자락에 한가득 시린 겨울 향기를 묻히고 온 강준이 미소를 지으며 두 팔을 벌렸다. 품 안에 폭 들어오는 서원의 가녀린 몸을 그가 다정하게 안았다.

"다녀왔어."

"응."

낮은 목소리에 웃음이 섞여 있었다. 서원의 정수리에 입을 맞춘 강준이 고개를 들었다. 그의 코트를 잡고 얼굴을 들어 시선을 마주친 서원이 그를 자세히 바라봤다.

"밖에 눈 많이 오던데 안 맞았어요?"

"차에 있었으니까."

"난 눈 오는 줄도 몰랐어요. 조금 전에 창밖 보고서야 알았어."

"그랬어?"

강준이 다정히 물으며 그녀를 안아 올렸다. 단단한 팔로 거뜬히 안아 들자 서원은 익숙하게 그의 목에 팔을 두르며 웃었다.

"저녁은 먹었어요?"

"아까 먹었어. 배고프진 않아."

"음, 그럼 오늘은 눈 오는 거 보면서 거실에서 마실까요?"

"좋지."

천천히 걸어가며 나누는 속살거리는 대화가 다정했다. 마주쳐 오는 매혹적인 눈빛을 가만히 바라보고 있는 동안 강준이 서원을 안은 채 드레스룸으로 들어갔다. 수납 테이블 위에 그녀를 조심스럽게 내려놓은 그가 팔을 양옆으로 뻗어 지탱했다.

강준이 가까이서 시선을 마주치며 입술 끝을 휘어 올렸다. 서원이 마주 웃으며 그의 어깨에 두 팔을 올려놨다.

촉, 살짝 입술을 맞춘 서원이 속삭이듯 말했다.

"옷 갈아입고 나와요. 거실에 준비해 놓고 있을 테니까."

그의 어깨를 잡고 바닥에 발을 디디려는 그녀를 강준이 저지하며 목덜미에 코를 묻었다.

"안 돼."

"왜요?"

서원이 그의 말에 고개를 숙이자 강준이 여린 목을 빨아들인 뒤 시선을 맞췄다. 그의 눈동자가 어둡게 가라앉아 있었다.

"난 지금 와인보다 더 맛보고 싶은 게 있으니까."

검회색 눈동자에 타오르는 불꽃이 서원의 몸에 익숙한 열기를 지폈다. 그와 함께하게 된 이후, 매일 서로를 끝도 없이 확인하면서도 강준은 늘 그녀를 원했다. 그런 그에게 익숙해진 그녀의 몸도 점점 더 농익은 쾌감에 젖어 갔다.

"뭐가, 먹고 싶은데요?"

삼킬 듯한 시선으로 서로를 응시하며 서원이 은밀한 투로 물었다. 그가 먹고 싶은 게 뭔지 알고 있지만 확인하고 싶었다. 그 입술로.

"내가 뭘 먹고 싶은지 궁금해?"

그의 눈동자 색이 위험할 정도로 짙어졌다. 육식동물처럼 번들거리는 강렬한 눈동자가 서원을 숨 막히게 했다.

"응. 궁금해…… 무척."

스치듯 닿는 입술에서 더운 숨결이 흘러나왔다. 당장 키스할 듯 가까운 거리에서 서로를 응시하던 그가 테이블을 짚은 채 상체를 뒤로 물렸다.

"어떤 것과도 비교할 수 없는 맛인데."

강준의 강렬한 시선이 서원을 훑어나갔다.

"매일 먹어도 질리지 않는 거."

눈, 코, 입술, 목선, 쇄골, 그리고 두 개 정도 단추가 풀어진 셔츠의 은밀한 골 사이를 똑바로 응시하자 그녀의 부푼 가슴이 들썩거렸다.

서원의 벌어진 입술 사이로 흘러나오는 숨결에서 더운 열기가 느껴졌다.

"그래서 사람 미치게 만드는 거."

아랫배를 지나 긴 셔츠 사이로 드러난 허벅지 위의 은밀한 부위에 강준이 시선을 박았다. 서원은 저절로 허벅지 사이에 힘이 들어갔다. 그 위를 강준의 커다란 손이 덮었다.

"……하."

452

허벅지를 손바닥으로 천천히 훑어 올라가는 감촉에 테이블 위를 짚은 서원의 상체가 뒤로 살짝 기울어졌다. 손끝에 걸리는 반바지 안쪽 말랑한 허벅지 살을 더듬으며 강준이 멀어진 서원의 얼굴 쪽으로 다시 가까이 다가갔다.

"그리고, 세상에 단 하나밖에 없는 거."

낮게 말한 그가 허벅지를 잡아 양쪽으로 벌렸다. 그대로 자신 쪽으로 당기자 두 사람의 하반신이 밀착됐다. 강준이 시선을 맞춘 채 입고 있던 코트와 재킷을 벗어 바닥에 툭 떨어뜨렸다.

"그게 먹고 싶어?"

서원이 도발적인 눈빛으로 보며 손을 뻗어 그의 가슴 위를 쓸었다. 슬림한 셔츠 위로 단단한 상체 근육이 만져졌다. 자신을 강렬하게 응시하는 강준의 시선은 언제나 그녀를 흥분시켰다. 다리 사이가 바짝 조여드는 익숙한 자극에 서원의 눈이 야릇하게 빛났다.

"어. 지금 당장."

강준의 입술이 서원의 입술을 사납게 삼켰다. 동시에 헐렁한 반바지와 팬티가 그의 손에 거칠게 끌려 내려갔다.

그가 자신의 바지 버클을 풀고 동그랗고 탱글한 엉덩이를 커다란 손으로 꽉 거머쥐었다. 동시에 서원의 입술에서 탁한 신음이 흘렀다.

"아읏."

손등에 남성적인 핏대가 툭 불거질 정도로 찰진 엉덩이를 움켜잡자 단단한 손가락 사이사이로 말랑한 살이 튀어나왔다. 그대로 확 끌어당기며 촉촉해진 속살 안으로 힘줄 솟은 페니스를 단번에 찔러 넣었다.

"핫……!"

아래에서 찔러 올리듯 쑤셔 든 압박감에 서원의 가느다란 다리가 공중에서 바짝 힘이 들어갔다.

"……최곤데. 역시."

강준이 허스키하게 잠긴 목소리로 내뱉고는 맛을 음미하듯 안에서 한 번 더 깊이 찔러 올렸다.

"학! 너무 깊……!"

크게 요동치는 몸과 함께 서원의 고개가 한껏 젖혀졌다. 공중에서 활짝 벌어진 날씬한 다리가 자극을 참지 못하고 덜덜 떨리고 있었다. 진한 핑크색 속살이 옴찔거리며 두꺼운 기둥을 힘껏 물고 있는 자극에 강준의 숨소리도 거칠어졌다.

"네 아래가, 내 걸 너무, 자극적으로 빨고 있어."

"아, 아니 난…… 아, 앗, 아아!"

대답도 할 수 없게 연신 강하게 쑤셔 올리는 힘에 서원은 두 팔로 테이블 위를 필사적으로 지탱했다. 쿵쿵거리며 몸이 부딪혀 올수록 부서질 듯 흔들리는 시야가 달아오르는 쾌감과 함께 아지랑이가 번진 듯 흐릿해지고 있었다.

그녀의 열감으로 탁해진 눈을 강준이 강렬하게 응시했다.

"이 눈이 더 자극적인가."

낮게 내뱉은 그가 엉덩이를 잡아 고정한 한쪽 손을 내려 더 아래쪽으로 가져갔다. 그러자 그녀의 몸이 흠칫거렸다.

"잠깐, 거긴……!"

"가만히."

서원이 몸을 비틀려 했지만 강한 손에 붙잡힌 상태라 속수무책이었다. 그의 기다란 손가락이 몸이 연결된 부위 바로 아래, 그녀의 것으로 음탕하게 젖은 작고 예민한 곳으로 가져갔다.

"여기도 성감대야."

"난 싫…… 학!"

싫다는 말이 나오기도 전에 날카로운 신음이 터져 나왔다. 놀란 비명 같은 신음에도 아랑곳하지 않고 그의 단단한 손가락이 연한 살을 둥글게 쓸었다.

"……읏, 하, 하지…… 헉."

찌걱, 찌걱.

젖은 살을 문지르는 음란한 소리와 함께 그를 물고 있는 촘촘한 속살이 파르르 떨려 왔다. 왈칵 터져 나온 샘물이 그가 마찰을 일으키는 곳으로 줄줄 흘러내리고 있었다.

"이렇게 흘리는데. 맞지? 성감대."

"으응, 하, 앗! 아핫!"

부끄러운 곳을 문질러 대며 안으로 더 깊게 쿵쿵 들이치는 힘에 서원의 몸이 경기를 하듯 떨려 왔다. 그의 말대로 흥분된 속살 안에서 애액이 쉴 새 없이 흘러내려 엉덩이를 잡고 있는 그의 손을 흠뻑 적실 정도였다.

서원은 발갛게 달아오른 얼굴로 입술을 깨물어 봤지만 잠시도 참지 못하고 터져 나오는 신음에 미칠 것만 같았다.

그 얼굴을 만족스럽게 바라보며 강준이 옴찔거리는 그곳으로 손가락을 살짝 찔러 넣었다.

"으핫!"

순간 번개가 내리꽂힐 것 같은 강한 쾌감에 서원의 가슴이 한껏 들려 올라갔다. 그의 손가락을 부러뜨릴 듯 조여 대는 힘을 느끼며 동시에 강준이 똑같이 조여드는 속살 안으로 격렬하게 파고들었다.

"아! 핫! 아흐! 으……!"

서원의 몸이 엉망으로 뒤흔들리기 시작했다. 양쪽으로 한껏 벌어진 다리와 흐트러진 셔츠 안에서 탁탁거리며 튕겨 대는 탱글한 젖가슴이 강준의 시야를 어지럽게 만들었다. 그리고 열기로 달아오른 붉은 뺨과 벌어진 입술도.

"이 얼굴을 언제든 꺼내 볼 수 있게 머릿속에 각인시킬 수 있다면 좋겠어."

촉촉하게 젖은 흐릿한 눈망울을 응시하며 강준이 허스키한 음성으로 말했다. 그녀는 완벽한 쾌락에 취해 그의 말도 알아듣지 못한 듯 두 개의 구멍으로 침입한 것을 힘껏 빨아 대고 있었다.

"이 미칠 것 같은 섹시한 신음도 함께."

짓눌린 음성으로 말한 강준이 서원의 벌어진 입술을 삼켰다.

"으음, 음, 음!"

강준이 입술을 막은 채 거칠게 움직이자 그의 입술 안에서 서원의 막힌 신음이 터져 나왔다. 그는 그녀의 작은 숨결까지 모조리 삼켜 버릴 듯 뜨겁게 키스하며 강한 힘으로 그녀 안을 쑤셔 들어갔다.

"하읍……!"

강준이 손가락 두 개를 찔러 넣음과 동시에 주름진 음낭이 그곳을 강하게 때려 댈 정도로 격렬하게 쑤셔 넣었다. 순간 자지러질 듯 서원의 몸이 튕겨 오르자 그가 놓지 않고 거머쥔 팔에 힘을 줬다.

"으핫!"

거친 움직임에 집요하게 삼켜져 있던 입술이 풀려나자 서원이 두 손으로 그의 어깨를 밀어 대며 고개를 저어 댔다.

"아, 안 돼, 못 버텨……!"

"안 놔줄 건데?"

터질 듯 단단한 페니스를 쉬지 않고 쑤셔 넣으며 강준이 몸을 더 밀어붙였다.

"으읏, 하, 아훗!"

아래에서 박혀 드는 강한 쾌감에 그를 밀어내려는 손의 힘이 풀리고 있었다. 강한 쾌락에 촉촉하게 젖어 든 서원의 눈을 예리한 시선으로 응시하며 강준은 속도를 떨어뜨리지 않았다. 무자비하게 안을 뒤흔드는 힘에 서원은 결국 더 버틸 수가 없었다.

"으아앗……!"

강준의 어깨를 붙잡고 있던 손에 바짝 힘이 들어갔다. 그의 어깨를 꽉 움켜잡은 채 그녀의 내부가 파르르 떨려 왔다.

"……하."

그 아찔한 자극을 즐기며 강준도 낮게 신음을 흘렸다. 그의 손가락과 단단한 페니스를 물고 있는 곳이 동시에 힘껏 조여들었다. 주르륵. 그가 단번에 자신의 중심을 빼내자 단단한 근육 덩어리에 달라붙어 있던 속살에서 애액이 흘러나왔다.

그가 자신의 다리를 잡고 고개를 숙이는 것을 본 서원의 눈이 커졌다.

"아, 강준……! 잠깐, 훗!"

방금 흘러내린 그녀의 쾌락의 증거를 그가 다디단 꿀처럼 맛있게 빨아먹었다. 그 자극에 그가 두 팔로 잡고 있는 그녀의 다리가 덜덜 떨렸다. 울컥, 그가 삼키고 있는 보풀어 오른 속살 안에서 신선한 애액이 흘러나와 그의 입술 속으로 흘러 들어갔다.

……꿀꺽.

"아아!"

그걸 그대로 삼키는 원초적인 소리와 동시에 그의 입술로 가해진 자극으로 인해 서원의 엉덩이가 다시 높게 솟구쳐 올라갔다. 또 한 번 강렬한 오르가슴에 서원이 온몸을 흠칫거렸다.

"하, 으, 그만……."

그럼에도 그는 그녀를 놔주지 않았다. 우윳빛 샘으로 흥건하게 젖은 입술이 벌름거리는 속살을 빨고 핥아 댔다. 그녀의 등이 완벽히 테이블 위로 눕게 되고 다리는 그에게 잡혀 활짝 벌어진 채였다.

"이 달콤한 게 계속 나오는데, 어떻게 멈춰?"

"아훗! 제발…… 핫!"

강준의 입술이 쭙, 하고 예민한 살을 빨아올릴 때마다 딱딱한 테이블 위에서 허리가 연신 달싹거렸다. 몇 번이나 허공으로 허리가 한껏 들쳐 올라간 뒤에야 강준은 자신의 타액으로 번들거리는 그녀의 속살을 놔줬다.

하아, 하아.

서원의 가슴이 공중에서 가쁘게 오르내렸다. 눈물 젖은 눈동자가 상체를 세운 그를 향했다. 입술에 묻은 음탕한 쾌락의 샘을 제 혀로 핥아 낸 그가 그녀를 강렬한 시선으로 내려다봤다. 그리고 그 시선이 천천히 방금 전 자신의 입술이 닿았던 곳으로 향했다.

"이런, 또 흘렸네."

강준이 누워 있는 그녀의 가느다란 발목을 양손으로 잡고 아직도 빳빳하게 곤두서 있는 자신의 페니스를 강하게 찔러 넣었다.

"……아!"

그가 무자비하게 들이치기 시작했다.

"으! 아웃!"

"조금만 기다려. 몇 번 더 절정을 맛보게 한 뒤에 다 먹어 줄 테니까."

강준이 그녀의 발목을 잡아 더 넓게 벌리며 탁한 목소리로 말했다. 테이블 위에서 앞뒤로 흔들리는 서원의 귀에 그 목소리가 아득하게 들려왔다.

한참 시간이 지난 후에 거실로 나와 와인을 준비한 건 강준이었다. 서원은 그가 안아 옮겨 준 대로 소파 위에서 포근한 담요를 덮고 길게 누워 있었다.

아직 발갛게 상기되어 있는 그녀의 뺨을 사랑스럽다는 듯 매만지며 강준이 옆에 앉았다.

"일어날 수 있겠어?"

"응."

서원이 흐트러진 머리칼을 쓸어 넘기며 담요를 가슴까지 당겨 잡고 몸을 일으켰다. 강준이 여린 어깨를 잡아 부축해 주자 서원이 눈을 마주치고 웃었다.

강준이 그녀의 잔에 와인을 따라 줬다.

그대로 건배하자 투명한 유리 위에 마찰이 가해져 황금색 와인이 물결처럼 출렁인다. 서원이 강준의 어깨에 가만히 어깨를 기대고는 와인을 마셨다. 커다란 창 너머로 여전히 굵은 눈송이가 슬로비디오처럼 천천히 내리고 있었다.

"……같이 눈 내리는 모습만 봐도 참 좋다."

서원이 시선은 테라스 밖으로 향한 채 작게 말했다. 올려다보진 않았지만 그가 웃는 것이 느껴졌다. 입술 끝을 느른히 휘어 올리는 그의 얼굴을 떠올리는 것만으로도 서원은 웃음이 나왔다.

후후 웃고 있는 그녀의 머리 위로 강준의 목소리가 들렸다.

"이번 주말부터 닷새 동안 휴가를 냈어."

서원이 고개를 들고 그를 올려다봤다.

"무슨 일로요?"

담담하게 마주 보는 강준에게 서원이 물었다. 매일 이렇게 늦게 퇴근할 정도로 바쁜 사람이 갑자기 휴가를 냈다는 말은 쉬이 납득이 가지 않았다. 커다란 눈망울을 깜빡거리는 서원을 그가 매혹적인 눈빛으로 응시했다.

"당신과 갈 데가 있거든."

"어딜 가는……."

서원의 질문을 강준이 입술로 부드럽게 막았다. 감미롭게 아랫입술을 빨아들이자 서원에게서 으음, 하는 더운 숨결이 새어 나왔다. 촉촉하게 젖어 든 입술을 훑은 뒤 살짝 물었다 놔준 강준이 속삭이듯 말했다.

"내일 알려 줄게."

"궁금하게."

서원이 미간을 찌푸렸지만 곧 입술 사이를 벌리고 들어오는 혀의 움직임에 모든 신경을 빼앗겨 버렸다.

❈

다음 날, 서원은 강준의 전용기에 올라 있었다.

"아무리 그래도 해외인데 이렇게 갑작스럽게."

서원이 전용기 내의 푹신한 소파에 앉아 고개를 저었다. 창밖으로 라떼 우유 거품처럼 크리미해 보이는 구름이 펼쳐져 있었다.

"원래 여행은 갑작스럽게 가는 거 아닌가."

강준은 천연덕스럽게 말하며 캐빈크루가 만들어 준 칵테일을 입술로 가져갔다.

"그렇지만 놀랐잖아요."

"놀랐어?"

강준이 한쪽 눈썹을 올리고 물었다.

"갑자기 미국에 가자며 여권을 챙기라는 말을 들으면 누구라도 놀라는 게 당연하죠."

서원이 어깨를 으쓱였다. 강준이 이런 급작스러운 여행은 꿈도 꾸지 못할 정도로 바쁜 사람이라는 걸 알기 때문에 전혀 예상하지 못했던 이벤트였다. 게다가 국내도 아니고 해외라니.

청량한 초록 빛깔을 머금은 칵테일 잔을 응시하고 있는 서원을 강준이 고개를 비스듬히 숙이고 쳐다봤다.

"계절마다 가고 싶다고 했었잖아."

그의 말에 서원이 눈을 둥그렇게 떴다.

"그걸 기억하고 있었어요?"

"누구 말인데."

강준이 서원의 얼굴을 가만히 들여다봤다.

"미리 말할 걸 그랬나? 기분 안 좋아?"

자신의 기분을 살피는 듯한 그의 표정에 서원이 작게 한숨을 내쉬었다.

"……아니 나야 좋지만요. 난 그냥 당신 많이 바빠서 걱정되니까 그런 거죠. 잠잘 시간도 없이 일하면서."

이렇게 며칠씩 휴가를 낸 이후에는 얼마나 더 무리를 해야 되는 건지 솔직히 걱정이 됐다.

"괜찮아. 그러기 위해 요즘 무리한 거니까."

"피곤하지 않겠어요?"

"피곤할 리가. ……당신과 있는데."

강준이 부드럽게 미소 지으며 서원의 얼굴을 매만졌다. 정말 그렇진 않을지라도 지금 그의 말을 들으니 안심이 됐다. 서원이 강준과 눈을 맞춘 채 입술을 둥글게 끌어 올렸다.

"그럼 나도 걱정 안 할게요. 닷새 동안은 일 생각 하지 말고 같이 푹 쉬다 와요."

"그래."

강준이 곱게 말려 올라간 서원의 입술에 입을 맞췄다. 촉촉한 소리와 함께 가볍게 맞닿았던 입술이 떨어지자 사랑스러운 미소가 걸린 눈이 서로를 마주했다.

플로리다 주에 위치한 작은 섬은 한겨울에도 기후가 따스했다. 뼈까지 시릴 정도로 추운 나라에 있다가 민소매 차림으로 돌아다니는 곳으로 오게 되니 기분이 묘했다.

쨍하게 비쳐 드는 햇살이 살갗에 닿는 느낌은 좋았다. 서원이 입고 있던 카디건을 벗어 버리고 맨살을 드러내자 강준이 커다란 손으로 걱정된다는 듯 그녀의 어깨를 부드럽게 쓸어내렸다.

"기온 차 때문에 몸이 적응 못 할 수도 있으니 조심해."

"알아요."

서원이 작게 웃으며 말하고는 강준의 몸에 기댔다. 해변가로 내려오자 고운 모래가 사락거리며 샌들 안으로 밀려 들어왔다.

카디건을 벗은 서원은 하늘거리는 긴 원피스를 입고 있었고 강준 역시 깔끔한 반팔 셔츠에 화이트 치노 팬츠를 입고 있었다. 둘 다 선글라스를 낀 채 한여름 휴가를 떠나온 사람들 같은 옷차림으로 해변가를 걸었다.

"그런데…… 여긴 계절마다 오는 건 사실 별 의미가 없는 곳이긴 하네요."

그때와 별 차이 없는 풍경을 보며 서원이 말하자 어떤 뜻인지 알아들은 강준이 웃었다.

"뭐든 의미는 있을 거야. 추억이 될 테니까."

서원이 고개를 들고 그를 바라봤다.

"왜?"

"아뇨. 그냥요."

그녀가 배시시 웃었다. 이렇게 사려 깊은 사람인 줄 몰랐는데. 요즘 새로 알게 된 사실 때문에 나날이 새로웠다.

그때 까맣게 그을린 서핑족 몇 명이 유쾌한 웃음을 터뜨리며 그들 옆을 스쳐 지나갔다.

거리가 있었음에도 서원의 어깨를 자신 쪽으로 더 잡아끄는 강준의 손길은 무의식적인 거였다. 숨 쉬듯 익숙해진 그 행동 하나하나에 자신을 위하는 마음이 담겨 있다는 걸 서원은 알았다.

어깨를 잡은 손의 온기를 느끼고 있는데 강준이 팔을 내려 자연스럽게 손깍지를 꼈다.

"피곤하지 않아? 도착하자마자 산책하기가."

"괜찮아요. 따뜻하니까 기분도 노곤해지고 좋은데요?"

서원이 말간 얼굴로 대답했다.

"이렇게 탁 트인 바다 보고 있으니까 가슴도 시원해지는 것 같고……."

이 섬의 바다는 여전히 눈이 시리도록 푸른색이었다. 서원이 그림 같은 풍경을 보고 있는 동안 강준은 그녀를 내려다봤다. 세상그 어떤 것보다 그의 눈에 아름다운 건 오직 그녀 단 하나였으니까.

서원은 그의 시선도 눈치채지 못하고 천천히 걸으며 아름다운 빛깔의 바다를 눈에 담았다.

"이곳이 유독 아름다운 이유는 추억이 있기 때문이겠죠?"

바다에서 시선을 떼지 않고 묻는 말에 강준이 고개를 기울였다.

그에게도 마찬가지였다. 더 아름다운 휴양지도 많이 가 봤지만이곳만큼 그에게 인상적인 휴양지는 없었다. 서원과의 추억이 가득한 곳이니까.

"그럴지도."

잔잔한 목소리에 서원이 그를 올려다보며 어여쁘게 웃었다. 녹아내릴 듯한 그 웃음이 사랑스러워 강준의 입술이 절로 그녀에게향했다. 햇빛이 쏟아지는 해변에서 두 사람의 입맞춤이 오래도록이어졌다.

"숙소로 가는 거 아니었어요?"

강준이 대기시킨 차에 올라타면서 서원이 의아하게 물었다. 그때 묵었던 숙소는 이 해변에서 멀지 않은 곳이었다. 굳이 차를 타고 이동할 필요는 없었다.

"매번 숙소를 잡는 건 번거로울 것 같아서."

차로 이동한 지 얼마 후 한적한 예쁜 집들이 늘어선 주택가가나왔다.

"이런 곳도 있었네요?"

서원이 조용한 주택가를 보며 눈을 깜빡였다. 해변에서 조금 떨어진 곳에 고급 주거지가 위치한 줄은 그땐 몰랐었다.

　"꽤 가까운 곳에 별장으로 사용할 만한 곳이 있더라고. 이곳은 앞으로도 자주 오게 될 것 같으니까."

　"아아."

　강준의 재력을 모르는 바는 아니지만 자주 올 곳이라고 해서 휴양지의 고급 저택을 곧바로 사들이는 그 행동력에는 서원도 조금 놀랐다. 이런 데도 익숙해져야 하는 건가, 하고 서원이 혼자 생각하고 있는데 거대한 철문 안으로 차가 들어섰다.

　그다지 담이 높진 않았지만 본래 인적이 드문 곳이라 보안 체계는 잘 되어 있었다. 집집마다 달려 있는 다양한 보안 센서가 그걸 증명했다. 아마도 강준 같은 부유층의 휴가용 별장으로 사용되는 곳들 같았다.

　넓은 정원을 지나자 수영장이 보였다. 그 뒤로 보이는 3층 구조로 이루어진 건물은 새하얀 외벽을 지닌 현대식 디자인의 저택이었다.

　"미리 다 준비해 둔 거예요?"

　건물 안으로 들어온 서원이 놀란 표정을 지었다. 완벽히 청소가 끝난 집엔 곳곳에 다과 같은 간단히 배를 채울 것이 놓여 있었고 냉장고 안은 가득 차 있었다.

　"요리와 청소해 주시는 분을 현지인으로 구했어. 아마 음식도 이곳 음식으로 해 주실 거야."

　"아, 좋네요. 여기 음식 좋았는데."

　강준의 말에 서원이 반색했다. 미국 생활을 몇 년 했기 때문에 입맛에 안 맞진 않았다. 특히 섬이라 해산물이 풍부해서 마음에 들었었다.

"필요할 땐 외식하면 되고. 나가기 싫은 날엔 그분 도움을 받으면 될 거야."

강준이 뒤에서 다가와 서원을 안으며 속삭였다. 그의 남자다운 팔을 제 손으로 감싸며 서원이 후후 웃었다.

"그럼 여기서 가만히 쉬면 되는 거네요? 당신 휴가인데 내가 너무 호사롭네. 안 그래도 한국에서도 쉬고 있었는데."

"괜찮아. 그러라고 온 거니까."

강준이 제 발로 서원의 발걸음을 움직여 거실의 커다란 창 쪽으로 다가가게 했다. 발코니 너머로 아까 걷던 해변과 푸른 바다가 펼쳐졌다.

"집 안에서 바다가 보이는 것도 마음에 들어요. 그때 머물던 호텔 그 점이 가장 마음에 들었거든요."

함께 바다를 응시하며 강준이 조용히 그녀를 안고 있었다. 잠시 그대로 있던 그가 말했다.

"잠시 쉬고 있어. 욕조에 물 받아 놓을 테니까."

"아, 내가 할…….."

"쉬고 있어."

서원이 몸을 돌리려 하자 강준이 그녀의 이마에 부드럽게 입을 맞추고는 소파에 앉게 했다.

"그거라도 먹으면서 잠시만 기다려."

강준이 테이블 위에 놓인 예쁜 핑거푸드들과 음료를 가리키자 서원이 입술을 끌어 올렸다.

"알았어요."

그가 시선을 맞춘 채 매혹적인 미소를 짓고는 몸을 돌려 넓은 거실을 걸어갔다. 그의 탄탄한 몸체의 뒷모습을 서원이 가만히 바라봤다.

강준을 쉬게 해 줄 생각이었는데 정작 호사를 누리고 있는 건 자신이라 서원은 조금 머쓱한 기분이었다. 집에서도 그랬다. 강준은 모든 건 자신이 다 해 주려는 듯 굴었다. 자꾸 그러면 자기 버릇이 나빠진대도 그때마다 그는 그저 웃고 말 뿐이었다. 방금처럼.

조용히 생각하던 서원이 탄산수 병을 들고 테라스 밖으로 나갔다. 기분 좋은 바람이 머리칼을 스치고 지나갔다.

가만히 서서 끝도 없이 펼쳐진 바다를 보고 있는데 뒤에서 목소리가 들렸다.

"그새 보고 있었어?"

"왔어요? 아…….."

서원이 고개를 돌리자 그대로 그녀의 턱을 부드럽게 잡아 올린 그가 입을 맞췄다. 살짝 입술을 빨아들이고 촉촉한 혀를 밀어 넣자 그녀의 입술이 벌어졌다. 달콤하게 엉켜든 혀가 서로의 타액을 확인했다. 점차 달아오르는 숨결에 서원의 허리가 뒤로 젖혀지자 강준이 그녀의 뒷머리를 잡아 더 깊이 혀를 밀어 넣었다.

"으음."

서로 더 확인하려 하듯 집요하게 엉켜드는 혀에서 짜릿한 감각이 터져 나왔다.

감미롭게 키스하던 강준이 젖은 입술을 놔주자 서원의 기다란 속눈썹이 천천히 들려 올라갔다. 흐릿해진 시야에 그의 짙어진 눈동자가 들어왔다.

"날 바다에까지 질투하는 남자로 만들지 마."

강준이 시선을 맞추고 낮게 말했다.

서원이 눈을 깜빡이자 그가 입술 끝을 휘어 올리며 다시 그녀의 입술을 빨았다.

"그렇게 홀린 듯 보고 있으면 질투가 나니까."

"그게 무슨……."

그녀의 입술에서 흘러나오는 웃음을 그가 자신의 입술로 삼켰다. 자잘하게 입술을 깨물며 자극시키자 서원에게서 신음이 새어 나왔다.

"하아, 너무…… 간질거려."

"입술이?"

"아니 입술만이 아니라."

서원이 더운 숨결을 섞어 속삭이듯 말하자 강준이 그녀의 손에 들린 탄산수 병을 테이블 위에 내려놨다. 그러고는 그대로 그녀를 안아 올렸다.

"어어?"

그가 마주 본 채 안아 올리자 서원이 내려다보는 위치가 됐다. 자연스럽게 날씬한 다리로 강준의 허리 아래를 감자 그가 테라스에서 저택 안으로 걸어 들어갔다.

강준이 욕실로 향하고 있다는 걸 알자 서원이 웃으며 그의 얼굴을 두 손으로 감쌌다.

"나도 다리가 있다고요."

"그 다리 조금 있으면 쓰기 힘들어질 텐데?"

의미심장한 말에 서원의 뺨에 열기가 돌았다. 올려다보는 눈동자에 담긴 열망은 그의 말이 거짓이 아님을 말해 주고 있었다.

그사이 천장이 높은 욕실에 들어섰다. 세련된 인테리어의 욕실에는 새하얀 러그가 깔려 있고 그 위 커다랗고 매끈한 욕조가 놓여 있었다. 보드라운 러그 위에 서원을 내려놓은 강준이 손으로 물 온도를 확인했다.

"당신이 딱 좋아할 온도군."

싱긋 웃은 그가 서원의 원피스를 머리 위로 벗겨 냈다. 그녀는 강준이 벗겨 주는 대로 순순히 두 팔을 들어 올렸다.

"착하네. 한서원."

"당연하죠. 누가 해 주는 건데."

서원이 맑게 웃었다.

원피스가 바닥으로 떨어져 내리자 아슬아슬한 몸매의 굴곡을 드러내는 누드톤의 슬립이 욕실 조명 아래 드러났다. 강준의 까맣게 일렁이는 눈동자가 그녀의 몸을 천천히 훑어 내려갔다.

"이건 내가 벗을게요."

그의 시선이 참기 어려워진 서원이 스스로 슬립을 벗기 시작했다. 가느다란 두 팔로 얇은 슬립을 벗어 버린 그녀가 강준을 바라봤다. 관능 어린 웃음을 머금고 있는 그의 수려한 얼굴을 바라보다 손을 뻗었다.

톡, 톡.

강준의 셔츠 단추를 하나하나 풀어 나갈수록 바짝 당겨진 끈처럼 팽팽한 긴장이 느껴졌다. 당장 잡아먹고 싶다는 그의 눈빛이 만들어 낸 위험한 긴장이 그녀의 살갗을 타고 흐르자 서원은 점차 조급해졌다.

조급함 때문에 단추에서 손이 자꾸 엇나가자 그가 그녀의 손을 잡았다. 서원이 유리알처럼 반들거리는 눈동자로 올려다봤다. 강준이 그 눈을 시선으로 포박한 채 자신의 셔츠를 두 손으로 움켜잡았다.

투두둑!

강준이 거칠게 잡아 뜯어 버리자 남은 단추가 사방으로 튀었다.

"흡!"

그가 그녀의 허리를 거칠게 잡아당기며 입술을 삼켰다. 조금 전 테라스에서와는 전혀 다른 사나운 키스가 그녀의 입술을 잡아먹을 듯 잠식했다. 서원이 키스하며 그의 몸을 벽 쪽으로 밀었다. 그대로 그의 얼굴을 끌어당겨 조급하게 혀를 제 입안으로 끌어당기자 강준의 숨결이 순식간에 거칠어졌다.

"후, 한서원."

그의 입술에서 짓눌린 목소리가 흘러나오고 동시에 서원의 브래지어 후크가 강한 힘에 뜯겨 나갔다.

"강준 씨……."

커다랗게 벌어진 그의 입술에 삼켜진 젖가슴이 쾌감에 짓이겨졌다. 그 자극에 서원의 고개가 한껏 뒤로 젖혀졌다. 말캉한 살이 축축한 타액에 젖어 들고 바짝 곤두선 핑크색 젖꼭지가 그의 잇새에 아슬아슬하게 물렸다.

"흐웃."

단단한 치아에 자극받아 팽창된 살덩이가 흠칫거렸다. 깨물듯 잘근거리던 그가 물컹한 혀로 휘감아 빨아들이기 시작했다.

"흐, 아, 아웃."

서원이 넘어갈 듯 숨을 몰아쉬며 그의 머리칼 속으로 손가락을 깊숙이 밀어 넣었다.

"좀 더 강하게?"

유두를 물고 웅얼대듯 하는 말에 서원이 할딱이며 대답했다.

"……읏, 더, 더요."

강준이 입술을 크게 벌려 말캉이는 젖가슴을 크게 베어 물고 쭙쭙 빨기 시작했다. 강하게 빠는 힘에 서원의 기다란 속눈썹이 파르르 떨렸다. 흥분으로 한껏 피가 몰린 유두가 터질 듯 딴딴해지자 타액으로 번들거리는 그것을 잡고 문질러 댔다.

"읗! 하! 아핫!"

그녀가 좋아하는 쾌감의 포인트를 정확히 알고 있는 움직임에 서원은 다리가 풀릴 것만 같았다. 휘청이는 그녀의 허리를 단단히 받쳐 잡은 강준이 그대로 벽으로 밀어붙였다. 서늘한 타일의 감촉이 서원의 등에 닿자마자 그가 자신의 바지 버클을 풀었다.

달칵.

버클이 풀리고 지퍼가 내려가자 그 사이로 드로어즈가 팽팽하게 들쳐 올라갔다. 열기로 물든 얼굴로 그곳을 보고 있던 서원이 몸을 숙였다.

"한서원?"

자신이 가둔 서원이 무릎을 꿇고 아래로 내려가자 강준의 시선이 그녀의 머리 쪽으로 내려갔다. 서원은 손으로 그의 드로어즈 윗부분을 야릇하게 훑었다. 그녀의 행동을 본 강준의 눈동자가 새카맣게 물들었다.

"뭘 할 생각이야?"

"뭘 할 거 같은데요?"

웃음기 섞인 목소리로 되물은 서원이 시선을 들었다. 도발적인 눈동자와 욕망에 물든 눈동자가 아슬아슬하게 부딪쳤다. 붉은 입술 끝을 매혹적으로 끌어 올린 서원이 시선을 내려 그의 드로어즈에서 힘줄 솟은 빳빳한 페니스를 꺼냈다.

"밝은 데서 보니까 너무 큰 거 같아."

한 손으로 버거워 두 손으로 두꺼운 기둥을 잡은 서원이 천천히 쓸었다.

"……후."

낮은 헐떡임과 함께 그녀의 손 안에서 불끈거리는 움직임이 생생하게 느껴졌다.

"신기해."

서원이 감탄 섞인 목소리를 흘리며 위아래로 손을 움직이기 시작했다. 그의 페니스가 크게 꿈틀거리며 그야말로 터질 듯이 부풀었다.

"계속 커지는 거 같은데요?"

그녀가 놀란 듯한 눈으로 고개를 들자 이를 악문 그의 얼굴이 보였다. 찌푸려진 미간과 악문 잇새로 흘러나오는 거친 숨이 지독히도 섹시했다.

"네가, 그렇게 만들고 있잖아."

뚝뚝 끊기는 허스키한 목소리에 강준이 얼마나 흥분한지 느껴졌다. 서원은 시선을 맞춘 채 느릿하게 손을 움직였다. 귀두 끝에 맺힌 투명한 액을 그녀의 손바닥이 훑어 지날 때마다 미끈하게 그의 페니스를 적셨다.

"그럼 이건?"

서원이 물으며 혀를 내밀어 끄트머리에 이슬처럼 맺힌 그것을 핥았다.

"……읏."

말캉한 혀가 피가 한껏 쏠린 곳에 닿자 강준의 얼굴이 일그러졌다. 거친 숨결에 따라 그의 벌어진 셔츠 사이로 드러난 맨가슴이 오르내리고 있었다.

"이것도 내가 만든 거죠?"

기둥을 잡고 속살거리듯 말하는 서원의 입술에 그의 쿠퍼액이 거미줄처럼 길게 매달렸다. 그 모습을 내려다보는 강준의 목울대가 크게 꿈틀거렸다. 만족스럽게 웃은 서원이 입술을 벌려 그의 페니스를 끄트머리부터 삼켜 갔다.

"헉."

거칠게 숨을 들이켜는 소리가 위에서 들렸다. 서원은 팽팽하게 힘이 들어가는 그의 근육질 몸을 느끼며 입술을 더 벌려 깊이 삼켰다. 그대로 쭙, 빨아 올렸다가 귀두 근처에서 다시 아래로 내려갔다.

서원의 고개가 위아래로 움직일 때마다 남자의 페니스를 빠는 음탕한 소리가 욕실을 울렸다. 촉촉한 입술 안의 감촉과 터질 듯 부푼 근육 덩어리에 혀가 닿을 때마다 느껴지는 쾌감에 강준의 얼굴이 섹시하게 일그러졌다.

"……한서원."

으르렁거리는 목소리와 함께 강준의 손이 서원의 머리칼 속을 파고들었다. 그대로 그녀의 움직임에 맞춰 허리를 움직이기 시작했다.

"음, 하음, 음."

양쪽 볼 아귀가 아플 정도로 빨라지는 움직임에 서원은 숨이 막혔지만 흥분한 그를 느끼는 게 더 좋았다. 입술을 더 크게 벌려 목젖까지 닿을 듯 더 깊이 머금자 거친 신음과 함께 그가 그녀를 끌어 올렸다.

"하……!"

서원이 막혔던 숨을 터뜨리는데 강준이 자신의 것으로 번들거리는 그녀의 입술을 삼켰다. 다시 숨 막히도록 격렬한 키스를 퍼부은 강준이 그녀의 몸을 돌려 타일을 잡게 했다.

"의외의 영역에서 사람을 미치게 하는 재주가 있는데. 한서원."

"아, 강준…… 훗!"

그가 욕망을 제어하지 못하는 듯 그녀의 뒤에서 뻐근할 정도로 깊게 쑤셔들었다. 터질 듯 빳빳하게 발기한 페니스를 세게 박아 넣은 그가 그녀의 골반을 움직이지 못하도록 고정하고 거칠게 들이쳤다.

"하읏! 아! 아웃!"

도끼로 찍어 올리듯 강하게 박혀 들어왔다가 내벽을 긁어내리듯 빠져나가는 걸 반복하자 서원은 욕실 타일을 움켜잡듯 매달렸다. 방금 전 그녀가 입술로 삼키던 소리와는 전혀 다른 격렬한 소리와 가쁜 숨소리가 공간을 가득 메웠다.

강준은 뒤에서 탄력적인 엉덩이 사이로 사라졌다가 나타나길 반복하는 자신의 페니스를 노려봤다. 음탕하게 번들거리는 검붉은 페니스를 그녀의 조개 같은 속살이 한껏 빨아 대고 있었다.

"방금 네 입술이 먹고 있던 걸 여기가 먹고 있는 걸 보니까 미치게 흥분돼."

"앗, 응, 으응……."

강준이 잘 보려는 듯 깊게 박아 넣었다가 아주 느릿하게 빼내자 촘촘하게 페니스에 달라붙는 속살의 윤곽이 적나라하게 보였다.

"꼭 아직도 네가 빨고 있는 것 같아."

"훗!"

강준이 허스키하게 내뱉으며 뒤에서 손을 뻗어 출렁이는 젖가슴을 움켜잡았다. 흥분으로 곤두선 젖꼭지가 그의 단단한 손바닥 안에서 마구잡이로 문질러지자 서원이 허리를 비틀어 댔다. 신음을 헐떡이는 그녀의 젖가슴을 주무르며 그가 여린 어깨를 핥았다. 그 감각에 서원이 흠칫거렸다.

"앗."

"네 몸 하나하나, 전부 다 자극적이야. 하나도 흥분시키지 않는 곳이 없어."

젖가슴이 사정없이 주물리며 어깨엔 숨결이 닿고 아래에선 터질 듯 단단한 것이 연신 찔러 들어오자 서원은 견딜 수가 없었다.

"아웃, 강준……!"

발뒤꿈치를 한껏 세운 서원이 고개를 젖히자 신호를 알아들은 강준이 그녀를 벽에 더 밀어붙였다.

"아아!"

한껏 자극된 젖꼭지가 차가운 타일에 무자비하게 문질러지자 서원의 입술에서 새된 신음이 터져 나왔다. 강준은 그런 그녀를 강하게 쳐올리기 시작했다.

"가고 싶어?"

"가, 가고 싶어. 어서……!"

정신없이 빨라지는 움직임에 아찔함을 느끼며 서원이 헐딱이듯 소리쳤다. 더 강하고 격렬하게 아래를 쑤셔 들어오는 힘이 정신이 나갈 것만 같았다.

사나운 피스톤질에 엉망으로 뒤흔들리는 그녀의 뒤에서 강준이 귓가에 거친 숨결을 흘렸다.

"우선 보내 줄게. 하지만 오늘 여길 걸어 나갈 순 없을 거야. 네가 그렇게 만들었으니."

악마의 속삭임 같은 탁한 목소리가 서원의 귓가에 흘러들어 왔다.

1시간 뒤.

욕실 안에 온통 물이 튀어 있었다. 벽과 샤워부스, 바닥에 깔린 러그까지 물에 젖어 엉망이 된 곳에 서원이 그에게 안겨 있었다.

"하아, 하아."

욕조 안에서 길게 누운 강준의 몸 위에 서원이 포개지듯 누워 있었다. 격렬한 움직임으로 흘러넘친 욕조 안의 물은 이미 식어 있었다. 강준이 다시 틀어 놓은 따뜻한 물소리와 서원의 진정되지 않은 숨소리가 욕실 안을 울렸다.

"······정말 못 걸을 것 같아."

서원이 힘이 들어가지 않는 다리에 힘을 줘 보려 노력하다가 땀에 젖은 이마를 살짝 찡그렸다. 그 말이 사실임을 증명하듯 강준은 이 욕실 안에서 이렇게나 다양한 체위가 있을 수 있나 생각이 들도록 오랫동안 끝내 주지 않았다.

강준이 낮게 웃음을 흘리며 그녀의 어깨를 더 당겨 안았다.

"원래 휴가는 쉬라고 있는 거야."

"그런 의미가 아니잖······."

그녀의 고개를 자신 쪽으로 돌린 강준의 키스에 말문이 막혔다.

"음······."

이렇게 몸이 힘든데도 키스는 왜 이렇게 감미로운 건지.

결국 달콤한 키스에 함락되어 버린 서원이 제 혀를 그의 입술 안에 밀어 넣었다. 그걸 달게 빨며 강준이 팔을 내려 그녀의 말랑한 살을 제 손에 쥐었다.

476

"윽."

연약하게 흘러나오는 신음까지 모조리 집어삼킨 강준이 타액으로 촉촉해진 입술을 놔줬다.

"걸을 필요 없어. 내가 안아서 옮겨 줄 테니까."

강준이 엄지로 그녀의 입술을 훑으며 말했다.

"……오랜만의 휴가인데."

"서로 얼굴만 보고 있는 것도 좋은 휴가이지 않아?"

그가 웃음을 흘리자 서원이 곱게 눈을 흘겼다.

"당신은 얼굴만 보고 있지 않을 거잖아요."

"물론 난 그럴 거지만."

"아…….."

그의 손이 더 아래로 내려가 보풀어 오른 곳을 더듬자 물이 찰랑거리며 욕조 벽에 부딪쳤다. 저절로 달싹이는 엉덩이가 그의 몸을 자극하고 있었다.

"그, 그렇게 해 놓고 벌써……."

"싫어?"

"아니 싫은…… 건 아니…… 하웃!"

아무래도 끝난 게 아니라 잠시 숨을 돌리는 시간이었던 모양이다. 자신의 골반을 잡아 아래로 당기는 힘을 느끼며 서원이 욕조 난간을 손톱을 세워 잡았다.

철썩, 철썩!

그사이 데워진 물이 거친 움직임에 욕조 벽에 부딪쳐 밖으로 넘쳐흘렀다.

서원이 정신이 들었을 땐 욕조가 아닌 침대 위였다.

'언제 옮겨진 거지?'

기억도 제대로 나지 않을 만큼 정신없던 시간이 떠오르자 서원이 한숨을 내쉬며 시선을 돌렸다. 옆에서 누워 잠든 강준의 모습을 보자 한숨은 금방 웃음으로 바뀌었다. 제 몸 위에 그의 팔이 얹어져 있었다.

그 무게감이 기분 좋아 입가에 미소를 띤 서원이 잠든 그를 바라봤다. 긴 속눈썹 아래 높은 콧날이 은은한 조명에 비쳐 짙은 그림자를 만들고 있었다. 보고만 있어도 안심이 되는 그 얼굴을 가만히 보고 있으려니 다시 잠이 밀려들었다.

솔솔 쏟아지는 잠을 밀어내며 천천히 눈을 깜빡거리고 있는데 강준의 눈이 떠졌다.

"……일어났어?"

잠에서 덜 깬 허스키한 목소리와 함께 본능적으로 허리를 끌어당기는 힘에 서원은 그대로 그의 품에 안기게 됐다.

"좀 더 얼굴 보고 싶었는데."

그의 단단한 품 안에서 서원이 작게 투정하듯 말했다. 그 소리에 강준이 낮게 웃었다.

"혼자만 보는 건 반칙이야."

"당신도 나 잘 때 맨날 보고 있으면서."

"그런가."

무심한 척 넘긴 강준이 그녀의 맨살을 천천히 쓸어내렸다. 등의 굴곡에 따라 부드럽게 훑어 내리는 손길에 서원이 느릿하게 숨을 내쉬었다.

"춥지 않아?"

이불을 끌어 올려 가슴까지 덮어 주는 손길에 서원은 춥진 않다고 생각하면서도 가만히 있었다. 감촉이 좋은 보드라운 이불을 자상하게 덮어 주고 아이처럼 두드려 주는 그의 손길이 좋았으니까.

"배고플 텐데 식사부터 할까? 아니면……."

"그냥 지금은 이대로 있고 싶어요."

서원이 그의 품에 파고들며 속삭이자 강준이 그녀의 뺨을 매만 졌다.

"그럼 좀 더 있어."

"응."

강준이 그녀의 정수리에 가볍게 입을 맞췄다. 서원은 단단한 가슴을 손바닥으로 천천히 쓸었다. 그의 체향이 기분을 들뜨게 하기도 하고 안정시키기도 했다. 매일매일 이러고만 있어도 좋다는 생각이 들 정도로.

"당신이랑 이렇게 있으니까 좋아."

서원이 한숨처럼 속삭이자 강준이 그녀의 등을 매만지며 말했 다.

"그동안 계속 바빴으니까."

한국에서 함께 지낸 시간 동안 강준은 늘 바빴다. 집에 들어오 긴 했어도 그 시간이 길지 않았기 때문에 여유롭게 지낼 수 없었다. 그래서 지금 이런 시간이 더 소중하게 느껴졌다.

"미안해. 더 오래 같이 있지 못해서."

강준이 미안함을 담아 말하자 서원이 그의 품에서 고개를 저었 다.

"미안하게 생각할 거 없어요. 나도 바쁠 땐 내 일을 우선시할 거 니까."

지금은 쉬고 있어도 다시 연구실에 복귀할 계획을 가지고 있었다. 서원의 뜻을 알고 있는 강준이지만 그래도 미안한 건 사라지지 않았다.

"지금 이 시기가 지나면 좀 나아질 거야. 조금만 더 기다려 줘."

"괜찮다니까요."

서원이 말간 웃음을 보이자 강준은 조금이나마 안도가 됐다.

"내일 어디 가고 싶어?"

강준의 질문에 잠시 생각하던 서원이 고개를 들었다.

"거기 가고 싶어요. 우리 떠나기 전날에 갔던 뷰가 예뻤던 레스토랑."

"옥상에 있던 곳?"

"네. 거기."

강준과 함께했던 모든 곳이 특별했지만 그곳은 이 섬에서 가장 선셋 뷰가 멋지다는 명소답게 인상 깊었다. 노을 지는 해변의 풍경을 다시 보고 싶다는 생각을 한국에서도 종종 했었으니까.

"그래. 그럼 거기 가."

낮게 속삭인 강준이 서원의 턱을 잡아 올려 입을 맞췄다. 서원이 입술을 마주친 채 웃으며 그의 목에 팔을 둘렀다.

✳

다음 날 서원의 말대로 두 사람은 그때 함께 왔던 레스토랑으로 향했다. 건물 옥상에 탁 트인 공간에 늘어선 테이블과 바닥, 조명까지 온통 꽃으로 장식되어 있었다. 새파란 하늘과 건너다보이는 초록빛 바다를 배경에 둔 그 모습이 마치 영화 속 한 장면처럼 화사했다.

"그때와 분위기가 달라졌네요?"

새하얀 순백의 원피스를 입은 서원이 신기한 듯 꽃으로 화려하게 뒤덮인 곳을 걸어 나갔다.

"너무 예쁘지 않아요?"

서원이 웃으며 돌아보는데 심플한 화이트 셔츠에 블랙팬츠를 입은 강준이 그녀 앞에 한쪽 무릎을 세우고 앉았다.

"강준 씨? 뭐 하는."

"그대로 있어 봐."

서원이 놀란 눈으로 보자 강준이 말하고는 옆에서 직원이 건네는 반지 케이스를 받았다.

"아……."

그제야 이곳이 강준이 프러포즈를 준비한 장소임을 깨달은 서원의 눈이 흔들렸다. 블랙 벨벳 케이스에서 반지를 꺼낸 강준이 서원을 올려다봤다.

"지금까지 한서원만을 사랑해 왔고 앞으로도 평생 오로지 한 사람만을 사랑할 것을 맹세해."

햇빛이 쏟아지는 새하얀 곳에서 강준의 다크그레이색 눈동자가 진지하게 빛났다.

"오직, 한서원만을."

"……."

서원이 숨도 쉬지 못하고 강준을 내려다봤다.

"나와 결혼해 주겠어?"

그녀의 눈망울이 천천히 깜빡거렸다. 이내 곱게 눈가를 휘어 올린 서원이 입을 열었다.

"물론이에요. 내 사랑의 주인도 처음부터 끝까지 오직 이강준뿐이었으니까."

햇살처럼 환하게 웃은 서원이 그에게 손을 내밀었다. 가느다란 손가락에 반지를 끼워 준 강준이 몸을 일으켰다. 마주치는 눈빛에 사랑이 가득 넘쳐흐르고 있었다.

"사랑해."

서원이 자신이 더 사랑한다 말하기도 전에 강준이 그녀의 입술을 머금었다. 그를 마주 안은 서원의 손가락에서 영롱한 반지가 햇살을 머금고 반짝반짝 빛나고 있었다.

그들만을 위해 준비된 공간에서 천천히 식사를 끝낸 뒤 샴페인을 마실 즈음 해가 저물어 가고 있었다. 고운 색으로 하늘을 물들이는 찬란한 노을을 배경으로 둔 강준을 서원이 조용히 응시했다.

"강준 씨."

한동안 조용히 있던 서원이 말을 꺼냈다.

"이걸 위해서 여기 온 거였어요?"

생각해 보면 갑작스런 휴가가 조금 이상하긴 했다. 가뜩이나 바쁜 스케줄인데 무리까지 해 가며 휴가를 와야 할 이유가 쉽게 떠오르지 않았으니까.

서원의 질문에 강준이 샴페인 잔을 들어 올렸다.

"사실은."

샴페인을 한 모금 마신 그가 입술 끝을 느른히 말아 올렸다.

"프러포즈를 위해 나름대로 이것저것 많이 알아봤었어."

강준과 어울리지 않는 말에 서원의 눈이 커졌다. 그가 잔잔한 눈빛으로 그녀를 보고 있었다.

"나에겐 중요한 일이었으니까. 박 실장님도 알아봐 주셨는데,

찾아본 모든 것들이 그저 일시적인 이벤트 같다는 생각이 들었어."

그런 가벼운 이벤트에는 흥미가 생기지 않았다. 애초에 이벤트를 좋아하는 타입도 아니었지만. 그렇다고 해서 인생에 한 번뿐인 프러포즈를 그냥 넘어가고 싶진 않았다.

"그래서 고민해 본 결과 우리가 처음으로 서로에 대한 마음을 확인한 곳에서 프러포즈하고 싶었어."

"아, 그래서……."

강준이 이곳으로 온 이유를 이제야 알게 된 서원은 가슴이 뭉클해졌다.

전에 강준이 반지를 줄 때 말했던 것처럼 서원은 프러포즈를 기대하지 않았다. 그가 그때 준 반지와 진심만으로 충분했었다. 그가 꼭 해야 한다면 이런 이벤트 같은 거 하지 않더라도, 퇴근한 뒤 집에서 청혼해도 자신은 상관없었다.

그런데 강준이 그동안 자신을 위해 많이 생각하고 준비를 했다는 걸 알게 되니 감동이 밀려왔다.

"이렇게 함께하는 시간만으로도 나에겐 너무 특별한데."

반지를 만지작거리며 서원이 말했다. 코끝이 찡해져서 목소리에 물기가 어려 있었다. 눈물이 나올 것 같아 잠시 그대로 있던 서원이 고개를 들었다.

"평생 잊지 못할 행복한 기억을 만들어 줘서 고마워요. 강준씨."

촉촉하게 빛나는 눈으로 말간 웃음을 짓는 그녀를 강준이 가만히 바라봤다.

"나에겐 한서원과 함께하는 모든 순간들이 잊지 못할 기억이 돼. ……물론, 지금도 그렇고.”

서원의 얼굴에 더 환한 웃음꽃이 피자 마주 보는 그의 얼굴에도 점차 미소가 번져 나갔다.

“앞으로 더 행복해지자. 우리.”

“응. 그래요.”

강준이 내민 샴페인 잔에 서원이 잔을 들어 조용히 부딪쳤다. 청아하게 울리는 그 소리와 함께 작게 터지는 웃음이 사랑스럽게 서로를 오갔다.

그 시간, 찬란한 노을빛이 그들의 몸을 부드럽게 감싸고 있었다.

외전 5

　너른 정원에 향기로운 꽃들이 한가득 피어났다. 어지러울 정도로 물씬 향기를 풍기는 꽃들이 생생한 빛깔을 자랑하는 화원을 노부부가 천천히 걸어갔다.

　"참 예쁘게도 가꿨네요."

　최 여사가 그림자를 드리우는 넓은 챙의 모자를 들어 올리며 곱게 웃었다. 그녀의 옆에서 걷던 이 회장도 흡족한 얼굴로 고개를 끄덕였다.

　"우리 손자며느리가 보면 당신과 비슷한 데가 있어. 이런 데 소질 있는 걸 보니."

　이 회장의 말이 기분 나쁘지 않은 듯 최 여사의 얼굴에 미소가 짙어졌다. 노년의 나이에도 여전히 고운 얼굴의 그녀가 햇빛이 쏟아지는 정원을 조용히 훑어봤다.

　"오셨어요?"

현관 앞까지 나와 있던 서원이 활짝 웃으며 그들에게 다가왔다.

"우리가 들어갈 텐데 뭘 나오고 그러냐."

"곧 오실 것 같아서요. 들어오세요."

"오셨습니까."

여전히 정중한 강준이 서원 옆에서 인사했지만 이 회장은 본 척도 안 하고 서원에게만 시선을 뒀다.

"아가, 잘 지냈지?"

"네. 저희야 늘 잘 지내죠."

"아픈 데는 없고?"

"그럼요."

서원의 하얀 얼굴이 단아한 미소를 머금었다. 그 얼굴을 이 회장이 푸근한 시선으로 바라봤다.

"그래, 건강이 최고지. 그럼 들어가자."

씩 웃은 이 회장이 앞장서서 서둘러 집 쪽으로 향했다. 허둥거리는 뒷모습에 최 여사가 참지 못하고 웃음을 흘렸다.

"저이 애들 보고 싶어서 빨리 가는 것 좀 봐."

"할머님. 우리도 가요."

긴 머리를 하나로 올려 묶은 서원이 다정하게 최 여사에게 팔짱을 끼며 현관문 안으로 들어갔다.

"다온아, 다훈아! 할애비 왔다!"

신발을 벗기가 무섭게 아이들을 찾는 소리에 2층에서 우다다 뛰어 내려오는 소리가 들렸다.

"할부지!"

"어이쿠, 넘어진다. 욘석들아. 조심!"

똑같은 얼굴 둘이 요란하게 계단을 달려 내려오자 혹여나 넘어

486

지기라도 할까 이 회장이 안절부절못했다.

"저 녀석들 운동신경이 얼마나 좋은데요. 걱정 마세요."

뒤따라온 강준의 말에도 엉거주춤하며 걱정스럽게 아이들을 보고 있던 이 회장은 쌍둥이 아이들이 계단을 내려와 팔짝 안겨 들고서야 벙긋 입을 벌리며 웃었다.

"할부지. 잘 지내셔써요?"

"그럼, 그럼. 우리 강아지들. 그새 말이 또 늘었구나. 응?"

세 살배기 아이들을 품에서 떼어 놓은 이 회장이 벙실벙실한 얼굴로 둘을 번갈아 바라봤다. 똑같은 두 얼굴이 생글생글 웃고 있었다.

"어디 보자. 또 할부지 헷갈리게 옷까지 똑같이 입고 있고. 그래도 요 귀여운 머리핀을 한 녀석이 우리 다온이겠구나. 그렇지?"

최대의 난제를 풀듯 심각한 얼굴로 둘을 번갈아 바라보던 이 회장이 한 아이의 머리핀을 가리켰다. 그러자 둘이 눈을 마주치곤 씩 웃었다.

"마자요. 할부지."

"맞긴 뭐가 맞아. 다온이 다훈이 너네, 또 서로 역할 바꾸기 놀이 하는구나?"

최 여사와 함께 집 안으로 들어온 서원의 목소리에 쌍둥이들이 흠칫거렸다.

"아, 아니에요. 다온이 마자요."

아이가 의기양양하게 말하자 서원이 팔짱을 끼고 보다가 옆의 아이에게 물었다.

"그럼 넌 누구야?"

"난 다온, 아, 아니 다훈이요."

"흐응, 그래? 그럼 어디, 틀리면 엄마한테 꿀밤 맞아도 좋아?"

"할부지! 꿀밤 시러!"

서원이 손으로 꿀밤 모양을 만들며 다가오자 쌍둥이들이 이 회장의 품에 후다닥 파고들었다.

"허허허. 욘석들 또 장난이었구나. 엄마한테 혼나니까 이제 장난 그만 치기다. 알았지?"

혹여나 서원에게 혼날까 봐 슬금슬금 아이들을 안아 피신시키는 이 회장을 보고 강준이 코웃음을 흘렸다.

"그렇게 오냐오냐하면 안 됩니다. 가정교육이 얼마나 중요한데."

"내가 어디 오냐오냐했다고. 흐음. 흠."

짐짓 엄한 목소리를 내놓은 이 회장이 슬그머니 고개를 돌렸다. 그러고는 주머니에 잔뜩 넣어 온 간식으로 아이들을 현혹시키기 시작했다.

"자, 이거 봐라. 너희들 좋아하는 거지?"

"나 초코 맛!"

"난 딸기 맛!"

"그래. 다 너희 거니까 사이좋게 하나씩 까먹고."

"와!"

이 회장이 가져온 간식들을 받고 폴짝폴짝 뛰는 아이들을 최 여사가 미소를 띠며 바라봤다. 그 옆에 서 있던 서원이 최 여사에게 말했다.

"잠시만 앉아 계세요. 과일이랑 따뜻한 차 먼저 내올게요."

식사를 하기엔 애매한 시간이라 서원이 준비한 차를 가지러 몸을 돌렸다. 그러자 강준이 그 앞을 막았다.

"내가 할게."

"아니 내가……."

"할머님 심심하시지 않게 대화 나누고 있어."

다정하게 말한 강준이 그녀를 소파에 이끌어 앉히고는 거실을 가로질러 주방으로 갔다. 서원이 멋쩍게 미소 짓자 최 여사가 신경 쓰지 말라는 듯 후후 웃었다.

"강준이가 저렇게 자상한 성격인 줄은 정말 몰랐는데 말이지."

"저도 처음엔 그랬어요. 마냥 무섭고 차가운 사람인 줄 알았거든요."

"지금도 회사에선 그래. 아가 너에게만 그런 모양이다."

이 회장의 말에 서원이 그쪽으로 고개를 돌렸다. 회장은 여전히 맛나게 간식을 먹고 있는 아이들에게 시선을 두고 있었다.

"저이도 똑같은데 뭘. 역시 피는 어디 가지 않는 모양이지?"

최 여사가 옆에서 소리 낮춰 하는 말에 서원이 웃었다.

"그런 것 같아요."

"그나저나…… 나도 아이들하고 이야기도 하고 싶은데 매번 저렇게 다 차지하고 있으니 난 또 한참 차례를 기다려야겠네."

쌍둥이들이 지겨워하지 않도록 주머니에서 갖가지 간식들을 하나씩 꺼내는 이 회장을 보며 최 여사가 한숨을 내쉬었다.

서원의 아이가 쌍둥이라고 처음 들었을 때 서로 아이들을 차지하겠다며 싸우지 않아도 되겠다고 안심했는데 웬걸. 이 회장의 팔불출 정신은 최 여사의 상상 이상이었다.

"그래도 마음 넓은 내가 참아야지 어쩌겠어."

최 여사가 서원을 바라보며 우아하게 미소 지었다.

"예뻐해 주시니 너무 감사하죠. 저희는."

상냥한 최 여사의 성정대로 지금까지 한결같이 잘 대해 주고 있어 서원은 늘 감사함을 느끼고 있었다.

최 여사의 시선이 다시 아이들로 향했다.

"그런데, 엄마라 그런가? 내가 보기엔 아이들이 둘 다 너무 똑같아서 분간이 안 가는데 어쩌면 그리 한눈에 구별하지?"

두 아이를 천천히 보며 묻는 말에 서원이 작게 웃었다.

"저도 쌍둥이잖아요. 저도 어릴 때 저런 장난 많이 쳤는데…… 돌아가신 어머니께서 항상 알아보셨어요."

"아아, 그래……."

최 여사가 나지막하게 말하며 고개를 끄덕였다.

"지금 아이들 키우면서 부모님 생각이 많이 나겠어."

서원이 대답 없이 미소만 띠고 있자 최 여사가 그녀의 손을 다정하게 잡았다.

"부모를 잃어도, 자식을 잃어도 그 상처는 평생 가는 법이지."

자신의 손을 위로하듯 잡은 주름진 최 여사의 손을 서원이 가만히 내려다봤다.

소중한 식구를 갑작스레 잃은 상처를 가진 사람만이 줄 수 있는 위로가 따스한 손에서 느껴졌다. 최 여사는 다정하게 서원의 손을 쓰다듬으며 어린 아이들을 바라봤다.

"살아 계셔서, 저 예쁜 아이들 보셨더라면 좋았을 텐데."

"……네."

눈물이 맺힐 것 같아 서원이 콧등을 매만졌다. 신기하게도 쌍둥이를 갖게 된 순간부터 돌아가신 엄마 생각이 많이 났었다. 아이들을 낳고 키울 때는 더 그랬다. 맞아, 엄마가 이렇게 우릴 키웠었지. 이래서 우릴 구별할 수 있으셨구나, 하고 순간순간 많은 것을 깨닫게 되었다.

그때마다 그런 생각이 들었다. 살아 계셨더라면 좋았을걸…….
그래서 이렇게 든든한 사위도 보시고, 쌍둥이 손주들도 보셨더라
면 좋았을걸.

"하늘에서도 기뻐하고 계실 것 같아요."

살짝 잠긴 목소리에 최 여사가 인자한 얼굴로 서원의 등을 토닥
여 줬다.

"그럼, 그럼."

그때 강준이 과일 접시와 음료가 놓인 트레이를 들고 와 테이블
위에 내려놨다.

"준비되면 말할 테니 잠시 쉬고 있어."

"내가 도와줄 건 없어요?"

서원이 얼른 웃으며 일어서는데 강준이 멈칫하더니 그녀의 얼
굴을 바라봤다.

"……울었어?"

"아뇨? 안 울었는데?"

일부러 눈을 크게 떠 보이자 그가 예리한 시선으로 그녀의 얼굴
을 가까이에서 바라봤다.

"운 거 같은데."

이 회장은 아이들에 정신이 팔려 있지만 최 여사가 보고 있는데
도 강준이 얼굴을 가까이 가져다 대자 서원이 놀라며 뒤로 물러났
다.

"아니라니까요. 강준 씨도 과일 좀 먹고 하지 그래요."

뒷걸음질 친 서원이 도망치듯 소파로 향했다. 그 모습을 인자하
게 보고 있던 최 여사가 일부러 그녀가 민망해하지 않도록 아이들

쪽으로 고개를 돌려 줬다.

"준비 다 되면 부를게."

서원의 얼굴을 집요하게 살피던 강준이 결국 밖으로 나갔다. 작게 숨을 내쉰 서원이 거실 창으로 그가 정원에 설치해 놓은 바비큐 그릴 쪽으로 걸어가는 것을 바라봤다. 일을 도와주는 분들이 이미 마당에서 바비큐 파티 준비를 하고 있었다. 강준은 그걸 도우러 간 거였다.

"동생네는 언제 온다고 했지?"

차를 마시던 최 여사가 묻자 서원이 시선을 돌려 시계를 바라봤다.

"곧 올 거예요."

"그래. 참 밝은 사람들이던데."

최 여사가 고개를 끄덕이고는 정원의 꽃들을 바라봤다. 서원도 조용히 그 시선을 따랐다.

아이들이 생긴 뒤로 더 자연친화적인 설계로 새로 집을 지어 이사했다. 계단부터 인테리어 하나하나 전부 아이들이 뛰놀기 좋도록 최대한 안전한 소재를 사용해 만들었다. 그 뒤에 종종 다 같이 모여 정원에서 바비큐 파티를 하곤 했다. 특히 화사하게 꽃들이 피어난 봄날에 정원에 모여 시끌벅적하게 맛있는 음식을 함께 먹는 것을 서원은 좋아했다.

"안 되겠네."

우아하게 찻잔을 내려놓은 최 여사가 몸을 일으켰다. 그러고는 차와 과일을 아무리 권해도 신경도 안 쓰고 아이들에게 흠뻑 빠져 있는 이 회장에게 다가갔다.

"자, 이젠 내 차례예요. 당신은 저기서 차를 드세요."

"아니 내가 얼마나 애들이랑 있었다고 벌써……."

"벌써 30분이나 지난 거 알아요?"

결연하게 다가와 이 회장을 몰아내자 순식간에 아이들을 빼앗긴 그가 아쉬운 얼굴로 입맛을 다셨다.

"자, 우리 다온이 다훈이. 할미하고도 놀아야지?"

"할무니, 우리 이거 다 먹어도 돼요?"

"그럼. 할아버지가 준 건데. 다 먹어도 돼요. 그래도 곧 밥 먹어야 하니까 서랍에 넣어 놓고 천천히 먹을까요?"

"네!"

능숙하게 아이들이 간식을 너무 많이 먹지 않도록 제어하며 놀아 주는 최 여사를 이 회장이 부러운 눈으로 바라봤다. 결국 소파로 발길을 돌리자 서원이 웃으며 일어섰다.

"뭘 일어서고 그래. 앉아 있어."

"차 드세요."

"그래. 잘 마시마."

찻잔을 들고서도 이 회장의 시선은 내내 아이들을 향해 있었다. 저렇게나 좋으실까. 잠시도 아이들에게서 시선을 떼지 못하는 이 회장을 서원이 조용히 바라봤다.

한낮의 태양이 누그러들 즈음 도원과 진주가 도착했다.

"우리가 좀 늦었지?"

"괜찮아. 어서 들어와."

"아! 안녕하세요."

"어머, 오랜만이네요. 잘 지냈죠?"

활기차게 인사하며 들어오던 진주가 이 회장 내외를 향해 깍듯하게 고개를 숙였다. 도원과 결혼해서 정식으로 식구가 되어 이 집에 드나드는 일이 많았다. 그래서 어색하지 않게 인사를 나눌 수 있었다.

"오랜만에 뵙습니다."

도원도 옆에서 함께 인사를 하고는 가져온 조카 선물들을 내려 놨다.

"또 뭘 이렇게 사 왔어?"

서원이 눈썹을 모으자 도원이 싱긋 웃었다.

"조카들인데 당연하지. 매형은 밖에 있길래 인사하고 들어왔어."

"고마워. 아, 이제 준비 다 된 것 같으니까 슬슬 나가 볼까?"

밖을 살핀 서원의 말에 다들 정원으로 향했다. 다온이와 다훈이의 고사리 같은 손을 하나씩 나눠 쥔 이 회장과 최 여사가 천천히 걸어오는 동안 서원이 먼저 걸어 나갔다.

"고생 많았어요."

서원의 말에 팔을 걷어붙이고 준비하고 있던 강준이 보기 좋은 근육을 드러내며 웃었다.

한자리에 모인 사람들이 널따란 나무로 만든 테이블에 앉아 와인 잔을 기울이는 동안 강준과 도원이 고기를 구웠다. 다양한 야채와 두툼한 고기가 먹음직스럽게 익어 가는 동안에도 아이들은 신이 나서 정원을 뛰어다녔다.

그 모습을 내내 시선으로 좇는 이 회장 내외의 얼굴에는 행복한 웃음이 담뿍 맺혀 있었다. 서원은 와인 잔을 들고 주변을 천천히 둘러봤다. 도원과 농담하면서 바비큐를 만드는 듬직한 자신의 남편, 깔깔거리며 수다를 떨고 있는 이제는 식구가 된 진주, 어린 날

494

의 자신과 꼭 닮은 아이들.

그리고 그들에게 사랑 가득한 시선을 주고 있는 어른들.

'이보다 더 행복한 게 어디 있을까.'

서원은 진심으로 그런 생각을 하며 꽃향기와 맛있는 냄새로 가득 찬 정원에서 숨을 크게 들이켰다. 햇살이 눈부시게 좋은 날이었다.

다들 돌아간 뒤 정리하고 나자 밤이 깊어져 있었다. 샤워를 마친 서원이 네글리제 위에 숄을 걸치고 나와 보니 강준이 잠든 아이들을 바라보고 있었다.

그녀의 기척을 느끼고 돌아본 그가 근사한 미소를 지었다.

"고생했어. 오늘."

"재밌게 놀았는데 고생은요. 당신이 고생했지."

서원이 마주 웃으며 그의 옆에 조심스럽게 앉았다. 둘의 시선이 자연스럽게 아이들에게 향했다.

"……잘 자네."

"피곤할 만하지. 그렇게 뛰었는데."

낮에 실컷 뛰논 덕분인지 아이들은 천사 같은 얼굴로 곤히 잠들어 있었다.

쌍둥이는 엄마와 아빠의 장점만을 섞어 놓은 듯한 인형처럼 예쁜 얼굴로 태어난 덕분에 어딜 가든 사람들의 시선을 잡아끌었다. 게다가 똑같은 얼굴이 함께 있으니 더 눈에 띄어 광고 모델 요청도 자주 받을 정도였다.

아이들의 잠든 얼굴을 조용히 보고 있던 강준이 이불을 목까지 끌어 올려 주고는 서원의 손을 잡고 일어났다.

"이리 와."

"응?"

바로 옆방인 침실로 걸어간 그가 서원과 함께 침대에 걸터앉았다.

"할 말 있어요?"

강준이 그녀를 유심히 바라보고 있었다. 서원의 물음에 강준이 시선을 향한 채 말했다.

"아까 왜 운 거야?"

그의 진지한 표정에 서원이 옅은 미소를 지었다.

"그게 지금까지 마음에 걸렸어요?"

"당연하잖아. 내내 묻고 싶던 걸 당신 불편해할까 봐 지금까지 참았어. 이제 말해 봐. 왜 그런 건지."

강준의 표정이 진지했다. 그는 아이들이 태어난 다음에도 서원에 대한 관심이 조금도 멀어지지 않았다. 그녀가 힘들까 봐 도와주는 분들이 있음에도 육아도 최선을 다해 도와줬다. 하지만 언제나 1순위는 그녀였다.

'아빠는 너희를 사랑하지만, 가장 사랑하는 건 엄마야.'

아이들에게도 습관처럼 그렇게 말할 정도였다. 늘 한결같은 그의 사랑에 감사하면서도 오늘처럼 작은 표정까지 들켜 버리는 것이 조금 민망할 때가 있었다. 배부른 투정이라고 생각되긴 하지만.

가만히 그의 얼굴을 보고 있던 서원이 입을 열었다.

"부모님 생각이 났거든요."

"……당신 부모님?"

"응. 할머님이, 어떻게 아이들 얼굴을 구별하냐고 물으셔서요."

"아아."

그제야 서원의 물기 어렸던 눈의 의미를 알게 된 강준이 그녀의 얼굴을 다정하게 매만졌다.

"예전에 당신이 말했지. 당신 부모님도 그러셨다고."

"응. 그때 엄마가 어떻게 우리를 구별했는지 신기했는데 지금은 알겠거든요. 같이 계셨더라면, 이렇게 행복해진 내 모습 엄마 아빠가 보셨더라면 얼마나 좋았을까…… 그렇게 생각했어요."

서원의 목소리가 잔잔하게 가라앉았다.

"하늘에서 분명 기뻐하고 계실 거예요."

"그래. 그러실 거야."

그가 서원의 뺨을 천천히 쓸어 주며 시선을 맞췄다. 그의 자상한 손길에 스민 온기에 마음이 따스해져 왔다. 서원이 작게 한숨을 내쉬는데 강준이 말했다.

"나에게 부모님 이야기 일부러 안 꺼낼 필요 없어. 오늘처럼 떠오르면 그냥 해."

역시 알았구나.

서원이 말간 눈으로 그를 바라봤다. 강준은 부모님 이야기를 자신에게 말해 줬던 그날을 끝으로 다시는 하지 않았다. 서원 역시 묻어 두고 싶은 기억이라는 걸 이해하기에 묻지 않았다. 그리고 가급적 부모님 이야기를 하지 않게 되었다.

하지만 오늘은 그의 질문에 어쩔 도리가 없었는데, 강준은 역시 그녀가 일부러 말을 피한다는 걸 알고 있던 모양이었다.

"당신 부모님과의 추억들이 궁금하니까."

강준이 낮은 목소리로 말했다.

"아이들을 키우면서 더 궁금해졌어. 당신 부모님이 당신 키우면서 어떠셨을까. 같은 쌍둥이니 비슷한 점이 많겠지. 지금 내가 느끼는 것과 비슷하게 느끼셨을까, 그렇게."

그의 말을 듣고 있던 서원이 천천히 눈을 깜빡였다.

"내가 어떻게 컸는지 궁금하다는 말이에요?"

"살아 계셔서⋯⋯ 직접 물어볼 수 있다면 좋을 텐데."

강준이 그녀의 머리칼을 쓸어 넘겨 줬다.

"당신이 어떻게 자랐는지, 어떤 얼굴로 웃었는지. 우리 아이들을 키우면서 더 궁금해졌어. 같은 쌍둥이니까 한서원도 이랬을까. 그런 걸 상상하게 돼."

서원이 진심이 담긴 강준의 눈동자를 보며 아까 이 회장의 말을 떠올렸다. 회사에선 여전히 위압적이고 냉철한 분위기를 풍긴다고 했다. 분명 과거에 자신도 그런 그를 겪었는데도, 지금은 잘 떠오르지 않았다.

강준은 오랜 시간 동안 한결같이 자신을 사랑해 주고, 매일매일 아낌없이 애정을 표현하는 자상한 남자니까. 처음의 그가 까마득하다. 그를 어려워했던 것이 기억도 잘 나지 않을 만큼.

"우리 부모님은⋯⋯."

서원이 작게 속삭였다.

"날 이렇게 사랑해 주는 당신이란 남자를 만나서 결혼했다는 것만으로도 분명 누구보다 기뻐하셨을 거야."

미소를 지으며 말한 서원이 스르륵 고개를 숙여 그의 어깨에 이마를 기댔다.

"요즘 왜 이렇게 눈물이 많아졌는지 모르겠네. 나 또 눈물 날 것 같아요."

잦아든 목소리에 강준이 그녀를 품에 안았다.

'원래 엄마가 되면 눈물이 많아지는 거야.'

서원은 갑자기 예전의 엄마의 말이 떠올랐다. 그때도 엄마는 무척 행복한 미소를 짓고 있었다. 결혼기념일이었던가. 아빠에게 꽃 한 다발을 받은 엄마가 우리 앞에서 눈물을 쏟았었다.

왜 우냐고 당황하던 저에게 엄마는 그렇게 말했었다. 원래 엄마가 되면 눈물이 많아지는 거라고. 눈물이 그렁그렁한 채 웃으면서.

금실이 좋은 부부였다. 그 두 분이 그렇게 한날한시에 떠난 것이, 어쩌면 다행인 일인지도 모른단 생각이 요즘 들었다. 만약 그런 사고가 나서 강준을 먼저 보내거나, 아니면 그만 혼자 남게 된 상상을 하면 주체할 수 없을 정도로 눈물이 나오곤 했다.

"너무 행복하면 무서운 게 많아지나 봐요."

서원이 코를 훌쩍거리며 말하자 강준이 그녀를 안은 채 부드럽게 등을 쓸어 줬다.

"나도 그래."

"당신도 무서운 게 많아?"

"모든 게 다 무서워. 이 행복을 앗아 갈 수 있는 모든 것이."

"……강준 씨도 똑같구나."

왠지 이 두려움이 자신 혼자만의 것이 아니라 서로 같은 마음이라는 사실이 안도가 됐다. 그의 품에서 눈물을 훔친 서원이 천천히 고개를 들었다. 그가 자신을 지그시 바라보고 있었다.

"엄마가 되면 강해질 줄 알았는데, 아닌가 봐요."

"한서원은 충분히 강해."

그가 다정하게 속삭이며 그녀의 입술에 키스했다.

"그리고, 날 강하게 만들어 주고."

마주 본 두 사람이 동시에 미소를 지었다. 서로를 닮아 있는 미소에 더 웃음이 났다. 서원이 두 손으로 그의 얼굴을 감싸 끌어당겼다. 부드럽게 입술이 겹쳐지고 달콤한 혀가 촉촉하게 엉켜들었다. 향기로운 향을 음미하며 그녀의 입술을 더 벌리고 들어간 강준이 타액을 빨아 삼키자 서원의 신음을 흘렸다.

"날 미치게도 만들지."

낮게 속삭인 그가 서원의 혀를 빨며 그녀의 몸을 침대 위로 서서히 눕혔다.

"언제나 그렇게 만들어."

어느새 그녀의 위로 올라와 시선을 맞추자 어둡게 일렁이는 눈동자가 서원의 시야에 들어왔다. 그의 손이 어느새 서원의 솔 안으로 파고들어 얇은 네글리제 위로 풍만해진 가슴을 거머쥐었다.

"흣……."

예민해진 젖가슴이 자극으로 출렁거리자 서원의 입술에서 신음이 새어 나왔다.

"어쩌면 매번 이렇게 숨 막히게 할 수가 있을까."

강준이 속삭이며 네글리제 위로 바짝 곤두선 유두를 손가락으로 둥글게 굴렸다. 그 움직임에 서원은 숨을 헐떡이며 허리를 비틀었다. 그 작은 자극에도 다리 사이가 횟횟하게 뜨거워졌다. 그의 눈이 어둠보다 깊게 새카매져 있었다.

"점점 더 사람을 현혹시켜서 완전히 빠져들게 만드는 위험한 존재 같아. 넌.”

“아⋯⋯!”

그가 고개를 숙여 방금 손으로 잡아당겼다 놔준 탱글한 유두를 입술로 삼켰다. 한껏 피가 몰린 살덩이가 실크 네글리제와 함께 그의 입술 속으로 휩쓸려 들어가자 짜릿한 감각이 터져 나왔다.

“아무리 가져도 성에 차질 않아.”

강준이 허스키한 목소리로 내뱉자 그의 입술 안에서 뭉개진 살이 바르르 떨려 왔다. 젖은 네글리제가 한껏 자극되어 부푼 살덩이에 밀착됐다. 점점 더 흥분으로 팽창하는 젖가슴을 그가 입을 크게 벌려 삼켰다. 입술 전체로 물고 쭙쭙 빨아들이자 서원은 도저히 참을 수가 없었다.

“그, 그만하고 이것 좀⋯⋯.”

맨입술과 혀에 닿고 싶어 서원이 헐떡이며 말하자 그가 타액으로 축축하게 젖은 네글리제를 숄과 함께 벗겨 냈다. 아슬아슬한 레이스 팬티만이 그녀의 몸에 거추장스럽게 남자 그가 마음에 들지 않는다는 듯 이로 끈을 물었다.

“흣!”

단단한 치아로 끈을 찢을 듯 당기자 그 압박에 서원의 속살이 꽉 조여들었다.

“아, 아아.”

속살에 조여든 팬티가 흘러나온 애액에 축축하게 젖어 들었다. 옴찔거리는 속살을 느끼며 서원의 엉덩이가 점차 뒤로 밀려났다.

“이 향, 정말 미칠 것 같아.”

강준이 그대로 입술을 벌려 크게 삼켰다. 번들거리는 애액에 흠뻑 젖은 속살과 팬티까지 한번에 탐욕적으로 삼키자 서원의 고개가 뒤로 젖혀졌다.

"아읏……."

음란하고 탐욕적으로 빨아 대는 소리가 고막을 자극시켰다. 단단해진 클리토리스에 혀가 닿을 때마다 서원의 허벅지가 흠칫거렸다. 젖은 실크와 까끌한 레이스의 감촉이 말캉한 혀와 함께 속살을 자극하자 서원은 더 참을 수가 없었다.

"아, 응, 아학!"

서원의 날씬한 종아리에 한껏 힘이 들어갔다.

그녀가 흘린 모든 것을 한 방울도 남김없이 모조리 핥아 낸 그가 그대로 고개를 들어 팬티를 찢어 냈다. 트드득. 얇은 천과 레이스가 찢어지는 소리와 함께 그가 방해물이 없어진 속살 사이로 손가락을 밀어 넣었다.

"핫! 아아!"

푹푹 찔러 드는 굵고 기다란 손가락의 감각이 그녀의 모든 것을 잠식했다. 엉덩이가 침대에서 들릴 정도로 강하게 찔러 대며 강준은 쾌락에 몸부림치는 그녀의 달아오른 얼굴을 내려다봤다.

"하나 더 넣어 줄까?"

"……웃, 시, 싫어. 이제 그만…… 홋!"

그의 다른 것을 원한다는 듯 눈물 젖은 눈으로 도리질 치던 서원이 손가락이 하나 더 찔러 들어오자 헐떡였다.

"정말 싫어? 이렇게 꽉 물고 조이면서?"

손가락 전체 마디를 잡아먹고 있는 속살에 시선을 박은 채 그가 말했다. 깊게 들어갔다 빠져나올 때마다 그녀의 촘촘한 살이 마치 그의 것처럼 달라붙는 것을 보니 목울대가 크게 꿈틀거렸다.

"아니, 내가 못 참겠군."

502

그가 꽉 잠긴 목소리로 내뱉고는 손가락을 빼냈다.

"읏."

쑥 빠져나가는 그의 손가락에 아쉽게 달라붙었다 떨어진 촉촉한 살이 이제 곧 짓쳐들어올 다른 것에 대한 기대감으로 옴찔거렸다. 흐릿한 눈으로 그녀가 올려다보자 강준이 머리 위로 셔츠를 단번에 벗어 냈다. 탄탄한 남성적인 상체가 드러나자 서원은 입안에 침이 바짝 말랐다.

"하아, 하아, 어서……."

"재촉하지 마. 내가 더 미칠 것 같으니까."

거친 숨을 몰아쉬며 말한 그가 바지와 드로어즈를 벗어 내고 그녀의 두 다리를 꽉 움켜잡았다. 그대로 넓게 벌린 그가 시선을 아래로 향했다.

"예쁜 색으로 젖어 있어. 다시 입으로 삼키고 싶을 만큼."

그의 새까만 눈동자에 서원은 기대감으로 온몸이 타들어 갈 것 같았다.

"그거 말고 어서…… 아홋!"

손가락과는 비교도 되지 않는 굵고 단단한 것이 단숨에 박혀 들자 서원의 입술이 크게 벌어졌다.

"아, 너무 조여."

두꺼운 페니스가 끊어질 듯한 압박감에 강준이 미간을 일그러뜨리고 사납게 허리를 튕기기 시작했다.

"앗, 앗! 하앗!"

빠르게 찔러 들어가는 힘에 서원의 몸이 위아래로 출렁였다. 정신없이 신음을 쏟아 내는 서원의 몸이 위로 튕겨 올라갈 것 같아 강준이 그녀의 가느다란 허리를 꽉 움켜잡았다. 그대로 단단하게 고정시킨 그가 탄력적인 둥근 엉덩이가 돌처럼 딱딱해지도록 힘을 주고 세게 밀어 올렸다.

"자, 잠깐만. 너무 세잖…… 아윽!"

깊숙이 박혀 들어온 힘에 서원의 속눈썹이 파르르 떨렸다. 한껏 찌푸려진 그녀의 하얀 얼굴을 강준이 사랑스러워 미치겠다는 눈으로 응시했다.

"날 봐야지. 서원아."

"하, 하지만…… 아, 응, 아웃, 읏."

군살 하나 없이 탄탄한 남자의 몸이 그녀를 정신없이 몰아붙이고 있었다. 서원은 어지럽게 흔들리는 시야에 현기증을 느낄 정도였다. 그대로 팔을 위로 올려 머리 옆에서 시트를 움켜쥐고 그의 강한 힘을 받아들였다.

"날 봐. 어서."

그가 재촉하는 소리에 서원이 힘겹게 눈을 떴다. 자신의 다리를 한껏 벌려 잡은 강준의 모습이 흐린 시야에 들어왔다.

"그래. 그렇게."

강준이 시선을 똑바로 맞추고 그녀의 뺨을 매만졌다. 열기가 오른 뺨이 붉게 달아올라 있었다.

"하아…… 으응."

그가 엄지를 타액에 젖은 입술에 밀어 넣자 서원이 그걸 달게 빨았다.

"아, 서원아…….."

그저 손가락을 빨 뿐인데도 강준은 자신의 꿈틀거리는 굵은 성기를 빨리는 것처럼 흥분을 느꼈다. 똑같이 흥분한 서원의 한껏 부드러워진 속살 사이로 그가 거칠게 찔러 들어갔다. 예민한 내부를 푹푹 박혀 드는 힘에 서원은 소름이 끼쳐 왔다.

"흣! 아, 안 돼. 학!"

그녀의 스팟을 짓찧어 대듯 강하게 쑤셔 대자 서원은 고개를 저으며 시트를 찢을 듯 움켜쥐었다.

"아! 아아! 못 견딜 것 같……!"

급박하게 터져 나오는 목소리에 강준이 고개를 숙여 그녀의 입술을 삼켰다.

"아읍……!"

그의 입술에 삼켜진 채 서원의 몸이 들려 올라갔다. 강준이 거칠게 키스하며 그녀의 허리를 들어 올리자, 들린 엉덩이 사이를 위에서 사정없이 찍어 들어갔다. 몸이 접힐 듯 상체가 침대 위로 내리눌러지는 압박에 서원의 다리가 공중에서 팽팽하게 힘이 들어갔다.

"으으음! 음! 읍……!"

도저히 참을 수 없을 강렬한 자극에 서원은 막힌 입술 안에서 신음을 내질렀다.

그때 입술을 막고 몰아치던 그가 고개를 들었다. 하아, 입술이 풀려나자 완전히 땀에 젖은 그녀가 가쁜 숨을 몰아쉬며 한껏 탁해진 눈으로 그를 바라봤다. 강준의 이마에도 땀이 맺혀 있었다. 그의 근육질 상체가 마치 오일을 바른 것처럼 번들거려서 관능적으로 보였다.

"……다리에 힘이 안 들어가."

"그대로 있어."

강준이 서원의 땀에 젖은 목덜미를 빨아들이고는 몸을 돌아눕게 했다.

"아."

그가 서원의 골반을 잡아 올려 무릎으로 침대를 지탱하게 하자 그녀의 상체가 아래로 쏟아졌다. 그녀의 머리칼을 한쪽 어깨로 밀어내자 윤기 흐르는 머리칼이 시트 위로 차르륵 흘러내렸다. 드러난 날개 뼈에 그가 고개를 숙여 키스하자 서원의 몸이 흠칫거렸다.

"으……."

작은 자극에도 미칠 것만 같았다. 서원이 엎드린 채 시트에 뺨을 대고 헐떡였다. 그가 둥근 엉덩이를 두 손으로 크게 주무르며 자신의 팽팽하게 곤두선 검붉은 페니스를 그녀의 갈라진 틈 사이로 길게 문질렀다.

"으읏. 응."

"뜨거워. 여기."

단단한 근육 덩어리가 안쪽 깊숙한 야릇한 곳을 길게 스칠 때마다 서원의 엉덩이가 높게 치솟아 올랐다. 본능적으로 점점 더 벌어지는 다리 사이로 애액이 진득하게 흘러내렸다. 보풀어 오른 도톰하게 벌어진 살 사이로 단단한 근육 덩어리가 앞뒤로 음탕하게 움직였다.

"하읏."

"미끌거리는 느낌이 좋은데. 좀 더 해 줘?"

"훗, 아, 아니. 어서……."

당장 넣어 달라는 듯 엉덩이가 들쳐 올라가자 그가 만족스러운 듯 입꼬리를 휘어 올렸다.

"착하네. 한서원."

그가 서원의 골반을 단단히 잡아 지탱한 뒤 그녀의 것으로 번들거리는 페니스를 푹 찔러 넣었다.

"하윽……!"

빠듯하게 밀려들어 온 두꺼운 몸체에 그녀의 몸이 앞뒤로 세차게 흔들렸다.

"아, 앗! 아핫!"

그녀의 긴 머리채가 빠르게 흔들리기 시작했다. 그가 뒤에서 좁은 내부를 한껏 벌리며 강하게 박혀 들어올 때마다 뾰족하게 곤두선 유두가 시트 위로 세게 문질러졌다.

그 아찔한 쾌감이 그를 물고 있는 속살을 더 꽉 조이자 강준이 낮은 신음을 흘렸다.

"너무 세게 빨지 마. 쌀 것 같으니까."

허스키한 목소리에 욕망이 가득 어려 있었다. 남성적인 팔근육에 불끈거리며 힘줄이 돋아날 정도로 꽉 움켜잡은 그가 자신의 발기한 페니스를 강렬하게 밀어 넣었다. 찰싹, 찰싹! 쾌락의 샘이 엉덩이를 흠뻑 적셔, 단단한 그의 몸과 맞부딪칠 때마다 마찰 소리를 냈다.

강준의 움직임이 거칠어질수록 서원의 흔들리는 속도도 똑같이 빨라졌다. 커다란 침대가 버티지 못하고 흔들릴 정도로 강하게 짓쳐 들자 서원의 얼굴이 시트 위에서 엉망으로 뭉개졌다.

"응! 아! 아! 아훗! 앗!"

완벽하게 쾌락에 휩싸인 신음 소리가 요란하게 침실을 울려 댔다. 강준이 젖은 엉덩이를 커다란 손으로 꽉 움켜잡았다.

"……으핫!"

주름진 음낭이 부푼 살을 때릴 정도로 세게 박아 넣자 서원의 입술이 크게 벌어졌다. 위에서 그 모습을 내려다보며 강준이 골반을 튕겨 댔다.

"하! 아! 아아! 하윽, 강준 씨⋯⋯!"

부서질 듯 뒤흔들리던 서원이 시트를 꽉 움켜잡고 고개를 쳐들었다. 그 순간 바짝 치켜 올라간 엉덩이 사이로 그가 자궁까지 치밀 듯 깊이 박혀 들었다.

"아아아!"

고개를 쳐든 서원이 절정의 신음을 내질렀다. 한껏 시트를 움켜잡은 그녀의 푸른 힘줄 돋은 손등이 가늘게 떨렸다.

"⋯⋯서원아."

뒤에서 그가 거친 숨을 헐떡이며 그녀의 땀에 젖은 등을 강하게 끌어안았다. 뜨거운 숨결이 흘러나오는 입술이 어깨에 닿자 그녀의 몸이 흠칫거렸다. 단단한 팔에 휘감긴 채 서원은 그대로 침대 위로 쓰러져 내렸다.

"하아⋯⋯."

"사랑해. 내 서원."

뒤에서 귓가에 속삭이는 목소리가 아득하게 들려왔다. 자신의 등 뒤에 밀착된 단단한 몸에서 안도감을 느끼며 서원은 그대로 정신을 잃듯 달콤한 꿈속으로 빠져 들어갔다.

잠에 빠져든 서원을 뒤에서 안아 옆으로 몸을 돌린 강준이 그녀를 품에 안았다. 넓은 품 안으로 본능적으로 파고드는 그녀를 그가 한 팔로 소중하게 안았다. 그러고는 아직 땀에 젖어 있는 이마에 입을 맞췄다.

촉.

달짝지근한 체향이 코끝에 느껴지자 그의 입술이 길게 늘어졌다. 입가에 만족스런 미소를 담은 그가 다시 이마에 입술 도장을 눌러 찍고는 그녀처럼 꿈속으로 천천히 빠져 들어갔다.

완전히 잠이 든 상태에서도 그는 소중하게 서원을 안은 팔을 놓지 않았다.

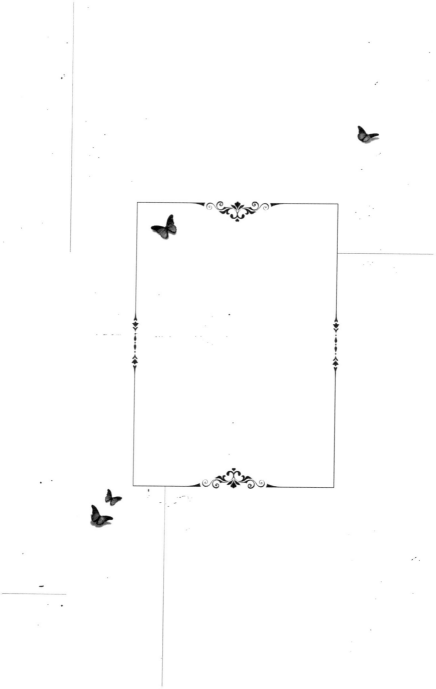

작가 후기

안녕하세요. 이서한입니다.

책으로는 오랜만에 만나 뵙게 되었네요. 정말 오랜만이라 반가운 마음이 먼저 듭니다.

이번 〈남장 비서〉는 저의 연재 형식 비서 시리즈의 첫 번째 작품입니다. 긴 시간 동안 쓴 글이라 고민도 많이 되었는데 무사히 책까지 나오게 되어 무척 기쁘게 생각하고 있습니다.

연재가 끝난 뒤 오랜만에 다시 강준과 서원의 감정을 따라가느라 힘들기도 했지만 즐거운 마음으로 작업했어요.

서원은 강준을, 그리고 강준은 서원을 세상에서 가장 행복한 사람으로 만들어 주는 선물을 줬다고 생각합니다. 그 과정을 함께하시는 동안 조금이라도 그들과 같은 행복을 느끼셨다면 저도 참 기쁠 것 같아요.

제 글을 아껴 주시는 분들께 항상 감사한 마음입니다.

여러 번의 힘든 시기가 있었지만, 지금도 제가 글을 쓸 수 있게 한 원동력은 바로 제 글을 읽어 주시는 독자분들입니다. 진심으로 감사드립니다.

부디 다음엔 더 좋은 글로 찾아뵐 수 있게 되길 바랄게요.

늘 평안하시길.

—이서한 드림